*Für Tante Brigitte,
die es bei einem nächtlichen Anruf
nicht belassen hatte.*

Über dieses Buch

Hamburg 1952: Nach Großvaters Unfalltod war die Welt für den zehnjährigen Frieder Tauber plötzlich eine andere geworden. Der mächtige, während der Nazizeit und den Nachkriegsjahren schützend seine Hand über die Familie haltende Besitzer einer großen Reederei, hatte sie zurückgelassen in einer repräsentativen Villa im noblen Stadtteil Winterhude. Umgeben vom Lärm des aufbrechenden Wirtschaftswunders. Für Frieder musste das Leben in der neuen Bundesrepublik Deutschland weitergehen. Und mit dem Erwachsenwerden kamen die Fragen. Und die Erkenntnisse. Und das Erschrecken über ein monströses Familiengeheimnis ...

RONDEEL - die fiktive Autobiographie des Frieder Tauber. Eine dramatische über zwei Jahrzehnte währende Suche nach Antworten und der Wahrheit hinter den Lügen. Ein Buch über Machtmissbrauch, Freiheit und Liebe.

Über den Autor

Stefan Iserhot-Hanke, geboren 1965, ist freischaffender Autor, Musiker, Komponist und Pädagoge. Er lebt mit seiner Familie in Hamburg.
Neben zahlreichen Veröffentlichungen von musikalischen Werken, hat Stefan Iserhot-Hanke bis heute drei Romane sowie einen Band mit Erzählungen vorgelegt.

Der Schwindel des Langläufers, Roman 2013
Die Stimme des Fremden, Erzählungen 2014
Das ungute Gefühl beim Hinterherwinken, Roman 2015

Stefan Iserhot-Hanke

RONDEEL

Roman

Alle Personen und Geschehnisse in diesem Buch sind fiktiv.

*Bibliografische Information der Deutschen Nationalbibliothek:
Die Deutsche Nationalbibliothek verzeichnet diese Publikation in der
Deutschen Nationalbibliografie; detaillierte bibliografische Daten sind im
Internet über http://dnb.dnb.de abrufbar.*

© 2017 by Stefan Iserhot-Hanke

Lektorat: Heidelore Jessen, Christina Iserhot

Umschlaggestaltung: Stefan Iserhot-Hanke - unter Verwendung eines
Luftbildes des Landesbetriebs Geoinformation und Vermessung

Herstellung und Verlag:
BoD – Books on Demand, Norderstedt

Die vorliegende Publikation ist urheberrechtlich geschützt.

ISBN: 978-3-7431-1345-9

Engramm: *(n).* (R. SEMON, 1904). Gedächtnisspur, Erinnerungsspur, mnestische Spur. Die durch einen Reiz „bewirkte Veränderung der organischen Substanz". In der Analogie eines bereits von ARISTOTELES verwendeten Bildes vom „Eindruck", den ein Siegelring im Wachs hinterlässt, für die Registrierung von Erlebniseindrücken im ZNS, die dort bis zur Reproduktion aufbewahrt werden. In der Assoziationspsychologie das Ergebnis einer neu gebildeten Assoziation.
→ **Gedächtnis.**

Lexikon
Psychiatrie, Psychotherapie, Medizinische Psychologie

TEIL EINS

1952 - 1956

*Haarrisse in der
Überlebenskapsel*

1

Ich hatte gerade meinen zehnten Geburtstag gefeiert und ausnahmslos alle waren gekommen. Natürlich auch mein lieber Großvater, welcher mir, seinem einzigen Enkel, wie immer ein besonders imposantes Geschenk mitgebracht hatte. Ich kann mich allerdings nicht mehr genau erinnern, was es war, aber es wird etwas wie eine Dampfmaschine nebst Sägewerk, eine voll ausgestattete Jugendhobelbank, eine neue Geige oder ein neues Fahrrad gewesen sein. Diese Größenordnungen entsprachen zumindest seiner damaligen Stellung und Hybris als Familienpatriarch. Obwohl mir einfällt, dass ich mein erstes Fahrrad erst einige Jahre danach bekam. Zu einem Anlass, auf den ich jedoch zu einem späteren Zeitpunkt noch zu sprechen kommen werde.

Wenn es mir - wie eigentlich allen Kindern - schon schwerfiel, die Erwachsenen, die mich umgaben, im Kindesalter vorzustellen, so war mir dies bei meinem Großvater vollkommen unmöglich. In meiner Fantasie sah ich ihn entweder so wie ich ihn kannte - nur, dass er mit einer hellen piepsigen Stimme sprach - oder ich sah ihn einfach als Liliputanerversion auf Kindergröße geschrumpft. An einem bunten Lolli oder Schokoladeneis leckend. Und wenn es mir doch einmal gelang, ihn mir als kleinen Jungen mit Schulranzen und kurzen Hosen vorzustellen, dann kam aus seinem Jungengesicht eine sonor dröhnende Bassstimme heraus. Mit dieser Stimme, die, wenn er mit ihr lachte, das Kristallglas in der Vitrine im Salon zum Klirren brachte. Und mein Großvater musste aus vielerlei Gründen häufig sehr herzlich und sehr laut lachen.

Überhaupt, das Meiste, was meinen Großvater betraf, schien großartiger dimensioniert zu sein, als es bei anderen, bei *gewöhnlichen* Menschen der Fall war. Angefangen von seiner beeindruckenden körperlichen Statur - er war wuchtige ein Meter fünfundneunzig groß, hatte einen weiß umkränzten halbglatzigen Schädel und stechend blaue Augen - bis zu seiner herausragenden Position in der Gesellschaft und der Geschäftswelt. Selbst Mutter und Vater lebten in der Gewohnheit seines allgegenwärtigen Schlagschattens. Und es entzog sich meiner kindlichen Einschätzung, ob ihr Leben durch diesen ausschließlich Schutz und Sicherheit erfuhr, oder ob dieser Schatten ihrem Dasein bisweilen auch Licht und Sonne raubte.

Ich zumindest war in diese Tatsache hineingeboren worden wie in ein Naturgesetz. Wie in etwas Gottgegebenes. Wie in eine Raum und Zeit zusammenhaltende elementare Wahrheit. Und ich vermag mich nicht zu erinnern, dass in den Jahren bis zu meinem zehnten Lebensjahr irgendjemand aus unserer Familie gewagt hätte, Zweifel an dieser Wahrheit zu äußern.

*

Als ich dann, im Oktober 1952, wenige Wochen nach meiner Geburtstagsfeier, erfuhr, dass mein Großvater nie mehr zu uns zurückkommen würde, dass dieser alles in seinem Umfeld überragende, menschliche Obelisk für immer sein Grab in der Nordsee gefunden hatte, bedeutete dies eine erste echte Erschütterung in meinem Leben. Eine nie zuvor verspürte Beunruhigung nistete sich in meiner Brust ein. Kalt und schwarz wie das Wasser der herbstlich aufgewühlten Nordsee selbst.

Denn bis zu diesem ominösen Jahr 1952 war es, als ob meine Familie in einer überdimensionalen Überlebenskapsel durch die Stürme der ersten Hälfte des zwanzigsten Jahrhunderts geglitten wäre; unerschüttert von all den Krisen und Katastrophen, unberührt von all dem Irrsinn und Grauen, die es hervorgebracht hatte: Hitler, Holocaust, Hiroschima - von all dem hatten meine Kinderohren bis dato nur wenig gehört. Und wenn, waren es nur Worte wie Karstadt, Kirmes oder Knickerbocker. Vor all dem hatte Großvaters über uns schwebende zauberkräftige Hand uns beschützen können. Und als Kind war ich natürlich davon überzeugt, dass mein Großvater zaubern könnte.

Doch nun kam es mir so vor, als wenn von Tag zu Tag gefährlichere Flüssigkeiten durch plötzlich entstandene Haarrisse in unsere Überlebenskapsel sickerten. Durch Haarrisse, die sich mit einem kaum wahrnehmbaren Knirschen immer großflächiger über die Außenhaut der sich über uns spannenden Kuppel ausdehnten. Wie das sich ausbreitende Netz einer Straßenkarte. Straßen, die einen stechenden Geruch verströmende Substanzen in unsere bis dato so sichere Welt hineinleiteten. Gleich frühmorgens nach dem Aufwachen hatte ich ihn in der Nase: den ätzenden Rauch einer für mich schwer fassbaren Bedrohung. Wenn ich ein Buch aufschlug oder ein Comicheft durchblätterte, um die Zeit bis zum Frühstück zu überbrücken, stieg er mir aus den Seiten entgegen.

Und auch, wenn ich es damals, als zehnjähriger Junge, nicht so ausdrücken konnte, begann ich zu spüren, dass wir Gefahr liefen, mit unserer Kapsel auf Grund zu laufen. Dass wir drohten, an irgendeiner unwirtlichen Küste der Gegenwart zu stranden. An den lebensfeindlichen Klippen der Realität. So wie alle anderen Menschen des Jahrhunderts vor uns auch.

*

Immer, wenn ich mich in meine ersten bewussten Lebensjahre zurückversetze, sehe ich vor meinem inneren Auge zuerst unser in Hamburg-Winterhude gelegenes Anwesen in der Blumenstraße. Gemeinsam mit der Maria-Louisen-Straße, der Sierichstraße und dem Rondeel umschließt die Blumenstraße den Rondeelteich. Der Rondeelteich ist ein kreisrundes, von hanseatischen Kaufmannsvillen gesäumtes Wasser in der Biegung zweier Alsterkanäle; fünf idyllische Kanuminuten entfernt von der Außenalster.

Eingeschlossen von Ufergrundstücken, ist der künstlich angelegte Teich seit den sechziger Jahren des 19. Jahrhunderts unzugänglich für die Öffentlichkeit. Für Normalsterbliche ist er bis heute lediglich mit einem Boot von der Wasserseite erreichbar. Vom Tretboot oder Kanu aus kann man die Rückseiten der Villen in ihren wie Tortenstücke sich zum Teich hin verjüngenden Gärten bewundern. Oder wahlweise beneiden. Es sind nämlich Häuser, die häufig unbewohnt wirken. Gärten, die merkwürdigerweise fast immer so menschenleer sind, als würde es sich ab einer bestimmten Wohlstandsgrenze nicht mehr schicken, seine Freizeit im eigenen Garten zu verbringen. Als wäre dies nur *ein* Domizil von vielen und der ganze Clan weilte momentan an der Italienischen Riviera oder in Miami Beach. Oder, als würde die

Erwirtschaftung dieses Wohlstands keine Zeit übriglassen, ihn auch genießen zu können. Wo käme man hin, wenn man wie andere Menschen Sonntag für Sonntag in seiner mickerigen Kleingartenparzelle hockte?

Ich erinnere mich, dass sich hin und wieder sogar ein weiß schimmernder Alsterdampfer auf abendlicher Lampionfahrt auf die nur hundertvierzig Meter Durchmesser breite Wasserscheibe verirrte. Es sah jedes Mal aus, als hätte jemand ein zu groß geratenes Modellschiff in eine Badewanne gesetzt. Ich sehe mich am Ufer stehen und fasziniert die komplizierten Wendemanöver der Kapitäne beobachten, die sich bemühten, ihre mit Touristen vollbesetzten Dampfer aus dem Nadelöhr des Teichs wieder zurück auf die Außenalster zu navigieren. Und da sie ihre Schiffe mangels Platz zu diesem Zweck um ihre eigene Achse drehen mussten, wechselten die Kapitäne ständig zwischen *halber Kraft voraus* und *halber Kraft zurück* mit jeweils eingeschlagenem Ruder. Die Schornsteine gaben mächtig Dieseldampf dazu und die schwer arbeitenden Maschinen ließen die Panoramafenster der edlen Anwesen ringsum erzittern.

Während dieser lärmenden und stinkenden Manöver glotzten die am Sektglas nippenden und Fischhäppchen mampfenden Ausflügler zu mir herüber. Für mich kamen sie - wegen des einen oder anderen Filzhutes mit Gamsbart - ausnahmslos aus Bayern. Minutenlang starrten sie mich an. Wie in einer gemeinsam abgesprochenen Aktion. Als sei ich, *ich,* der kleine Junge dort am Ufer, das eigentliche Zielobjekt ihrer schon vor Monaten gebuchten Ausfahrt. Im offenen Heckbereich der Schiffe hockten manchmal sogar Leute, die mich fotografierten oder sogar ungeniert mit Ferngläsern beobachteten. Ganz so, als befänden sie sich auf einer Safari zur Erforschung einer seltenen Spezies: den Sprösslingen wohlhabender Familien des hanseatischen Bürgertums. Ich schwankte zwischen Stolz und Unwohlsein und wagte nicht zu winken. Wobei mir, zu meiner Entschuldigung, auch selten jemand zuwinkte. Wer winkt schon einem Tier in Hagenbecks Tierpark zu?

*

Problemlos kann ich vor meinem inneren Auge die gemäldebehängten Flure unseres Hauses entstehen lassen. Die antik möblierten Salons, über deren knarrendes Parkett ich auf meinem Dreirad mit unserem riesigen Schäferhund Wittich um die Wette strampelte. Ich sehe den großen an den Rondeelteich grenzenden Garten mit seinen hohen, schattenspendenden Buchen. Dort befand sich auch ein mit einer Kette versperrter Bootssteg. Eine krumme und morsche Konstruktion, die ich unter Androhung von Strafe nicht betreten durfte. Wiederholt hatte man mir die Gruselgeschichte von einem in der Nachbarschaft ertrunkenen Mädchen erzählt, das alle Ermahnungen in den Wind geschlagen hätte und das seinen verzweifelten Eltern eines Tages von vorbeifahrenden Paddlern tot auf die Terrasse gelegt worden war.

Doch natürlich betrat ich den wackeligen Bootssteg trotzdem, das glitschige Holz unter meinen Sohlen. Zum Ditschen von flachen Steinen. Um den Enten, Schwänen, Alsterdampfern und den freizeitlich gestimmten Familien in ihren vorbeigleitenden Kanus und Tretbooten näher zu sein. Mit einer selbstgebauten Angelrute in meinen Händen, deren Format mindestens auf Haie oder Orcas in der Alster schließen ließ.

Unser Garten, eigentlich mehr ein Park, wirkte immer ein wenig sich selbst überlassen. Ich kann mich auch nicht an einen Gärtner oder einen Gartenarbeit verrichtenden Angestellten erinnern. Es schien, als würden das Laub und die abgebrochenen Äste sämtlicher Herbste aus der Zeit vor meiner Geburt die Wege und Rasenflächen überdecken. Wenn im Haus auch peinliche Ordnung und Sauberkeit herrschen musste, die Natur hier draußen wurde sich selbst überlassen. Und wenn man grub, konnte man in ihren Tiefen auf manch modriges Geheimnis stoßen. Bei meinen einsamen Exkursionen fand ich im Winterschlaf zusammengerollte Igel, madenzerfressene Stadttauben und tote Nagetiere, die nur noch aus einem mit Knochen gefüllten Fellsack bestanden.

Einmal fand ich unter dem Laub sogar eine Kette mit einem goldenen Anhänger; zumindest war ich fest davon überzeugt, dass er aus Gold bestand und von unschätzbarer Kostbarkeit war. Dieser Anhänger war ein aus zwei übereinandergelegten Dreiecken gebildeter Stern, auf dessen Oberfläche seltsame Zeichen eingraviert waren. So etwas hatte ich noch nie gesehen. Als ich den Fund stolz meiner Mutter zeigte, machte sie ein besorgtes Gesicht. Sie nahm mir das Schmuckstück ab, betrachtete es kurz und sagte, sie wolle es für mich an einem sicheren Ort aufbewahren. Wenn ich groß sei, könne ich es ganz bestimmt wiederbekommen. Dann wies sie unsere Köchin an mir einen extragroßen Schokoladenpudding zu kochen, etwas, was mitten in der Woche noch nie vorgekommen war.

In den darauffolgenden Tagen suchte ich im Schatzsucher-Fieber nach neuen Schmuckstücken unter der Laubdecke. Ganze Vormittage lang durchpflügte ich das

Laub mit einem hölzernen Rechen. Und ich stellte mir vor, Trojaentdecker Heinrich Schliemann assistiere mir persönlich. Leider erfolglos.

*

Sagte ich, dass ich *einsam* war? Nein, einsam trifft es nicht wirklich. Das Alleinsein war für mich Normalität. Es stimmte zwar, dass ich kaum Kontakt zu anderen Kindern hatte. Weder aus der Nachbarschaft - in der es offensichtlich kaum Kinder gab - noch in der Schule. In der Schule deshalb nicht, weil ich bis zum elften Lebensjahr nie eine Schule von innen gesehen hatte. Irgendwie hatten meine Eltern es mit Großvaters Hilfe erreicht, meinen Besuch einer öffentlichen oder privaten Schule zu verhindern. Obwohl schon ab August 1945 zumindest die Grundschulen ihren Unterrichtsbetrieb wieder aufgenommen hatten. Und ein Internat war aufgrund meines Alters noch nicht in Frage gekommen.

Es sei halt besser für mich, hatte man mir erklärt. Es gäbe triftige Gründe, die ich sicherlich später besser verstehen könne. So war es mit vielen Dingen in meiner Kindheit, ich sollte sie erst viel später verstehen. Und tatsächlich vermisste ich die Schule nicht wirklich. Ich stellte sie mir als einen rauen Ort andauernder Kämpfe und Herabsetzungen vor.

„Besondere Kinder haben es auch *besonders* schwer dort", hatte mein Großvater mir erklärt. „Wenn jemand allen Anderen überlegen und voraus ist, ist das unerträglich für die breite Masse der Normalen. Sie lassen es dich spüren und kein Lehrer wird dich je davor schützen können."

Mangels Vergleichsmöglichkeiten vermochte ich nicht so recht zu beurteilen, ob ich irgendeinem Altersgenossen *überlegen* oder *voraus* war. Auch hatte ich keine konkrete Vorstellung, auf was sich meine Genialität eigentlich beziehen sollte. Auf das Angeln oder Ditschen von Steinen, auf mein Klavier- oder Geigenspiel oder irgendetwas anderes.

Als Ersatz für den Besuch einer öffentlichen Schule kam jeden Vormittag Frau Mittmann in unser Haus. Eine ältliche Privatlehrerin in einem grauen Kostüm und mit aufgedunsenen Gesichtszügen, die versuchte, mich in den wesentlichen Dingen des offiziellen Lehrplans zu unterweisen. Und wenn Frau Mittmann´s mir nahe gekommenem Mund beim Sprechen auch immer ein leicht säuerlicher Geruch entströmte, war sie mir durchaus nicht unangenehm. Insgeheim bewunderte ich sie sogar ob ihrer nie nachlassenden Bemühtheit. Oft, während ich verträumt auf die verschwommenen Buchstaben oder Zahlen in einem aufgeschlagenen Buch starrte, hörte ich ihre Stimme in weiter Ferne wie mit sich selbst sprechen.

Außerdem besuchten mich seit meinem siebten Lebensjahr einmal wöchentlich Herr Fehringer und Frau Reuter. Der hochaufgeschossene Herr Leopold Fehringer, zeitweise Stimmführer der zweiten Violinen beim Philharmonischen Staatsorchester, unterrichtete mich im Geigenspiel. Wogegen Frau Annemarie Reuter, korpulente Korrepetitorin beim Staatsopernchor, mich bei der Bedienung unseres verschnörkelten *Bechstein* - Flügels unterwies. Einem heiligen Tastendinosaurier, auf dem, der Legende nach, der große Johannes Brahms in seinen Hamburger Jahren höchstselbst seine berühmt-berüchtigte Sonate in fis-Moll zum Vortrage gebracht habe. Unter anderem vor dem anwesenden Kaiser Wilhelm I und Fürst Otto von Bismarck.

Wenn meine Übedisziplin, zum leisen Verdruss meiner Eltern und Lehrer, zwar schwach ausgeprägt war, so spielte ich beide Instrumente trotzdem mit echter Leidenschaft. Allerdings unter größtmöglicher Umgehung jedweden methodisch-didaktischen Curriculums, dessen einzige Aufgabe es nach meinem Empfinden war, mich in meiner grenzenlosen Kreativität und Intuition einzuengen. So ergriff ich meine Geige nur, wenn mir *danach war*. Nur wenn es mich *überkam*, griff ich in die geweihten brahmschen Elfenbeintasten. Um beseelt und respektlos vor mich hin zu improvisieren, um mich in einer aus dem Augenblick geborenen Klangwelt zu verlieren. Ein rauschähnlicher Zustand, den ich noch heute wie ein Süchtiger als tägliche Dosis benötige. Für die sich in Hörweite befindenden Menschen meiner frühen Jahre wahrscheinlich ein aus dem Musikzimmer dringendes chromatisch-pentatonisches Inferno. Ein akustisches Martyrium, das meine Eltern jedoch dankenswerterweise standhaft über sich ergehen ließen.

Ich schließe meine Augen.

Dann besteht die Welt meiner frühen Kindheit nur aus diesem von einer Mauer umgebenen Garten und unserer weißen, mit klassizistischen Ornamenten verzierten, Villa. Sie besteht aus den wenigen Menschen, die in ihr lebten und arbeiteten: meiner Familie, den meist unsichtbaren Angestellten des Hauses und unserem alten Schäferhund Wittich. Ab und zu wagten zwei Katzen aus der Nachbarschaft unbemerkt von ihm das Grundstück zu queren, denn Wittich konnte zwar laut bellen, war aber nicht der Schnellste. Wenn ich meine Lider absenke, rieche ich Politur und Bohnerwachs. Ab vormittags kamen die feinen Düfte aus der Küche dazu. Am Abend manchmal die Parfums von Mutter und Großmutter. Manchmal die frisch gewaschene und gestärkte Bettwäsche. Manchmal kroch auch ein Furz von Wittich in meine Nase.

Eigentlich war unser Haus ein Ort der Stille. Von gelegentlichen Familienfeiern, gesellschaftlichen Empfängen und meinen musikalischen Exzessen einmal abgesehen. Denn wenn ich meine Augen schließe, höre ich fast nichts. Höchstens das Ticken einer Standuhr. Ein fernes Klappern aus der Küche. Wittichs Krallen auf dem Parkett. Die gedämpften Schritte meiner Großmutter im Stockwerk über mir. Die Windböen in den Buchen vor den Fenstern.

Es gab noch ein weiteres Haus auf der Nordseeinsel Sylt. Ein reetgedecktes Ferienhaus, mit dem ich jedoch nur eine kurze, wenn auch bedeutsame Erinnerung verbinde. Aber davon später mehr.

*

Außerhalb unseres Anwesens bin ich so gut wie nie gewesen, denn alles was sich dort befand, schien eine Art gefährliche Wildnis zu sein. Ein lebensfeindliches Reich voller ungeahnter Gefahren. Ähnlich, wie in dem Märchen der Gebrüder Grimm, das meine Mutter mir mit samtener Stimme einmal abends am Bett vorgelesen hatte. Es war mir strengstens untersagt, auch nur einen Schritt in dieses Reich zu setzen. Deshalb stellte ich mir vor, dass die Welt außerhalb der Grundstücksmauer genau das Richtige wäre für einen, der unbedingt ausziehen wollte, *das Fürchten* zu lernen. Und da ich so einer nicht war, hielt sich meine Neugier lange in Grenzen.

Und dass am schräg gegenüberliegenden Ufer des Rondeelteichs, in das ehemalige Anwesen des kanadischen Botschafters, einmal eine legendäre Künstlerwohngemeinschaft einziehen würde, deren Mitglieder unter anderem mit deutschsprachiger Rockmusik und anarchischen Blödeleien berühmt werden sollten, lag natürlich auch außerhalb meiner Vorstellungskraft. *Villa Kunterbunt* nannten zwei Jahrzehnte später die dort lebenden Maler, Komödianten und Musiker der sogenannten „Hamburger Szene" ihr Domizil. Eine abstruse, nahezu anstößige Vorstellung in der frühen Nachkriegszeit.

Als ich dann, mit fünf oder sechs Jahren, bei meinem ersten Ausflug die gegen den Himmel ragenden Ruinenfassaden und ausgebrannten Fensterhöhlen erblickte, war ich weniger erschrocken als enttäuscht. Ich starrte durch die Seitenscheibe unserer nach Leder duftenden Mercedes-Pullman-Limousine und versuchte mir vorzustellen, was hier draußen wohl passiert sein könnte. Man hatte mir nicht verständlich vermitteln können oder wollen, was der tiefe Grund dieser Ausfahrt war, aber scheinbar musste ich irgendeiner wichtigen neuen Behörde vorgestellt werden. Und zwar ohne Beisein eines Familienmitglieds. Selbst unser Chauffeur Emil musste während der Befragung draußen vor der Tür warten.

Auf jeden Fall saß ich plötzlich allein in einem riesigen Raum des Rathauses und sollte Fragen beantworten. Fragen, die mir von einem hinter einem riesigen Schreibtisch sitzenden uniformierten Mann in komischem Deutsch gestellt wurden. Verwirrende Fragen zu unserer Familie, zu meinen Erinnerungen an unser Leben in der Kriegszeit und noch verwirrendere Fragen zu unseren Freunden und Bekannten. Aber vor allem interessierte sich der Mann hinter dem Schreibtisch für die Person meines Großvaters.

Und damit ich meine Antworten besser überlegen konnte, durfte ich in eine bunte Blechdose mit knisternd umhülltem Konfekt greifen, die eine neben meinem Stuhl stehende uniformierte Frau mir alle paar Minuten direkt vor mein Gesicht hielt. Am besten schmeckten die Bonbons im grünen Papier: pure Milchschokolade. Den Bonbon in orangefarbenem Papier spuckte ich nach wenigen Bissen in meine hohle Hand. Dort blieb er bis zum Schluss und schmolz vor sich hin.

„Fass bloß nicht die Sitze an!", mahnte Emil mich, als er mir die Tür vom Wagen aufhielt. „Dein Großvater macht uns beide zur Minna!" Und obwohl ich wusste, dass mein Großvater mich niemals „zur Minna machen" würde, hielt ich während der gesamten Rückfahrt meine Hände in die Luft. Zu Hause zeigte ich das glänzende Papier stolz meiner Großmutter.

„Und? ... War es sehr schlimm da drin?", fragte mich meine Mutter abends, während ich in der Badewanne hockte. Ein Plastikmodell des Schlachtschiffes Bismarck ragte mit seinen grauen Geschütztürmen aus den Schaumbergen. Genaugenommen waren es gigantische Eisberge am Nordkap.

Meine Mutter faltete Handtücher zusammen, stapelte sie gewissenhaft übereinander, um sie in einen Hängeschrank am Fußende der Badewanne zu legen. Ihre Stimme klang um Beiläufigkeit bemüht. Ich wusste jedoch sofort, worauf sich ihre Frage bezog und schüttelte den Kopf.

„Nein, schlimm war es eigentlich nicht. Ein bisschen komisch. Aber irgendwie auch spannend."

„Spannend?"

„Na, das Rathaus, ... die Stadt und das alles ..."

Insgeheim hatte ich mich gewundert, dass niemand von der Familie sich nicht schon früher am Tag nach dem Verlauf meiner Befragung erkundigt hatte. Denn natürlich spürte ich, dass da ein komplexerer Zusammenhang existierte, innerhalb dessen meiner Vorladung im Rathaus größere Bedeutung zukam. Wenn ich auch noch nicht in der Lage war ihn zu begreifen.

„Emil hat mir erzählt, dass er vor der Tür hat warten müssen. Ist das wahr? Man stelle sich das mal vor! Für einen kleinen Jungen wie dich muss das doch alles recht beängstigend gewesen sein. Hattest du keine Angst?"

Ich schüttelte erneut meinen Kopf und erzählte meiner Mutter von der freundlichen Frau mit der Bonbondose und dem komisches Deutsch sprechenden Mann in Uniform hinter dem Schreibtisch. Ich schob die Bismarck durch einen Schaumberg hindurch.

„Als Großvater mir das Modell geschenkt hatte, hat er gesagt, dass er dabei gewesen war, als die Bismarck hier in Hamburg vom Stapel gelaufen ist. Stell dir vor, Mama, ihre Kanonen waren zwanzig Meter lang und konnten fast vierzig Kilometer weit schießen! Sie hätten über Hamburg hinweg schießen können!"

Ich blähte in der Badewanne hockend mein Backen auf und machte das Geräusch einer gewaltigen Detonation. Ich kippte die Bismarck in Schräglage, denn der

Rückstoß ihrer geballten Feuerkraft war schließlich gewaltig.

Mit einem Handtuchstapel in den Händen drehte meine Mutter sich zu mir um. Ihre Stirn lag in Falten: „*Freundlich* waren sie, das stimmt. Bonbons gab es bei uns allerdings nicht."

Ich begriff nicht sofort, was meine Mutter mir damit mitgeteilt hatte.

*

Aber natürlich war mir klar, dass all die Zerstörung, die ich während der Autofahrt sah, irgendwie mit dem Grollen, Dröhnen und Krachen zusammenhängen musste. Den Geräuschen über uns auf der Erdoberfläche, die ich in den vielen Nächten gehört hatte. In den Nächten, in denen meine Familie und ich einmal wieder im Keller unserer Villa gehockt hatte. Genau betrachtet war es ein großzügiger Bunkerraum mit einer extra dicken Stahltür. Ein fensterloser Raum voller Spielzeug, bequemer Möbel und einem überquellenden Regal voller Essen und Trinken. Es gab sogar eine Dusche und einen Gasherd.

Doch niemand hatte den ernsthaften Versuch gemacht mir etwas zu erklären. Niemand, auch nicht unser stummer Chauffeur, der den schweren Wagen bei meinem ersten Ausflug in Slalomlinien stoisch um die Trümmerberge herum lenkte. Um Gebirge aus Schutt, auf denen kopftuchtragende Frauen in farblosen Kleidern mit Hämmern auf Steinen herumklopften. Und zu fragen hatte ich mich nicht getraut. Unterschwellig hatte ich wohl das Gefühl, mit meinen Fragen an etwas zu rühren, das für mich tabu war.

Doch je länger ich während der Rückfahrt von meiner Befragung im Rathaus (durch einen englischen Entnazifizierungs-Offizier der Besatzungsbehörde, wie ich später erfuhr) aus dem Wagenfenster schaute, um so deutlicher wurde mir, dass der Erdball außerhalb unserer Gartenmauer in den zurückliegenden Jahren einer apokalyptischen Heimsuchung ausgesetzt gewesen sein musste.

In meiner kindlichen Fantasie stellte ich mir gigantische Ufos und Raumschiffe vor, aus deren Bäuchen Heerscharen von schwerbewaffneten grünen Marsmenschen quollen. Ich hatte eine von der Menschheit mit allerletzter Kraft heldenhaft zurückgeschlagene Invasion außerirdischer Mächte vor Augen. Wie in einem dieser *Planet* Science-Fiction-Comichefte, die mein Großvater mir einmal aus Amerika mitgebracht hatte.

Dass ausgerechnet meine Familie und ich von dieser Invasion so gänzlich verschont geblieben waren, empfand ich jedoch keineswegs als erstaunlich. Im Gegenteil, ich empfand es als ganz natürlich, dass wir in den vergangenen Jahren offensichtlich im windstillen Auge des Orkans gelebt hatten. Unberührt von diesem mörderisch um uns herum rasenden Höllenstrudel. Jedoch ahnte ich, dass mit der Tatsache unseres Überlebens und unserer Rettung irgendwie mein Großvater zu tun haben musste. Und dass dies auch der Grund war, weshalb mich der mit Akzent sprechende Mann im Rathaus befragt hatte. Mein lieber Großvater, der jetzt, wenige Tage nach meinem zehnten Geburtstag, plötzlich nicht mehr für uns und mich da sein sollte.

Dabei war er doch noch am Abend meines zehnten Geburtstages mit mir allein in die *Lichtburg* gegangen.

*

Die *Lichtburg* war ein Filmvorführraum im Keller unserer Villa am anderen Ende desselben Ganges, an dem auch der Bunkerraum lag. Ein Ort, an dem ich problemlos mein ganzes Leben hätte verbringen können. Genaugenommen war er ein vollständiges Kino im Kleinformat. Es war ein Raum mit echten Kinosesseln, stoffbespannten Wänden, einer Leinwand hinter einem roten Samtvorhang und einem leise summenden Projektor hinter einer Scheibe. An den Wänden wechselten sich fackelförmige Papyruskandelaber und Fotografien ab, auf denen mein Großvater neben berühmten Filmschauspielerinnen zu sehen war. Es gab auch Fotos, auf denen er in lederner Fliegermontur winkend vor einem Doppeldeckerflugzeug stand. Wenn ich größer wäre, so hatte er mir versprochen, würde er mich mitnehmen auf einen Rundflug hoch über Hamburg. Mit der *Tante Ju,* dem *Fieseler Storch* oder seinetwegen auch mit dem *Zeppelin.* Ich könne es mir aussuchen.

Mein Großvater hatte sich zu Beginn der Vorführung, wie so oft, eine Zigarre angezündet und blies den Rauch in die über unsere Köpfe hinwegfliegenden Bilder. Der Zigarrenqualm wanderte über die Strahlen und Schlieren des gebündelten Lichts. Diese Augenblicke gehören zu den magischen Erinnerungen an meine Kindheit. Ganz gleich wie sie später einzuordnen waren.

Alles, was jetzt kam, war mir vertraut. Und doch zog es mich immer wieder in seinen Bann: Unterlegt von ohrenbetäubenden Trommelwirbeln und Fanfaren - „Franz Liszt! ... Le Preludes! ... Stählerne Romantik!", rief mein Großvater mir jedes Mal durch das Orchestergewitter zu - erschien ein steinerner Adler vor am Himmel aufgefächerten Strahlen von Flakscheinwerfern. Sodann erschien auf der Leinwand in großen Lettern der Schriftzug:

DIE DEUTSCHE WOCHENSCHAU

Der steinerne Adler verschwand und gab den Blick frei auf den Hamburger Hafen. Die Kamera schwenkte über ein Gewirr von Kränen, Schornsteinen und Schiffsaufbauten, die am Horizont in grauem Nebel verschwanden. Kurz kamen der Turm des Michels und das Bismarckdenkmal ins Bild. Dazu erscholl eine Männerstimme aus den Lautsprechern, die voller Emphase von der erfolgreichen Entwicklung des internationalen Handels und der Seeschifffahrt des deutschen Reiches berichtete.

Auf der Leinwand erschienen jetzt einzelne Frachtschiffe, die sich auf hoher See durch turmhoch schäumende Brecher kämpften. Dann einige Seeleute, die sich mit gegerbten Gesichtern an Maschinen, Tauwerk und Ladung zu schaffen machten. Zuletzt erschien ein auf der Kommandobrücke stehender Kapitän mit heroischem Herrenblick, der ein Fernglas unter den Schirm seiner Mütze hob um den Horizont abzusuchen.

Besonders ein Mann und sein Unternehmen habe sich in den letzten Jahren um diese Belange nationaler Bedeutung verdient gemacht, fuhr die Stimme des Kommentators fort. Und in diesem Moment erschien - während die Musik einen festlichen Charakter annahm - mein Großvater auf einer von Blumengirlanden behängten hölzernen Behelfsbühne. Dazu wurde quer über die Leinwand ein Schriftzug eingeblendet:

Tauber & Tauber Linien

Mein Großvater hatte immer einen weißen Anzug an und sah ein wenig jünger und angespannter aus als ich ihn kannte. Um ihn herum standen jede Menge Männer in mit Orden bestückten Uniformen, die sehr strenge Mienen aufgesetzt hatten.

Und dann war da plötzlich wieder dieser kleine gebeugte Mann mit dem Schnauzbart, welcher das allerstrengste Gesicht von allen hatte. Ich wusste: Gleich wird mein Großvater diesem Mann unablässig die Hand schütteln und es wird ihm anzusehen sein, wie stolz er ist, dies tun zu dürfen. Ich hatte beim Zusehen jedoch immer das Gefühl, dass der strenge Mann mit dem Schnauzbart keine rechte Lust auf diese ewige Schüttelei hatte und froh war, wenn Großvater ihn endlich wieder losließ.

Die Stimme des Kommentators schien zu diesen Szenen eher zu singen als zu sprechen:

„Unser großer Führer Adolf Hitler persönlich ließ es sich nicht nehmen, Karl-Hermann Tauber - Gründer und Besitzer der Tauber & Tauber Linien - zur Taufe der MS Nordmark zu gratulieren. Ein Stückgutfrachter allerneuester Bauart mit über 10.000 Bruttoregistertonnen. Das erneute Ergebnis und der Beweis überlegener deutscher Schiffsingenieurskunst. Ein

Triumph der maritimen Technik. Konstruiert für die weltumspannende Handelsflotte des Großdeutschen Reiches.

Karl-Hermann Tauber! Ein leuchtendes Vorbild für jeden Deutschen, seine heilige Pflicht gegenüber dem geliebten Vaterland zu leisten. Sei es als einfacher Arbeiter an der Werkbank einer Fabrik oder bei der Führung eines großen international aufgestellten Unternehmens."

Erneut änderte sich die Musik. Sie wurde lauter und bewegter. Ich sah den Bug der *MS Nordmark* gegen den Sonnenuntergang ragen. Ein schwarzer Keil im dramatisch leuchtenden Abendhimmel.

Dann sah ich meine Mutter. Meine Mutter, wie sie in einem weißen Kleid eine Flasche Spritzwasser an einem Seil gegen den Schiffsrumpf schleuderte. Und ich sah sie (wie schon viele Male zuvor) peinlich berührt auflachen, als die Champagnerflasche unverrichteter Dinge von der Stahlwand zurückprallte. Erst beim zweiten Versuch zerbarst sie; gefolgt von hunderten klatschenden Händen und einer einen stummen Tusch spielenden Musikkapelle an der Kaimauer.

Meinen Vater konnte ich in diesem Ausschnitt der Wochenschau nie entdecken. Sooft ich ihn gesucht hatte. Obwohl er, Helmuth Tauber, nach meinem Verständnis doch eigentlich die zweite Hälfte von *Tauber & Tauber Linien* sein musste. Und als ich meinen Großvater einmal auf die Unauffindbarkeit meines Vaters ansprach, reagierte dieser ungewohnt unwirsch.

Er brummelte etwas davon, dass es Menschen gäbe, die sich lieber im schattigen Hintergrund aufhielten und die den Drang hätten sich eher vor aller Welt zu verbergen als ihr mutig ins Gesicht zu sehen. So habe er zum Beispiel seinen Sohn Helmuth von der Verpflichtung, seinem Vaterland im Felde der Ehre zu dienen, mit viel Aufwand entbinden können. Und bis heute wisse er nicht so recht, ob dies vielleicht ein großer Fehler war. Aber was solle man machen? Blut sei halt dicker als Wein.

„Mit Hilfe meines Geldes und meiner Beziehungen hatte dein lieber Herr Vater sich ... *mal wieder* ... vor etwas drücken können, während andere zur gleichen Zeit in Kursk, Moskau oder Stalingrad ihren Hintern hinhielten. Darunter übrigens auch sein Bruder Tillich, dein Onkel, und allerbeste Freunde von ihm ... eine Schande eigentlich! Aber es scheint ja momentan groß in Mode zu kommen, sich erst hervorzuwagen wenn die Luft wieder rein ist. Besonders unter den Sozis. Selbst unser verehrter Bürgermeister Herr Brauer macht da keine Ausnahme; war bei seiner Wahl noch amerikanischer Staatsbürger, der gute Mann, und plötzlich ... Aber meinetwegen! Schwamm drüber! Dein lieber Großvater musste bezüglich deines Vaters auf jeden Fall in den höchsten Kreisen Klinken putzen. In den *allerhöchsten,* das kann ich dir versichern!"

Ich hatte diesen Sermon schon häufiger gehört und natürlich nur halb verstanden. Und während ich zum wiederholten Male überlegte, was es wohl bedeutete, *seinem Vaterland im Felde der Ehre zu dienen,* weshalb *Blut dicker als Wein* sein sollte und wie man als Amerikaner plötzlich Bürgermeister von Hamburg werden konnte, redete, nein, schrie der Wochenschau-Kommentator unaufhörlich gegen die pathetische Musik an.

Dass die Nazis dem ehemaligen sozialdemokratischen Bürgermeister von Altona, Max Brauer, der sich seit 1933 im Exil befunden hatte, die deutsche Staatsbürgerschaft entzogen hatten, erzählte mein Großvater dem zehnjährigen Kind selbstredend nicht.

Die Stimme des Kommentators überschlug sich fast, als die 12.000 Bruttoregistertonnen große MS Nordmark langsam aus dem Trockendock in das Wasser des Hafenbeckens glitt. Dann sah man noch einmal den strengen kleinen Mann mit dem Schnauzbart, wie er in einem offenen Wagen, vorbei an den spalierstehenden Werftarbeitern, in die untergehende Sonne fuhr.

Mit einem kurzen Jauler riss die Musik ab und es war Schluss. Für einen Moment saßen mein Großvater und ich in fast vollkommener Dunkelheit. Über uns die Villa, meine Mutter, mein Vater, meine Großmutter, unsere Angestellten, der alte Wittich und die ganze Welt mit ihren Milliarden Menschen in ihren Wohnungen, Häusern und Städten. Manchmal hörte man ein paar Schritte oder ein Geräusch aus der Küche. Aber es war mir nicht unheimlich, denn es gab eine Unmenge spannender Themen, die in meinem Kopf herumgingen:

Tante Ju, Fieseler Storch oder Zeppelin?; Feld der Ehre; In Stalingrad den Hintern hinhalten; In allerhöchsten Kreisen Klinken putzen; Sich mal wieder vor etwas drücken können; Stählerne Romantik...

Ich hörte den großen Mann neben mir schwer atmen, so als hätte er soeben etwas sehr Anstrengendes oder sogar Schmerzhaftes hinter sich gebracht. Ich kannte das schon. Die Hitze eines glühenden Felsens strahlte in der

Finsternis der *Lichtburg* zu mir herüber. Als ob die Szenen der eben gesehenen Wochenschau ihn nach all den Jahren immer noch aufregen würden.

Irgendjemand Unsichtbares machte sich hinter uns im Projektorraum zu schaffen. So wie es überall im Haus meiner frühen Kindheit irgendjemand Unsichtbaren gab, der sich irgendwie und irgendwo zu schaffen machte. Sei es, bevor man einen Raum betrat oder sei es, nachdem man ihn wieder verlassen hatte. Abgesehen von den Geistern und Gespenstern, die ich bisweilen unter meinem Bett und im Kleiderschrank vermutete.

„Du weißt ja, irgendwann wirst du von *all dem* der Erbe sein. Das ist eine unausweichliche Tatsache und es ist besser, du stellst dich schon mal darauf ein, mein kleiner-großer Frieder!"

Mit diesen Worten legte mein Großvater, wie so oft, seine Hand auf meinem Oberschenkel ab. Schwer und bedeutsam lag sie da. An manchen Tagen zitterte sie leicht. Und während ich mir zum wiederholten Male vorzustellen versuchte, wie es wohl sein würde, *von all dem der Erbe* zu sein und mir ein wenig mulmig wurde, wurde die Hand meines Großvaters immer schwerer und wärmer. Dann begann er, seine zitternden Finger auf meinem Schenkel hin und her zu bewegen. Als wenn er die Bedeutung seiner Worte durch den Stoff meiner Hose in mich hineinmassieren wollte. Auch das kannte ich schon.

*

Wenn mein Großvater einmal nicht auf Geschäftsreise war, war er sich durchaus nicht zu schade, mir, seinem einzigen Enkelkind, als Betthupferl etwas vorzulesen. Meine Mutter trat dann immer wie selbstverständlich zurück. Auch dann, wenn meine Mutter und ich zum Beispiel gerade mitten in einer Geschichte aus *Tausend und einer Nacht* waren. Es war, als galt es, einem berühmten Hofschauspieler ehrfürchtig Platz auf der Bühne zu machen.

Mein Vater und meine Großmutter lasen mir nur selten vor. Aber mein Großvater konnte, zugegeben, ganz hervorragend vorlesen. Mit großer Emphase und übertriebener Gestik und Mimik wie ein Theatergott alter Schule. Und er nahm sich jedes Mal viel Zeit dafür. Immerhin habe er schon vor dem Krieg mit dem *alten Schwuli* Gustav Gründgens manch Glas in der Kantine des Schauspielhauses geleert. Was er mit *Schwuli* gemeint hatte, gehörte mit zu den vielen Dingen, die sich mir erst in späteren Jahren erschlossen.

Als Einstieg rezitierte er zu meinem Vergnügen häufig eine dieser urkomischen Laut-Übungen für Menschen, die mit sprechenden oder singenden Berufen ihr täglich Brot verdienten. Mein Großvater konnte viele dieser Übungen nicht nur auswendig, sondern sie auch in rasender Geschwindigkeit fehlerlos vortragen. Die Worte flogen messerscharf aus seinem etwas zu tief angesetzten Mund. Übrigens ein physiognomisches Merkmal vieler männlicher Sprösslinge der Taubers.

Jahrzehnte später, in einem anderen Leben und in einer anderen Welt, fand ich diese skurrilen aber gleichzeitig hohe literarische Qualität beinhaltenden Texte in einem verschlissenen Bändchen mit dem Titel *Der kleine Hey - Die Kunst des Sprechens* wieder:

Polternd tobet Donners Rollen,
Sollte Gott wohl zornvoll grollen?
Opfertod! O wolle kommen,
Noch lohnt Gottes Sohn
Hoch vom Wolkenthron,
Sorg´und Not, o Trost der Frommen!

Oder:

Hinterm Haus heult Hassan,
Harrachs Hofhund, heißhungrig hervor -
Hetzt herzhaft Hennen und Hahn
Halb haushoch zum Heuhaufen hin!
Hoiho! Hallt hastig des Hausherrn Horn!
Hierher, Hofhund! -
Horch, hurtig huscht Hassan zur Hütte.

Meistens las er danach aus zwei seiner Lieblingsbücher vor: *Robert der Schiffsjunge* oder *Rulaman, der Junge aus der Steinzeit;* Jugendbuchklassiker aus der guten alten Kaiserzeit, wie er mir erklärte. Bücher, die ihm selbst als Kind schon viel bedeutet hätten und auch mir Wegweiser während meiner Entwicklung zum Manne sein könnten, wie er nicht müde wurde zu betonen.

Und tatsächlich war *Robert der Schiffsjunge* ein äußerst spannender Roman über den Sohn eines Schneidermeisters aus dem Schleswig Holsteinischen Pinneberg, der sich mit seinem brutalen Vater überwarf und eines Nachts heimlich die Kleinstadt verließ. Im Hamburger Hafen heuerte der Junge als Smutje auf einem Seelenverkäufer an, um in die Welt hinaus zu fahren. Weg aus der preußischen Enge, weg aus der Armut seines Elternhauses. Erst als erwachsener Mann, gereift und gestählt vom Bestehen vieler Abenteuer, aber auch von Enttäuschungen und Niederlagen, kehrte er zu seinen Eltern zurück. Er versöhnte sich mit seinem Vater, um daraufhin erneut viele Jahre zur See zu fahren.

Rulaman war die fesselnde und gleichermaßen didaktisch aufwändig aufbereitete Heldengeschichte eines Jungen in der Steinzeit. Voller dramatischer Kämpfe mit Wölfen, Höhlenbären, Höhlenlöwen und Mammuts. Beim Zuhören erfuhr ich viel über das Erstellen von steinzeitlichen Werkzeugen und den Umgang mit Waffen. Ich lernte die Großwildjagd und die Rituale des frühmenschlichen Alltags kennen. Das Buch war aufwändig, wenn auch nur schwarz-weiß, illustriert und mein Großvater hielt mir bei den entsprechenden Textpassagen die Bilder zum Betrachten hin. *Rulaman* war aber auch die Geschichte eines Untergangs. Der verzweifelte Überlebenskampf eines Volkes, das sich am tragischen Ende einer zivilisatorisch höher stehenden Kultur beugen musste.

Neben den Abenden in der *Lichtburg* kannte ich die Hand meines Großvaters auch von diesen Vorlesesituationen. Während er bei Kerzenlicht mit lauter Stimme deklamierend auf meiner Bettkante hockte, lag sie oft auf meinem Bauch oder meinem Schenkel. Ruhelos wie ein von ihm getrenntes, selbständiges Lebewesen. Hin und her wandernd. Einzelne Worte und den Handlungsverlauf der Geschichten mit kleinen Ruckern und Zuckern kommentierend. Meistens über, manchmal auch unter der Bettdecke. Ich hatte immer das Gefühl, als würde mein ganzes Bett durch das Gewicht meines Großvaters in Schräglage geraten. Als säße der schwergewichtige Mann auf dem Rand eines wackeligen Alsterkanus.

*

Nach der Wochenschau in der *Lichtburg* gab es meistens noch einige Mickey Mouse und Donald Duck Zeichentrickfilme. Heute gehe ich davon aus, dass ich in ganz Hamburg vielleicht das einzige Kind war, welches schon Ende der 40er Jahre in den Genuss dieser Filme kam. Denn mit Beginn der Nazizeit hatte Walt Disney seinen kleinen Helden nämlich strengstens untersagt, deutsche Mädchen und Jungen zum Lachen zu bringen. Allerdings weniger aus politischen, als aus wirtschaftlichen Gründen. Aber im martialischen Weltbild der Nazis und ihrer Pädagogik, die alles Schwache und Zärtliche *weghämmern* wollte, hätte ein chaotischer Erpel im Matrosenanzug wohl sowieso keinen Platz gehabt. Obwohl es ja Historiker gibt, die behaupten, dass Hitler persönlich Donald gemocht haben soll. Dass Donald Duck den verkümmerten Rest Menschlichkeit in Adolf zum Zucken gebracht habe. Was für ein Bild: Der streng gescheitelte Führer, hysterisch lachend, allein in einem gigantischen unterirdischen Kinosaal. Auf einer haushohen Leinwand treiben Tick, Trick und Track ihren Onkel in den Wahnsinn.

Mein Großvater und ich konnten uns auf jeden Fall ausschütten vor Lachen. Er lachte eigentlich viel lauter als ich und knuffte mir dabei jedes mal auf den Oberarm.

*

Und nun sollte all dies unwiderruflich der Vergangenheit angehören? Unsere Kinoabende im Keller mit Donald, Mickey und dem großen Führer. Das Vorlesen am Bett, die lustigen Zungenbrecher, das Knuffen auf den Oberarm und die unruhig wandernde Hand. Die für meinen Großvater so typischen überschäumenden Begrüßungen, wenn er wieder einmal von einer wochenlangen Geschäftsreise aus Übersee zurückgekommen war. Seine Mitbringselorgien für die ganze Familie und den großzügig erweiterten Bekanntenkreis:
Amerikanische Zigaretten, Kisten voller Coca Cola, Bourbon-Whiskey aus Tennessee und Kentucky. Schallplatten mit Swingmusik und Jazz von Benny Goodman oder Charlie Parker. Manchmal auch Hochglanzautogrammkarten berühmter Hollywoodstars, elektronische Küchengeräte, batteriebetriebenes Spielzeug und Sonnenbrillen aus Florida.

Eines Morgens stand sogar ein fabrikneuer amerikanischer Straßenkreuzer in der Sonne auf unserem Vorplatz. Ein *DeSoto Custom*, wie ich heute weiß. Perlmutt-Weiß mit einem chromblitzenden Haifischmaul wie eine Gefährt aus einer Fantasiewelt. Er war im Bauch eines Frachters mit einer Ladung Gasturbinen über den Atlantik gekommen. Der Wagen verschwand dann allerdings für Jahre in einer unserer Garagen, weil mein Großvater es, Anfang der Fünfziger, noch nicht wagte, mit dem auffälligen Automobil durch das kriegsversehrte Hamburg zu rollen.

Sollte es denn wirklich nie wieder die spontan organisierten Hauskonzerte mit den Mitgliedern der Hamburgischen Staatsoper geben? Herr Fehringer und Frau Reuter waren auch immer dabei gewesen. Diese Abende, an denen mein Großvater bisweilen selbst einige Soloarien sang oder hoch aufragend am Flügel saß? Denn er war nebenbei auch ein ambitionierter Amateurmusiker, der, aufgrund seiner gesellschaftlichen Stellung, beste Kontakte zu Chor und Orchester der Philharmonie besaß.

Sollte unser Rundflug über Hamburg für immer ausfallen? Hatte ich mich im Stillen doch längst für den *Fieseler Storch* entschieden. Der Zeppelin erschien mir zu altmodisch und zu behäbig und mit der *Tante Ju* war schon dieser gebeugte Mann mit dem Oberlippenbärtchen und dem unfreundlichen Gesicht immer herumgeflogen. Erst im Wahlkampf und später auf der Flucht vor den verdammten Bolschewiken. Zumindest hatte mir das mein Großvater anvertraut.

Richtig begriffen hatte ich die Tatsache seines Todes sowieso erst, nachdem erneut mehrere Wochen vergangen waren. Nachdem die Küstenwache Mitte Oktober zuerst seine zerstörte Zwölf-Meter-Segeljacht *Norne* und etwas später die Leiche meines Großvaters selbst geborgen hatte. Irgendwo in der sturmgepeitschten Nordsee zwischen der Elbmündung und Helgoland.

Ich hörte meinen Vater, einige Male vom Schiffe verschlingenden Monster *Großer Vogelsand* reden. Und von dem Jahrhunderte alten Schiffsfriedhof im umliegenden Seegebiet. Worauf ich mir eine Art Magnetberg und einen riesigen, auf diesem Magnetberg stehenden Sturmvogel vorstellte, der mit aufgerissenem Schnabel nach jedem Boot hackte, das ihm zu nahe käme. Ähnlich wie der *Vogel Roch* aus den Märchen von Tausendundeiner Nacht.

2

Von der Trauerfeier in der Backsteinkapelle des Krematoriums des Friedhofs Ohlsdorf - ein von außen auf mich düster wirkender Bau in Form eines gigantischen Brennofens - erinnere ich eine flüsternde Menschenmenge, eingehüllt in schwüle Parfums und dunkle Stoffe.

EINE VON DIESEN

stand draußen in goldenen Lettern unter einer goldenen Uhr am Giebel, deren Zeiger um eine Dornenkrone kreisten. Ich überlegte, was dieses *eine von diesen* wohl heißen sollte und erschrak bei dem Gedanken an meinen eigenen Tod. Was wohl als Mahnung an die Lebenden gedacht war, empfand ich als gruselige Androhung: *Wenn deine letzte Stunde gekommen ist: Auch du wirst hier brennen!* Ich stellte mir vor, gefangen in einem Sarg aufzuwachen, weil die Ärzte mich versehentlich für tot erklärt hätten. Ich stellte mir vor, wie es wäre, wenn die Flammen anfingen, an mir zu fressen.

Drinnen in der Kapelle war es vergleichsweise hell und freundlich. Ich saß ganz vorne in der ersten Bankreihe zwischen meinen Eltern und starrte auf diesen Kasten, in dem sich mein Großvater jetzt befinden sollte. Von einer Empore aus dunklem Holz hinter uns wehte ernste Streichermusik - wahrscheinlich eine Abordnung der Philharmonie zusammen mit meinem Geigenlehrer Herrn Fehringer - und an einem Rednerpult vor mir wechselten sich Männer mit erschütterten Gesichtern und schwarzen Krawatten ab. Männer, die exemplarische Geschichten über meinen Großvater erzählten. Anekdotenreiche Begebenheiten, in denen es meistens um seine Bedeutung, Vorbildfunktion und Selbstdisziplin ging. Innere Größe und dergleichen.

Natürlich verstand ich nicht alles, was von den am Pult Stehenden geredet wurde, aber was ich verstand, deckte sich mit den Erfahrungen, die ich selbst mit meinem Großvater gemacht hatte. Ganz offenkundig hatte ein großer und wertvoller Mensch die Welt verlassen. Vor allem *mich,* sein einziges Enkelkind, hatte er verlassen.

Am beeindruckendsten fand ich jedoch die Geschichte eines schmalen, irgendwie unterernährt wirkenden Mannes, der als einziger einen grauen, statt einen schwarzen Anzug trug, und der zwischen den übrigen Rednern ein wenig deplatziert wirkte. So als hätte er nicht zu den allerbesten Geschäftspartnern und Freunden des Verstorbenen gehört, sondern in einem anderen Verhältnis zu ihm gestanden. Wahrscheinlich war er ein hochgestellter Gewerkschaftler oder einer der Betriebsratsvorsitzenden bei *Blohm & Voss* oder den *Howaldtswerken*. Dieser Mann sah sich gezwungen, seine Rede des öfteren zu unterbrechen, weil ihm seine Stimme in Abständen versagte.

Der Mann im grauen Anzug berichtete, wie mein Großvater, ihn, seine Familie und viele andere Menschen vor dem sicheren Hungertod bewahrt habe. In den allerschlimmsten ersten Jahren direkt nach dem Krieg und besonders im mörderischen Winter 1946/47. Mein

Großvater hätte ihnen Arbeit, Brot und vor allem wieder einen Sinn im Leben gegeben. Einen Grund überhaupt weiterzumachen.

Denn die Arbeiter hätten in jenen Tagen schließlich wie Gestrandete unten am Hafen gesessen. Zwischen all den ausgebrannten Hallen, verbogenen Stahlträgern und abgeknickten Kränen. Wie eine verlorene Armee, die sie ja schließlich auch waren. Viele noch in ihren abgerissenen Uniformen und Wehrmachtsmänteln. Ohne Gegenwart und ohne Hoffnung auf eine bessere Zukunft. Entmenscht von der hinter ihnen liegenden Hölle in Stalingrad oder einer der anderen Höllen, die sie als Soldaten überlebt hätten. Das von Eisschollen zerklüftete Wasser der Elbe sei, wie immer, träge und unbeteiligt an ihnen vorbeigeflossen. Richtung offenes Meer. Richtung Freiheit und Amerika. Fort von all dem Zerfall und der Agonie.

Niemand habe sich für das besondere Schicksal der Heimkehrer wirklich interessieren können. Außer Almosen, Suppenküchen und warmen Worten wäre da am Anfang nicht viel gewesen. *Draußen vor der Tür* hätte man gestanden, um mit Wolfgang Borchert zu sprechen. Die an der Heimatfront gebliebenen Frauen hätten schließlich mit sich selbst und den Kindern genug zu tun gehabt. Verständlicherweise. Nach all den Bombennächten mit den Kleinen im Keller. Nach Feuerstürmen, Leichenbergen und den Durchhalteparolen der Nazis. Manche der Männer hätten damals endgültig ihren Lebensmut verloren und hätten vor Verzweiflung und Elend zum Alkohol gegriffen. Oder sie seien für immer in die Elbe gegangen. Oder sie hätten, zusammen mit ihrer Familie, den Gashahn aufgedreht, sagte der dünne

Mann um Fassung ringend. Das sei doch alles schließlich erst wenige Jahre her.

Aber dann sei Karl-Hermann Tauber gekommen und habe sie alle gerettet. Ja, man dürfe diese Formulierung durchaus wählen: E*r war ein Retter!* Denn Karl-Hermann Tauber habe ihnen den Glauben an das Leben wiedergegeben, weil er das Wagnis eingegangen sei, wieder Schiffe für die Weltmeere zu bauen. Schiffe für seine *Tauber & Tauber Linien.* Und *das* - so sagte der kleine Mann, der sich mit bebenden Worten zum wiederholten Male nur einen *einfachen Arbeiter* nannte, der stellvertretend für alle anderen Werftarbeiter und deren dankbaren Familien hier stünde - *das* sei nach den überstandenen Jahren der Finsternis ein wahrhaftes Geschenk des Himmels gewesen! Und darüber hinaus ein Hoffnungszeichen für alle Arbeiter des in Trümmern liegenden Hamburgs und ganz Deutschlands.

Ich hatte bis zu diesem Zeitpunkt noch nie einen Erwachsenen so weinen sehen und spürte auch meine eigenen Tränen aus mir hervorschießen. Ich kann mich nicht erinnern, ob meine Eltern neben mir ebenfalls geweint haben. Irgendwann setzte die Musik wieder ein und der Sarg mit meinem Großvater verschwand lautlos in einer Klappe im Fußboden.

Einige Tage später fand sich am Grab nur der engste Familienkreis ein. Immerhin auch um die zwanzig Personen. Genaugenommen fast alle Menschen, die noch wenige Wochen zuvor bei meiner zehnten Geburtstagsfeier anwesend waren. Neben meinen Eltern und meinen

Großeltern mütterlicherseits, meine sämtlichen Tanten, Onkel, Cousinen und Cousins. Außerdem ein jüngerer Bruder und eine ältere Schwester meines Großvaters mit ihrem neuen Ehepartner, den ich noch nie gesehen hatte. Und natürlich die Witwe des Hauses, meine Großmutter.

Meine Großmutter war eine stille, schlichte Frau, die treu und ergeben an der Seite meines Großvaters durchs Leben gegangen war. Sie sprach selten, und wenn man ihr in die Augen schaute, hatte man häufig das Gefühl, sie wüsste viel mehr über das Leben und die Menschen, als sie einem preisgab. Manchmal wirkte sie sogar ein wenig abweisend auf andere Menschen, und man konnte den Eindruck gewinnen, ihre beflissene Emsigkeit sei nur eine Methode, um nicht all zu viel über das nachzudenken, was sich an Wissen und Erfahrung in ihrem stets perfekt frisierten Kopf angesammelt hatte. Auch am Grab ihres Ehemannes wirkte sie eher pflichterfüllend als verzweifelt. Und als ich in ihrem Gesicht nach Tränen suchte, fand ich es stumm und trocken. So, als wäre sie mit ihren Gedanken schon längst beim anschließend geplanten Totenmahl im Hotel *Prem*. Denn dort war ein Saal reserviert worden.

Doch mein Großvater muss meine Großmutter, die in ihrer Jugend eine talentierte Balletttänzerin gewesen war, sehr geliebt haben. Anders war für mich vieles nicht zu erklären.

*

An einem ihrer Geburtstage, es muss ihr fünfzigster 1948 gewesen sein, hatte mein Großvater als Überraschung nahezu sämtliche Ballettelelven einer renommierten Hamburger Ballettschule in unsere Villa eingeladen. Vielleicht hatte er der Leiterin des Tanzinstituts vorher als Gegenleistung auch eine großzügige Spende zukommen lassen. Wie dem auch sei, die Kinder wurden mit einem privaten Busunternehmen quer durch die Stadt von der Ballettschule im Blankeneser Hirschpark zu uns nach Winterhude transportiert.

Den ganzen Nachmittag über bevölkerten plappernde Jungen und Mädchen - genaugenommen drei Jungen und vierunddreißig Mädchen im Alter von sieben bis zwölf Jahren - in ihren Tutus, Tüllröcken, Strumpfhosen und Schläppchen unsere Räume und Flure. Selbst aus unserem verlaubten Garten scholl ungewohntes Kindergeschrei in die Nachbarschaft. Das Ganze hatte eher die Atmosphäre eines Kinderfestes, als die des fünfzigsten Geburtstags der Dame des Hauses. Unsere Hauswirtschaftlerin hatte ein mehrere Meter langes kindgerechtes Buffet aufgefahren, auf dem sie ständig für Nachschub sorgte und die arme Frau Mittmann musste den ganzen Nachmittag Kinderspiele wie Sackhüpfen, Topfschlagen und Eierlaufen anleiten. Es war ein rauschhaftes Erlebnis für mich. All das versetzte mich, der ich im Umgang mit Gleichaltrigen ungeübt war und zunehmend soziopathische Züge entwickelte, in eine nie gekannte Euphorie.

Stündlich, immer wenn mein Großvater mit wichtig hochgezogenen Augenbrauen unsere Essensglocke läutete, fanden kurze Tanzdarbietungen in wechselnden Kostümierungen statt. Alle Tänzerinnen und Tänzer versammelten sich dann im großen von Möbeln freigeräumten Salon um ihre Ballettmeisterin. Meine Klavierlehrerin Frau Reuter begleitete am Bechsteinflügel mit den bekannten Melodien aus Schwanensee, Nussknacker und Dornröschen.

Zu meiner Verwunderung hatte sich meine Großmutter selbst an diesem Freudentag in einer eher ernsten Stimmung befunden. Als ich meine Mutter darauf ansprach, mutmaßte sie, dass Großmutter Lisbeth durch die ballettösen Darbietungen vielleicht an ihre vergangene Jugendzeit erinnert würde. Und dass sich ihre eigenen Pläne Tänzerin zu werden, als Papa und Onkel Tillich geboren wurden, endgültig zerschlagen hätten. Auf jeden Fall verfolgte meine, in einem extra positionierten Sessel sitzende, Großmutter die tänzerischen Bemühungen der Eleven zwar wohlwollend aber ohne erkennbare Begeisterung.

Ganz im Gegensatz zu meinem zur Hochform aufgelaufenen Großvater, der am Abend Geschichten erzählend und Witze machend auf dem großen Sofa im Salon hockte. Umringt von einer ausgelassen kichernden Kinderschar; und ich, als der Enkelsohn des Hauses, mittendrin. Mein Großvater verteilte mit urkomischen Gesten und Mienen kleine Geschenke und Süßigkeiten. Zwischendurch das eine oder andere Kind neckisch in den Bauch piksend oder in die Hüfte zwickend. Dann machte er plötzlich eine Stimme wie Frankenstein oder verwandelte sich mit einem krummen Buckel zum grässlichen Glöckner von Notre Dame. Und wer von den kreischend flüchtenden Kindern es wagte trotzdem zurück auf seinen Schoß zu klettern, dem steckte er einen Bonbon oder ein Stück Schokolade direkt in den Mund. Ab und zu wurden seine wippenden Beine auch zum Rücken eines wilden Rodeo-Pferdes und man musste versuchen so lange wie möglich oben zu bleiben. Plötzlich stand meine Großmutter in der Tür:

„Ich glaube, nun reicht es aber, Karl-Hermann!"
Mit diesen ungewohnt strengen Worten beendete sie gegen Abend die Situation.

„Es ist spät geworden und die Kinder müssen jetzt dringend nach Hause zu ihren Eltern."

Ich erinnere mich, dass von meinem Großvater kaum Widerspruch kam. Dass er lediglich etwas von *schließlich Währungsreform und den Kindern mal etwas Gutes tun wollen,* vor sich hin nuschelte. Dass er, beinahe ertappt wirkend, anfing das Bonbonpapier um sich herum aufzusammeln. Ohne aufzusehen. Ohne ein Wort der Verabschiedung zu den Kindern.

Meine Großmutter schob mich und die enttäuscht maulende Schar vor sich her aus dem Salon: „Der Bus ist vorgefahren. Es hat mich sehr gefreut, dass ihr heute hier gewesen seid. Ihr habt mir einen sehr schönen Geburtstag bereitet."

Als ich mich noch einmal umdrehte, sah ich meinen Großvater allein in dem unaufgeräumten Zimmer auf dem Boden hocken. Ein irritierender Anblick. Ein schuldbewusster Schuljunge nach einer Strafpredigt von seiner Mutter.

Im Vergleich zur Trauerfeier im Krematorium gestaltete sich die Beisetzung meines Großvaters deutlich weniger erhaben. Die Zeremonie beschränkte sich auf einige dürre Worte des Pfarrers, worauf seine Urne von zwei Mitarbeitern des Bestattungsunternehmens - in steifem Livree und mit weißen Handschuhen - unendlich langsam in einen der drei Sarkophage des Familiengrabes herabgelassen wurde. Die Urne erinnerte mich an die Blechdose, die mir bei der Befragung im Rathaus in Abständen vor mein Gesicht gehalten wurde. Damit ich mich besser erinnern konnte.

Das Mausoleum der Taubers war eine der Antike nachempfundene Rotunde mit einer abschließbaren kupferbeschlagenen Pforte und einem vergitterten Guckfenster. Um in das Innere hineinsehen zu können, musste man drei flache Marmorstufen emporsteigen. Das Mausoleum war zwar nicht das größte seiner Art - in direkter Nachbarschaft entdeckte ich weitaus imposantere Exemplare, in denen ich Kaiser und Könige vermutete -, und doch wurde ich bei seinem Anblick von Ehrfurcht erfasst. Ich erschauerte vor der offensichtlichen Bedeutung meiner Familie und bei der Vorstellung, dass es der Vorsehung und Tradition entsprach, dass ich selbst einmal in dieses Totenhaus einziehen sollte. In diesen Tempel mit seinen halb verwesten Leichen und Aschebehältern. Die Friedhofsverwaltung, oder wer auch immer, sorgte dafür, dass in seinem Inneren stets eine rote Grablampe brannte. Und nun stellte ich mir zwanghaft vor, dass diese Lampe ab jetzt Tag und Nacht bis an mein Lebensende dort auf mich warten würde. Das Licht an der Hafeneinfahrt am Ende einer langen Seereise. Vielleicht auch zu ihrem Beginn. Was wusste ich schon?

Nachdem die mit Kränzen und Blumen belegte Abdeckplatte knirschend über den Sarkophag geschoben worden war, entstand ein kurzer aber intensiver Moment der Stille. In diesem Moment wirkten die Menschen um mich herum wie in graues Blei gegossen. Und während ich mir unsicher war, ob es sich dabei um ein letztes tiefempfundenes Abschiednehmen oder eher um ein betretenes Schweigen handelte, betrachtete ich die gemeißelten Inschriften auf der Platte des Sarkophags. Der Schriftzug mit dem Namen meines Großvaters war der frischeste und größte von allen. Ich rechnete mir aus, wie alt er geworden war und wie lange meine Eltern noch leben würden, wenn sie im selben Alter stürben wie er.

KARL-HERMANN TAUBER
1883 - 1952

Dann gingen alle zurück zum Parkplatz. Mit zügigen Schritten, denn es war ein feucht-kalter Novembertag und es hatte kaum merklich angefangen zu regnen. Doch wenn ich ganz ehrlich bin, weiß ich nicht mehr, was für ein Wetter an jenem Tag herrschte. Vielleicht erstreckte sich auch ein klarer azurblauer Himmel über dem Friedhof. Vielleicht war es für diese Jahreszeit, wie so oft heutzutage, auch deutlich zu warm. Aber der unverbesserliche Regisseur meiner Erinnerungen besteht darauf, dass nur Wolken, Regen und Kälte für diese Szene in Frage kommen können.

Meine Mutter hatte mir, nachdem sie ihren Regenschirm aufgeklappt hatte, kurz über den Kopf gestrichelt und mich fest an die Hand genommen.

„Nun ist es überstanden, Frieder", sagte sie fast flüsternd, so, dass nur ich es hören konnte. „Einmal ist immer das erste Mal im Leben eines Kindes. Der Mensch kann sich den Zeitpunkt dieser Erfahrungen leider nicht aussuchen. Aber du bist ja mein tapferer großer Junge. Denke immer dran: Das Leben geht weiter und wird noch viele schöne Überraschungen für dich bereithalten."

Bei diesen Worten bekamen die Absatzgeräusche ihrer Schritte für einen Moment etwas Resolutes. Ich spürte plötzlich eine weitere Hand über meinen Kopf streicheln. Wobei es sich dabei weniger um ein Streicheln, als um ein linkisches Abklopfen meiner Haare handelte. Als ich mich umdrehte, ging hinter mir meine Tante Johanna aus Bremen. Sie zwinkerte mir zu.

Mein Vater ging abseits der Gruppe; vertieft in ein leises Gespräch mit seinem Bruder Tillich, dem Mann von Tante Johanna. Die beiden großen schlanken Männer hatten sich Zigaretten angezündet und zogen weiße Rauchfahnen hinter sich her. Zwischen den herbstbunten Baumkronen kam schon die dunkelrote Backsteinfassade der Kapelle des Krematoriums in Sicht.

Ich hatte schrecklich kalte Füße und musste immer an den weinenden Redner im grauen Anzug denken: *Ein Retter! Ein Geschenk des Himmels!* Mein Großvater musste wirklich ein ganz besonderer Mensch gewesen sein.

Als mein Vater sich plötzlich von der Gruppe löste und auf einen Mann mittleren Alters zustürmte, erschreckten sich alle. Ich meinte selbst meine schweigsame Großmutter einen unterdrückten Laut von sich geben zu hören. Es war allerdings eher ein Stöhnen tief aus ihrem Inneren. Fast so, als würde sie den Mann kennen.

Der Mann, auf den mein Vater zu rannte, war auch mir schon aufgefallen, denn er war auf einem Parallelweg bereits einige Minuten neben uns her geschritten und hatte in Abständen zu uns rübergeschaut.

Wir sahen, wie mein Vater sich dem Fremden in den Weg stellte und auf ihn einredete. Unzweideutig wütend und drohend, denn er tippte ihm beim Reden wiederholt mit seinem Zeigefinger gegen die Brust. Außerdem hatte er seine Stimme so erhoben, dass zumindest einige Satzfetzen zu uns herüberdrangen. Ich konnte nicht genau verstehen, worum es ging, aber einige Worte flogen zusammen mit dem Zigarettenrauch aus seinem Mund zu uns herüber; stoßweise und unmissverständlich: „Nie wieder! ... Letztes Mal! ... unverfrorene Dreistigkeit! ... Gottseidank vorbei!"

So ging es eine Weile.

„So mach doch irgendjemand etwas!", hörte ich meine Mutter irgendwann neben mir in die Runde sagen. „Helmuth wird ihn noch umbringen!"

Als mein Vater anfing, den Mann mit ausgestrecktem Arm schimpfend vor sich herzutreiben - vorbei an tropfenden Wasserhähnen und den hängenden Schwingen patinagrüner Trauerengel -, eilten mein Onkel und der Pfarrer an seine Seite. Um ihn zu beruhigen, um möglicherweise Schlimmeres abzuwenden, um ihn an seinen Armen von dem zurückweichenden Fremden wegzuziehen. Denn es machte durchaus den Eindruck, dass mein Vater drauf und dran war, den Mann zu schlagen.

Doch bevor dieser sich abwandte und hinter einer hohen Hecke verschwand, blickte er noch einmal kurz zu uns herüber. Genaugenommen schien er den gezielten Blickkontakt mit mir zu suchen. Zumindest bilde ich mir das bis heute ein. Der Mann hatte ein helles, großflächiges Mondgesicht. Er grinste zu mir herüber, als würde er mich kennen oder unbedingt näher kennenlernen wollen.

Ich war fasziniert und beunruhigt zugleich von der soeben erlebten Szene, denn bis dato hatte ich meinen Vater immer äußerst beherrscht und zurückhaltend erlebt. Wie hatte Großvater neben mir in der *Lichtburg* noch gesagt? *Es gibt Menschen, die sich lieber im schattigen Hintergrund aufhalten und den Drang haben sich vor aller Welt zu verstecken, als ihr mutig ins Gesicht zu sehen.*

Doch damals, beim Begräbnis seines eigenen Vaters, sah ich meinen Vater zum ersten Mal regelrecht aus der Haut fahren.

Als Onkel Tillich und der Pfarrer ihn wieder zur Gruppe zurückbrachten, hatte mein Vater einen roten Kopf, und wenn er atmete war da ein pfeifendes Geräusch, das ich noch nie bei ihm gehört hatte. Meine kleinen Cousinen aus Bremen hatten sich weinend unter den Schirm an meine Tante Johanna gedrückt. Der Regen hatte an Intensität zugenommen.

Auf dem Parkplatz neben der Kapelle des Krematoriums standen nur die Autos unserer Familie. Überhaupt wirkte der ganze Friedhof um uns herum wie leergefegt. Als wäre er reserviert worden für diese eine letzte Amtshandlung, mit der das Kapitel Karl-Hermann Tauber für alle Zeit als physisch abgeschlossen erklärt werden sollte.

*

Unser Chauffeur ließ den Wagen an und war im Begriff den Pullman-Mercedes auf die Fuhlsbüttler Straße zu lenken, als es plötzlich an der Beifahrerscheibe meines

Vaters klopfte. Ein Mann in nassem Regenmantel hielt ein Mikrofon an das Fenster und rief meinem Vater aufgeregt Fragen zu. Von seiner Hutkrempe rann das Wasser. Hinter ihm stand ein zweiter Mann, ebenfalls im Regenmantel, mit einem an Riemen um seine Schulter hängenden Koffer, in dem das Mikrofonkabel verschwand. Der Mann mit dem Mikrofon hörte nicht auf seine Fragen zu stellen und immer wieder an die Scheibe zu klopfen, so dass ich befürchtete, diese würde gleich zerspringen. Genaugenommen schrie er seine Fragen durch das Glas zu uns ins Auto hinein. Er war mir so nah, dass ich seine schadhaften Zähne erkennen konnte. Meine Mutter legte beschützend ihre Arme um mich.

Natürlich kann ich den genauen Wortlaut der Fragen des Reporters nicht wiedergeben, aber ich verstand so viel, dass sie alle um die endgültige Klärung der Todesursache meines Großvaters kreisten und um irgendwelche weit in der Vergangenheit zurückliegenden Geschehnisse. Geschehnisse aus den Zeiten des Krieges. Aus den Zeiten des kleinen grimmigen Mannes mit dem Schnauzbart. Es ging um Kontakte und Verbindungen zu Parteioberen. Insbesondere zu Karl Otto Kaufmann. In persona Gauleiter und Reichsstatthalter von Hamburg sowie Reichskommissar für Seeschifffahrt, wie ich später erfuhr. Auch die Begriffe *Arisierung* und *Judenrat* fielen einige Male.

„Was wissen Sie darüber?", schrie der Reporter hinter der Scheibe. „Gab es über das Kriegsende hinausgehende Verbindungen? Was können Sie uns und der Öffentlichkeit darüber mitteilen?"

Mein Vater machte einige abwehrende Handbewegungen zu den Regenmänteln, die sich aber nicht abwimmeln ließen und deren nasse Gesichter neben ihrem Mikrofon jetzt schon fast an der Scheibe klebten. Und ich weiß noch genau, wie meine Mutter, die mich mit ihren Armen umschlang, panisch „Um Gotteswillen, wie lange wollen Sie denn noch warten?" zu Emil, unserem Chauffeur schrie.

„Nun fahren Sie doch los! … Bitte!"

Als der Wagen dann endlich anfuhr, trabten die Reporter noch einige Meter neben uns her. Der Mann mit dem Koffer um den Hals hatte als erster Schwierigkeiten mitzuhalten und fiel alsbald zurück. Ich sah, wie sich das Kabel zwischen den beiden spannte und nach einigen Sekunden abriss. Der Reporter mit dem Mikrofon machte ein resigniertes Gesicht und blieb ebenfalls stehen. Doch was er uns hinterherrief, höre ich noch heute, so, als würde er es mir direkt ins Ohr rufen: „Was wissen Sie über die genaue Todesursache von Herrn Tauber? Woran ist Karl-Hermann Tauber gestorben? Hat er vielleicht Suizid begangen?"

Unser Chauffeur gab mächtig Gas und die Kerle verschwanden aus meinem Blickfeld.

Im kleinen aber mondänen Hotel *Prem* an der Außenalster sollte es noch eine kurze Familienzusammenkunft geben. Meine Eltern hatten den blauen Saal mit Blick auf das Wasser gemietet. Auf der Fahrt dorthin sprach niemand ein Wort.

*

Eine lange eingedeckte Tafel. Umgeben von blau gepolsterten Stühlen und weißen Wänden mit goldenen Stuckgirlanden. Unter uns ein blauer Teppich und über uns mehrere Kronleuchter, unter deren festlichem Schein sich die Stimmung bald merklich zu lösen begann. Nach der bedrückenden Autofahrt war die Luft im Saal angefüllt mit aufgeräumter Konversation.

Vor der Fensterfront des Hotels lag das fast schwarze Wasser der Außenalster. Auf der gegenüberliegenden Seite sah ich die Turmnadel von St. Johannis patinagrün aus den herbstlichen Baumkronen in den Himmel über Harvestehude ragen. Ein paar unerschrockene *Piraten-Segler* kreuzten mit starker Krängung von Ufer zu Ufer. Im Kampf gegen die bei Regatten berüchtigten Böen, die von Zeit zu Zeit über die Dächer und zwischen den Häusern auf die Freifläche der Alster bliesen. Wie plötzliche Fallwinde am Fuße eines Hochgebirges oder Windkanäle vor zerklüfteten Felsküsten.

„Bei sechs Windstärken hast du es da schnell mit Böen von acht Beaufort zu tun, mein Lieber!", hatte Großvater mir im vergangenen Sommer während einer Ausfahrt mit einer bei *Bobby Reich* gemieteten Jolle zugerufen. Und während ich aus dem Fenster schaute, wurde mir traurig bewusst, dass ich nie wieder mit ihm über die Alster segeln, geschweige denn mit dem *Fieseler Storch* über sie hinwegfliegen würde.

„Es gibt hier sogar ein *Zarenzimmer*. Es ist komplett für einen einzigen Besuch des russischen Zaren eingerichtet worden. Stell dir das mal vor, Frieder!", erzählte meine Mutter neben mir plötzlich und schob ein Stück Marzipantorte zu mir rüber.

„Der Zar ist dann allerdings nie persönlich hier ins Hotel Prem eingezogen …"

„… Außerdem wäre ihm sowieso der Sturm auf den Winterpalast dazwischen gekommen!", warf mein Vater von der Seite ein. „In Wahrheit hat unser Herr Prem nämlich die komplette Einrichtung des ursprünglich für den Zaren bestimmten Schlafzimmers 1917 günstig ersteigert", flüsterte er mit vorgehaltener Hand. „Irgendwo am Hafen in einer Lagerhalle stand es, verpackt in Kisten, herum. Die Oktoberrevolution hatte es überflüssig gemacht. Da griff der geschäftstüchtige Herr Prem einfach zu. So kann man für die Öffentlichkeit lukrative Legenden stricken ..."

Mein Vater hatte sich von dem Vorfall auf dem Friedhof offensichtlich wieder erholt und seine übliche Gesichtsfarbe zurückgewonnen.

„... Und als sie noch in Deutschland lebte, hat die berühmte Zarah Leander hier regelmäßig ihr am Tisch zubereitetes Tartar zu sich genommen", fuhr meine Mutter, meinen Vater ignorierend, fort. „Ein Zimmer oben trägt sogar ihren Namen. Wusstest du das, Frieder?"

Ich schüttelte den Kopf und meine Mutter schenkte mir eine heiße Schokolade aus einem verschnörkelten Kännchen ein.

Allerdings erinnerte ich mich an eine der Fotografien unten in der *Lichtburg*, auf der Großvater zusammen mit einer dunkelgelockten Frau mit dunkel gemalten Lippen zu sehen war, die den Namen Zarah Leander trug. Sie hatte das Foto sogar selbst unterschrieben. So wie all die anderen berühmten Männer und Frauen auch, die auf vielen der Fotos neben meinem Großvater standen, als wäre es für sie die größte Ehre, mit meinem Großvater abgelichtet zu werden und nicht *er* mit ihnen.

„Und Hans Albers isst hier regelmäßig Seezunge Müllerin und unser Bundeskanzler Konrad Adenauer bestellt hier immer sein Lieblingsgericht."

Ich nippte an meinem Getränk - der Kakao war noch viel zu heiß - und war mir sicher, dass dieser Hans Albers auch auf einigen der Fotos in der *Lichtburg* zu sehen war. Zusammen mit meinem Großvater. In Kapitänsuniform hinter einem riesigen Steuerrad und mit einem Schifferklavier um seinen Hals.

„Weißt du denn, was das Lieblingsgericht von unserem Bundeskanzler Konrad Adenauer ist, Frieder?", fragte mein Vater mich grinsend.

Das Lieblingsgericht vom Bundeskanzler interessierte mich nicht besonders und ich verstand nicht, warum mein Vater mir diese Frage stellte. Erneut schüttelte ich den Kopf.

„Butterbrot mit Holsteiner Katenschinken. Stell dir das mal vor!"

Ich stellte es mir vor und konnte mit dieser Vorstellung allerdings so recht nichts anfangen. Schon aus dem Grund, weil ich mich nicht erinnern konnte, dass der Bundeskanzler auf einem der Fotos in der *Lichtburg* zu sehen war.

Als ich etwas später meine Mutter fragte, ob sie wisse, wer denn der Mann auf dem Friedhof gewesen wäre, auf den mein Vater so wütend gewesen war, antwortete sie, dass sie mir das nicht sagen könne.

„Vielleicht ein ehemaliger Mitarbeiter oder Geschäftspartner der Reederei, mit dem es irgendwelchen Ärger gegeben hat", mutmaßte sie. „So etwas kommt leider in Abständen immer wieder mal vor."

Als ich ihr anvertraute, dass ich meinen Vater noch nie so aus der Haut habe fahren sehen, erklärte meine Mutter mir, dass es in der internationalen Schifffahrtsbranche schließlich um sehr, sehr viel Geld gehe. Da lägen die Nerven halt manchmal kurzfristig blank.

Und als ich fragte, was die Reporter auf dem Parkplatz mit den Worten *Judenrat* und *Arisierung* gemeint hätten, und was es bedeute, wenn jemand *Suizid* begehen würde, sagte meine Mutter lediglich, dass es schlicht und einfach Dinge gäbe, die ein Kind noch nicht verstehen könne oder müsse. Und ich solle doch nun endlich mal meinen Kakao austrinken.

Daraufhin gabelte sie sich ein Stück Kuchen in den Mund, um kauend nach draußen auf die Alster zu blicken. Das Stück war viel zu groß und machte ihr dicke Backen. Meinen Vater zu fragen, traute ich mich nicht. Außerdem unterhielt er sich gerade leise mit meiner Großmutter.

Mir direkt gegenüber saßen Tante Johanna und Onkel Tillich aus Bremen. Tante Johannas Kuchenteller war unberührt geblieben und ihre Augen hatten mich schon die ganze Zeit mit einem merkwürdig unbeweglichen Blick angestarrt. Ich hatte schon die Befürchtung, einen Kuchenkrümel auf der Nase oder kakaoverschmierte Lippen zu haben und tupfte mich verstohlen mit einer Serviette ab. Doch da war nichts.

Vielleicht will sie mit ihrem starren Blick ganz genau herausfinden, wie es in mir, dem einzigen Enkelsohn des Verstorbenen, jetzt aussieht, dachte ich mir. *Bestimmt fängt sie gleich an, mir irgendwelche Fragen zu stellen oder mir etwas Tröstendes oder Aufmunterndes zu erzählen.*

Aber Tante Johanna stellte keine Fragen und erzählte mir auch nichts. Außerdem hatte ich beobachtet, dass sie sich aus einem kleinen Fläschchen etwas in ihre Kaffeetasse goss. Schon mehrmals.

*

Das Weihnachtsfest verlief in jenem Jahr wegen des Todes meines Großvaters weniger stimmungsvoll als gewohnt. Und doch hielten sich in unserer Villa am Rondeelteich in jenen Tagen deutlich mehr Menschen auf, als in den Jahren zuvor. Zum einen, weil die Anverwandten in schwerer Zeit verständlicherweise das Bedürfnis hatten enger zusammenzurücken. Zum anderen wohl auch wegen eines großen Kastens aus dunklem Furnier, der seit einigen Wochen unübersehbar in einer Ecke unseres Salons stand. Großvater hatte diesen Kasten noch kurz vor seinem Tod stolz der Familie präsentiert. Es war ein *Fernsehgerät*. Ein Fernsehgerät allerneuester Generation. Denn am ersten Weihnachtstag 1952 sollte abends der medienhistorisch sensationelle Beginn regelmäßiger Übertragungen von Fernsehsendungen in der Bundesrepublik Deutschland stattfinden. Aus einem Fernsehstudio in einem ehemaligen Flakbunker auf dem Heiligengeistfeld. Und zu diesem Anlass hatte Großvater eingeladen.

Unser Salon war zum Bersten gefüllt. Auch einige Freunde der Familie, Nachbarn und hochgestellte Mitarbeiter von *Tauber & Tauber Linien* waren gekommen. Sämtliche Sitzgelegenheiten waren auf die flimmernde Mattscheibe des kostspieligen Geräts ausgerichtet worden. Ich erinnere mich, dass meine Augen vom Zigarettenrauch brannten und viele Erwachsene ein Glas Champagner oder Sekt in den Händen hielten. Und weil alle im Raum Versammelten wussten, wem sie dieses denkwürdige Erlebnis des technischen Fortschritts zu verdanken hatten, war mein toter Großvater die ganze Zeit nahezu greifbar anwesend.

Zuerst erschien ein Mann auf dem Bildschirm, der in etwa sagte, dass das Fernsehen eine Brücke zwischen den Menschen und Völkern der Erde sein solle. Ein geheimnisvolles Fenster vom heimischen Wohnzimmer hinaus in die große, weite Welt. Ein Fenster, durch das das Leben schöner würde. Und dass man sich stets bemühen werde, dieses Fenster mit erfreulichen Inhalten zu füllen.

Irgendwann erschien eine adrette junge Frau mit brünetten Haaren und kündigte einen Film über die hochinteressante Entstehungsgeschichte des Weihnachtsliedes „Stille Nacht, heilige Nacht" an.

Nach einer Pause, in der von den Sendestationen aus der ganzen Welt Glückwünsche eingespielt wurden, folgte noch das Musiktheaterstück „Max und Moritz" mit vielen Tänzern, Kinderschauspielern und großem Sinfonieorchester.

Als alles vorbei war, erschien wieder die brünette Ansagerin, die uns lächelnd versprach: „Wir sehen uns morgen wieder."

Im Salon war es die ganze Zeit still gewesen. Erst als das Testbild auf der Mattscheibe erschien, setzte allgemeines Gemurmel ein. Die Strahlen einer schwarz-weißen Sonne wuchsen aus einem Zentrum sich verengender Kreise.

*

Ich glaube nicht, dass es genau in jener Nacht war - der Nacht nach der Aufnahme regelmäßiger Übertragungen von Fernsehsendungen aus einem Bunker -, in der ich diesen Traum zum ersten Mal träumte. Obwohl es natürlich gepasst hätte. Diesen Traum, der mich damals sehr oft heimsuchte und der sich, mit unterschiedlichen

Handlungsverläufen, alle paar Wochen in meinen Schlaf schlich. Bis ins frühe Erwachsenenalter. Als säße in meinem nachtdunklen Gehirn das Empfangsgerät eines Geheimsenders für verschlüsselte Botschaften aus einem am Tage unzugänglichen Kontinent. Dieser Traum endete stets unvermittelt mit dem Auftritt meines Großvaters. Erst Jahre später suchten mich Episoden heim, in denen sich das Geschehen an dieser Stelle fortsetzte.

Zu Beginn des Traums stand ich meistens mit meiner selbstgebauten Angel auf unserem morschen Steg. Hinter mir lagen der Garten und unsere Villa. Es musste wohl ganz früher Morgen gewesen sein, denn es war häufig noch dämmrig und kühl. Wahrscheinlich war Frühling oder Herbst. Verwundert bemerkte ich, dass ich nur meinen Schlafanzug trug und barfuß war. So richtig kalt war mir aber trotzdem nicht. Unter meinen Fußsohlen spürte ich das glitschige Holz des Stegs. Und während ich verschlafen auf die andere Seite des Teichs schaute, überlegte ich, wie ich wohl aus meinem Bett an diesen Ort gekommen war. Vielleicht war ich neuerdings zum Schlafwandler oder mondsüchtig geworden? Doch am wolkenlosen Himmel konnte ich keinen Vollmond entdecken.

Und während ich noch überlegte, stellte ich fest, dass sich mir am gegenüberliegenden Ufer des Teichs nicht der gewohnte Anblick der anderen Anwesen und Grundstücke bot, sondern eine Art Spiegelbild. Das Spiegelbild, beziehungsweise die Doppelung unseres Hauses in seinem Garten. Auch mich selbst sah ich jedes Mal als Kopie am anderen Ufer stehen. Ein etwa zehnjähriger Junge mit einer selbstgebauten Angel in der Hand, barfuß und im gestreiften Schlafanzug. Mein eineiiger Zwillingsbruder sozusagen.

Über all das erschrak ich jedes Mal neu. Ich traute mich nicht mich zu bewegen und schloss meine Augen. Denn eigentlich konnte es sich hier nur um eine optische Täuschung oder einen Traum handeln. Also beschloss ich im Traum abzuwarten, was passieren würde.

Was passierte, war, dass sich plötzlich sämtliche Fenster der Villa des Spiegelbilds öffneten und in jedem der Fenster ein Familienmitglied oder jemand von unserem Personal erschien. Wenn ich mich dann reflexhaft umdrehte, fand ich unser richtiges Haus jedoch still und schlafend hinter mir. So wie es sich gehörte. Doch vor mir, im Spiegelbild, lehnten all diese mir vertrauten Menschen entspannt in den Fensterbänken und winkten mir freundlich zu. Als sei es das Normalste von der Welt, dass ich, Frieder Tauber - zehn Jahre, frühmorgens, in Pyjama, barfuß und mit einer Angel in der Hand - hier draußen im taufeuchten Garten stand.

Meine Mutter und mein Vater winkten fast immer wohlwollend aus den Schlafzimmerfenstern, meine Großmutter aus dem Salon, die Haushälterin aus der Küche, Frau Mittmann aus der Bibliothek und Frau Reuter und Herr Fehringer passenderweise aus dem Fenster des Musikzimmers. Onkel Tillich und Tante Johanna lehnten im Fenstersims des Gästezimmers. Wobei Tante Johanna mir breit grinsend mit einem kleinen Schnapsfläschchen zuwinkte.

Nur mein Großvater fehlte bis zu diesem Zeitpunkt des Traums. Ich überlegte, ob es vielleicht klug wäre zurückzuwinken, ich wollte schließlich nicht unhöflich sein. Meistens entschied ich mich vorsichtig die Hand zu heben.

Dies war häufig der Moment, in dem sich ein dunkler Schatten auf das Spiegelbild legte. Als wenn sich eine

Wolke vor die aufgehende Sonne geschoben hätte. Ich spürte, dass der morsche Steg unter mir von einem leisen Zittern erfasst wurde. Die Atmosphäre wurde beklemmend und albtraumhaft. Außerdem passierte jetzt drüben mit dem Haus und den mir zuwinkenden Menschen etwas Seltsames. Doch bevor ich genau erkennen konnte, was dies war, trat mein Großvater auf die Veranda.

Er verharrte einen Moment. Dann sog er mit zurückgelegtem Kopf die frische Luft des anbrechenden Tages in seine Lungen. Im selben Augenblick verließen all die anderen ihre Plätze an den Fenstern und schlossen sie. Ich hörte, wie von innen gewissenhaft die Riegel vorgeschoben wurden.

Der Albdruck ließ glücklicherweise wieder nach. Die dunklen Wolken verzogen sich so schnell, wie sie gekommen waren. Und als mein Großvater mich, das heißt meinen Doppelgänger, in Pyjama und mit nackten Füßen auf dem Steg entdeckte, grinste er nur. Er schritt im Sonnenlicht des Morgens die Freitreppe in den Garten hinunter und steuerte auf meinen Zwillingsbruder zu. Dabei breitete er seine Arme aus und rief ihm etwas entgegen. Etwas, was ich auf meiner Seite des Teichs nicht verstand. Ich sah nur seinen auf- und zuklappenden Mund.

3

Es fing an im folgenden Frühjahr. Nachdem es eine Weile gedauert hatte, bis die Journalisten aufgehört hatten, unsere Telefonleitung zu blockieren, unsere Haustür zu belagern und die genaueren Umstände des Todes meines Großvaters halbwegs geklärt waren. Die Quelle für meine diesbezüglichen Informationen waren naheliegenderweise meine Eltern. Die Witwe des Hauses, meine Großmutter, blickte nach dem Hinscheiden ihres Ehemannes nur um so stummer vor sich hin; wenn auch, wie immer, vielsagend. Nur manchmal streichelte sie mir unvermittelt mit ihrem rauen und kühlen Handrücken über die Wange. Oder sie griff mir unter das Kinn und hielt es, während sie mein Gesicht betrachtete, einen Moment fest. Als wollte sie sich darüber vergewissern, dass sich meine Nase noch an ihrem angestammten Ort befand und nicht neuerdings an meiner Stirn klebte. Und über die Lippen des Hauspersonals und Frau Mittmann´s säuerlich riechenden Mund wollten sich auch keinerlei Äußerungen zum Unglück meines Großvaters stehlen.

Aber der Reihe nach.

So viel ich verstehen konnte, hatte mein Großvater sich mit seiner Segelyacht *Norne,* einem sogenannten *Nordischen Kreuzer,* bei zu schlechtem Wetter raus auf das Meer gewagt. Der Name von Deutschlands einziger Hochseeinsel Helgoland wurde häufig erwähnt und dass die mit dem Seegebiet um Helgoland erfahrenen Fischer meinen Großvater erfolglos am Auslaufen hatten hindern wollen. Niemand von ihnen habe verstehen können, warum dieser Verrückte aus Hamburg, - das soll tatsächlich ihre Formulierung gewesen sein, die sie für meinen Großvater gebraucht hätten, - warum *dieser Verrückte aus Hamburg* so blind gegenüber einem aufziehenden Orkantief sein konnte. Noch dazu als Alleinsegler mit dieser 12-Meter-Nussschale von Freizeityacht. Der glatte Wahnsinn sei das gewesen. Genaugenommen selbstmörderisch. Außerdem habe der gute Mann auch körperlich irgendwie nicht ganz auf der Höhe gewirkt. Hätte im Gesicht einige Blessuren gehabt. Aber Karl-Hermann Tauber habe in seiner bekannten großspurigen Art all ihre Argumente, im wahrsten Sinne des Wortes, in den Sturmwind geschlagen. Er habe sein Schicksal oder den Lieben Gott wohl persönlich herausfordern wollen.

Irgendwo draußen muss dann das Ruder gebrochen sein. Die *Norne* sei wohl mehrmals durchgekentert und mit ausgefallenem Motor zu einem Spielball der Wellen geworden. Zwischen dem *Scharhörnriff* und dem sogenannten *Eitzenloch* sei dann ihre Reise endgültig beendet gewesen. Der *Große Vogelsand* habe immerhin schon ganz andere Schiffe gefressen. Darüber hinaus sei allen ein Rätsel, warum Karl-Hermann Tauber sich nicht wenigstens am Boot gesichert oder zumindest eine Rettungsweste getragen habe. Auch einen Notruf habe er nicht abgesandt. Vielleicht waren es purer Leichtsinn und Selbstüberschätzung. Vielleicht bitter bezahlte Arroganz gegenüber den Gewalten der Natur. Es blieb bei wochenlangen Mutmaßungen und Spekulationen. Das Wort Suizid hörte ich niemanden mehr aussprechen.

Das besonders Tragische an der Sache war jedoch, dass mein Großvater einer der ersten Freizeitskipper überhaupt gewesen sei, der es gewagt habe, Helgoland wieder anzusteuern. Nach dem Kriege und nach der

Freigabe der Engländer, die noch einige Jahre zuvor auf dem roten Buntsandsteinfelsen ihre gesamten Restbestände an Bomben und Munition zur Explosion gebracht hätten. Mit der gigantischsten nichtnuklearen Detonation der Menschheitsgeschichte. Dem sogenannten *Big Bang*. Ein gewaltiger Feuerstrahl und Tonnen von Gestein seien am 18. April 1947 in den Himmel geschossen. Der Rauchpilz sei fast zehn Kilometer in die Höhe gestiegen. Sogar im hundertfünfzig Kilometer entfernten Hamburg hätten die Fensterscheiben gezittert. So hatte es mir Großvater selbst noch erzählt. *Hell-go-land,* hätten die britischen Flieger die Insel genannt: *Das Land, das zur Hölle geht.*

Doch bei aller Kühnheit, die man Karl-Hermann Tauber respektvoll zuschrieb, konnte oder wollte sich jedoch niemand vorstellen, dass er tatsächlich so verantwortungslos gewesen sein konnte, seine in den letzten Jahren so prosperierende Firma in Gefahr zu bringen; sein längst noch nicht vollendetes Lebenswerk. Schließlich waren die *Tauber & Tauber Linien* gerade im Begriff, wieder einen der vorderen Plätze unter den deutschen Reedereien einzunehmen. Nachdem der Krieg für einige Jahre alles zum Stillstand gebracht hatte, war man drauf und dran gewesen an die Weltspitze zu *Onassis* und Co. zurückzukehren. Aus diesem Grunde stand auch der leise Verdacht in der Öffentlichkeit, dass unter Umständen Alkohol mit im Spiel gewesen sein könnte.

*

Bei einem Gespräch zwischen meinen Eltern, das ich eines Abends zufällig mitbekam, während ich auf dem

Weg zur Toilette an ihrem Schlafzimmer vorbeischlich, hörte ich meinen Vater von dem *ewigen verdammten Bourbon* reden, den mein Großvater immerhin kistenweise aus Übersee importiert hätte.

„Machen wir uns nichts vor, Marianne, ohne seine regelmäßigen Drinks ging bei meinem Vater in letzter Zeit nicht mehr all zu viel."

„Was willst du damit sagen, Helmuth?"

„Es war der eine Drink zu viel, Marianne. Mein lieber Vater hat schlicht und einfach die Kontrolle verloren. Und das bei dem Sauwetter da draußen. Schwuppdiwupp ... weg war er ... der alte Suffkopp! Außerdem war er schließlich nicht mehr der Jüngste. Dieses Jahr wäre er immerhin siebzig geworden. Aber wehe, wenn jemand es wagte, seine Trinkerei anzusprechen."

Bevor ich hören konnte, was meine Mutter dem entgegnete, schlich ich zurück in mein Zimmer. Ich konnte lange nicht einschlafen, weil über meinem Bett an der Zimmerdecke plötzlich der brüllende Trichter eines riesigen Grammophons montiert war: *„Suffkopp, Suffkopp, Suffkopp!"*

Wie bei allen Kindern war dies nicht das erste Mal, dass ich ein Gespräch meiner Eltern heimlich belauscht hatte. Wohlgemerkt ein Gespräch. Nie habe ich sie zum Beispiel bei der Ausübung ihrer Sexualität beobachtet. Entweder hatte sich ihr Verlangen nach Sexualität mit dem Zeugungsakt meiner Person pflichtschuldigst erschöpft oder es gab in unserem Hause noch weitere, mir unbekannte Kammern und Kellerräume, streng geheime Orte, an denen meine Mutter ungestört ihrer ehelichen Pflicht gegenüber meinem Vater nachkommen konnte. Aber wer weiß - vielleicht waren es auch Orte, an denen meine Eltern sich einvernehmlich ihrer beiderseitigen Lust hingegeben hatten. Ich habe nie gewagt zu fragen, was es für sie war.

Nachdem der Trichter an der Zimmerdecke nicht mehr ganz so laut *„Suffkopp, Suffkopp, Suffkopp!"*, brüllte und es mich in das Magnetfeld des Schlafes zog, begannen bewegte Bilder durch mein Gehirn zu wandern. Bewegte Bilder von Szenen, die ich noch zu Lebzeiten meines Großvaters mehrmals belauscht hatte. Und zwar jeweils in Abständen von einigen Monaten. Auch damals war ich nachts an der angelehnten Tür des Schlafzimmers meiner Eltern vorbeigekommen. Manchmal hatte ich auch auf dem Parkett kniend durch das Schlüsselloch gespäht. Mit zitterndem Atem. Und was ich sah und hörte, hatte sich jeweils geähnelt.

Im gedämpften Licht der Nachttischlampen sah ich meine Mutter im Morgenmantel auf der Bettkante hocken. Ich hörte sie weinen. Die große Gestalt meines Vaters, auch nur von einem Pyjama bekleidet, stand vor ihr, mir den Rücken zugewandt, sodass ich das Gesicht meiner Mutter nicht sehen konnte. Mein Vater hatte seine Hand auf ihrer bebenden Schulter abgelegt und stand leicht über sie gebeugt. Und wenn ich das Gesicht meiner Mutter auch nie sehen konnte, so hörten meine Ohren doch mindestens einmal ihre Stimme.

„Warum kann dein Vater nicht aufhören damit, Helmuth? Er fährt schon wieder in die Schweiz. Schon wieder! Warum quält er mich so?"

So, wie sich ihr Mund auf der Höhe des Bauches meines Vaters befand, schluchzte sie ihre Worte quasi in ihn hinein. Als wolle sie ihr Leid in ihn hineinlegen. Als hoffte sie, dass ihr Ehemann einen Teil ihres Schmerzes übernehmen würde, um diesen in sich zu etwas reifen zu lassen. Vielleicht zu Trost und Heilung. Zu irgendeiner Hoffnungsvision.

„Nicht nur dich quält er, Marianne. Nicht nur dich!", sprach mein Vater mit dem Rücken zu mir.

Es fing damit an, als ich mich an die Tatsache zu gewöhnen begann, dass mein Großvater nicht mehr unter uns lebte, sondern als feiner Aschestaub im Familienmausoleum der Taubers auf mich wartete. Auf dem Friedhof Ohlsdorf in einer von einem roten Lampion bewachten Bonbondose in einem Sarkophag; umgeben von über einer Million Mitbewohner in der größten Totenstadt der Welt. Fast ebenso viele, wie in Hamburg täglich lebendig durch die Straßen gingen. Obwohl die auch nicht immer so lebendig aussahen.

Es fing damit an, dass mir auffiel, dass immer seltener über meinen Großvater gesprochen wurde. Und wenn doch einmal, dann mit gedämpfter Stimme oder hinter vorgehaltener Hand. So, als würde man die Erinnerung an ihn ungern übermäßig lange aufrecht erhalten wollen. So, als wären nach seinem Tod plötzlich neue Informationen und Erkenntnisse an die Oberfläche gekommen. Irgendetwas, was die Menschen in seinem vertrauten Umfeld jahrelang übersehen hätten. Unangenehme, unschöne Einzelheiten, die das Leben und Wirken meines Großvaters im Nachhinein in einem anderen, in einem weniger würdigen Licht erscheinen ließen. Zur Überraschung und Bestürzung all seiner Freunde und Geschäftspartner. Einige Abende zermarterte ich mir im Bett den Schädel, um was es sich dabei handeln könnte.

Nachdem meine Mutter mir nach der Gutenachtgeschichte einen Kuss gegeben und das Licht gelöscht hatte, fing ich an zu grübeln, warum mein Großvater meine Mutter zum Beispiel mit seinen Reisen in die Schweiz so gequält haben sollte. Was war *mit* und *in* dem kleinen geheimnisvollen Land hinter den Bergen? Ich grübelte in der Dunkelheit durch die sich plötzlich öffnende Zimmerdecke und das abgedeckte Dach unseres Hauses hindurch. Hinein in den unendlichen Sternenhimmel über meinem Bett, über der Stadt, über dem Land und der ganzen Welt. Aber wahrscheinlich maß ich der Sache viel zu große Bedeutung zu. Der Schlaf erlöste mich jedes Mal von meinem ergebnislosen Gedankenkreisen. Denn was sollte eine Lichtgestalt wie mein Großvater sich schon zuschulden kommen lassen haben?

Nach einigen Wochen kam ich zu dem vernünftigen Schluss, dass es wohl die unfassbare und unerträgliche Realität des Todes eines lieben und so besonderen Menschen selbst wäre, um die meine Familie den Mantel des Schweigens hängte. Quasi als Schutz. Um weiterleben zu können.

Sie wollen einfach nicht mehr drüber reden, sagte ich mir. *Die Wunde, die leere Stelle, die Großvater hinterlassen hat, schmerzt sie zu sehr in ihren Seelen. Aber vor allem wollen sie mich schützen.*

*

Doch es ging weiter. Als sich unser Haus veränderte. Als die ersten Bilder von den Wänden verschwanden.

Zuerst die kleinen, in Gruppen zusammengestellten Fotogalerien, die meinen Großvater an den verschiedensten Orten in den USA und Kanada zeigten: Niagarafälle, Rocky Mountains, Grand Canyon, Monument Valley, Golden Gate Bridge, Empire State Building. Es gab sogar Bilder vom Tafelberg in Südafrika, vom *Ayers Rock* in Australien und mit der Chinesischen Mauer im Hintergrund. Meistens gemeinsam mit seinen dortigen Geschäftsfreunden oder lokalen Würdenträgern. Kernig posierende Männer in ihren besten Jahren vor grandiosen Naturkulissen. Andere Fotos zeigten ihn mit denselben Leuten beim Bergsteigen, auf dem Tennis- oder Golfplatz. Und natürlich immer wieder beim Hochseesegeln mit unglaublich großen Fischen an sich biegenden Angelruten. Zurück blieben helle Rechtecke auf den Tapeten.

Das große Ölgemälde im Treppenhaus verschwand zuletzt. Eines Morgens hatte sich das von dem bekannten Hamburger Maler Paul Otto Miksch im naturalistischen Stil gehaltene Portrait meines Großvaters in Luft aufgelöst. Auffallendes Merkmal dieses in Blau- und Grüntönen gehaltenen Werkes waren die stechenden Augen meines Großvaters gewesen. Ganz gleich wo man sich im Treppenhaus der Villa gerade befand, schienen diese Augen einen fixieren zu können. Ein paar Jahre später begegnete mir dieser maltechnische Effekt bei der Darstellung Kaiser Wilhelms I. auf einem Fresko im großen Saal der Kaiserpfalz in Goslar während einer Klassenreise.

Bei uns zu Hause hatte ich mir daraus ein Spiel gemacht. Unten am Treppenabsatz schaute ich kurz zu meinem Großvater hinauf, um dann, mit abgewandtem Gesicht, die Marmorstufen zur Galerie hinaufzurennen.

Wenn ich wieder zu ihm hinsah, hatte er seinen Blick nicht von mir abgewandt. Selbst wenn ich das Haus verlassen hatte, spürte ich seine Augen noch in meinem Rücken: *Du weißt ja, irgendwann wirst du von all dem der Erbe sein. Das ist eine unausweichliche Tatsache und es ist besser für dich, du stellst dich schon mal darauf ein, mein kleiner Frieder!*, schienen diese Augen mir hinterher zu rufen.

In dem Augenblick, als ich an jenem Morgen meinen Kopf in die Höhe reckte und meinen Blick auf die plötzlich frei gewordene Fläche an der Wand heftete, überkam mich eine Ahnung. Ich ahnte, dass man von mir erwartete - oder zumindest erhoffte, - dass ich zu diesem und all den vorausgegangenen Vorgängen keinerlei Fragen stellte. So ungeheuerlich sie in meinen Kinderaugen auch waren. Und bis in mein Erwachsenenalter hielt ich mich an diese Ahnung.

Zwar spürte ich, dass meine Eltern nicht so naiv waren anzunehmen, dass sie mir, dem jüngsten Spross der Familie Tauber, etwas vormachen konnten. Dass ich keinerlei Zweifel hegte bezüglich unseres bisherigen Lebens, in dem die Dinge vielleicht anders waren als sie bis dato schienen; dass ich nicht ahnte, dass etwas nicht stimmen könnte, insbesondere bezüglich der Person meines Großvaters. Auch glaubte ich meinen Eltern deutlich anzumerken, dass ihnen meine Irritationen bewusst waren und dass sie diese Tatsache unglücklich machte. Doch gleichzeitig spürte ich ihre Erwartung, weiterhin ihr ahnungsloser süßer Frieder zu sein. Ihr kleiner zehnjähriger Junge, der seine Gedanken und Zweifel in irgendein Kellerverlies zu sperren hatte, wo er sie mit der Zeit vergessen sollte wie eine unangenehme, aber im Grunde harmlose, Kindheitserfahrung. Der erste Besuch beim Zahnarzt, Heimweh auf einer Klassenreise, oder ein gebrochener Arm beim Schlittschuhlaufen. Außerdem mussten sie davon ausgehen, dass ich die Aussage meines Vaters im nächtlichen Schlafzimmer meiner Eltern: „Schwuppdiwupp ... und weg war er, der Suffkopp!", nicht gehört hatte.

Also begann ich zu spielen. Und im Laufe der Jahre wuchs ich so sehr in die mir zugewiesene Rolle hinein, dass ich oft gar nicht mehr merkte, dass ich spielte. Nur wenn ich allein war, erwachten die Zweifel bisweilen aus ihrem Tiefschlaf. Beim Einschlafen. Bei längeren Toilettensitzungen. Wenn ich mit Fieber das Bett hüten musste. Dann stiegen verlässlich die Bilder aus ihren Kisten und Truhen und umringten mich. Wie gespenstische Hologramme, die einfach nicht verschwinden wollten.

Dass meine Eltern, und besonders meine Mutter, sich durchaus Sorgen machten um den Gemütszustand ihres Sohnes, merkte ich immer dann, wenn meine Mutter mich unvermittelt in meinem Zimmer aufsuchte. Oft stand sie lange hinter mir in der Tür und beobachtete mich. Es konnte passieren, dass ich ihre Anwesenheit erst Minuten später bemerkte; versunken in das Spiel mit meinen *Schuco*-Autos, die Anfertigung einer Bastelei oder was immer ich gerade tat. Wenn ich mich dann erschrocken umdrehte, breitete sie mit einem bemüht strahlenden Lächeln ihre Arme aus. So, als sei sie erst im selben Moment in mein Zimmer getreten. Obwohl sie vielleicht wusste, dass ich ahnte, wie lange sie dort schon hinter mir gestanden hatte.

„Komm doch mal her zu deiner Mama", sagte sie dann leise. Oder: „Lass dich mal von deiner Mutter drücken, mein Süßer, ich weiß überhaupt nicht mehr, wie du dich anfühlst." Oder: „Bist du denn überhaupt noch mein kleiner einziger Junge? ... Bist du das denn wirklich?"

Also stand ich auf und trottete zu ihr. Ich schmiegte meine Wange an den glatten Stoff ihres Kleides und hielt still. Es war warm unter ihrem Busen und es duftete nach dem teuren französischen Parfüm, das mein Vater oder mein Großvater ihr zu Weihnachten geschenkt hatte.

„Es sind ganz seltsame Zeiten", sagte sie einmal und ich spürte bei jedem ihrer Worte die Vibrationen ihres Zwerchfells. Sie umschlang mich und küsste mich unaufhörlich auf meinen Scheitel: „Ganz - selt - sam, - ganz - selt - sam, - ganz - selt - sam!"

Dann hielt sie inne und ihre Lippen berührten meine Haare als sie weitersprach: „Manchmal frage ich mich, ob du mehr Glück im Unglück oder mehr Unglück im Glück hast, mein lieber Sohn. Kannst du mir das sagen?" Ihr Atem erhitzte meine Kopfhaut.

Ich vermochte zum Thema *Unglück im Glück* oder *Glück im Unglück* nicht viel beizutragen und hielt - den süßen im Gewebe des Kleides hängenden Parfümduft in mich hineinsaugend - weiter still. Ich glaube bei einigen dieser Situationen hatte meine Mutter geweint. Zumindest hörte sie sich manchmal verschnupft an. Und wenn sie mein Zimmer verließ, tat sie dies bisweilen sehr plötzlich und mit abgewandtem Gesicht.

*

Mit der Strandung unserer Überlebenskapsel auf dem Planeten Erde fand ich mich bald unweigerlich auch im übervollen Klassenraum einer Schule wieder.

Die fünfte Klasse von Herrn Lünstedt befand sich im dritten Stockwerk in einem der dunkelroten Backsteinbauten des Hamburger Architekten Fritz Schumacher. Ein Architekt und Stadtplaner, dessen öffentliche Gebäude und Anlagen bis heute die ganze Stadt prägen. Die Schule lag an der Meerweinstraße in unmittelbarer Nähe zur U-Bahnstation Stadtpark, sie war von unserem Haus in der Blumenstraße in einer guten halben Stunde zu Fuß oder mit der U-Bahn in zwanzig Minuten zu erreichen. Das Gebäude lag inmitten der sogenannten *Jarrestadt,* einem ebenfalls von Schumacher in den 20er Jahren geplanten Viertel, das günstigen und menschenwürdigen Wohnraum für Arbeiterfamilien bieten sollte. Das Projekt war bezüglich Qualität und Ausstattung jedoch dermaßen ambitioniert gewesen, dass die Kosten explodierten und die Wohnungen sich für die ursprüngliche Zielgruppe letztlich als kaum erschwinglich erwiesen hatten.

Meine Strandung auf dem Planeten Erde vollzog sich also inmitten Millionen gebackener Steine und den weißen Sprossenfenstern tausender 50-Quadratmeter-Wohnungen.

Zu Beginn fuhr mich noch unser Chauffeur Emil mit unserem Pullman-Mercedes bis direkt vor das Schultor, was jedoch jedes Mal einen peinlichen Auflauf gaffender Mitschüler auf dem Pausenhof auslöste.

„Seht mal, da kommt wieder Fürst Rainier von Monaco!" oder „Der meint wohl, er wäre was Besseres!", waren nur zwei der Kommentare, die man mir anfangs beim Betreten des Schulhofs zurief. Worauf ich Emil bat, mich in Zukunft schon am Wiesendamm aussteigen zu lassen. Wir nahmen uns das Versprechen und Ehrenwort ab, meinen Eltern nichts davon zu erzählen. Ich erinnere mich, dass Emil daraufhin häufig vor einem mit Wahlplakaten beklebten Bretterzaun anhielt:

Alle Wege des Marxismus führen nach Moskau!
Darum CDU!

Das diabolische Augenpaar eines sowjetischen Rotarmisten. In mehrfacher Ausführung begrüßte es mich wochenlang jeden Morgen. Halluzinogene Augen, auf die bluttriefende Autobahnen des Verderbens zuliefen.

Doch dann, eines schönen Morgens im September 1953, wenige Tage vor meinem elften Geburtstag, war der gute Emil wie vom Erdboden verschwunden. Samt seines monströsen Dienstfahrzeugs. Meine Eltern verloren am Frühstückstisch kaum ein Wort darüber. Kein Wort über die Kontaktierung der Polizei und das Erstatten einer Anzeige. So, als hätten sie im Stillen damit gerechnet, dass dieser Tag einmal kommen würde. Während ich meine Haferflocken kaute, hatte ich sogar den Eindruck, dass sich in meinen Eltern eine Art Zufriedenheit ausbreitete. Als wenn sie sich freuten, dass unser Emil am Ende auch noch was Nettes für sich herausgeschlagen hätte und sie dadurch, ganz nebenbei, in die Lage versetzt wären, endlich selbst mit einem weiteren Kapitel von etwas Belastendem abzuschließen.

„Da dein Vater und ich finden, dass du noch zu jung bist, um allein mit der U-Bahn oder der Straßenbahn zu fahren, wirst du eben zu Fuß gehen, mein Junge", sagte meine Mutter regelrecht aufgeräumt klingend.

„Deinen Schulweg kennst du ja inzwischen und ein wenig Bewegung und frische Luft können dir vor und nach der Schule bestimmt nicht schaden."

Sie schaute meinen Vater an.

„Ganz meine Meinung, Marianne!" Mein Vater nickte bestätigend: „Der Junge sieht verdammt blass aus in letzter Zeit."

Ich verstand nicht so recht, warum ich zu jung war, um allein mit öffentlichen Verkehrsmitteln zu fahren. Von *Sierichstraße* über *Borgweg* wären es schließlich nur zwei Stationen bis zur Station *Stadtpark* gewesen. Und besonders blass fand ich mich eigentlich auch nicht.

Nur wenige Monate erst lag die schützende Hand meines Großvaters zu Asche zerbröselt in einer Bonbondose in Ohlsdorf und schon zerfiel das gewohnte Regelwerk der Welt meiner frühen Kindheit. Es begann mit den Bildern an den Wänden, ging weiter mit der behördlichen Durchsetzung meiner Schulpflicht und setzte sich fort mit dem spurlosen Verschwinden unseres langjährigen Chauffeurs nebst unseres Pullman-Mercedes. Wenige Monate danach wurde unsere Familie noch von ganz anderen Eruptionen erschüttert. Aber davon später mehr.

*

Zuerst jedoch musste ich, das schulisch unbeschriebene Blatt, leistungsmäßig eingeordnet werden. Ich hatte schon im März eine zweitägige Prüfung über mich ergehen lassen müssen. Eine Veranstaltung, in der ich und andere akkurat gescheitelte Aspiranten strengstens auf eine eventuell in Frage kommende höhere Schullaufbahn hin geprüft wurden. Morgens beim Frühstück lief in jenen Tagen ironischerweise ein kurzer Bericht über die geplante spektakuläre Erstbesteigung des Mount Everest. Und so fühlte ich mich bald selbst wie der Bergsteiger Edmund Hillary in einer vereisten senkrechten Steilwand hängen.

Zwei unerträgliche Tage lang stellten mir humorlose Pädagogen Hunderte von Fragen und schoben mir mehrseitige, unter Zeitdruck auszufüllende, Testbögen vor die Brust. Das alles, um herauszufinden, ob ich das Potential besäße, in ferner Zukunft einmal dieses Abitur zu erreichen, von dem alles redete. Was natürlich der standesgemäße Wunsch meiner Eltern war. *A-BI-TUR!* Allein das Wort klang in meinen Ohren wie der Name einer geheimen Goldsucherstadt in den Anden oder der Lichtjahre entfernte Zielort einer entbehrungsreichen Weltraumexpedition.

In diesem Sinne hätte ich Frau Mittmanns mundgeruchumwehten Unterweisungen wohl deutlich mehr Aufmerksamkeit schenken müssen, denn das Testergebnis fiel ernüchternd aus. Und so prädestinierte mich die Weissagung des Orakels - im Gegensatz zu Edmund Hillary, der im Mai 1953 stolz die britische Flagge auf den Gipfel des Mount Everest pflanzen durfte - lediglich für den Besuch der Volksschule. Ein Ergebnis, das mich jedoch nicht langfristig niederzuschmettern vermochte. Schließlich hatte ich die Undurchlässigkeit des dreigliedrigen Schulsystems noch nicht kennenlernen dürfen, denn einmal eingestuft waren Schullaufbahn und das berufliche Leben vorprogrammiert.

Meine Eltern versanken nach dem schriftlichen Erhalt des Ergebnisses in stundenlange Einsilbigkeit.

Nur meine Großmutter streichelte, wie gewohnt, einmal täglich mit ihrem kühlen Handrücken über meine Wangen. Oder sie griff sich mal wieder mein Kinn, um die vorschriftsmäßige Position meiner Nase zu überprüfen.

Gewohnt, von einer weiblichen Lehrkraft unterwiesen zu werden, fand ich mich nach Ostern in der Volksschule also mit einem Mann konfrontiert; eine Tatsache, die Anfang der fünfziger Jahre, trotz kriegsbedingten Lehrermangels, immer noch der Norm entsprach. Auf die private Lehrkraft Frau Mittmann war die öffentliche Lehrkraft Herr Lünstedt gefolgt. Herr Lünstedt war eine anämische, hoch aufgeschossene Person mit einem für die erfolgreiche Ausübung seines Berufs eindeutig zu schwach ausgeprägtem Sprechorgan. Dieses Defizit, in Kombination mit der überwältigenden Realität eines mit über fünfzig Knaben gefüllten Klassenraums, hatte zur Folge, dass ich mich in einer elementar erschütternden Situation wiederfand.

Ich war gezwungen, jeden Morgen in ein tosendes Meer aus Stimmen und Gerüchen anderer Kinder einzutauchen. Meine unerfahrenen Sinne waren schutzlos der unmittelbaren Nähe all dieser plappernden Münder und lebendigen Körper ausgesetzt. Jungenkörper. Körper, an denen der Mief der beengten Wohnungen und Zimmer hing, in denen meine Mitschüler nachts mit ihren Geschwistern und Eltern schliefen. Das Odeur der Armut, der Geruch der nach Kohl stinkenden Treppenhäuser in den Hamburger Mietskasernen. Ich war umgeben von Gesichtern, in denen die materielle Beschränktheit der Verhältnisse abzulesen war, in denen ihre Besitzer bis jetzt hatten aufwachsen müssen. Gesichter mit aschgrauen Augen, die manchmal stumpf durch mich hindurch starrten, als würden sie hinter meinem Rücken einen bedrohlichen aber längst gewohnten Vorgang beobachten.

All das hatte anfänglich zur Folge, dass ich, der Sprössling der Tauber Dynastie, nachmittags erschöpft und überreizt auf meinem Bett lag und unser Hausmädchen Karin angewiesen wurde, mir Kräutertees mit beruhigender Wirkung zu kredenzen.

Dieses Hausmädchen gehörte übrigens zum letzten angestellten Personal, das unsere Familie je hatte. Fast unmerklich hatte sich der Personalbestand in den Monaten nach dem Tode meines Großvaters ausgedünnt. Sei es durch offizielle Kündigungen oder - wie unser Chauffeur Emil es getan hatte - durch bloßes Wegbleiben. Auch Karin war einige Wochen später verschwunden.

„Fast zwanzig Jahre ist sie bis zum heutigen Tage bei uns gewesen!", sagte meine Mutter, als Karin eines Morgens nicht mehr um 06.00 Uhr in der Küche stand, um unser Frühstück vorzubereiten.

„Nun denn!"

*

Indes, die Schockstarre zu Beginn meiner Schullaufbahn währte nur kurz und bald brauchte ich diese aufgeladene Atmosphäre wie ein Abhängiger seine Droge. Meine Einschulung wirkte wie eine Initialzündung. Sie setzte Kräfte in mir frei, welche in der behüteten bürgerlichen Welt meiner bisherigen Lebensjahre gedämpft und im Zaum gehalten worden waren. Nicht, dass ich mich bis dato eingeengt oder gar unterdrückt gefühlt hätte; von mir aus hätte ich auch weiterhin in der beschaulich erhabenen Ordnung dieser Welt aufwachsen können ohne etwas zu vermissen oder gar Leidensdruck zu verspüren. Und manchmal denke ich darüber nach, was dann wohl aus mir geworden wäre. Ein weltentrückter Eremit und Klausner, ein wunderlicher Diogenes in seiner Tonne? Oder ein rücksichtsloser Kapitalist im Elfenbeinturm irgendeiner Konzernspitze?

Doch nun entlud sich, Tag für Tag, meine aufgestaute kindliche Energie. Ungebremst, steuerlos. Ein neuer Lebensabschnitt, eine neue Zeitrechnung hatte mit einer wahren Explosion begonnen.

Weit weg waren die stillen Stunden in unserem Garten; das raschelnde, Schätze bergende Laub zwischen den schweigenden Buchenstämmen. Vergessen waren meine selbstgebaute Angel und der verbotene Bootssteg am Ufer des Rondeelteichs. Zum Leidwesen meiner Eltern fand ich es jetzt tausendmal spannender, mich nach Schulschluss mit meinen neuen Freunden im Stadtpark zum Fußballspielen zu treffen, oder über brachliegende Fabrikgelände und ungesicherte Kriegsruinen im benachbarten Barmbek und Dehnhaide zu stromern. Areale wie geschaffen für abenteuerlustige Jungen, für Bandenkriege und Lehmklumpenschlachten. Wenn ich im folgenden Winter ausgepumpt, aber glücklich nach

Hause kam, senkte sich oft schon die Abenddämmerung über die Villen von Winterhude.

Und nicht nur das. Scheinbar ohne mein Zutun fand ich mich innerhalb weniger Wochen im Zentrum des Geschehens vor. Wie immer das geschehen konnte. Aber offenkundig hatten meine Mitschüler mich als eine Art Leitfigur und Anführer auserkoren. Vielleicht wegen meines unbändigen Temperaments, vielleicht auch nur wegen meines prominenten Namens. Infolgedessen häuften sich die Situationen, in denen Herrn Lünstedts leise Stimme mich zurechtwies. Genaugenommen waren es Situationen, in denen sein tonloser Mund erfolglos versuchte, mir die eine oder andere Ermahnung durch eine Wand aus Krach zu übermitteln. Doch ebenso gut hätte er mir durch die Niagarafälle etwas zurufen können. Im Laufe des restlichen Schuljahres fand ich mich deshalb auch regelmäßig nach dem letzten Läuten der hageren Gestalt Herrn Lünstedts gegenüber sitzend.

Zwischen den hochgestellten Stühlen im leeren Klassenraum waren seine Worte dann auch akustisch verständlicher. Weniger allerdings der von ihnen transportierte Inhalt. Dieser bestand aus gutem Zureden, ernsten Appellen oder aus der Androhung bitterster Konsequenzen; je nach dem, welchen Schweregrad meine zur Debatte stehenden Verfehlungen gerade gehabt hatten. In Herrn Lünstedts mich fixierendem Blick lag währenddessen seine komplette Zerknirschung, wenn nicht gar Verzweiflung, über seine fruchtlosen Bemühungen, mich am Vormittag wenigstens halbwegs zu reglementieren und im Zaum zu halten. Heute tut mein Lehrer mir deshalb leid; zumindest ein bisschen. Doch als ich ihm damals gegenüberhockte, war da diese Stimme in mir. Diese Stimme, die monomanisch wiederholte: *Du kannst nicht anders! ... Du kannst nicht anders!*

Ich sei doch immerhin ein Spross der berühmten Tauber-Dynastie, sagte er in seinem hauchigen Singsang, der ausschließlich in seinem dürren Kehlkopf seinen Ursprung zu haben schien. Ob sich diese Wahrheit für mich jedoch als Last oder Segen erweisen werde, ließe er mal dahingestellt. Das müsse die Zukunft zeigen, das hinge nicht unwesentlich davon ab, was ich, Frieder Tauber, aus dieser Tatsache als Erwachsener machen würde. Und doch könne man auch schon jetzt von mir ein erhöhtes Verantwortungsbewusstsein erwarten; das Bewusstsein meiner Vorbildfunktion. Und aus dieser Verpflichtung gegenüber meinen Klassenkameraden, gegenüber dem Lehrkörper, ja, er scheue sich nicht zu sagen, auch gegenüber der ganzen Gesellschaft könne und wolle er mich keinesfalls entlassen.

Ansonsten sähen er und das Direktorium sich leider gezwungen die entsprechenden behördlichen Stellen von meiner andauernden Renitenz in Kenntnis zu setzen. Dort würde man mich im Zweifelsfalle geeigneten Einrichtungen zuführen. Einrichtungen geschlossener Art; zwecks Disziplinierung; weit draußen vor den Toren der Stadt; auf dem flachen Lande; wo es nichts gäbe außer ehrlicher harter Arbeit und Pflichten im Schweiße meines Angesichtes. Und ich könne mich wirklich mehr als glücklich schätzen, denn noch vor wenigen Jahren hätte man mit jemandem wie mir ganz andere Saiten aufgezogen.

Im Gegensatz zu Frau Mittmanns Fäulnis lag in Herrn Lünstedts Atem dabei ein Hauch von Minze.

*

Und dann kam das Jahr 1954.

„Aus dem Hintergrund müsste Rahn schießen! Rahn schießt! Tooor, Tooor, Tooor! Tooor!", schallte es im Juli aus sämtlichen Radioempfängern der Republik. Und wenige Minuten später: „Auuus, auuus, auuus! Das Spiel ist auuus! Deutschland ist Weltmeister!"

Sonntag der 4. Juli 1954 war ein verregneter Sommertag. Auch aus den Wolken über Bern, der Hauptstadt der Schweiz, fielen die Tropfen.

Wir hatten bekanntlich schon ein Fernsehgerät und waren nicht, wie die meisten, auf die Stimme des Radio-Reporters Herbert Zimmermann oder das Schaufenster eines Fernsehladens angewiesen. Und doch sind es diese mit unverfälschtem Pathos singende Stimme und jene dramatischen Worte, die ich mit meinen Erinnerungen verbinde; weniger die schwarz-weiß flimmernden Bilder in unserem mal wieder dicht gedrängten Salon. Auch wenn ich den legendären Kommentar erst Tage später nach dem eigentlichen Ereignis zu Gehör bekam.

Ich weiß nicht, wie oft wir Jungen nach der Schule die entscheidenden Szenen des Endspiels mit verteilten Rollen nachgespielt haben: Der Ungar Jozsef Bozsik verlor nach einem haarsträubenden Fehlpass den Ball an unseren Linksaußen Hans Schäfer. Hans Schäfer flankte nach einem kurzen Sprint den Ball in den ungarischen Strafraum, wo der Ball von der gegnerischen Abwehr nur halbherzig geklärt wurde. Der Ball gelangte somit direkt vor die Füße von Helmut Rahn - ein wenig glücklich vielleicht, aber wen interessierte das schon? -, der ein Zuspiel zu Ottmar Walter im Strafraum vortäuschte und damit zwei ungarische Abwehrspieler austrickste. Dann schoss Rahn den Ball, ansatzlos und unhaltbar für den unglücklichen Torwart Grosics, zum 3:2 Siegtreffer in die linke untere Ecke. Der Rest war Geschichte. Weniger beliebt war unter uns Jungen die Rolle von Trainer Sepp Herberger am Spielfeldrand.

Selbst wir, als sogenannte Lausbuben, spürten, dass an jenem Julisonntag im Berner Wankdorfstadion etwas Einschneidendes, etwas Wegweisendes geschehen war: nichts weniger als ein Wunder! Deutschland hatte sich - zumindest oberflächlich und für einen kurzen Augenblick - den Staub des Krieges und den Gestank der Nazizeit aus den Kleidern schütteln können. Ein Fußballspiel wurde zum Initiationsritus, der aus dem Weltmonster einen Weltmeister machte, aus den Besiegten Sieger, aus den Demoralisierten manische Euphoriker. Die Schockstarre und Lethargie - ob sie sich nun aus der Last moralischer Schuld oder gedemütigtem Stolz nährte - begann sich innerhalb weniger Sekunden millionenfach zu lösen. Das Geschehen auf den kleinen Bildschirmen in den überfüllten Kneipen und der Radiokommentar Herbert Zimmermanns transportierten das Glück und die Hoffnung aus den Gesichtern der Zuschauer im Fußballstadion in die Gesichter einer ganzen Nation. Einer Nation, die bis dato verunsichert und desorientiert durch die Nachkriegsjahre geschlichen war. Ab jetzt *konnte* es doch nur noch aufwärts gehen!

Erfasst von dieser durch das Land rauschenden Euphorie, schlenzten wir den Ball auf der Grasnarbe der Stadtparkwiese immer wieder in das Tor zwischen den zwei aufgestellten Schulranzen. Den Fußball, ein teurer, echter genähter Lederball, hatte mein Vater mir gleich am Montagabend nach der gewonnenen Weltmeisterschaft aus einem Kaufhaus in der Innenstadt mitgebracht. Sein Besitz machte mich bei meinen Mitschülern natürlich erneut angesehener und begehrter.

Im Rückblick war der Sommer 1954 vielleicht der unbeschwerteste und glücklichste Sommer meiner Kindheit. Vielleicht sogar meines ganzen Lebens. Ich hatte die Überlebenskapsel verlassen und war erfüllt von dem Gefühl, endgültig angekommen zu sein in der richtigen Welt.

An einigen dieser Nachmittage hatte ich allerdings das unbestimmte Gefühl beobachtet zu werden. Ein Kribbeln in Nacken ging dem jedes Mal voraus. Und immer, wenn ich mich umsah und die Ränder der riesigen Wiese absuchte, glaubte ich ihn zu erkennen: den Mann vom Friedhof. Ich entdeckte ihn meistens neben einer der grob gehauenen nackten Steinfrauen. Oben, Richtung Planetarium. Am Zebrastreifen über die Hindenburgstraße. Vielleicht hatte er dort irgendwo sein Auto abgestellt, um schnell wegfahren zu können, wenn wir Jungen oder die Polizei auf ihn aufmerksam würden.

Er beobachtete uns. Er beobachtete *mich*. Mit seinem hellen großflächigen Mondgesicht. Er stützte sich lässig mit dem Arm auf einen der gemauerten Sockel der Statuen und starrte zu uns herüber. Starrte zu *mir* herüber. Auf die Entfernung vermochte ich nicht zu beurteilen, ob er mich anlächelte. Doch es sah fast so aus. So wie nach der Beisetzung meines Großvaters vor bald zwei Jahren auf dem Rückweg vom Mausoleum, nachdem mein wütend schimpfender Vater ihn vor sich her geschubst hatte. Der Mann machte jedoch keinerlei Anstalten näher zu treten um irgendein Anliegen vorzubringen. Was immer dieses hätte sein mögen. Sicher nicht die Frage nach der Uhrzeit oder der nächsten U-Bahnstation. Er stand einfach nur da und glotzte zu mir herüber. Regungslos. Alle paar Wochen. Ganze Fußballspiele lang. Als sei ich ein seltenes Exemplar einer vom Aussterben bedrohten Tierart in freier Wildbahn. Fehlte nur noch, dass er einen Feldstecher hervorholte. So wie die bayrischen Alsterdampfer-Ausflügler mit ihren komischen Hüten auf dem Rondeelteich.

Während ich den Blick des Mannes auf mir spürte, verstolperte ich Bälle. Ich schlug armselige Fehlpässe wie ein Anfänger. Etwas, was ich mit einer für mich untypischen ruppigen Spielweise zu kompensieren versuchte. Meine natürlich völlig ahnungslosen Mitspieler fingen schon an zu meckern und mich aufzuziehen. Was ich denn für eine Flasche wäre und ob ich denn zum Frühstück kein Zielwasser getrunken hätte. Sie hätten bald keine Lust mehr und ich würde gleich von allen dermaßen was auf die Schnauze kriegen.

Im Rücken des Mannes ragte das Planetarium über die Baumwipfel, als wäre es der Bergfried seiner finsteren Festung. Irgendwann war er dann immer hinter den Rhododendronbüschen verschwunden.

Auf dem Fußweg von der Stadtparkwiese nach Hause in die Blumenstraße - ein Fahrrad schenkten meine Eltern mir erst ein Jahr später - kam ich regelmäßig an einem Kiosk für Zeitschriften und Rauchwaren vorbei. In seinem Schaufenster hingen jeweils die aktuellen Titelseiten der wichtigsten Boulevardblätter und Illustrierten aus. Ich war jedoch noch nie davor stehengeblieben, um den Text unter irgendeiner Schlagzeile zu lesen oder eine der Fotografien zu betrachten. Und auch wenn ich wusste, dass der Rotarmist auf dem Plakat mit seinen diabolischen Augen irgendwie mit Politik zu tun hatte - genauso wie dieser Herr Hitler mit seinem Oberlippenbärtchen, dem mein Großvater mal so lange die Hand geschüttelt hatte -, die Welt der Nachrichten und Zeitungsmeldungen war den Erwachsenen vorbehalten und interessierte mich nicht. Mit Ausnahme vielleicht der Sportergebnisse. Doch Anfang August fiel mir im Vorbeischlendern ein Bild ins Auge. Das Bild eines nackten Körpers.

Ich blieb stehen und betrachtete einen unbekleideten auf dem Bauch im Sand liegenden Menschen. Den Körper eines etwa zwanzigjährigen Mannes, an dem sich zwei Löwen mit großen Mähnen zu schaffen machten.

STUDENT WIRFT SICH LÖWEN ZUM FRASS VOR!

war das Foto übertitelt. Und obwohl oder *gerade* weil von dem Bild eine nie gekannte Beklemmung ausging, zog es mich magisch in seinen Bann.

Zwar konnte ich auf dem Foto kein Blut und keine Wunden erkennen, doch ich sah das merkwürdig nach oben gereckte Gesäß des Studenten, seine auseinandergespreizten Oberschenkel und sein im Schatten zwischen den hellen Schenkeln verschwindendes Geschlechtsteil. Ganz eindeutig hatten die beiden Löwen den Mann soeben getötet und waren nun im Begriff ihn aufzufressen. Ganz eindeutig würden sie den leblosen

Körper gleich auseinanderreißen. Der eine Löwe hatte den Arm, der andere Löwe das Bein der Leiche in seinem Maul.

Aber vielleicht, dachte ich, vielleicht war der Student ja noch nicht ganz tot. Vielleicht wollten die Raubkatzen noch einige Minuten mit ihrer ungewöhnlichen Beute spielen. Weiß und appetitlich, wie sie da so unverhofft vor ihnen im Sand lag. Genau so, wie es unsere Nachbarkatzen mit ihren Mäusen und Ratten immer taten.

Doch nicht nur der Anblick eines Sterbenden oder soeben getöteten Menschen erzeugte in mir eine dumpfe Übelkeit, sondern seine totale Blöße, seine leuchtende Nacktheit dort im Raubtiergehege. Verloren für jegliche Hilfe, verlassen von aller Welt.

Ich stellte mir die vom Grauen überwältigten Zoobesucher auf der anderen Seite des Wassergrabens vor. Die schockierten Mitarbeiter des Tierparks. Ich stellte mir vor, dass sie vielleicht helfen wollten aber nicht helfen konnten. Ich hörte ihre Entsetzensschreie, sah, wie die Mütter ihren weinenden Kindern die Hände vor die Augen hielten, glaubte aber zu wissen, dass der junge Mann selbst bei dem ganzen Vorgang völlig ruhig gewesen sein musste. Denn je länger ich die Fotografie betrachtete, um so tiefer glaubte ich zu verstehen, dass er ja genau so ein Ende gewollt hatte. Dass dieser Tod für ihn eben nicht grausam, sondern eine Art erlösendes Opfer darstellte.

Ich dachte an die Geschichte aus dem alten Testament. Die Geschichte von Daniel in der Löwengrube, die man uns im Religionsunterricht erzählt hatte. Mit dem Unterschied, dass der biblische Daniel unfreiwillig in der Grube gehockt hatte, weil er einer heimtückischen

Intrige zum Opfer gefallen war. Und mit dem weiteren, nicht ganz unerheblichen Unterschied, dass Daniel am Ende von Gott gerettet wurde.

War es also so, dass Selbstmörder grundsätzlich nicht von Gott gerettet werden konnten? Menschen, die sich opferten für eine größere, erhabenere Sache? Eine Angelegenheit, die für Außenstehende und Uneingeweihte nicht immer verständlich war? Die nur sie selbst oder erst die Menschen in späteren Jahrhunderten rückblickend verstehen konnten? So wie bei Jesus Christus?

Was wusste ich, der knapp zwölfjährige Junge, schon von den Motiven des Studenten Robert Hayek, die ihn veranlasst hatten an einem Sonntag im August des Jahres 1954 über den Zaun des Raubtiergeheges im Fürther Zoo zu den Löwen zu klettern? In dem Zeitungsartikel war von einer psychischen Erkrankung und einem Abschiedsgedicht die Rede. Das Gedicht war nicht abgedruckt. Ich weiß, dass ich überlegte, was wohl in ihm gestanden hatte, und dass ich auch überlegte, was ich in so einem Brief wohl geschrieben hätte.

Nachdem es mir gelungen war, mich von dem Schaufenster zu lösen, um mit meinem Ball unter dem Arm weiter nach Hause zu gehen, dachte ich über die besondere Krankheit nach, die dieser Robert Hayek gehabt haben musste. Außerdem versuchte sich etwas in mir vorzustellen, wie es sich wohl angefühlt haben musste, als die beiden Großkatzen zum ersten Mal ihre Reißzähne in sein Fleisch geschlagen hatten.

Meinen Eltern erzählte ich nichts davon. Weder von dem Foto im Schaufenster des Kiosks und erst recht nicht vom Erscheinen des Mondgesichtmanns an der Stadtparkwiese.

*

Nach den Sommerferien 1954 kam Lehrer Lünstedt nicht wieder in unsere Klasse zurück. Niemand machte sich die Mühe, uns den Grund dafür zu erklären. Und ich kann nicht behaupten, dass ich mich besonders schuldig gefühlt hätte. Auch wenn mir in den ersten Tagen - in stillen, von Gestank umwehten Momenten auf dem Schulklo - gewisse Wechselwirkungen durchaus vorstellbar waren.

Dafür übernahm nun Herr Schmakeit, ein Heimkehrer aus russischer Kriegsgefangenschaft, unsere inzwischen sechste Volksschulklasse. Mitten im laufenden Schuljahr. Mit Herrn Schmakeit, einem stämmigen Ostpreußen mit Halbglatze und hervortretenden Augen - der, besonders, wenn er seine Stimme erhob, einen seltsamen singenden Dialekt sprach - wehte im Klassenraum ab sofort ein ganz anderer Wind.

4

Dann mussten wir unser Haus verlassen. Im Frühjahr 1955 schloss sich vorerst eines der letzten Kapitel meiner frühen Jugend. Die Villa am Rondeelteich sollte ich für den Rest meines Lebens nicht wieder betreten. Aber ich werde an den vier eleganten ionischen Säulen ihres Eingangsportals vorbeigehen. Mit meinem ersten eigenen Auto an ihnen vorbeifahren. Auch noch in fortgeschrittenem Alter. Mit einem bei *Bobby Reich* gemieteten Kanu werde ich an der Wasserseite an unserem Grundstück vorbeigleiten. An dem ewig verlaubten Garten, am verbotenen Steg, der irgendwann schräg wie ein Schiffswrack im, bei Regen milchigen und stinkenden, Wasser liegen und gegen eine neue Konstruktion ausgetauscht werden würde. Milchig und stinkend, weil die Hamburger Kanalisation lange kein geschlossenes System war und bei starkem Regen die Abwässer in die Alsterkanäle überliefen. Real und in meinen Träumen werde ich dies wiederholt getan haben. Allein und in Gemeinschaft anderer. Aber davon viel später mehr.

Denn schon im Verlauf weniger Wochen begannen die Konturen der großbürgerlichen Straßen, Gärten und Fassaden Winterhudes in eine schattige Abseite meines Gehirns zurückzutreten. Zumindest vorläufig. Ein gnadenvoller Vorgang kindlichen Verdrängens, der mich in die Lage versetzte, offen für die Zukunft zu sein. Eine Fähigkeit, nach der ich mich als Erwachsener oft zurückgesehnt habe.

Das einzige noch lebendige Relikt aus dieser Ära war der schneeweiße *DeSoto Custom,* der aus Taktgefühl gegenüber den Entbehrungen der Menschen in den vergangenen Jahren in einer Garage verborgen gehalten worden war. Doch nun parkte mein Vater den Wagen unten vor dem Haus, in welchem wir jetzt wohnten. Einem Mehrfamilienhaus aus den Zwanzigerjahren in Barmbek-Nord in der Meister-Francke-Straße; einem hauptsächlich von Arbeitern und einfachen Angestellten bewohnten Stadtteil aus rote Backstein-Klinkerbauten. Das dekadente Luxusspielzeug meines Großvaters war jetzt zur Familienkutsche für den alltäglichen Gebrauch degradiert worden. Oder aufgestiegen; wie man's nimmt. Und ähnlich wie der Lederfußball im vorangegangenen Sommer wurde ich jetzt durch diesen chromblitzenden Straßenkreuzer bestaunt und bewundert von meinen neuen Spielkameraden in unserer Siedlung. Auch wenn der amerikanische Wagen zwischen den vor den Ampeln wartenden Borgwards, Opels, Volkswagen und DKW's inzwischen nicht mehr ganz so deutlich auffiel, wie er es noch wenige Jahre zuvor getan hätte.

Vom Umzug selbst hatte ich so gut wie nichts mitbekommen. Ich kann mich auch an keinerlei Vorzeichen oder Vorbereitungen erinnern. Nichts deutete auf das anstehende Großereignis hin. Kurz vor den Frühjahrsferien teilte meine Mutter mir plötzlich am Abendbrottisch mit, dass ich die nächsten zwei Wochen mit Großmutter in unserem Ferienhaus auf Sylt verbringen würde. Einem Ort, an dem ich vorher noch nie gewesen war und von dem ich deshalb nur eine unklare Vorstellung hatte. Ich erinnere mich, dass die Aussicht, mit meiner schweigsamen Großmutter über längere Zeit allein in einer Hütte auf einer einsamen Insel zu verbringen, keine Begeisterungsstürme in mir auslöste und muss ein enttäuschtes Gesicht gezogen haben.

„Wir müssen jetzt alle vernünftig sein und uns zusammennehmen, Frieder. Jeder muss seinen Beitrag leisten. Jeder an seinem Platz. Auch du, mein lieber Sohn", sagte meine Mutter, die am Herd Milch aufwärmte, zu mir. „Außerdem können das Meer und die salzhaltige Luft dir nur guttun. Du siehst ein bisschen blass aus in letzter Zeit."

Sie kam zu mir an den Tisch und streichelte meine Wange. „Wenn du mit Großmutter zurückkommst, werdet ihr ... darauf stell dich bitte ein ... nicht mehr in dieses Haus zurückkehren."

Sie zog ihre Hand von meiner Wange zurück und ihre Augen bekamen einen eindringlichen Ernst.

„Nie mehr! Unsere Familie wird dann woanders wohnen."

Und weil ich nach dieser Information nicht nur enttäuscht, sondern auch noch irritiert ausgesehen haben muss, ergänzte sie: „Du wirst aber auch dort dein eigenes Zimmer haben. Wenn auch ein wenig kleiner. Aber daran wirst du dich gewöhnen."

Dass mein Vater in die Küche gekommen war und sich hinter meinen Stuhl gestellt hatte, merkte ich erst, als er sanft seine Hände auf meinen Schultern abgelegt hatte. Mit den Worten „Du wirst schon sehen, es wird dir gut gefallen, mein Großer", kniff er mir in den Nacken.

Ich erinnere mich genau an den kurzen Schreckensschrei meiner Mutter und den Geruch von verbrannter Milch, der uns plötzlich umgab.

Eine Begründung wurde mir für den bevorstehenden Umzug unaufgefordert nicht gegeben. Erst nach mehrmaligem Nachfragen deutete mein Vater etwas von nicht enden wollenden Erbschaftsstreitigkeiten an. Und dass es besser wäre, die Villa und das Unternehmen zu verkaufen, um den Erlös gerecht unter den Verwandten aufzuteilen, als jahrelang zu prozessieren. Außerdem murmelte er etwas von einem unerwartet hohen Schuldenberg und einer unübersichtlich großen Zahl von Außenständen, die auf Großvaters heiligen *Tauber & Tauber Linien* gelastet hätten. Und dass wir das bisherige Leben so nicht weiterführen könnten, wenn wir nicht in wenigen Jahren an der Suppenküche der *Heilsarmee* anstehen wollten.

Ich versuchte mir erfolglos unsere Familie in der Reihe der zerlumpten Gestalten vorzustellen, die ich einmal beim Vorbeifahren auf St. Pauli vor einem Haus hatte stehen sehen.

*

Zu allem Überfluss war das Wetter auch noch schlecht auf Sylt. Es regnete Bindfäden, wurde nie richtig hell und ein kalter Wind schlug Tag und Nacht gegen die Fensterläden des kleinen Reetdachhauses. Das Häuschen hockte in den Dünen von Kampen, als wolle es vor feindlichem Beschuss auf See liegender Schlachtschiffe in Deckung gehen. Nach draußen trieb es mich am Anfang nur selten und wenn, dann nur, um beim nahen Kaufladen etwas für eines meiner Leibgerichte einzuholen, das meine Großmutter mir abends kochen wollte. Ich durfte mir nämlich jeden Tag ein anderes Gericht wünschen.

Trotzdem dachte ich zu Beginn ständig an meine Spielkameraden auf dem Festland im fernen Hamburg. Ich sah, wie sie auf unserer Stadtparkwiese traumhafte

Pässe und Flanken schlugen, hörte, wie sie die neuesten schmutzigen Witze über Scheiße auf Kirchturmspitzen und richtige Pimmel in falschen Ritzen rissen. Sogar das Mondgesicht erschien in meinen Gedanken hinter einer der Statuen.

Immerhin hatte ich neben meiner Geige, die ich seit meinem Eintritt in die Schule selten in die Hand genommen hatte, auch meinen Fußball mit auf die Insel genommen. Und so drosch ich das Leder, sobald der Regen nachließ, die hinter dem Haus hoch aufragende Düne hinauf. Ganze Vormittage lang. Im Laufe der Zeit kannte ich jede Steigung, jede feuchte Sandmulde und jeden Dünengrasbuckel. Ich begann meine Schusstechnik so sehr zu perfektionieren, dass der Ball immer wieder zurück vor meine Füße rollte und ich mich dadurch in einem andauernden Spielfluss mit meinen imaginär anwesenden Stadtparkfreunden befand.

Darüber hinaus imitierte ich, in Form eines langgezogenen dunklen Hauchtons, das Grundrauschen eines ausverkauften Fußballstadions. Immer wenn ich mich mit meinen genialen Spielzügen und Zauberflanken in den Strafraum des Gegners dribbelte, kommentierte die Masse dies auf den Rängen mit einem helleren, aufgeregteren Rauschen. Dafür musste ich allerdings den Hauchlaut mehr im Gaumen entstehen lassen und meine gesamte Mundpartie in die Breite ziehen. Wenn der Ball nach einem Abschluss jedoch knapp an dem imaginären Torpfosten vorbeischoss, changierte ich den Hauchton schlagartig in eine dunklere Lage. Um die Aufwallung und das enttäuschte Raunen von Abertausenden Fans zu dokumentieren. Doch wenn das Stadion nach einer meiner unfassbaren Einzelaktionen in ekstatischen Torjubel ausbrechen sollte, erzeugte mein angestrengt verkniffenes Gesicht ein nicht enden wollendes kehliges Fauchen. Während ich in dieser Weise Laute von mir gebend mit dem Ball im Dünensand hin und her hopste, war mir vollkommen klar, dass ein nicht eingeweihter Beobachter mich für absolut irre halten musste.

Im Publikum saßen immer auch meine Eltern und meine Großmutter. Aber vor allem mein Großvater mit seinen wichtigen internationalen Geschäftsfreunden. In einer Ehrenloge direkt über dem Tor.

Jetzt, wo ich mit meiner Großmutter zum ersten Mal über einen längeren Zeitraum allein war, redete sie allerdings deutlich mehr als gewohnt. Einerseits fühlte sie sich ihrem Enkel gegenüber wohl zu einem Mindestmaß an Konversation verpflichtet, andererseits war ich für sie möglicherweise auch einfach unbelastet und unverdächtig.

Diese neue Rolle war zu Beginn ungewohnt für mich und gab mir das unsichere Gefühl, mit einer unbekannten Frau auf Reisen gegangen zu sein. Einer fremden alten Dame, die ich erst noch kennenzulernen hatte. Neben der ich mich plötzlich am Sonntagmorgen, nach einer nicht unerheblichen Radtour auf einem Tandem (das Radfahren lernte ich erst später), im Gottesdienst von Sankt Nikolai in Westerland wiederfand. Ganz weit vorne in der zweiten Reihe. Unter mir das Holz der harten Bank, auf meinem Schoß das dünnseitige Choralbuch und über mir der weißgetünchte Bogen der Apsis.

Nicht nur, dass ich nie zu träumen gewagt hätte, dass meine Großmutter ein Fahrrad, geschweige denn ein Tandem bestiegen hätte. Auch hätte ich mir nie vorstellen können, dass so etwas Lautstarkes aus ihr heraustönen könnte wie das *Vater Unser*, das *Glaubensbekenntnis* oder der Choral *O komm, du Geist der Wahrheit!* Spätestens als sie anfing, neben mir den Pfingstgeist zu besingen, bekam ich es ein wenig mit der Angst zu tun. Niemals hätte ich mir vorstellen können, dass ihr sonst so schweigsamer Mund so deutlich etwas artikulieren konnte.

Als ich nach fast zwei Stunden voller Orgelklänge, Gesang und frommer Worte endlich wieder unter freiem Himmel stand, war die Welt für den restlichen Tag eine andere geworden. Zumindest fühlte sich die Welt für diesen Tag verändert an. Besser, geborgener - irgendwie reiner. Was mich auf den Gedanken brachte, dass wir möglicherweise etwas falsch machten, wenn wir zuhause in Hamburg nicht häufiger in die Kirche, genauer gesagt, in den Gottesdienst gingen. Etwas, was mir bis heute unvermittelt durch Herz und Kopf geht. Weniger eines schlechten Gewissens wegen, als auf Grund dieses Restzweifels. Dieser Restzweifel, der mich in einsamen Stunden wie eine heiße Woge überspült, dass an dem ganzen Brimborium eventuell doch mehr dran sein könnte; zumindest mehr, als ich mir öffentlich gestatte zuzugeben.

Doch außer bei hohen Feiertagen und offiziellen Anlässen ging meine Familie eigentlich nicht regelmäßig in die Kirche; was bis heute nachwirkt. Obwohl ich glaube, dass der unabhängig von jeder kirchlichen Vereinnahmung betrachtete Jesus historisch und ethisch von unbestrittener Relevanz ist. Dass dieser Jesus Christus, ganz ohne Frage, als Vorbild für eine bessere Lebensführung taugen kann. Aber die Menschen neigen scheinbar dazu, auch aus den edelsten Motiven heraus, immer gleich einen Verein gründen zu müssen. Und damit fängt bekanntlich der Ärger doch meistens schon an. Aber lassen wir das.

Wie dem auch sei, dieser sakrale Ausflug auf dem Tandem vermittelte mir eine Ahnung von der verborgenen Innenwelt meiner Großmutter.

Am Abend spielte ich ihr etwas auf der Geige vor. Ich weiß nicht mehr was ich spielte. Vielleicht den ersten Satz der Vivaldi Violinkonzerte in G-Dur oder in a-Moll. Ich erinnere mich aber an die auffordernden Worte meiner Großmutter:

„Denk nicht an mich, während du spielst. Spiel einfach für dich, als wäre ich überhaupt nicht da!"

Im Rückblick waren jene zwei Wochen auf Sylt ein kostbares Zeitfenster, durch das ich einen einmaligen Blick in die Seele meiner Großmutter nehmen durfte. Nicht all zu tief, nicht tiefer und verständiger, als es ein zwölfjähriger Junge vermochte und es ihm zustand. Aber genau das wird es wohl gewesen sein, was letztlich die großmütterliche Wortkargheit gebrochen hatte. Ihre Einschätzung, dass von mir keine Gefahr auszugehen schien. Ein Gefühl, das sie dazu brachte sich zu öffnen und mir die eine oder andere Geschichte von früher zu erzählen. Und zwar aus ihrer ganz eigenen Sicht und Wahrnehmung. Etwas, wonach sie ihr ganzes Leben lang jedoch kaum ein Mensch gefragt hätte; wonach eigentlich kaum eine Frau ihrer Generation gefragt wurde, wie sie beim flackernden Kaminfeuer hinzufügte. Auch Großvater hätte dies nicht getan.

„Obwohl er die Mädchen und Frauen mochte, glaube mir. Aber leider weniger wegen ihrer Gedanken und Worte. Was mich oft sehr traurig gemacht hat. Aber die Wahrheit ist auch, dass unsere Familie ohne deinen Großvater nicht durch den Krieg und die schlechte Zeit danach gekommen wäre."

Und doch war es weniger, *was* sie erzählte, als *wie* sie es erzählte, was mich berührte. Denn wenn ich es genau nehme, hörte ich aus ihrem Mund nur all jenes, was ich über die Dynastie der Taubers längst wusste. Meine Großmutter plauderte keineswegs dunkle Familiengeheimnisse oder meine Kinderohren schockierende Beichten und Offenbarungen aus. Es waren vielmehr die bekannten Geschichten, die auch meine Eltern und vor allem mein verstorbener Großvater mir in der Vergangenheit immer wieder erzählt hatten. Geschichten, aus denen im Laufe der Zeit lebendige und selbständige Bilder in mir entstanden waren. Bilder, die ich immer meine individuellen *Archetypen* nenne. Ein magisches Kaleidoskop aus Erinnerungen und Gefühlen, die sich auf Begebenheiten beziehen, die ich tatsächlich unter Umständen nie erlebt habe, die aber bis heute konkreten Einfluss auf meine bewusste und unbewusste Existenz haben.

Genau wie all die Bücher, Theaterstücke, Hörspiele und Filme, die wir in unserer Jugend in uns aufgenommen haben. All die Figuren, Schicksale, Abenteuer, Dramen und Wunder, all die Märchen von Burgen, Schlössern und fernen Ländern. Während wir als Kinder in den Schlaf glitten, haben sie sich heimlich in unsere Seelen geschlichen. Um sich dort einzunisten und für immer in uns zu wohnen. Um sich in uns mit realen Erfahrungen zu gelebter Vergangenheit zu vermischen. Aus Fiktion *und* Wahrheit setzt sich unsere Erinnerung zusammen, um uns gemeinsam zu dem Menschen zu machen, der wir in der Gegenwart sind.

Ich jedenfalls weiß heute ziemlich genau, was es bedeutet, als Schiffbrüchiger, wie *Robinson Crusoe,* auf einer einsamen Südseeinsel überleben zu müssen. Oder was es heißt, jahrelang, wie *der Graf von Monte Christo,* in einem modrigen Kerker vor sich hin zu vegetieren. Ich weiß auch ganz genau, wie es sich anfühlt, wie *Rulaman,* seinen Speer in den zotteligen Leib eines Mammuts zu rammen.

Wenn ich mir in diesem Zusammenhang den permanenten medialen Tsunami vor Augen halte, dem heutige Kinder ausgesetzt sind, möchte ich mir die Gestalt der individuellen *archetypischen Symbole* in einem durchschnittlichen Zehnjährigen am liebsten gar nicht vorstellen. Aber das nur am Rande. Ich schweife ab.

Nein, es ist eher der Klang der Stimme meiner Großmutter, der mir in Erinnerung blieb. Ihre Stimme war einerseits so nah und voller Liebe, wie weder vorher noch nachher in meiner Kindheit, andererseits glaubte ich unter und zwischen ihren Worten eine traurige Verzweiflung zu spüren. Etwas, was mir, dem Zwölfjährigen, vielleicht vermitteln sollte, eigentlich eine ganz andere Version der Geschichten zu hören als sie mir vordergründig erzählt wurden.

„Wo es wohl hingehen wird mit dir, mein liebes Friederlein?", fragte meine Großmutter mich am Frühstückstisch am Morgen vor der Rückfahrt. Der Kakao war mal wieder zu heiß und im Kamin knackte zum letzten Mal das Holz. Ich vermochte ihre Frage nicht zu beantworten und spürte, dass sie dies auch nicht ernsthaft erwartet hatte.

Schon in den ersten Minuten auf der Bahnfahrt von Sylt zurück nach Hamburg wurde meine Großmutter wieder gewohnt einsilbig. Mir gegenüber und später auch gegenüber allen anderen Menschen. Und so blieb es bis zu ihrem Tod sechzehn Jahre später. Als ich meinen Eltern zuhause erzählte, dass ich mit ihr auf einem Tandem quer über die Insel geradelt war, schauten sie mich an, als hätte ich einen irgendwie misslungenen Witz von mir gegeben.

Während der Zug auf dem Hindenburgdamm das trocken gefallene Watt durchschnitt, schaute meine Großmutter schweigend aus dem Fenster in eine graustufige Welt aus Sand, Wasser und Himmel. Und ich spürte, dass sie sich irgendwo da draußen für unabsehbare Zeit verloren hatte.

Als der Taxifahrer am Bahnhof Altona fragte, wo es denn hingehen solle, nannte sie einen mir völlig unbekannten Straßennamen.

*

Mein Vater stand uns erwartend auf dem Gehweg einer fremden Straße in einer fremden Gegend vor einem fremden Haus und winkte uns zu. Neben ihm parkte der *DeSoto* und ich fragte mich irritiert, warum er uns nicht mit diesem Wagen vom Bahnhof Altona abgeholt hatte. Doch im selben Augenblick trat er an das Taxi heran, um mit einem strahlenden Willkommensgesicht die Tür im Fond aufzureißen. Er bezahlte den Taxifahrer, nahm unsere Koffer entgegen und ging uns voraus in Richtung einer grün lackierten Haustür mit einem schmalen Fensterschlitz. Neben uns, von niedrigen Mauern eingefasst, Plattenwege und Rasenflächen. Ich weiß noch genau, dass der schmutzige Fetzen eines Kohlensacks auf dem Treppenabsatz unter den Klingelknöpfen lag. Ich fand unseren handgeschriebenen Namen auf einem weißen Schildchen stehen.

Mein Vater schloss diese grün lackierte Tür auf, als wäre es das Selbstverständlichste der Welt, als hätte er dies schon tausend Male gemacht. Ich hatte das Gefühl, nicht zwei Wochen auf Sylt, sondern drei Monate in Übersee gewesen zu sein. Drinnen im Treppenhaus roch es ungewohnt nach den Mittagsmahlzeiten und Familiengerüchen fremder Leute. Während wir in das vierte Stockwerk hinaufstiegen, kamen wir an all den Wohnungstüren vorbei, hinter denen diese Leute wohnten. Türen, hinter denen ich helle Stimmen von streitenden Kindern und Haushaltsgeräusche hörte. Oben in unserem Stockwerk sprang uns Wittich entgegen. Aufgeregt bellend, mit den Pfoten über den Terrazzoboden kratzend. Meine Mutter stand hinter ihm im Eingang unserer neuen Wohnung und versuchte ihn erfolglos zur Ruhe zu bringen.

„Die Nachbarn, Helmuth! ... Die Nachbarn!", zischte sie. Ihr Blick war flehentlich auf meinen Vater gerichtet und ich überlegte, was das Bellen von Wittich mit den Nachbarn zu tun haben könnte.

Mein Vater schob daraufhin meine Großmutter, mich und den Hund vor sich her in die Wohnung und schloss die Tür hinter sich. Dann, in ihrem engen Flur wirkte es, als wäre Wittich in den zurückliegenden Wochen mindestens auf das Doppelte seiner Größe angewachsen. In diesem Flur gab es eine Position, von der aus ich, wenn ich mich um mich selbst drehte, in sämtliche Räume der Wohnung blicken konnte; diese Wohnung, die von nun an mein neues Zuhauses sein sollte. Ein Wohnzimmer, eine Küche, ein Bad, ein Zimmer für meine Großmutter und mein Kinderzimmer, was eigentlich das Elternschlafzimmer gewesen wäre. Aber meine Eltern sollten die nächsten zehn Jahre im Wohnzimmer schlafen. In meinem Zimmer stand ein neues rotes Fahrrad.

*

Glücklicherweise brauchte ich die Schule nicht zu wechseln. Meine anfängliche Befürchtung, meine Klassen- und Fußballkameraden zu verlieren, hatte sich als unbegründet herausgestellt. Der morgendliche Schulweg war jetzt zwar ein wenig weiter als vor dem Umzug, aber mit meinem neuen Fahrrad - das Fahrradfahren lernte ich binnen dreier Tage von meinem Vater - waren die knapp vier Kilometer kein Problem. Die Strecke führte vorbei am Allgemeinen Krankenhaus Barmbek, durch die Kleingartensiedlung am Rübenkamp und vorbei am Stadtpark. Ich legte die Strecke jeden Tag schneller zurück und versuchte, meine am Vortage aufgestellte Zeit zu brechen. Neuneinhalb Minuten war mein absoluter Rekord. Schweißnass saß ich morgens hinter meinem Pult.

Den neuen Wind, der mit Lehrer Schmakeit seit den Sommerferien des vergangenen Jahres durch den Klassenraum wehte, hatten meine Freunde - und vor allem ich - schnell zu spüren bekommen. Manchmal in Form von umfangreichen Strafarbeiten, manchmal auch in

Form von Nachsitzen bis in den späten Nachmittag. Aber vor allem in Form seiner beiden Hände, die er mir von hinten auf Schultern oder Kopf legte, um sie dort so lange ruhen zu lassen, bis ich, das Zentrum des Chaos´ - und die mich umgebende Klasse -, zur absoluten Ruhe gekommen waren. Eine Ruhe, in der Lehrer Schmakeit sodann tatsächlich die sprichwörtliche Stecknadel aus der Innentasche seines Jacketts hervorholte, um sie direkt vor meinem Gesicht auf das Pult fallen zu lassen. Manchmal wiederholte er diesen Vorgang fünf bis sechs Mal. Und er hörte erst auf, wenn meine Lippen aufgehört hatten zu grinsen.

Geschlagen hat Herr Schmakeit uns nie. Die Strafarbeiten und Nachsitzstunden bestanden auch weniger aus dem schikanösen hundertmaligen Aufschreiben einzelner Sätze oder der Anordnung stupider Putz- oder Aufräumtätigkeiten im Klassenraum, sondern zumeist aus durchaus sinnvollen Ergänzungen des Schulstoffs. Weshalb Herr Schmakeit sehr darauf bestand, dass es sich hierbei nicht um *Straf-* sondern *Vertiefungsarbeiten*, beziehungsweise nicht um *Nach-* sondern um *Erkenntnissitzungen* handelte.

Nachdem meine Kumpels und ich wiederholt den teuren Mal- und Zeichenkarton im Kunstunterricht zum Falten von Papierfliegern und der Herstellung von Wurfgeschossen missbraucht hatten, bekamen wir zum Beispiel die Aufgabe, während einer dieser *Erkenntnissitzungen* sämtliche Papierkörbe der Schule nach Altpapier zu durchsuchen. Der bis zur Dämmerung von uns zusammengesammelte, den halben Werkraum ausfüllende Berg bildete dann den knisternden Rohstoff für das Papierschöpfprojekt der ganzen Klasse in der folgenden Woche. Und später, als ich mich doch wieder einmal hinreißen ließ, zum renitenten Mittelpunkt einiger Tumulte zu werden, bestand meine *Vertiefungsarbeit* aus einem dreiseitigen Aufsatz mit dem Thema:

Die Verantwortung und Vorbildfunktion eines Schülers mit besonderer Stellung in der Klassengemeinschaft.

Wobei Herr Schmakeit im Gegensatz zu Herrn Lünstedt mich nie direkt auf meinen familiären und gesellschaftlich prominenten Hintergrund angesprochen hatte, etwas von diesem ableitete oder etwas auf diesen zurückführte. Als er meinen Aufsatz gelesen hatte, gab er ihn mir am nächsten Tag zurück. An einigen Stellen hatte er gut lesbare Korrekturen und Ergänzungen vorgenommen. Er gab mir die Aufgabe, dass ich ihn mir einmal pro Woche selbst laut vorlesen sollte. Er liegt bis heute in einer Kiste mit alten Schulheften.

Schon nach einigen Wochen der Eingewöhnung begannen wir Herrn Schmakeit zu lieben. Wir hingen an seinen Lippen, wenn er mit seinem ostpreußisch melodiösen Erzählton, in seinem abgetragenen Anzug und mit glänzender Halbglatze durch unsere Bankreihen wanderte. Die Hände mit unseren schnippenden Fingern schossen geschlossen in die Höhe bei jeder noch so kleinen Frage. Bald gefiel sich die Klasse sogar darin, sich besonders vorbildlich zu gebärden. Etwa dann, wenn wir schon vor dem morgendlichen Unterrichtsbeginn schweigend an unseren Plätzen standen um ihn zu erwarten. Etwas, was Herr Schmakeit - *unser* Herr Schmakeit - beim Betreten des Klassenraums jedes Mal mit einem Schmunzeln und einem Leuchten in seinen hervortretenden Augen kommentierte.

Sein nach heutigen Gesichtspunkten rustikales aber verlässliches pädagogisches System gab uns die Sicherheit und Orientierung, nach der wir uns so lange gesehnt hatten. Durch seine strengen aber stets nachvollziehbaren Maßnahmen fühlten wir uns in den Zeiten des gesellschaftlichen Auf- und Umbruchs der Nachkriegszeit ernst genommen; *abgeholt,* wie man heute wohl sagt. Heute weiß ich auch, dass dieser Mann dies nur mit Hilfe vieler unbezahlter Überstunden vermochte und dass der Beruf des Pädagogen nur von Leuten ausgeübt werden sollte, die Leidenschaft für ihre Aufgabe empfinden. Leidenschaft an der Arbeit mit Menschen im Frühling ihres Lebens.

Für uns, den Profiteuren seines Engagements, war es nicht von Bedeutung, dass Lehrer Schmakeit mit diesem Engagement möglicherweise irgendeine persönliche Tragik kompensierte; ein im Krieg erfahrenes Trauma, das mit uns Kindern nicht im geringsten etwas zu tun hatte. Uns war auch nicht im entferntesten bewusst, welch heilsame Wirkung *wir* - ein chaotischer Haufen Lausbuben - im Gegenzug auf ihn hatten. Warum auch? Lehrer Schmakeit, erst vor wenigen Jahren nach russischer Kriegsgefangenschaft in Hamburg gestrandet, stillte eine Sehnsucht in uns, die der arme Herr Lünstedt nie in der Lage war zu befriedigen. Allein das zählte.

Dann, im Herbst 1955, wurde er für einige Tage von einem anderen Lehrer vertreten. Es ging das Gerücht, dass Herr Schmakeit nicht krank sei, sondern jemanden am Hauptbahnhof abhole. Einen sehr guten Bekannten, mit dem er viele Jahre in Gefangenschaft gesessen hätte und der nun in einem der ersten Spätheimkehrerzüge aus den eisigen Weiten Sibiriens säße.

Als Lehrer Schmakeit in der folgenden Woche wieder hinter seinem Pult vor der Klasse stand, wirkte er gelöster denn je. Aufgeräumt eröffnete er uns, dass unser Thema im Deutschunterricht bis zur Adventszeit *Alles um die Freundschaft* wäre. Und wir Jungen sollten uns bis zum nächsten Tag schon mal ein paar eigene Gedanken zu dem Thema machen. Schließlich hätten wir sicher alle schon unsere eigenen diesbezüglichen Erfahrungen gemacht.

Zur Einstimmung schrieb er ein Gedicht von Novalis an die Tafel, das wir abzuschreiben und bis zum nächsten Tag auswendig zu lernen hatten. Novalis wäre der größte deutschsprachige Poet der frühen Romantik und der Begründer der Religion der Liebe gewesen, erklärte er uns feierlich.

Ich kann mich an die Irritation erinnern, die beim Zuhören auf einigen Gesichtern meiner Klassenkameraden hing, während Lehrer Schmakeit uns die Zeilen vortrug:

> *Gib treulich mir die Hände,*
> *sei Bruder mir und wende,*
> *den Blick vor deinem Ende*
> *nicht wieder weg von mir.*

> *Ein Tempel, wo wir knien,*
> *ein Ort, wohin wir ziehn,*
> *ein Glück, für das wir glühn,*
> *ein Himmel mir und Dir!*

Lehrplangemäß folgten im Laufe der nächsten Deutschstunden, unter anderem, Schillers *Bürgschaft* und der unvermeidliche *Gute Kamerad* von Ludwig Uhland. Aber besonders über letzteres Gedicht schob Lehrer Schmakeit eine lebhafte Diskussion in der Klasse an, innerhalb derer klar wurde, was er persönlich vom *Guten Kameraden* hielt: nämlich herzlich wenig. Eine Diskussion, die dann kurz darauf an anderer, an höherer Stelle weitergeführt wurde. Allerdings nicht unter Einbeziehung unserer Klasse.

Wieder einmal begriff ich erst viele Jahre später, dass wir, die siebte Klasse einer normalen Volksschule, einen für jene Zeit absolut außergewöhnlichen Unterricht erlebt hatten. Einen Unterricht, den man noch zehn Jahre zuvor als *undeutsch, defätistisch* und *Schülerseelen zersetzend* deklariert hätte. Ein Unterricht, für den sich die verantwortliche Lehrkraft in einem Folterkeller des Gestapohauptquartiers an der Stadthausbrücke wiedergefunden hätte. Erst später wurde mir bewusst, welches Glück es für mich und meine Mitschüler bedeutet hatte, eine kurze Zeit unserer Kindheit unter Lehrer Schmakeits Obhut verbringen zu dürfen. Eine viel zu kurze Zeit. Denn schon in der Vorweihnachtszeit 1955 musste er die Schule in der Jarrestadt verlassen.

Mein Vater erklärte mir mit Bedauern, dass man Lehrer Schmakeit von behördlicher Seite gezwungen hätte, seine Lehrtätigkeit aufzugeben. Aus politischen Gründen. Und aus Gründen seiner privaten Lebensführung.

*

Wie ein feuchtes Laken klebte die Wolkendecke an jenem Freitagnachmittag im Advent 1955 auf den Barmbeker Dächern. Vom Himmel vermochte kaum Sonnenlicht zu uns zu dringen und die warme Abluft der Stadt hatte keine Möglichkeit sich zu verziehen. Aus hunderten Schornsteinen krochen die Rauchschwaden tausender Kohleöfen und verbanden sich mit den Schwaden der Nachbardächer zu einem auf der Zunge schmeckbaren Schwefelnebel.

Nachdem wir uns im neuen *Roxy-Kino* an der Ecke Hellbrookstraße *Des Teufels General* mit Curd Jürgens angesehen hatten, schlenderte ich mit meinem Vater die Fuhlsbüttler Straße hinauf. Vorbei an mit Tannenzweigen und elektrischen Kerzen geschmückten Schaufenstern. Wie immer nach Kinobesuchen fühlte ich mich von innen aufgeheizt. Meine Mütze steckte in meiner Jackentasche und die Jacke selbst stand offen.

„Viele der Außenaufnahmen haben sie hier bei uns in Hamburg auf dem Flughafen Fuhlsbüttel gedreht", merkte mein Vater an, nachdem er sich eine Zigarette angezündet hatte; wie immer eine *Juno* mit Filter. „Und die Innenaufnahmen um die Ecke in den *Real-Film-Studios* in Wandsbek. Interessant, nicht?"

Ich nickte.

„Setze bitte deine Mütze auf und schließe deine Jacke! ... Du weißt, was Mutter dazu sagen würde."

In den zurückliegenden Monaten war ich häufiger mit meinem Vater ins Kino gegangen. Einmal waren wir auch im Theater, in den Hamburger Kammerspielen, um *Draußen vor der Tür* von Wolfgang Borchert zu sehen. Aber meistens nahm er mich mit ins Kino. Fast immer in Filme, die in irgendeiner Weise den Alltag im Dritten Reich und seine grausamen Folgen thematisierten. Dadurch lernte ich nicht nur Vieles über die Zeit vor meiner Erinnerung, sondern auch viele der damals unzähligen Kinos in Hamburg kennen. *Apollo, Capitol, Esplanade, Gloria, Imperial, Luxor, Monopol, Odeon, Savoy, Titania, Waterloo* oder *Alster Lichtspiele;* um nur die Namen der Häuser zu nennen, an die ich mich spontan erinnern kann.

Filme mit dem Thema *Nazizeit* liefen nur vereinzelt. Oft nur wenige Tage oder sehr spät am Abend, wenn ein von Altlasten befreiter und zuversichtlich nach vorn blickender Bundesbürger längst im Bett zu liegen hatte, um sich Kraft für die Arbeit am Wirtschaftswunder zu erschlafen. Manchmal mussten wir deshalb quer durch die Stadt fahren, weil mein Vater - zwischen all den damals beliebten kitschigen Heimatfilmen - endlich mal wieder etwas „Relevantes", wie er es formulierte, entdeckt hatte.

Ich erinnere mich an Titel wie *Irgendwo in Berlin, In jenen Tagen, Canaris, Der 20. Juli* oder später als Jugendlicher auch an *Die Mörder sind unter uns* mit Hildegard Knef. Meistens saß ich als einziges Kind, umgeben von Zigarettenqualm, in den nur von Erwachsenen gefüllten Sitzreihen der Kinosäle. Was ich aber nicht schlimm fand. Ganz im Gegenteil. Ich hatte das Gefühl, dass man mir eine geistige Reife zugestand, die mich von meinen Altersgenossen abhob. Und in der Schule hatte ich am nächsten Morgen etwas zu erzählen.

Dass ich den meisten Dialogen der legendären Käutner-Verfilmung des Bühnenstücks von Carl Zuckmayer nur bedingt folgen konnte, störte mich deshalb nicht im geringsten. Ich weiß, dass ich den Film trotzdem sehr fesselnd gefunden hatte. Er war immerhin ab zwölf Jahren freigegeben und mein Vater hatte gemeint, dass es

„aus vielerlei Gründen, auch aus sehr privaten, familienbiographischen Gründen" bedeutsam für mich sein könne, gerade diesen Film zu sehen.

Meine Mutter hatte beim Mittagessen voller Skepsis die Stirn kraus gezogen und „ach, Helmuth, ich glaube nicht, dass das so gut für den Jungen ist", geantwortet.

„Vergiss nicht, Marianne", hatte mein Vater mit erhobener Stimme entgegnet, „unser Junge ist vor sechs Wochen immerhin dreizehn geworden. Sein junges Gehirn kann inzwischen mehr begreifen, als du denkst." Und er fügte nach einer kurzen Pause hinzu: „Viel mehr, als du vielleicht wahrhaben möchtest."

Worauf ich vor Stolz fast platzte.

Curd Jürgens, als *Des Teufels General,* war mir auf Anhieb sehr sympathisch. Er ließ mich im Kinosessel an meinen vor drei Jahren verstorbenen Großvater denken. Nicht nur wegen Aussehen, Stimme und Statur. Denn wie der hoch dekorierte General im Film, hatte auch mein Großvater mit den Machthabern der Nazizeit einiges zu tun gehabt. Das wusste ich natürlich; schließlich hatte er mir die Wochenschaubilder im Privatkino unserer Villa im Rondeel wiederholt freimütig vorgespielt. Außerdem trank mein Großvater auch gerne mal einen über den Durst, ohne dadurch gleich unleidlich zu werden; ganz im Gegenteil. Darüber hinaus verband beide Männer die Tatsache eines tragischen, gewaltsamen Todes. Wenn auch zeitversetzt. Der eine vor, der andere nach Kriegsende. Ein Unterschied, dessen fundamentale Bedeutung ich wieder einmal erst viele Jahre später begreifen sollte.

Ich empfand den Selbstmord des von Curd Jürgens gespielten Fliegergenerals weniger als Akt der Verzweiflung, sondern durchaus als Heldentat. Immerhin hatte er einen Saboteur an Hitlers Kriegsmaschinerie gedeckt und gerettet. Wenn auch vom Schluss des Films etwas Beklemmendes ausging. Etwas, was sich auf mein Gemüt legte und erst im Laufe des Nachhauseweges von mir abfallen wollte. Ähnlich wie der Anblick jenes Zeitungsfotos des nackten Studenten in der Löwengrube im vorletzten Sommer. Diese einsame und gottverlassene Entscheidung eines Menschen, sein Leben zu opfern, weil es keinen anderen Ausweg mehr zu geben schien.

„Die Firma gibt es doch noch, oder?"
Mein Vater war stehengeblieben und schien mich nicht gehört zu haben. Er hatte seine Augen auf die Auslage des weihnachtlich dekorierten Schaufensters eines Schuhgeschäfts gerichtet. Eines Geschäfts, in dem mir einige Tage zuvor meine Mutter neue Winterstiefel mit einem flauschigen Futter gekauft hatte.

Besonders angetan hatte es meinen Vater ein Paar schwarz-weiße *Two Tone* Halbschuhe mit sogenanntem Budapester Lochmuster. Ganz furchtbare Apparate, wie ich fand. Aber damals hochmodern. Ein Revival der goldenen 20er Jahre. Ich konnte mir beim besten Willen nicht vorstellen, wie sich diese Dinger an den Füßen meines Vaters machen würden. Er würde absolut lächerlich darin aussehen. Wie ein Möchtegern-Mafioso. Besonders jetzt im Winter. Aber vielleicht starrte er nur so lange in das Fenster, um Zeit für eine angemessene Antwort auf meine Frage zu gewinnen. Hinter unserem Rücken dröhnte ein Lastwagenkorso mit Baumaschinen über das Kopfsteinpflaster. Also wiederholte ich meine Frage; musste jedoch erneut auf eine Reaktion warten.

„Wenn es *die* Firma ist, von der ich denke, dass du sie meinst", antwortete mein Vater, immer noch in das Schaufenster starrend, „dann lautet die Antwort klar und deutlich: Nein."

„Hast du die Firma nach Großvaters Tod verkaufen müssen?", fragte ich weiter.

„So ähnlich kann man es vielleicht formulieren," brummelte er etwas undeutlich, rückte seinen Hut zurecht und stieß im Weitergehen Zigarettenqualm aus seiner Nase. Als wenn nicht schon genug Rauch um uns wäre.

„Das Unternehmen existiert, beziehungsweise operiert nicht mehr unter dem Namen *Tauber & Tauber Linien*. Es heißt inzwischen *Nordic - Schifffahrtslinien AG* und wird seit über einem Jahr von anderen Menschen geführt und verantwortet. Wir haben damit … Gott sei Dank … nichts mehr zu tun. Dieses Kapitel gehört endgültig der Vergangenheit an. Und wir können heilfroh darüber sein, das völlig überschuldete Unternehmen hätte uns früher oder später in den Abgrund gerissen."

„Sind wir jetzt … arm?"

Mein Vater wandte sich mir zu. Aus seinen Nasenlöchern schossen mir Qualmsäulen entgegen.

„Arm? … Wie kommst du denn auf diese Idee, Frieder? Unsere Familie hat alles, was sie zum Leben braucht … Genau genommen mehr als genug."

Er schien ein wenig verärgert über meine letzte Frage zu sein und nahm einen besonders tiefen Zug aus seiner Zigarette. Worauf er husten musste, was seine Verärgerung noch steigerte.

„Der Anteil, der uns verblieben, ... der uns ausgezahlt worden ist, stellt ganz eindeutig ein beruhigendes Sicherheitspolster für unsere und für deine Zukunft dar. Das ist etwas, wovon viele andere Kinder ... nur träumen können."

„Aber in unsere neue Wohnung hier in Barmbek sind Herr Fehringer und Frau Reuter noch nie gekommen. Ist ihr Unterricht zu teuer?"

„Wir werden dir einen neuen Geigen- und einen neuen Klavierlehrer suchen, Frieder. Mama hat schon bei dem Organisten der neu gebauten St. Gabriel Kirchengemeinde angefragt. Er soll ein sehr netter und fähiger Mann sein."

„Aber unseren *Bechstein* - Flügel haben wir ja auch nicht mehr."

„Er hätte wohl schließlich auch in keines unserer Zimmer gepasst, oder? Aber mach dir keine Sorgen, ein neues Instrument habe ich schon in Aussicht. Außerdem hast du gerade erst ein Paar neue Stiefel bekommen. Ist das etwa nichts? Bleiben Sie doch bitte auf dem Teppich, Herr von und zu Tauber!"

In der Stimme meines Vaters lag plötzlich eine mitfühlende Weichheit: „Dein neues Klavier wird genaugenommen ein neues *gebrauchtes* sein. Von einem Händler ganz in der Nähe. Immerhin ein *Seiler*."

Und als ich keine weitere Fragen stellte, klopfte er mir kumpelhaft auf die Schulter: „Aus deinem Vater ist inzwischen ein ganz normaler Arbeitnehmer geworden, mein Sohn. Ein Angestellter, der jeweils am Monatsende seine Lohntüte entgegennimmt. Wie Millionen andere ehrlich arbeitende Familienväter in der neuen *Bundesrepublik Deutschland* auch. Ohne das wird es zukünftig auch in unserer Familie nicht mehr gehen. Selbst deine

Mutter wird schon in einigen Wochen eine Halbtagsbeschäftigung in einem Büro antreten. Und das ist auch richtig so."

Bevor er fortfuhr, nahm er einen letzten tiefen Zug aus seiner Zigarette. „Genau das ist es, was dich und deine Generation in den nächsten Jahrzehnten erwarten wird: Ein Leben, in dem man es durch Wahrhaftigkeit und Bescheidenheit zu Wohlstand bringen kann."

Qualm quoll aus seinem Mund. Er warf die Zigarette auf den Gehweg.

„Das hoffe ich zumindest. Stell dir vor, wir würden drüben in der DDR, der *Deutschen Demokratischen Republik,* im anderen Teil Deutschlands leben. Hinter dem Eisernen Vorhang. Wir haben noch Glück im Unglück gehabt, mein Lieber. Wenn man ehrlich ist, sogar unverdientes Glück."

Die Funken sprühten. Er trat sie mit der Fußspitze aus und ging weiter. „Dafür solltest du eigentlich dankbar sein, Frieder."

Während ich in meinen neuen mit Fell gefütterten Stiefeln meinem Vater folgte, konnte ich mir nicht vorstellen, wie es wäre, in diesem anderen Teil Deutschlands zu leben. Genaugenommen war mir nicht so recht bewusst gewesen, dass dieser andere Teil überhaupt existierte. Demnach vermochte ich auch nicht zu beurteilen, ob ich irgendwelche Dankbarkeitsgefühle über ein möglicherweise im *Unglück erfahrenes Glück* hegen musste. Ich erinnerte mich daran, dass meine Mutter sich mir gegenüber einmal ähnlich geäußert hatte, obwohl sich ihre Äußerung vielleicht auf etwas völlig anderes bezogen hatte. Und vielleicht war das Leben *drüben* in der DDR in Wahrheit auch viel spannender als hier bei uns? Vielleicht war das der Grund für diesen *Eisernen Vorhang?*

Aber wahrscheinlich hatte mein Vater wie immer recht. Er kannte sich, was diese Dinge betraf, schließlich aus.

Richtung Alte Wöhr fiel die Fuhlsbüttler Straße jetzt leicht ab. Der Schlot und der kupfergrüne Helm des Wasserturms des *Allgemeinen Krankenhaus Barmbek* ragten über die Dächer in den Nachmittag. Noch versperrte keine, mit ihrem Beton den Stadtteil durchschneidende, *Ringbrücke* die Sicht. Die auf uns lastende Kohlenluft begann sich zu verdichten und vermischte sich mit der aufkommenden Dämmerung zu einer zähflüssigen, schwer zu atmenden Substanz. Ich stellte mir vom Himmel rieselnden Lakritzstaub vor und streckte, in der Hoffnung mein Vater würde es nicht bemerken, meine Zunge heraus. Im selben Moment drehte er sich kurz zu mir um. Er lächelte und schüttelte beim Weitergehen seinen Kopf.

Mir kommen, wie damals, wieder die Bilder des Films in den Sinn. Besonders die Szene, in der der ehemals so stolze Fliegergeneral, Lebemann und Frauenschwarm, in eine ihm gestellte Falle tappt. Als er ungewaschen und unrasiert im Gefängnis dazu erniedrigt wird, eine Zigarette aus einer als Köder ausgelegten Schachtel zu stehlen. Ich sehe das hämisch-triumphierende Grinsen des Gefängniswärters, eines einfachen Mannes, der im normalen Leben dem General niemals würde das Wasser reichen können. Hier, innerhalb der

Gefängnismauern, besaß er plötzlich unverhofft die ersehnte Macht über Andere. Vielleicht genau über jene Menschen, vor denen er sich ein Leben lang gefürchtet und von denen er sich erniedrigt gefühlt hatte. Erfolgreiche Menschen in Führungspositionen. Menschen aus Wissenschaft, Politik und Kultur. Menschen, die Gedichte schrieben, Musik machten, Bilder malten, tanzten oder womöglich ... homosexuell waren. Menschen, welche im Gegensatz zu ihm selbst vielleicht freimütig in der Lage waren zuzugeben, Selbstzweifel und Ängste zu besitzen. Menschen, die trotz allem bemüht waren ihr Leben in Würde zu bewältigen. Bis zu jenem Tag, an dem sie seiner sadistischen Obhut überstellt wurden. Der Obhut eines vom Leben enttäuschten und gekränkten kleinen Mannes.

„Mit dem Teufel sind doch die Nazis und Hitler gemeint?"

„Bitte?"

„*Des Teufels ... General.*"

„Was ist mit dem?"

„Der Film heißt doch so, weil der General im Dienste der Nazis und Hitlers stand. Und die Nazis und Hitler sollten in dem Film doch den Teufel darstellen."

Wir bogen in die Meister-Francke-Straße ein. Mein Vater hatte augenscheinlich keine Lust sofort zu antworten und ich schaute nach oben zum vierten Stock hinauf. Ich sah unser erleuchtetes Küchenfenster, sah die Lampe über dem Esstisch hängen. Wie immer nach unseren Kinobesuchen hatte ich Hunger wie ein Bär und freute mich auf das von meiner Mutter bestimmt schon zubereitete Abendbrot: Käse- und Leberwurstbrote mit kleinen Gürkchen und Salzstangen. Dazu kühlschrankkalte Milch.

„Du hast ganz recht, Frieder. Du bist ein aufgeweckter Junge. Hitler und die Nazis waren der leibhaftige Teufel auf Erden", sagte mein Vater plötzlich. Und es klang, als wäre er mit seinen Gedanken eigentlich ganz woanders gewesen.

„Großvater hatte doch auch mit den Nazis zusammengearbeitet?"

Mein Vater steckte den Schlüssel in die Haustür und öffnete sie auffallend langsam. Er hatte einen horchenden Gesichtsausdruck aufgesetzt. So als wäre er neuerdings der Hausmeister und müsse sich auf ein von den Mietern moniertes Quietschen der Türaufhängung konzentrieren. Im Treppenhaus hing immer noch der Geruch von gebratenen Fischgerichten. Denn schließlich war es ein Freitag, der sich seinem Ende entgegenneigte.

„Ja ... das hat er", sagte er, während er mich in den Hausflur schob. Er rief es fast. Und seine Stimme hallte die gekachelten Wände des Treppenhauses hinauf.

*

Oben an der Wohnungstür empfing uns meine Mutter mit gezeichneten Gesichtszügen. Sofort nahm sie meinen Vater zur Seite, um ihm etwas zuzuflüstern. Soweit ich verstehen konnte, hing ihre Besorgnis mit einem Telefonanruf meiner Tante Johanna aus Bremen zusammen. Irgendetwas war mit diesem Telefongespräch und Tante Johanna nicht in Ordnung gewesen, und mir wurde bewusst, dass ich schon mehrmals solche Anrufe aus Bremen mitbekommen hatte. Meine Mutter hatte mich zwar jedes Mal umgehend in mein Zimmer geschickt, doch mir war längst klargeworden, dass Tante

Johanna gerne im alkoholisierten Zustand unsere Hamburger Telefonnummer wählte. Worum es genau bei diesen Gesprächen ging, erschloss sich mir erst viele Jahre später. Aber ich hatte mitbekommen, dass es sich weitestgehend um innerfamiliäre Themen handelte. Häufig fielen die Namen meines Großvaters und meines Vaters. Aber auch um mich ging es in diesen Telefonaten.

Ich musste erfahren, wie schwierig es für meine Mutter war, sich den Vorhaltungen und Vorwürfen meiner Tante zu erwehren. Und wie problematisch es war, diese fernmündlichen Auseinandersetzungen zu einem halbwegs friedlichen Abschluss zu bringen. Manchmal hatte meine Mutter einfach den Hörer aufgelegt. Nicht auf die Gabel geknallt. Sondern still und leise auf der Gabel abgelegt. Danach habe ich, in meinem Zimmer auf der Bettkante hockend, sie oft weinen hören. Besonders dann, wenn das Telefon kurz darauf erneut zu klingeln begann. Und einfach nicht aufhören wollte zu klingeln. Bis mein Vater den Stecker aus der Telefonbuchse zog.

Als ich mich am Abend für die Nacht fertig machte, verspürte ich ein extremes Jucken in meinen Strümpfen. Tatsächlich hatte mich dieses Jucken schon den ganzen Tag über begleitet. Immer wieder hatte ich meine Füße in ihren Schuhen zusammengekrampft, hatte ich von außen gegen das Leder gedrückt. Mit der Hacke des jeweils anderen Fußes, mit meinen Fingern. Erfolglos. Nach einem kurzen Moment der Linderung stellte sich das Jucken um so verstärkter wieder ein. Besonders im Kino hatte ich meine neuen Winterstiefel als ein quälendes verschwitztes Gefängnis empfunden.

Nun, als ich die Strümpfe von meinen Füßen zog, entdeckte ich auf der Haut unter meinen Fußsohlen eine Vielzahl rötlicher Quaddeln. Ganz so, als sei ich soeben barfuß durch ein komplettes Brennesselfeld gelaufen. Natürlich fing ich sofort an, mit den Fingerkuppen meine Fußsohlen zu bearbeiten. Eine Tätigkeit, die zwar im Moment den Juckreiz zu lindern vermochte, die jedoch ein umso unerträglicheres Jucken nach sich zog. Ein Kochen und Brennen, eine wahre Feuersbrunst begann sich über meine Hacken und Fersen bis hinauf zu meinen Waden auszubreiten. Und als hätte ich verrutschte Implantate unter der Haut, schwollen die Quaddeln unter meinen Füßen von Minute zu Minute zu erhabenen brennenden Kissen an. Kissen, die es mir gänzlich unmöglich machten, meine barfüßigen Sohlen beim Gehen wie gewohnt abzurollen. Besonders auf den harten Holzdielen meines Zimmers. Verzweifelt überlegte ich, was ich tun könnte, und kam auf die Idee meine Unterschenkel in eiskaltes Wasser zu tauchen.

Als meine Großmutter die Badezimmertür öffnete und mich auf dem Wannenrand hocken sah, machte sie ein verwundertes Gesicht. „Das hat man mal, Friederlein", sagte sie nach meiner kleinlauten Erklärung und einem kurzen Blick auf meine Beine. „Das ist ganz gewiss morgen früh wieder verschwunden." Und schloss die Tür wieder.

Nach einer halben Stunde hatte das Brennen endlich nachgelassen. Mit gefühllosen und halb erfrorenen Unterschenkeln lag ich in meinem Bett. Und da ich nie gewagt hätte, meine empfindliche Haut beim Abtrocknen zu berühren, ließ ich meine nassen Extremitäten aus der Bettdecke in die kühle Luft des Zimmers ragen. In der vor mir liegenden Nacht wachte ich mehrmals in Zuständen der Unruhe auf.

Immerhin juckten am nächsten Morgen meine Füße nicht mehr. Dafür sah ich aus wie Quasimodo persönlich. Denn als ich mich zum Zähneputzen vor den Badezimmerspiegel stellte, erkannte ich mich selbst nicht wieder. Ein negroider Charakter hatte sich meiner Züge bemächtigt. Besonders meine Oberlippe hatte besorgniserregend an Volumen hinzugewonnen. Ich sah aus wie nach einem verlorenen Boxkampf gegen Rocky Marciano, Joe Louis und Max Schmeling zusammen.

Als ich die Küche betrat, schrien meine Mutter und meine Großmutter gemeinsam erschrocken auf. In den nächsten zwei Tagen war an den Besuch der Schule nicht zu denken.

5

Ich stand mit meiner selbstgebauten Angel auf dem verbotenen Steg. Hinter mir der verlaubte Garten und unsere Villa. Es musste ganz früher Morgen gewesen sein, es war noch dämmrig und kühl. Vielleicht war Frühling oder Herbst. Ich bemerkte verwundert, dass ich nur mit meinem Schlafanzug bekleidet und barfuß war. Während ich schlaftrunken auf die andere Seite des Rondeelteichs hinüberblinzelte, überlegte ich, wie ich aus meinem Bett hierherkommen konnte. War ich etwa zum Schlafwandler geworden? Am wolkenlosen Himmel war jedoch kein Vollmond zu sehen. Aber irgendetwas an dieser Situation kam mir seltsam bekannt vor.

Und während ich noch überlegte, stellte ich fest, dass sich mir am gegenüberliegenden Ufer des Teichs nicht der gewohnte Anblick der anderen Anwesen und Grundstücke bot, sondern eine Art Spiegelbild. Das Spiegelbild oder die Doppelung unseres Hauses in seinem Garten. Auch mich selbst sah ich als Kopie am anderen Ufer stehen. Ein etwa zehnjähriger Junge mit einer selbstgebauten Angel in der Hand. Mit nackten Füßen und im gestreiften Schlafanzug. Sozusagen mein eineiiger Zwillingsbruder. Und obwohl mir dies alles seltsam bekannt vorkam, war ich so erschrocken über diesen Anblick, dass ich nicht wagte mich zu bewegen. Es konnte sich hier schließlich nur um eine optische Täuschung oder einen Traum handeln. Also beschloss ich, im Traum abzuwarten, was geschehen würde.

Was geschah, war, dass sich plötzlich sämtliche Fenster der Villa des Spiegelbildes öffneten und in jedem der Fenster ein Familienmitglied oder jemand von unserem Personal erschien. Reflexhaft wandte ich mich um, fand aber unser reales Haus unverändert vor. Still und schlafend. So, wie es sich gehörte. Doch vor mir, im Spiegelbild, lehnten all diese mir vertrauten Menschen entspannt in den Fensterbänken und winkten mir freundlich zu. Als sei es das Normalste von der Welt, dass ich, Frieder Tauber, zehn Jahre, frühmorgens um sechs Uhr in Pyjama und barfuß hier draußen auf dem morschen Steg stand.

Meine Eltern winkten mir lächelnd aus den beiden Schlafzimmerfenstern zu, meine Großmutter aus dem Salon, die Haushälterin aus der Küche, Frau Mittmann aus der Bibliothek und Frau Reuter und Herr Fehringer stimmigerweise aus dem Musikzimmer. Und so weiter. Nur mein Großvater fehlte.

Ich überlegte gerade, ob es vielleicht klug wäre zurückzuwinken, ich wollte schließlich nicht unhöflich sein, als mir endgültig klar wurde, dass ich all dies so ähnlich schon mehrmals erlebt hatte. Zumindest bis zu diesem Zeitpunkt. Natürlich! Ich befand mich in meinem Traum, den ich schon so oft geträumt hatte. Doch hier an dieser Stelle hatte er immer begonnen. Als der Steg unter mir anfing zu zittern, begann sich die Szene zu verändern.

Die Gesichter in den Fenstern verzerrten sich zu grauenhaften Fratzen. Zwar konnte ich sie noch erkennen, aber sie waren in Sekunden zu horrorhaften Masken mutiert. Masken, wie ich sie schon manchmal auf Filmplakaten in Kinoschaukästen gesehen hatte. Filme, in die mein Vater mit mir aber nie gegangen war. Meine Mutter hatte plötzlich die Züge eines Werwolfs angenommen, meine Großmutter ähnelte eindeutig Frankenstein und mein Vater erinnerte mich erschreckenderweise an Graf Dracula. Selbst der gutmütige Wittich glotzte mich mit glühenden Augen wie ein Höllenhund aus einem der Dachfenster an.

Jede Faser meines Körpers wollte vor Angst zurück ins Haus fliehen. Zurück in die Sicherheit meines Zimmers, zurück in mein kuscheliges Bett. Doch es war meinen Beinen unmöglich, auch nur einen Schritt zustande zu bringen. Und ich weiß noch, dass ich im Traum dachte: *Na klar! Das geht ja nie im Traum!*

Alle diese fürchterlichen Gesichter fingen nun an, mir etwas zuzurufen. Wobei es eher ein grunzender, gurgelnder Chor war, der da über das Wasser des Rondeelteichs scholl. Ich konnte nicht verstehen, was der Chor mir mitteilen wollte, aber es hatte den Anschein, als wollte er mich vor etwas warnen. Als wollten die Chormitglieder mich von unserem Haus fernhalten oder vertreiben. Wobei das Abstoßende ihrer Gesichter, wenn ich ganz genau hinsah, mehr aus einer abgrundtiefen Traurigkeit und Verzweiflung herrührte.

Ich ertrug es nicht länger hinzusehen und wandte mich um. Hinter meinem Rücken war alles wie immer. Das echte Haus lag still im frühen Sonnenlicht. Die echten Menschen, die ich kannte und liebte, schliefen, wie es sich gehörte, hinter echten geschlossenen Fensterläden in ihren echten warmen Betten. Nur ich stand, immer noch barfuß und im Schlafanzug, auf dem Steg am Wasser und konnte mir nicht erklären, wie ich dorthin gekommen war. Wie schon so viele Male zuvor.

Noch einmal wagte ich auf die andere Seite des Teichs zu blicken. Aus dem Augenwinkel. Das Spiegelbild, oder was immer es war, hatte sich bedauerlicherweise nicht verflüchtigt. Und als ich mich ihm nun erneut zuwandte, reckten die Gestalten in ihren Fenstern mir ihre Arme entgegen, um dabei dringliche, flehentliche aber unverständliche Laute auszustoßen. Als sollte ich sie vor etwas retten oder als würden sie mich vor etwas retten wollen. Ich selbst stand immer noch meinem Doppelgänger am anderen Ufer gegenüber.

In diesem Moment trat mein Großvater aus der Flügeltür auf die Terrasse. Er sah eigentlich aus wie immer, nur, dass er die Uniform eines Fliegergenerals der Wehrmacht trug. Er schaute ein wenig mürrisch in die Gegend, als hätte er irgendein merkwürdiges Geräusch gehört, dem er auf den Grund gehen wollte. Er legte seinen Kopf in den Nacken und sog die frische Morgenluft in seine Lungen. Und im selben Moment, als mein Großvater im Begriff war, die Freitreppe hinunter in den Garten zu treten, verschwanden alle anderen Bewohner unserer Villa aus ihren Fenstern. Lautlos, bemüht kein Geräusch zu machen, schlossen sich die Läden vor ihren Gesichtern. Und doch konnte man hören, wie sie gewissenhaft von innen die Riegel vorschoben. Und als mein Großvater in seiner stattlichen Uniform sich stirnrunzelnd zur Fassade des Hauses umdrehte, war es, als wäre dort nie etwas gewesen.

Dann entdeckte er mich, genaugenommen meinen Zwillingsbruder. Mein Großvater lächelte verständnisvoll, als er ihn dort mit seiner Angel und im Pyjama auf dem verbotenen Steg stehen sah. Und in der Morgensonne, die plötzlich alles in ihren goldenen Schimmer tauchte - besonders die breiten weißen Streifen an den

Nähten seiner Generalshose - schritt er mit seinen Lackschuhen durch das raschelnde Laub des Gartens auf meinen Zwillingsbruder zu. Schon auf halbem Wege rief er ihm mit ausgebreiteten Armen die so oft gehörten Worte entgegen:

„Du weißt ja, irgendwann wirst du von all dem der Erbe sein. Das ist eine unausweichliche Tatsache und es ist besser, du stellst dich schon mal darauf ein, mein kleiner Frieder!" Mein Großvater nahm daraufhin seine Mütze ab und schleuderte sie irgendwo in die Baumwipfel über sich.

Als ich aufwachte und durch die von Eisblumen verzierte Scheibe nach draußen blickte, lag unten Schnee auf der Meister-Francke-Straße.

Der Februar 1956 brachte die kältesten Temperaturen seit vielen Jahren. Das Thermometer fiel auf zwanzig Grad unter Null und ließ das Wasser der Elbe sich zu weißen Packeisschollen übereinander schieben. Der englische Frachter *Baltrover* war in den vorangegangenen Winterstürmen vor Brunsbüttel auf Grund gelaufen. In der Wochenschau im Kino konnte ich sehen, wie ganze Familien vom Strand aus über die gefrorene Elbe zu dem Schiff liefen, um den schräg im Eis steckenden Rumpf zu umwandern. Eine Attraktion für mehrere Wochen. Gerne wäre ich auch dort hingefahren, aber als ich meinen Vater danach fragte, hatte er nur den Kopf geschüttelt.

Damit die Schifffahrt nicht vollends zum Erliegen kam, waren Tag und Nacht sämtliche zur Verfügung stehenden Eisbrecher unterwegs. Währenddessen waren die Koksvorräte in Hamburg rationiert worden und in unserer Barmbeker Wohnung war es nur noch in der Stube halbwegs warm. In meinem Zimmer stand der Frost wie im Unionskühlhaus im Fischereihafen. Nachts trug ich zwei paar Strümpfe und über meinem Schlafanzug einen Trainingsanzug.

Den Traum vom Spiegelbild unseres ehemaligen Anwesens am gegenüberliegenden Ufer des Rondeelteichs, nachdem er mich in den zurückliegenden Jahren nicht mehr heimgesucht hatte, träumte ich in jenen Wochen wiederholt. Die Handlungsverläufe variierten, wie immer, von Nacht zu Nacht. Auch wenn es die gruseligen Veränderungen der Gesichter in den Anfangsjahren nie gegeben hatte, so hatte am Ende doch immer mein Großvater verlässlich seinen Auftritt. Wenn auch neuerdings in der Uniform eines Fliegergenerals und mit dem Unterschied, dass ich die Worte verstehen konnte, die sein Mund rief.

*

Seitdem Lehrer Schmakeit vor Weihnachten unsere Schule verlassen hatte, waren prompt mein Probleme zurückgekehrt. Erschwerend hinzu kam in jenen Tagen, dass unser Hund eingeschläfert werden musste. Nachdem Wittich in tagelangen Krampfzuständen röhrende Klagelaute von sich gegeben und die Wohnung mit Urin und Kot beschmutzt hatte, hatte mein Vater ihn eines Morgens mitgenommen. Am Abend war er ohne ihn zurückgekehrt. Erst nach Monaten hatte ich meinem Vater verzeihen können.

Unwiderstehlich zog es mich zurück in die Rolle des Klassenclowns und Rädelsführers. Der neue Pädagoge, dessen nähere Beschreibung die Mühe nicht lohnt, war - wie schon zuvor Herr Lünstedt - mit mir und unserer Klasse restlos überfordert. Mit der Folge, dass Tafelkreide, Bücher und Schlüsselbunde an unsere Köpfe flogen. Auch ein Lineal mit Metallkante kam schmerzhaft zum Einsatz. Nachdem es dies zum wiederholten Male auch auf meiner Handfläche getan hatte, begann ich den Schulunterricht zu boykottieren.

Statt in die Schule fuhr ich nun mit meinem Fahrrad an die Alster oder bis an den Hafen. Allerdings meistens allein. Ich musste schmerzhaft erfahren, dass selbst die Solidarität meiner engsten Klassenkameraden an der Demarkationslinie zum Bereich der Kriminalität endete. Tatsächlich sank der Stern meiner Popularität proportional zum Ansteigen meiner Schwänztage. Dazu kamen die Fehltage, an denen ich mal wieder als dicklippiger Quasimodo aufgewacht war, was etwa alle paar Wochen einmal vorkam. All das hatte zur Folge, dass meine schulischen Leistungen schnell ins Bodenlose sanken. Und wenn ich, nachdem ich unserem Lehrer zum wiederholten Male ein gefälschtes Entschuldigungsschreiben meiner Eltern auf das Pult gelegt hatte, wieder an meinem Platz in der Klasse saß, wagte kaum jemand, mich nach meinen erlebten Abenteuern zu fragen. Statt interessanter begann ich meinen Freunden allmählich fremd und unheimlich zu werden.

So schob ich stundenlang das Fahrrad an den Kaimauern und Uferstraßen zwischen den Landungsbrücken und Altona hin und her. Und während ich auf die wintererstarrte Elbe und die vereisten Docks und Kräne der Werften am gegenüberliegenden Ufer blickte, zog die Kälte in mich ein. Sie nahm Besitz von mir, als wäre sie ein Austauschstoff und mein Körper der ausgeweidete Kadaver eines zu präparierenden Tieres. Sie machte mich zu einem Yeti, sein Fahrrad mechanisch vor sich her schiebend, einem Eiswesen, das ständig in der Angst lebte, von irgendjemandem erkannt oder angesprochen zu werden. Unter meinem Schal war meine Mundpartie derweil dermaßen vom Frost betäubt, dass ich fürchtete nur mit einem unverständlichen Gestammel antworten zu können. Was auch genaugenommen meinem Gemütszustand entsprochen hätte.

Zwei sich bekriegende Gefühlszustände sorgten in meinem Inneren für Chaos. Einerseits ein gewisser heroischer Stolz auf die Wagemutigkeit meiner vormittäglichen Ausflüge und anderseits ein quälend schlechtes Gewissen gegenüber meiner Familie und meinen Freunden. Gegenüber der ganzen Welt. Das Gefühl, den Anschluss verloren zu haben, von der ganzen Mensch für vogelfrei erklärt und auf ewig verstoßen zu sein.

Aber vielleicht, dachte ich, war dies ja genau mein Schicksal: Der unaufhaltsame Abstieg vom hanseatischen Kronprinzen und Thronfolger einer traditionsreichen Reeder-Dynastie zu einem, von allen verachteten, unter Brücken schlafenden Stadtstreicher. Eigentlich, so glaubte ich, hatte ich die großen Veränderungen der zurückliegenden Jahre ganz gut weggesteckt. Doch besonders in letzter Zeit überkamen mich solche düsteren Gedanken mit Macht. Besonders, während ich im Eiswinter 1956 schuleschwänzend durch die Straßen von St. Pauli und Altona irrte und mich nachts meine vergessen geglaubten Albträume wieder heimsuchten. Oft musste ich an den nackten Robert Hayek in seinem Löwengehege denken.

*

Die Faust des Erzengels hätte sich nur zu öffnen brauchen und der bronzene Speer wäre vom Eingangsportal der Kirche in gerader Linie in meine Brust gefahren. In die Brust eines dreizehnjährigen Schulschwänzers. Nicht nur auf den sich unter den Füßen des Engels windenden Satan mit seinen Fledermausflügeln zeigte die Spitze der Waffe, sondern genau betrachtet auf alle Menschen, die es wagten, das barocke Gotteshaus zu betreten oder im Begriff waren es zu verlassen. Jedem von ihnen wurde einmal kurz mit Verbannung und Vernichtung gedroht:

Wenn du hier eintrittst: Reiß dich gefälligst zusammen, Sterblicher! Oder: *Wenn du wieder heraus in dein Leben trittst: Sieh dich vor, armseliger Sünder!*

Mehrmals umrundete ich während meiner ziellosen vormittäglichen Wanderungen den im Krieg fast unzerstört gebliebenen *Michel*. Mehrmals blieb ich vor dem erzengelbewachten Portal des Hamburger Wahrzeichens stehen. Seine mulmig machende Anziehungskraft spürend. Überlegend, in das Gebäude einzutreten. Überlegend, irgendwo in den Holzbänken auf Antwort, Trost und Erlösung zu warten. Mich an den pfingstlichen Kirchgang mit meiner Großmutter auf Sylt erinnernd. An ihre kräftige, glaubensfeste Stimme beim Singen und Beten: *O komm, du Geist der Wahrheit und kehre bei uns ein...*

Ich ließ es sein und kaufte mir in dem Kiosk neben dem Traditionsrestaurant *Old Commercial Room* eine Tüte Süßigkeiten. Ein unmittelbarer Trost, wie mir schien.

Dort am *Michel* lief mir, zu meinem Erschrecken, eines Morgens unser ehemaliger Lehrer Herr Schmakeit über den Weg. Herr Schmakeit war sehr überrascht mich zu sehen und erkundigte sich überaus freundlich nach dem Grund meines Vorortseins. Außerdem war er sehr interessiert an der aktuellen Situation in der Klasse und erkundigte sich detailliert nach einzelnen Mitschülern. Ich bebte vor Angst und faselte etwas von wenig Zeit und einem Klassenausflug, und dass der Rest meiner Mitschüler schon weitergezogen sei und ich unbedingt schnell hinterherlaufen müsse. Um den Anschluss nicht zu verlieren. Um keinen Ärger mit seinem überaus strengen Nachfolger zu bekommen.

Während ich ihm diese Lügen unterbreitete, legte mir Herr Schmakeit seine Hand auf die Haare. Mir fragend ins Gesicht schauend: „Alles in Ordnung mit dir, Frieder?"

„Aber klar doch, Herr Schmakeit, ... wie immer alles bestens!", hörte ich mich mit hellem Sopran antworten.

„Wie immer?"

Ich nickte.

„Na dann, ... dann lauf mal los, mein Junge und mach´s gut", sagte er, nachdem er seine schwere Hand noch einen Moment auf meinem Kopf hatte liegen lassen. Zum Abschluss knuffte er mich aufmunternd an der Schulter.

Während ich zu meiner nicht vorhandenen Klasse um die nächste Hausecke rannte - weg aus dem Blickfeld meines alten Lieblingslehrers - schnürte sich mir meine Kehle zusammen. Die Verzweiflung presste mir die Tränen in die Augen und ließ mich halb blind durch die Straßen der Neustadt laufen. Ich wusste, dass ich eine nie wiederkehrende Chance vertan hatte. Denn in dem Augenblick, als Lehrer Schmakeits Hand auf meinem Kopf lag, hatte ich gespürt, dass ich diesem Mann alles vor seine Füße hätte legen können. Alles, was mich beschäftigte, alles, was mich bedrückte. Herr Schmakeit wäre dieser eine besondere Mensch gewesen, der mir hätte helfen können, der in der Lage gewesen wäre, mir einen Weg aufzuzeigen. Ich hätte einfach nur den Mut aufbringen müssen, meinen Mund aufzumachen und alles hätte sich wieder eingerenkt. Mein Leben wäre wieder zurück ins Gleis gekommen. Hatte ich doch gespürt, dass Lehrer Schmakeit ahnte, dass ich in Not war. Ich hätte nur den ersten verdammten Schritt machen und mich ihm anvertrauen müssen. Doch ich hatte es nicht geschafft. Mein dummer Mund hatte nur unsinniges Zeug von einem Klassenausflug geredet.

Manchmal denke ich, wenn Herr Schmakeit nur *eine* weitere Frage gestellt oder mich aufgefordert hätte, die Wahrheit zu sagen, wenn er seine Hand nur einen Augenblick länger auf mir hätte liegen lassen, - alles wäre aus mir herausgebrochen.

„Ich sehe dir doch an, dass etwas nicht stimmt, Frieder. Komm, ... pack aus, mein Junge!"

Bis heute bin ich manchmal wütend auf ihn. Wütend, dass er, mein Lieblingslehrer, mir diese eine entscheidende Aufforderung nicht gegeben hatte. Obwohl er meine Not doch gespürt haben musste. An diesem Morgen vor dem Portal des Michels. Unter dem Speer des Erzengels.

Noch viele Jahre später, wenn es mir einmal schlecht ging und das Leben wieder einmal in eine Krise geraten war, spielte ich mit dem Gedanken, Herrn Schmakeits Adresse herauszufinden. Um ihn zu besuchen. Um seinen Rat einzuholen. Ich stellte mir vor, dass er seine Tür aufreißen und seine Arme ausbreiten würde:

Mein lieber Frieder, wie schön, dass du mich nach all den Jahren einmal besuchen kommst! Wie oft habe ich an dich denken müssen und überlegt, was aus dir wohl geworden ist. Komm rein, wir beide machen es uns bei Kakao und Kuchen gemütlich, oder trinkst du inzwischen etwa Bier, Schnaps und Wein? Und dann erzählst du mir ganz von vorne ganz genau, wie es dir inzwischen ergangen ist und wo dir der Schuh drückt!

Bis ich realisierte, dass ich inzwischen älter geworden, als er es war, als er mein Lehrer war. Und dass er wahrscheinlich längst nicht mehr lebte.

Und wenn ich mich nachmittags an das von meinem Vater organisierte Seiler-Klavier setzte und anfing zu improvisieren, um in die Welt der musikalischen Intuitionen abzutauchen? Um meinen dunklen Gedanken zu entfliehen? Um mein am Morgen wieder mal entstelltes Gesicht zu vergessen, diesen elenden Glöckner von Barmbek-Nord?

Dann dauerte es nicht lange und es wurde mit sämtlichen zur Verfügung stehenden Besenstielen der Stadt an Boden, Wände und Decken unserer Wohnung geklopft. Selbstredend von außen. Beim Geigespielen war es nicht anders. Zwar nahm ich inzwischen einmal in der Woche bei Herrn Thiessen, dem neuen Organisten von St. Gabriel, Klavierunterricht - ein leiser Mann, der, selbst wenn er ausnahmsweise mal ein paar Worte von sich gab, kaum zu verstehen war -, doch die Lust am Musizieren war mir in unserer Barmbeker Wohnung bald vergangen. Hinzu kam, dass ein geeigneter Nachfolger von Geigenlehrer Fehringer noch nicht gefunden war und die Entwicklung auf diesem Instrument seit Monaten stagnierte.

Nicht, dass die anderen Familien in der Meister-Francke-Straße uns mit Argwohn oder Misstrauen begegnet wären. Nicht, dass sie uns schnitten; uns, die vom hanseatischen Olymp in ihre kleinbürgerliche Niederung Herabgestiegenen. Aber meine täglich durch das Haus schallenden frei fantasierten Klavier- und Violinenseqenzen überstiegen dann doch ihre nachbarschaftliche Toleranz. Somit entfiel für mich vorerst eine unschätzbar wertvolle Möglichkeit, meine aufgewühlte Seele wieder ins Gleichgewicht zu pendeln.

In meinem Drang mich musikalisch auszudrücken fing ich an, mich am Klavier in der Methode des Stummspielens zu üben. Eine von mir an langen grauen Winternachmittagen entwickelte Spezialtechnik, da unser Instrument noch keine moderne Dämpfmechanik besaß. Am Anfang drückte ich einzelne Tasten so langsam herunter, dass die Filzhämmerchen keinen tonerzeugenden Saitenkontakt hatten. Bei diesem Spieltempo nahm ich zum ersten Mal bewusst das rohe Fichtenholz unter seinen vergilbten Elfenbeinplatten wahr. Mit zunehmender Übung gelang es mir, sämtliche benötigten Tasten einer Melodie oder Harmoniefolge im Originalmetrum, aber ohne einen akustisch wahrnehmbaren Ton zu spielen.

*

Mehrmals hatte ich an jenen Februarvormittagen den Eindruck, verfolgt zu werden. Von dem Mann vom Friedhof und der Stadtparkwiese. Doch immer wenn ich mich umsah, war dort niemand anderes zu sehen als harmlose Hamburger Bürger, welche bei diesen eisigen Minustemperaturen mit ihren Gedanken bei sich selbst, bei ihren Familien oder sonst wo waren. Überall, nur nicht bei mir. Natürlich verfolgte mich niemand. Kein helles, großflächiges Mondgesicht starrte mich heimtückisch grinsend aus der Menge an. Der Mann hatte sich wohl längst in meinem Kopf eingenistet und kam heraus, wenn ihm danach war.

Manchmal kam ich an Imbissbuden vorbei. Ich sah Arbeiter mit Bierflaschen in ihren Händen, die während ihrer Mittagspause in den Bratenschwaden der Würstchen und Frikadellen standen. Doch ich hatte meistens kein Geld. Und wenn ich welches hatte, traute ich mich nicht in die Nähe der von Männern umlagerten Tresen. Bestimmt würden sie mich ansprechen und ausfragen.

Spätestens wenn ich mein Schulbrot aufgegessen hatte, Hunger, Durst und meine kalten Füße unerträglich wurden, fuhr ich wieder nach Hause. Dort erzählte ich dann meiner Großmutter, beim Verrichten ihrer Hausarbeit, Märchen über den zurückliegenden Schultag. Meinen Eltern jubelte ich am Abend jeweils den Zweitaufguss meiner erfundenen Geschichten unter.

Es gab sogar Tage, an denen ich erst gar nicht das Haus verließ, sondern mich während der Schulzeit in unserem Keller versteckte; einem zu jeder Wohnung gehörenden engen Drahtverhau. Manchmal schlurfte meine Großmutter mit unserem Mülleimer an mir vorbei, um diesen, in die im Nebenraum stehenden Tonnen, zu entleeren. Sie bemerkte ihr im Schatten zwischen Kisten,

Kartons und ausrangierten Möbeln hockendes Enkelkind nicht. Ich hätte nur meine Hand auszustrecken brauchen, um sie an ihrem Kittel zu berühren. Vielleicht hätte ich das auch tun sollen. Vielleicht wäre dann vieles anders gekommen. Nach unseren gemeinsamen Pfingsttagen auf Sylt hätte ich wissen müssen, dass meine Großmutter mir Verständnis entgegengebracht hätte. Was mir sicher gutgetan hätte. Doch, ähnlich wie bei Herrn Schmakeit, fehlte mir auch hier der Mut mich anzuvertrauen.

Als wenn ich geahnt hätte, dass es zu diesem Zeitpunkt eigentlich längst zu spät war, und dass die ganze Geschichte, in der ich lediglich eine ahnungslose, aber Symptome tragende Randfigur darstellte, schon viel zu weit fortgeschritten war. Was ich natürlich nicht wissen konnte. Aber davon später mehr. Nur so viel: Es ist doch erstaunlich, wie der jüngste Spross einer Familie, quasi stellvertretend für alle anderen Mitglieder, die Symptome ihrer Krankheit entwickelt.

Stundenlang hockte ich so in meinem Kellerversteck, in den süßlichen Wehen der vor sich hin gärenden Küchenabfälle unserer Nachbarn. Durch alte Zeitschriften blätternd. Im Licht einer Taschenlampe versuchte ich in aussortierten Büchern Geschichten in Frakturschrift zu entziffern und lauschte, wie damals mit meinem Großvater in der *Lichtburg,* auf die Geräusche aus dem Haus und der Welt über mir.

Natürlich konnte das nicht lange gut gehen. Irgendwann klingelte immer das Telefon und das Schulbüro erkundigte sich nach dem Verbleib des erneut und wiederholt abgängigen Schülers Frieder Tauber. Woraufgerichtsterminähnliche Zusammenkünfte mit meinen Eltern, meinem Klassenlehrer und der Schulleitung folgten. Tribunale, bei denen ich minutenlang auf die goldgeprägten Buchrücken der pädagogischen Standardwerke der letzten fünfzig Jahre im Regal des Direktorbüros starrte und mit unbeantwortbaren Fragen, Drohungen und düsteren Konsequenzen konfrontiert wurde. Wahre Untergangsmenetekel, die Herrn Lünstedts fistelige Stimme mir schon zwei Jahre zuvor äußerst plastisch an die Wand des Klassenzimmers gemalt hatte.

Zuhause hatte ich den Eindruck, dass mein Vater einige Male kurz davor war mich zu verprügeln. Und ich bin nicht sicher, ob meine Mutter ihn davon abgehalten hätte. Aber er verlor, wofür ich ihm heute noch dankbar bin, nie seine Kontrolle. Ich weiß nicht, wozu ich mich sonst hätte hinreißen lassen. Immerhin war *Robert der Schiffsjunge* - dank meines Großvaters - noch immer eines meiner Lieblingsbücher. Und Robert hatte sich schließlich irgendwann heimlich auf einen Überseedampfer geschlichen.

Trotzdem blieb ich der Schule in den folgenden Monaten immer wieder fern. Magisch zog es mich weiterhin an den Hafen. Oder in die Innenstadt mit ihrer warmen Kaufhausluft von *Karstadt, Horten* und *Alsterhaus*. Oder zu den Kinofoyers mit ihren Filmplakaten und den schweigenden Menschenmengen in den U-Bahnhöfen, in deren Anonymität man sich so gut verschlucken lassen konnte.

Als Ende April endlich der Frühling kam und im Alten Botanischen Garten am Stephansplatz die Krokusse aus dem Rasen sprossen, fror ich wenigstens nicht mehr so sehr.

*

Über zehn Jahre war es nun her, dass der kleine grimmige Mann mit dem Oberlippenbärtchen und seine Vasallen in Deutschland bestimmt hatten, wo es lang ging. Ich erinnere mich nicht, dass darüber groß geredet wurde. Weder in der Schule, im Radio oder im Fernsehen, noch in den Wochenschauen wurde dieses Thema ausführlicher behandelt. Zumindest nicht zu jugendfreier Sendezeit. Und da ich, bis auf die Schlagzeilen an den Kiosken, bekannterweise noch keine Zeitungen las, ging ich davon aus, dass jene Ereignisse wohl insgesamt weniger bedeutsam und dramatisch waren, als ich angenommen hatte.

Auch unter uns Kindern kam das Thema kaum vor. Und wenn, dann nur in Form kruder Legenden über Hitlers Autobahnen, Hitlers Wunderwaffen und unter ganz Deutschland angeblich verborgenen Tunnelsystemen. Oder in Form abenteuerlicher Fantasiegeschichten von einem Führer, der in einem geheimen U-Boot oder Ufo überlebt hatte, und der irgendwann wieder zu uns zurückkommen würde. Irgendwann, wenn die Zeit, das Deutsche Volk und die ganze Welt reif dafür wären. Wie ein erlösender Heiland oder Racheengel.

Stattdessen wurden wir Tag für Tag eingelullt von den flotten Melodien und Rhythmen des in Schwung gekommenen Wirtschaftswunders. Drehte ich am Rädchen des Autoradios des *DeSotos* oder drückte ich den Knopf des Radios in unserer Barmbeker Küchenbank, scholl mir *„Steig in das Traumboot der Liebe!"*, *„Am weißen Strand von Surabaya"* oder *„Komm ein bisschen mit nach Italien!"* oder ähnliches entgegen. Die Namen von Adolf Hitler, Joseph Goebbels und Adolf Eichmann hätten sich im bunten Programmmix mit Lolita, Caterina Valente oder Peter Alexander einfach unglücklich gemacht. Geschweige denn die Worte *Judenvergasung, Untermenschen, Endlösung* oder *Zyklon B*.

Einmal jedoch tönte mir bei einer Einkaufstour mit meiner Mutter in der Innenstadt ein Fetzen Rock´n´ Roll entgegen. Er kroch aus der offenstehenden Tür einer Eisdiele oder Milchbar in meine Ohren. Ich glaube es war am Jungfernstieg in der Nähe der Alsteranleger. Meine heißgelaufenen Füße hatten in ihren Schuhen mal wieder angefangen zu jucken.

Ich hatte schon von diesen neuen Musikboxen oder auch „Jukeboxen" aus Amerika gehört, allerdings noch nie eine gesehen. Weshalb ich neugierig stehenblieb und einen langen Hals machte. Überall vor dem Laden standen schicke Mopeds und Motorroller herum. Einige der jungen Männer hatten diese gegelten Rockabilly-Frisuren und die Mädchen trugen Petticoats unter ihren weiten Röcken. Und als ob es galt, ihren vorpubertären Sohn vor einer hochansteckenden Influenza zu bewahren, zog meine Mutter mich sofort weg von diesem, wie sie sich ausdrückte, von *Halbstarken* umlagerten Ort.

Als ich Jahre später die Freiheit besaß, die Orte meiner Wahl aufzusuchen und die Musik meines Geschmacks zu hören, war es nicht mehr so sehr der pure Rock´n´ Roll, der mich in seinen Bann zog - im Gegensatz zu vielen meiner Schulkameraden, die schon als Teenys voll auf *Chuck Berry, Little Richard, Jerry Lee Lewis* oder *Elvis* abfuhren. Neben der klassischen Musik begeisterten mich in den späten Sechzigern und frühen Siebzigern eher die psychedelischen und komplexen Arrangements von Bands wie *Yes, Emerson, Lake and Palmer, Pink Floyd* oder *Genesis*. Damals, als Dreizehnjähriger an der Hand meiner Mutter, hatte ich aber schon den wagen Eindruck, dass die vorwärtstreibende, rhythmusbetonte Musik des Rock´n´ Roll, dieses Lebensgefühl, das da aus der Milchbar an der Alster in meine Ohren drang, irgendwie eine angemessener klingende Reaktion auf die dunkle Vergangenheit unserer Geschichte war, als das ewige Heile - Welt - Geträller von *„Steig in das Traumboot der Liebe!"* oder *„Am weißen Strand von Surabaya"*.

*

Wirklich ungefragt gab eigentlich nur unser Lehrer für Leibesertüchtigung, Herr Güttler, Auskunft über die Jahre vor 1945. Gerne gab er die eine oder andere launische Anekdote vom U-Boot-Krieg im West-Atlantik zum Besten. Herr Güttler war ein kurz vor der Pensionierung stehender Vollblutpädagoge in blauem Trainingsanzug, bei dem jede Turnstunde mit einem quasi militärischen Ritual begann. Nach dem Aufruf: „Alle Knaben nehmen an der weißen Linie Aufstellung!", folgte ein Kasernenhof-Appell, während dem er wie ein Stier mit hochrotem Glatzkopf unsere Nachnamen herausbrüllte. Wer nicht im Bruchteil einer Sekunde „Hier!", zurückbrüllte, hatte schon verloren und musste vor versammelter Klasse zehn Liegestütze absolvieren; mit Herrn Güttlers von oben drückender Gummisohle zwischen den Schulterblättern. Bei Verfehlungen oder unkonzentrierter Ausführung seiner stets perfekt vorexerzierten Übungen an Boden, Barren, Pferd oder Ringen, war seine Lieblingsdrohung: „Ich brech´ dir das Kreuz, Freund der Sonne!" Weshalb Herr Güttler unter uns Jungen grundsätzlich nur noch Kreuzbrecher genannt wurde.

Obwohl ich mit Begeisterung Fußball spielte, war ich deswegen nicht automatisch der Allersportlichste. Deshalb wunderte es mich zunächst, dass Herr Güttler mich mit seinen Kommisstiraden verschonte. Wenn ich zum Beispiel mit meinen kraftlosen Armen, hilflos wie ein nasser Sack, in den Ringen hoch oben unter der Decke hing, oder es nicht vermochte, das schwächliche Fleisch meines pubertären Knabenleibes in eleganten Schwüngen über das Pferd kreiseln zu lassen. Kreuzbrecher Güttler zwinkerte mir waffenbrüderlich zu und winkte den nächsten vor Angst bebenden Delinquenten heran. Auch war Herr Güttler der einzige Lehrer, der mich nach meinen häufigen Fehltagen nicht strafend zur Rede stellte. Erst die gehässige aber berechtigte Bemerkung eines Mitschülers, ich sei ja wohl Kreuzbrechers Liebling, brachte mir die Erkenntnis.

Die Erkenntnis, dass es einmal mehr mein berühmter Familienname war, der einen anderen Menschen veranlasste, respektvoller mit mir umzugehen oder mir eine Sonderbehandlung zukommen zu lassen; mir, dem Enkel des großen deutschen Reeders und Befahrers der Weltmeere Karl-Hermann Tauber. Da war sie wieder, die schützende Hand meines, seit geraumer Zeit in seinem Ohlsdorfer Mausoleum residierenden, Großvaters. Damals im Geschrei der Turnhalle am Stadtpark hielt er sie ein letztes Mal über mich.

Bei Kreuzbrecher, dem hochdekorierten ehemaligen Offizier auf einem deutschen U-Boot, klang auf jeden Fall alles, was mit dem zurückliegenden Zweiten Weltkrieg zu tun hatte, wie eine Art Volksbelustigung. Er stellte seine Erlebnisse wie einen nervenkitzelnden abenteuerlichen Männerausflug in einem ganz speziellen Vergnügungspark dar. Wenn auch, ärgerlicherweise, mit unglücklichem, um nicht zu sagen, unfairem Ausgang. Ich höre ihn noch durch die nach altem HJ-Schweiß miefende Turnhalle bellen:

„Aber die Weltgeschichte hat halt so ihre miesen Launen, Jungs. Doch man darf die Flinte nicht ins Korn werfen! Merkt euch das für eure Zukunft, Sportsfreunde: Aufgeben gilt nicht für einen echten deutschen Bengel! Bloß nicht den Schwanz einziehen! Dann klappt´s halt beim nächsten Mal."

Darüber hinaus kam das Fach Geschichte in der Schule kaum vor. Ich erinnere mich vage an einige Stunden, in denen der linealkantenschlagende Nachfolger unseres geliebten Lehrer Schmakeit uns etwas über die wilden Wikinger erzählte. Später ging es noch um die große Zeit der Hanse, die mittelalterlichen Salzstraßen in Norddeutschland und den Untergang von Rungholt. Im Chor rezitierten wir Detlev von Liliencron in der brechend vollen Aula vor der versammelten Elternschaft. Was schön war. Nicht, dass man mich da missversteht:

Heut bin ich über Rungholt gefahren,
Die Stadt ging unter vor sechshundert Jahren.
Noch schlagen die Wellen da wild und empört,
Wie damals, als sie die Marschen zerstört.
Die Maschine des Dampfers schütterte, stöhnte,
Aus den Wassern rief es unheimlich und höhnte:
Trutz, blanke Hans!

Es gab auch einige halbwegs spannende Ausflüge. Zu Beispiel eine Barkassenfahrt zum Grasbrook in der Speicherstadt; dem Ort der Hinrichtung der *Vitalienbrüder* oder *Likedeeler*, wie die Piraten um Klaus Störtebeker genannt wurden. An sechs seiner Kumpanen sei er ganz ohne Kopf vorbeigelaufen um sie - wie zuvor vereinbart - vor dem Beil des Henkers zu retten. Dann hätte ihm ein missgünstig gestimmter Soldat der Hamburger *Pfeffersäcke* ein Bein gestellt.

Über die Epoche des dunklen Mittelalters hinaus gab höchstens mein Vater hin und wieder einen kritischen Kommentar ab. Häufig sarkastisch ausfallende Bemerkungen über die Natur des Menschen im Allgemeinen und den armseligen Prozess von Fortschritt und Zivilisation im Speziellen. Äußerungen, die meine Mutter immer mit besorgter Miene zurückließen; war sie doch der Auffassung, dass ein Kind deutlich länger ein heileres Weltbild behalten sollte, um aus einer behüteten Kindheit heraus in sein Leben zu gehen. Außerdem gab es da ja noch unsere regelmäßigen Kinobesuche in nicht ganz altersgemäße Filme. Ganz gewiss auch ein Instrument meines Vaters für die politische Bildung seines Sohnes.

*

Als es im Frühling wärmer wurde, hatte ich, neben dem Alten Botanischen Garten, regelrechte Lieblingsplätze, die ich gezielt aufzusuchen begann. So gab es unterhalb des sogenannten *Altonaer Balkons* im dichten Buschwerk des Abhangs einige kleine Lichtungen, in denen ich ungestört hocken konnte. Ich beobachtete stundenlang die ein- und ausfahrenden Frachter und versuchte mir vorzustellen, wie Robert der Schiffsjunge, auf einem von ihnen die Elbe runterzufahren. Weg aus der Stadt. Weg von allem. Raus über den Ozean an die Küsten ferner Länder. In eine weite Welt voller Abenteuer und großen

Taten, die natürlich nur darauf warteten, von einem wie mir begangen zu werden.

Meine romantische Sehnsucht und mein Mut verließen mich jedoch spätestens dann, wenn sich das Schiff meiner Wahl irgendwo auf dem stürmischen Atlantik befand. Umtost von turmhohen grauen Brechern sah ich mich kotzend in meiner winzigen Koje liegen. Zu einem Häufchen Elend zusammengeschrumpft. Und niemand würde mich in meinem Heimweh trösten. Weder der Kapitän und erst recht nicht die rauen Männer der Besatzung, die in meiner Vorstellung von morgens bis abends schmutzige Witze tief unter der Gürtellinie auf meine Kosten machen würden. Doch wenn mein Vater sich nicht zurückgehalten hätte mich zu verprügeln, hätte ich wohl alle Bedenken in den Wind geschlagen und doch noch versucht, auf irgendeinem Seelenverkäufer anzuheuern.

Eines Mittags, als ich aus meinem Gebüsch wieder ins Freie kroch, erschreckte ich eine junge Mutter dermaßen, dass sie einen lauten Schrei ausstieß. Die Frau, die mit der einen Hand einen Kinderwagen schob und an der anderen Hand ein Kleinkind spazieren führte, knickte für einen Moment in ihren Kniekehlen ein, bevor sie empört nach der Polizei rief. Spätestens in solchen Momenten wurde mir klar, dass ich irgendwie aus der Welt gefallen war.

Aber unterhalb der neu gegründeten Jugendherberge auf dem Stintfang gab es Orte, an denen ich als notorischer Schulschwänzer kaum aufzufallen drohte. An dem nach Süden abfallenden Hang, an dem heute sogar Wein angebaut wird, hatte die Stadt seit kurzem Bänke aufgestellt und Fernrohre für die Touristen installiert.

Auf dem Geländer davor hockten fütterungsverwöhnte Tauben und Möwen.

Im Schutze der lärmenden Klassen aus dem Rheinland, aus Hessen oder Bayern, verbrachte ich dort manchen Vormittag. Verloren in einer einsamen Dimension außerhalb der üblichen Vorstellungen von Raum und Zeit. Nur ab und zu drang der skeptische Seitenblick eines Schülers oder Lehrers zu mir durch. Zu mir, einem komischen, bewegungslos auf einer Bank zusammengesunkenen Jungen mit in die Ferne gerichtetem Blick. Meinen Schulranzen hatte ich vorsorglich unter die Sitzfläche geschoben.

Aus der Perspektive des stillen Beobachters wurde ich hier allerdings zum ersten Mal in einer für mich neuen Weise auf Mädchen aufmerksam. Ihr helles aufgekratztes Lachen, ihre über Schultern und Rücken fließenden Haare, die flatternden Rocksäume in ihren Kniekehlen. All dies hatte aus der Distanz schon länger eine erregende Neugier in mir geweckt.

Besonders für mich, als isoliert aufgewachsenes Einzelkind und Besucher einer reinen Jungenklasse, umwehten die Mädchen Geheimnisse, so groß wie die ganze Schöpfung. Geheimnisse, die in ihren Kleidern und Bewegungen zu wohnen schienen. Geheimnisse, die in ihren manchmal so melancholischen Gesichtern zu lesen waren. Gesichter, in die ich mich in den kommenden Jahren immer sofort zwanghaft verlieben musste. Auch wenn ihr trauriger Ausdruck in Wahrheit keinerlei tiefsinnige Ursache hatte, sondern womöglich nur

Selbstvergessenheit oder Einfältigkeit war; es schien mir so, als würden Mädchen viel früher ein tieferes Wissen über das Leben und die Liebe haben als Jungen. Eine Vorstellung, die eine ungemeine Faszination auf mich ausübte. Wenn ich mich allein an den Ausnahmezustand erinnerte, in dem ich mich befand, als mein Großvater zum Geburtstag meiner Großmutter sämtliche Ballett-Elevinnen jener berühmten Hamburger Ballettschule in unsere Villa eingeladen hatte. Der süßliche Schweißgeruch ließ die Zimmer und Flure noch Tage danach in einem fremden Licht leuchten.

Doch nun kamen die sich wiegenden Hüften und Becken dazu, wenn die Mädchen schäkernd an mir vorbeiliefen. Die wippenden Busen unter den Blusen. Das weiße Blitzen der Schlüpfer im Schattenreich unten ihren Röcken, wenn sie in Blickweite mit angezogenen Knien beieinander auf dem Rasen hockten und durcheinander schwatzten. Ein Kaleidoskop betörender Sinneswahrnehmungen.

Dort auf meiner Bank, unter der neuen Jugendherberge am Stintfang, erlebte ich zum ersten Mal in meinem Leben die aufwühlenden Freuden und lustvollen Qualen des heimlich Voyeurs. Wenn auch mit schlechtem Gewissen und der ständigen Befürchtung, dass irgendwer mein inneres Vibrieren bemerken könnte und anklagend mit dem Finger auf mich zeigen würde: *Dort sitzt es, das größte Dreckschwein der ganzen Stadt! Schule schwänzen aber braven Mädchen unter die Röcke glotzen! Was für eine armselige Drecksau!*

Doch wenn eine dieser in fremden Dialekten schnatternden Mädchengruppen so dicht an meinem Platz vorbeikam, dass ich sie hätte berühren können - mit in der Eile wehenden Zöpfen, weil der Lehrer gerufen hatte und die Klasse zum Ausflug aufbrechen wollte -, dann konnte ich nicht anders, als tief ihren Duft in mich einzusaugen. Den Duft, der den Strickjacken der Mädchen entströmte, ihren Nacken und Haaransätzen, ihren erhitzten erwartungsfrohen Körpern, ihren beim Gehen sich aneinander reibenden Schenkeln. Ich hätte nur meinen Arm auszustrecken brauchen, um meine Finger durch den Stoff ihrer flatternden Kleider gleiten zu lassen.

Als tröstende Verheißung breitete sich immerhin das Tor zur Welt vor mir aus.

Beim Blick über den Pegelturm und die Kuppeln der Landungsbrücken musste ich oft an meinen Großvater denken. Er ließ mich nicht los. Wenn der Duft der Mädchen sich dann irgendwann einmal verflüchtigt hatte, dachte ich über seine Worte nach, die er damals in der *Lichtburg* im Keller unserer Villa über meinen Vater geäußert hatte. Und ich zerbrach mir den Kopf darüber, ob ich, sein Sohn Frieder Tauber, möglicherweise auch zu den Menschen gehören würde, *welche sich lieber im schattigen Hintergrund aufhielten und den Drang hätten, sich vor aller Welt zu verstecken als ihr mutig ins Gesicht zu sehen.* Schließlich schien sich mein Lebensweg - nach einem kurzen, wenn auch heftigen, Intermezzo als Klassenclown aus besserem Hause - ganz in diese Richtung entwickeln zu wollen.

Wenn ich jedoch ganz ehrlich war, musste ich, was meinen Vater betraf, meinem Großvater im Stillen widersprechen. Zumindest *ich* hatte meinen Vater bis jetzt noch nicht als besonders zurückhaltend oder gar feige erlebt. Wenn ich allein an seinen Auftritt auf dem Friedhof dachte. Mein Vater war schließlich kurz davor gewesen, das Mondgesicht zu schlagen oder gar umzubringen. Das war schon was. Aber die Äußerungen meines Großvaters hatten sich wohl auf die Jahre vor meiner Geburt bezogen, auf die Zeit, in der mein Vater selbst noch ein Junge war. Vielleicht hatte er sich als Erwachsener sehr verändert. Vielleicht war das auch eine Hoffnung für mich.

Mir fiel ein, dass ich das Mondgesicht lange nicht mehr gesehen hatte. Zuletzt im Stadtpark im Sommer vor zwei Jahren neben einer dieser badenden Frauen aus Stein, während unseres Endspiels der Fußballweltmeisterschaft im Schatten des Planetariums: *„Aus dem Hintergrund müsste Rahn schießen! Rahn schießt! Tooor, Tooor, Tooor! Tooor!"*

Ich fragte mich, ob ich jemals herausfinden würde, wer dieser Mann war. Ich schaute mich sicherheitshalber um. Überall nur Schulklassen mit ihren Lehrern. Sonst nichts. Kein Mondgesicht zu sehen.

„Wo es wohl hingehen wird mit dir?", hatte mich meine Großmutter an unserem letzten Morgen auf Sylt gefragt. Ich konnte ihr damals keine Antwort geben und war natürlich auch jetzt nicht in der Lage dazu. Und der einzige, der die Antwort auf diese und ähnliche Fragen genau gewusst hätte, war mit seinem Schiff vor über drei Jahren in der Nordsee untergegangen und befand sich zu Asche verbrannt auf dem Ohlsdorfer Friedhof in einer Bonbondose.

„Was stellst du dem Jungen denn für selten dämliche Fragen, Lisbeth?! Du weißt doch ganz genau, irgendwann wird er von all dem der Erbe sein! Das ist eine unausweichliche Tatsache und es ist gut so, dass unser aller Frieder sich schon mal darauf einstellt!", maßregelte die Stimme aus der Bonbondose.

*

Von den Werftanlagen und Docks am gegenüberliegenden Ufer scholl unaufhörliches Hämmern in unterschiedlichen Tonhöhen und Rhythmen herüber. Dazwischen das singende Geräusch von Seilwinden und Kreissägen. Manchmal wehte sogar der langanhaltende Ton eines Nebelhorns über das Wasser. Obwohl überhaupt kein Nebel herrschte. Aber vielleicht waren das nur Tests.

Ich schloss meine Augen und hörte die klischeehafte Geräuschkulisse, mit der fälschlicherweise bis heute viele Hafenszenen in Kinofilmen unterlegt werden. Obwohl in den modernen computergesteuerten Containerhäfen kaum noch eine vergleichbare akustische Atmosphäre wahrnehmbar ist.

Stolze Passagierdampfer auf der Jagd nach dem *Blauen Band* durchpflügten mein Gehirn. Hellgraue Wölkchen aus eleganten Schornsteinen ausstoßend. An den Steuerrädern standen vollbärtige Kapitäne in goldbesetzten Uniformen, die mich von der Mitte des Elbstroms her grüßten; die Hände respektvoll an ihre weißen Mützen gelegt. Die Möwen gaben kreischend ihr Bestes dazu.

Als ich meine Augen wieder öffnete, reckte sich mir das Stahlskelett der Kabelkrananlage der *Stülckenwerft* entgegen. Wie eine gewaltige Beobachtungsanlage an der Grenze zu einer anderen Welt ragte sie schräg über das Hafenbecken. Doch die Kranführer in ihren Kabinen bedienten wie jeden Tag ihre Knöpfe und Hebel und interessierten sich nicht für mich.

Meine Lippen wurden von einem Kribbeln durchwandert. Ich betastete sie mit den Fingerkuppen. Noch waren sie nicht zu einem fleischigen Gebirge angeschwollen. Ich stand auf und ging Richtung U-Bahnstation. Ich musste mir noch überlegen, was ich heute in der Schule erlebt hatte. Aber vielleicht hatten sie schon angerufen und nach mir gefragt.

TEIL ZWEI

1971

Die Blende des Auges

6

Er sprach nur gebrochen Deutsch und ich verstand kein Wort Persisch. Irgendetwas war mit seinem Penis nicht in Ordnung. Ich vermutete eine Geschlechtskrankheit. Auf jeden Fall zeigte Farshid mit verschämtem Lächeln mehrmals zwischen seine Oberschenkel. Er saß mir auf der Bettkante gegenüber und zuckte mit den Schultern, als wollte er mir sagen, dass das Leben eines aktiv im Leben stehenden jungen Mannes so etwas nun mal mit sich bringen würde. Ein wenig peinlich sei das Ganze natürlich irgendwie schon, aber die Ärzte hier würden das schon wieder hinkriegen. Dann zeigte er auf mich:

„Und was haben du?"

Ich versuchte Farshid mit Händen und Füßen zu erklären, dass ich seit meiner Jugend an Urtikaria, im Volksmund *Nesselsucht*, litte. Genaugenommen wahrscheinlich an sogenannter autoreaktiver Urtikaria. Was bedeute, dass meine Haut bisweilen mit allergischen Symptomen auf den Körper reagiere, den sie beherberge, also mich selbst. Und dass die Urtikaria demnach eigentlich keine richtige Hautkrankheit, sondern meine Haut nur Symptomträgerin für etwas Tieferliegendes, Verborgenes und Komplexeres wäre. Farshid nickte verständig mit seinem schwarz gelockten Kopf.

„Das mir sehr leid tun."

„Und mir erst mal", sagte ich und erklärt ihm, dass die Nesselsucht ein unberechenbares, heimtückisches Wesen sei, das sich manchmal über Monate hinweg irgendwo in mir verstecke, um mich in trügerischer Sicherheit zu wiegen. Um mich zu Atem kommen zu lassen. Nur um plötzlich mit größtmöglicher Gemeinheit erneut auszubrechen. Nur um mich morgens vor dem Spiegel mit mir selbst zu erschrecken; mit einem durch Wassereinlagerungen zu einer Monsterfratze mutierten Gesicht, wie aus einem dieser Horrorfilme mit Christopher Lee.

„Quincke Ödeme! Quincke Ödeme!", hauchte ich mit heiserer Stimme, stülpte meine Oberlippe vor und gab ein grimmiges Grunzen von mir.

In Farshids Miene mischten sich Bestürzung und die Befürchtung, dass ich mich eventuell sogleich tatsächlich in ein Monster verwandeln könnte. Er schaute sich mehrmals zur Tür um, als würde er die Schritte zum rettenden Ausgang zählen.

„Gaaanz schlimm das! Aber Ärzte seeehr gut hier in Klinik!"

Ich deutete an, dass ich nicht das erste Mal hier in der Klinik sei und dass die Ärzte zwar gut sein mögen, aber in all den Jahren mich trotzdem nicht haben heilen können. Und dass sie mich auch schon in die psychiatrische Abteilung überwiesen hätten, wo sie von möglicherweise verborgenen Konflikten gesprochen und mir eine Psychotherapie nahegelegt hätten. Eine Angelegenheit, zu der ich mich bis heute jedoch nicht so recht habe durchringen können.

Alle zwei bis drei Jahre würde es auf jeden Fall so übel mit mir werden, dass ich mehrere Wochen hier in die Klinik einziehen müsste. Häufig nur bei Wasser, Kartoffeln und Reis. Ohne alles.

„Ohne alles?! … Nur Wasser, Kartoffeln und Reis? Gaaanze Zeit?" Das Mitleid in Farshids Augen schien unermesslich zu sein.

Ich erklärte ihm weiter, dass die Ärzte bestimmte Untersuchungen und Tests nur durchführen könnten, wenn ausgeschlossen sei, dass meinem Körper von außen Allergene zugeführt würden. Und dass diese Allergene leider so ziemlich in allem vorhanden seien, was man essen, berühren und atmen könne. Und da ich jedes Mal von anderen Ärzten behandelt würde, die ihren jeweiligen Vorgängern scheinbar zutiefst misstrauten, finge die ganze Prozedur immer wieder von vorne an. Ein praktischer Nebeneffekt sei, dass ein tendenziell vollschlanker Genussmensch wie ich die Klinik nach drei Wochen rank und schlank wieder verlassen würde - allein schon wegen der Mädchen und so weiter - wenn auch ungeheilt. So wie es dieses Mal wohl auch wieder kommen würde. Aber wahrscheinlich würden einem wie mir selbst in einem sterilen Weltraumlabor Quaddeln am Hintern wachsen.

Farshid nickte erneut und breitete seine Arme aus, als wollte er demonstrieren, dass Allah in seiner unendlichen Weisheit schon alles richten werde. Er lächelte hinter seinem Vollbart: „Wird werden. Du werden wieder gesund ... Ich glaube!"

Ich griff nach meinem Glas Mineralwasser und trank es in einem Zug leer.

„Dein Wort in Gottes Gehörgang."

„Gottes ... was?"

„Egal."

*

Die Berliner Mauer, die Kubakrise, die Ermordung Kennedys und die Ermordung Martin Luther Kings. Vietnamkrieg, Studentenproteste, Flowerpower, sexuelle Revolution, Woodstock, Prager Frühling. Der erste Mensch auf dem Mond, Muhammad Ali, Che Guevara, Fidel Castro, Ho Chi Minh, Jimi Hendrix, Janis Joplin und Mao. In den sechziger Jahren, die unter anderem von diesen Ereignissen, Phänomenen und Personen geprägt wurden, im legendären Jahrzehnt des explodierenden Drangs nach Veränderung und Freiheit, hatte ich mein Leben im Gegensatz dazu - Ironie des Schicksals - oft als eine einzige Zwangsmaßnahme empfunden.

Meine sechziger Jahre waren, mit Ausnahmen, eine Dekade der Selbstüberwindung und Selbstdisziplinierung. Ich musste dem geheimnisvollen Sog meiner Kindheit entkommen. Ihren in meinem Kopf festsitzenden Bildern. Ich musste endlich die Schule beenden. Während draußen die Erstarrung der Nachkriegszeit, der zusammenhaltende Kit aus Gel, Pomade, Prüderie und Verdrängung allmählich zerbröselte und die entfesselte Jugend anfing, durch die Straßen zu marschieren, hockte ich in meinem Zimmer über stochastischen Problemen und instabilen Atombindungen. Ich hatte mich nach dem Abitur für eine berufliche Laufbahn entscheiden müssen. Ich musste, um meine kleine, mit Anfang zwanzig bezogene Vorstadtwohnung, mein Studium, meine Schallplatten und Bücher zu finanzieren, auf irgendeine Weise Geld heranschaffen. Es war ein unaufhörliches Müssen.

Denn es war durchaus nicht so, dass mein Vater mir jeden Monat einen großzügigen Betrag aus dem für mich zur Verfügung stehenden Fond auszahlte. Einen Betrag, der mir problemlos ein bequemes Dasein hätte bieten können; über viele Jahre hinweg, wie ich später erfuhr. Doch dies hätte meinem Vater und seiner Vorstellung von der Lebensführung seines Sohnes nicht entsprochen. Und wenn ich ihn damals manchmal auch ob seiner Knauserigkeit verfluchte, bin ich ihm heute durchaus dankbar für seine Unnachgiebigkeit.

Meine Tage waren, wenn mich meine Nesselsucht oder die müde machenden Medikamente nicht einmal wieder außer Gefecht gesetzt hatten, ausreichend mit Terminen und Verpflichtungen ausgefüllt. Und so hatte ich es 1967, im Alter von vierundzwanzig, wie durch ein Wunder an die Universität geschafft. Nebenher jobbte ich als Botenjunge in dem Handelskontor, in dem mein Vater als Prokurist angestellte war. Ein Job, bei dem mir meine unfreiwillig früh erworbenen Kenntnisse der Hafengegend sehr zu Gute kamen.

Es war auch die Zeit, in der ich allmählich anfing zu akzeptieren, dass ich offensichtlich zu jenen Menschen gehörte, für die der Eintritt in das Erwachsenenleben gleichbedeutend mit der Einreise in ein Land eines fremden Kulturbereichs war. Um dort zurechtzukommen, um nicht zu sagen zu *überleben,* hatte ich mir nicht nur die dort vorherrschenden Sitten und Gebräuche vertraut zu machen, sondern auch die entsprechenden Gesichtsausdrücke, Tonfälle, Redewendungen und körpersprachlichen Attitüden anzueignen. Zu diesem Zwecke entwickelte ich eine innere Klaviatur, auf der jede Taste für eine typische Situation im Alltag des sogenannten *Ernst des Lebens* stand.

Wenn ich zum Beispiel die Büroräume der Firma meines Vaters betrat, um in meiner Funktion als Botenjunge meine gefüllte Posttasche abzuholen, drückte ich die Tastenkombination: *Verhaltensweisen beim Betreten der Büroräume eines mittelständischen Handelskontors im Jahre des Herrn 1967 um 8 Uhr morgens.* Ich lernte im Laufe der Jahre recht souverän auf dieser Tastatur zu spielen. Besser gesagt, ich entwickelte die Fähigkeit, mich auf ihr durch mein Leben zu improvisieren. Auch für Familienfeiern, Behördengänge und zufällige Begegnungen mit Nachbarn gab es entsprechende Tasten. Es gibt sie bis heute, wenn ich ganz ehrlich bin. Aber der Reihe nach.

*

Nach der mühseligen Erlangung des Hauptschulabschlusses im Jahre 1959 - ich hatte aufgrund meiner vielen Fehltage die neunte Klasse wiederholen müssen - verließ ich das große rote Schulgebäude in der Jarrestadt. Mit dem Verlassen der Schule verlor ich jedoch auch die letzten meiner verbliebenen Freunde. Fast ausnahmslos begannen sie ein Lehrverhältnis in einem der umliegenden Handwerksbetriebe. Etwas, was für mich nicht in Frage kommen sollte. Auch wenn es Momente gab, in denen ich die Vorstellung, ein solides Handwerk zu erlernen, durchaus spannend fand. Doch mein Vater war diesbezüglich unmissverständlich. Und das, trotz seiner grundsätzlichen Sympathie und Solidarität für die einfache Arbeiterschaft.

Meine Klassenkameraden traten in eine neue Lebensphase mit neuen Beziehungen und Inhalten ein, und ich, der auf Abitur und Studium geeichte Nachkomme der Tauberdynastie, befand sich mal wieder in einer Art Vakuum. Während um mich herum alle meine Freunde emsig dabei waren, mit dem Fleiß ihrer Hände ihre Zukunft zu erarbeiten, saß ich über Monate hinweg in meinem Zimmer, um auf ein Wunder zu warten. Beziehungsweise auf das Rettungsprogramm, das sich mein Vater für mich ausdenken würde. Wieder einmal war ich dazu verurteilt, in einem Einmachglas zu hocken und dem Treiben der Welt durch eine undurchdringliche Glaswand zuzuschauen.

War mein Umfeld schon zusammengeschrumpft, nachdem ich mich vom Klassenclown zum tragischen Helden gewandelt hatte, kam ich mir jetzt, als Fünfzehnjähriger, endgültig verlassen vor. Ich fing wieder an, meine alten Plätze am Hafen und im Botanischen Garten aufzusuchen. Das Gebüsch unter dem Altonaer Balkon, die Bänke über den Landungsbrücken am Stintfang; heimlich und mit für die Familie erfundenen Geschichten. Ein Verhalten aus einer Phase, die ich, zur Freude meiner Eltern, eigentlich überwunden hatte. Doch es schien so, als ob die Plätze auf meine Rückkehr gewartet hätten. Leise flüsternd begrüßten sie mich wie einen alten Freund. Ein wenig vorwurfsvoll, weil ich sie doch so lange allein gelassen hatte. Aber wenn ich durch die Äste meines Verstecks die Schiffe vorbeischwimmen und die Kräne der Werften sich drehen sah, war für einige Stunden wieder alles in Ordnung.

Insgesamt sah meine Lage wenig rosig aus. Mein Notendurchschnitt war so miserabel, dass es selbst im inzwischen voll erblühten Wirtschaftswunder schwierig geworden wäre, eine halbwegs meinem Berufswunsch nahekommende Lehrstelle zu ergattern. Da in mir jedoch keinerlei eindeutige Berufswünsche brannten und insbesondere meinem Vater sowieso eine akademische Laufbahn für mich vorschwebte, war guter Rat extrem teuer. Ein Jahr hockte ich in meinem Einmachglas.

*

Extrem teuer war guter Rat in Form des privaten Tagesinternats *Facultas Hammonia*. Nach einem deprimierenden Jahr im Einmachglas und heimlichen Hafenausflügen nahm mich mein Vater an die Hand, um mich dem dortigen Direktor vorzustellen.

Die Schule war ein nobles, an der Binnenalster logierendes Ganztagsinstitut zur Verabreichung höherer Bildungsabschlüsse für nicht nach Plan und Vorsehung geratene Töchter und Söhne der oberen Zehntausend. Seit 1892 nahm sich das Institut diskret dieser gestrauchelten Fälle an. *Um sie wieder auf Kurs zu bringen, um sie wieder richtig in den Wind zu stellen, um sie hochseetauglich zu trimmen,* wie der in Nadelstreifen gekleidete Direktor es süffisant lächelnd formulierte. Wir würden nicht glauben, wie viele Würden- und Verantwortungsträger der Norddeutschen Tiefebene in ihrer Bildungsbiografie ein Zwangsrendezvous mit diesem im Verborgenen wirkenden Institut zu verzeichnen hätten. Was weiß Gott keine Schande bedeute. Schließlich frage hinterher kein Mensch mehr, wo und wie man sein Abitur erschummelt habe. Er hüstelte dezent. Manch anderer wäre von seinen Eltern allerdings sicherheitshalber von vorne herein nach Louisenlund oder in ein anderes Etablissement geschickt worden, fügte er ein wenig säuerlich hinzu. Aber jeder wie er meine. Und das mit mir würden sie schon wieder hinbiegen.

Überflüssig zu sagen, dass der unterrichtete Fächerkanon nur aus den prüfungsrelevanten Hauptfächern bestand. Kunst, Musik, Religion, Philosophie und Sport waren auf *Facultas Hammonia* nicht existent.

Das Institut erstreckte sich über die gesamte dritte Etage eines Gebäudes in unmittelbarer Nachbarschaft zur Hapag-Lloyd-Zentrale. In mit Teppich ausgelegten Klassenräumen auf mit Samt bezogenem Gestühl sitzend, peilte man hier die Fachhochschulreife oder gar das Abitur an. Es waren eher die Konferenzsäle eines Konzerns, in welchem die maximal zwölf Schüler einer Klasse, mit Blick auf die Binnenalster, den Ausführungen ihrer Dozenten lauschen konnten. Säle wie jene, in denen sie zukünftig als Chefs mit ihrer Führungsspitze weltverändernde Entscheidungen treffen sollten. Wenn alles gut ging. *Wenn man wieder richtig in den Wind gestellt war.* In der Mittagspause standen jeweils drei Menüs zur Auswahl, die freundlicherweise von der benachbarten Hapag-Lloyd-Kantine gestiftet wurden.

Überhaupt war von außen nicht zu erkennen, dass es sich um eine Schule handelte. Die nobel aufschwingende Milchglastür, durch die man ihre Räume betrat, hätte genauso gut zu einer exklusiven auf Seerecht spezialisierten Anwaltskanzlei führen können. Und die Lehrer auf *Facultas Hammonia* waren stets um eine diplomatisch umgängliche Atmosphäre bemüht. Man begegnete uns wie Erwachsenen auf einer innerbetrieblichen Fortbildung oder wie wichtigen Geschäftspartnern aus Fernost, die mit allen Tricks bei Laune gehalten werden mussten, um den Abschluss nicht zu vermasseln. Keiner der Lehrer wollte mit seinen kostbaren Schülern anecken oder sich mit ihnen überwerfen. Und wenn dies doch einmal passierte, so hörte man, war es fast immer die Lehrkraft, welche die schlechteren Karten besaß und das Institut ohne viel Aufhebens verlassen musste. Allerdings gab es kaum disziplinarische Probleme. Im Selbstverständnis meiner Mitschüler war das plumpe

Stören des Unterrichts unter ihrem Niveau. Auch wenn sie vorher auf den staatlichen Schulen die größten Radaubrüder und Flachpfeifen gewesen waren.

Viele meiner neuen Mitschüler besuchten schon deutlich länger das exklusive Institut, als es zum standardmäßigen Erreichen ihres angestrebten Abschlusses eigentlich nötig gewesen wäre; die meisten von ihnen waren übrigens männlichen Geschlechts. Es gab in meiner Klasse nur zwei verhuschte Mädchen, die kaum je wagten, von ihren Pulten aufzusehen. Doch bevor man sich todesmutig der staatlichen Prüfungskommission in der Schulbehörde stellte, musste man sich seiner Leistungen schon mehr als sicher sein. Man hatte nur einen einzigen kostbaren Freischuss. Beim zweiten Mal musste es klappen. Wenn nicht, war man für immer raus aus dem großen Spiel. *Rien ne va plus!* Denn nach *Facultas Hammonia* kamen höchstens noch die Bahnhofsmission und die Rolle des ewigen schwarzen Schafs der Familie in Frage.

Tatsächlich trug man mir, als ich die Schule schon verlassen hatte, das Gerücht über einen ehemaligen Schüler zu, der, nachdem er mit dreiundzwanzig zum zweiten Mal durch die Abiturprüfung gerauscht war, gleich am nächsten Tag im terroristischen Untergrund verschwunden sein sollte. Sein Name soll im Zusammenhang mit einigen RAF-Aktionen der frühen 70er Jahre gefallen sein. Die Rede war von Banküberfällen und Basteleien von Bomben. Bis zum Tag seiner Prüfung sei er jedoch jeden Morgen mit quietschenden Reifen mit einem roten *Triumph-Spitfire* vor der Schule vorgefahren.

Es kursierte darüber hinaus das unschöne Gerücht, dass die staatliche Kommission die Prüflinge der elitären Privatschule absichtlich durchfallen ließe. Dass sie einen, besonders in den mündlichen Prüfungen, mit schikanösen Fragen gezielt aufs Glatteis führten. Um den Eltern, die sich arroganterweise für etwas Besseres hielten, eins auszuwischen. Dass sie damit dem elitären Institut ein weiteres Jahr seine horrenden Einnahmen sicherten, schien der Kommission dabei gleichgültig zu sein. Da das Tagesinternat jedoch die sprichwörtlich letzte Chance für Fälle wie mich war, hielt sich das Murren der standesbewussten Elternschaft in Grenzen.

Die Alternative für den gebenedeiten Sprössling wäre eine Hilfsarbeitertätigkeit oder ein schlichter Lehrberuf gewesen, um frühestens nach dreijähriger Berufstätigkeit die Berechtigung zu besitzen, eine der staatlichen Abendschulen zu besuchen. Und zwar zusammen mit all den anderen Volldeppen aus dem niederen Volk; eine für diese Klientel selbstredend vollkommen inakzeptable Alternative. Auch ich legte auf Anraten des Direktors, zur Rekapitulierung und Fundierung des Stoffes, gleich zu Beginn eine Ehrenrunde ein. Ein *Basisschuljahr*, wie er es nannte. Etwa im Wert von damals unfassbaren zwanzigtausend Mark.

Freunde gewann man auf *Facultas Hammonia* nicht. Niemand traf sich nach der Schule zum Fußballspielen im Stadtpark oder in der Eisdiele unten am Alsterufer, niemand lud irgendwen zu seiner Geburtstagsfeier oder ins Kino ein. Man wurde zumeist diskret gebracht und diskret wieder abgeholt. Persönliches, gar Privates wurde sehr selten ausgetauscht. Man war auf diesem Institut, um die leidige Sache mit dem Abschluss möglichst geräuschlos hinter sich zu bringen.

Wobei sich die Schülerschaft in zwei Fraktionen aufteilte. Der einen war die Peinlichkeit ihrer Situation an ihrer Körpersprache und ihrem Blick durchaus anzumerken. Fast schuldbewusst schlichen sie über das stets nach Bohnerwachs duftende Parkett der langen Flure, und wenn sie sich äußerten, taten sie dies kaum hörbar und auch nur dann, wenn sie dazu aufgefordert wurden. Die andere Fraktion gab sich ungerührt und selbstgefällig. Nie waren sie um despektierliche Äußerungen über ihre bisher besuchten *Bretterschulen* und deren völlig unfähige Lehrerschaft verlegen. Menschen mit besonderem Anspruch bräuchten halt auch Schulen mit besonderem Anspruch. Und hier auf *Facultas Hammonia* würde diesem Anspruch, zumindest ansatzweise, Genüge getan.

Ich passte in keine der Gruppen so recht hinein und versuchte, das Ganze mit einer halbwegs neutralen Haltung über die Bühne zu bringen. War es doch eher das bourgeoise Erbe meines Großvaters, das mich unfreiwilligerweise hierhin verschlagen hatte; ich selbst hätte gegen eine handwerkliche Lehre oder eine Abendschule nichts einzuwenden gehabt. Außerdem hatten sich meine Eltern vom hanseatischen Snobismus längst losgesagt. Die mondäne Villa am Rondeelteich mit ihren Hausangestellten war längst Vergangenheit. Wir wohnten schließlich inzwischen schon einige Jahre im Arbeiterviertel Barmbek-Nord in der Meister-Francke-Straße, eine Adresse, an der höchstens die Dienerschaft der Familien meiner Mitschüler logierte. Selbst Großvaters heiliger *DeSoto Custom* war schon vor Jahren für hundert Mark an einen Liebhaber amerikanischer Straßenkreuzer verscherbelt worden. Und doch bestand mein Vater auf meinen Besuch dieses, im Nachhinein, eindeutig zwielichtigen Instituts.

Zu schwänzen traute ich mich nur noch selten. Und wenn, dann nur mit einem furchtbar schlechten Gewissen meinem toten Großvater, beziehungsweise dem von ihm für mich eingerichteten Fond und meinen Eltern gegenüber. Denn ein Schultag auf *Facultas Hammonia* war so teuer wie ein komplettes neues 10-Gang-Rennrad von *Peugeot* oder *Motobécane*.

1965 schwang nach vier Jahren die Milchglastür ein letztes Mal hinter mir zu. Ich war zweiundzwanzig und in meiner Ledermappe befand sich nichts außer meinem mittelmäßigen Abiturzeugnis.

Nie hatte ich während meiner Zeit auf *Facultas Hammonia* aufgehört, Klavier und Geige zu spielen, auch wenn es mit dem Üben in unserer Barmbeker Wohnung, wie schon erwähnt, ein problematisches Unterfangen war. Aber ein sogenannter Hoteldämpfer auf dem Steg meiner Violine löste das Problem zumindest für dieses Instrument. Sogar in ein großes Amateur-Sinfonieorchester war ich eingetreten. Mit Konzertreisen bis nach Holland, Belgien, Frankreich und Italien. Unter der Leitung von zum Teil namhaften Dirigenten, standen unter anderem Wagners Vorspiel zu *Tristan und Isolde*, Ravels *Bilder einer Ausstellung,* Sibelius´ *Finlandia* und Bruckners *Romantische Sinfonie* auf dem Programm. Das Erarbeiten dieser Werke und ihre Aufführungen waren fraglos wunderbare Erlebnisse für mich. Und doch konnte ich mich für ein Musikstudium nicht erwärmen.

Nicht nur, dass mir der entsprechende Ehrgeiz und die nötige Übemoral fehlten; um nicht zu sagen: der nötige Masochismus. Es war und ist mir bis heute kaum vorstellbar, mich musikalisch oder künstlerisch außerhalb einer impulsiven, lustorientierten Situation zu äußern. Wenn ich allein an die blassen Musikstudenten in ihren schallisolierten Übezellen in der Hochschule an der Milchstraße dachte, wurde mir ganz anders.

Da drin? Ich? Niemals! Und dann das Ergebnis meiner jahrelangen Fron einem gelangweilten Prüfungskomitee vortragen? Zitternd wie ein Todeskandidat vor dem Erschießungskommando? Den professoralen Daumen nach oben erhoffend? Den Daumen von Leuten, bei denen es für eine eigene Karriere nicht gereicht hatte? Nicht mit mir, Freunde!

Heute bin ich mir bewusst, dass es sich auch um eine Art Feigheit vor dem Feind handelte.

Ähnliches ging mir bei der Vorstellung eines Studiums der Germanistik oder der Literaturwissenschaften durch den Kopf. Auch wenn mich mein in der Pubertät einsetzender, intensiver, fast zwanghafter Konsum von Büchern möglicherweise für diese Studiengänge prädestiniert hätte, ich befürchtete, durch das Studium desillusioniert und desensibilisiert zu werden. Ich hatte Angst, nie wieder unbefangen ein Buch aufschlagen oder ein Musikinstrument berühren zu können. Und wenn ich meinen Violine studierenden Pultnachbarn Thorben im Orchester so reden hörte, war meine Angst auch mehr als berechtigt.

Diesem bemitleidenswürdigen Thorben ging es nicht um lustvolles Musizieren, sondern um die Bewältigung spieltechnischer Hürden in Konkurrenz mit seinen Mitstudenten. Diesem Thorben ging es um das Gewinnen von Wettbewerben und einen möglichst weit vorne angesiedelten Platz in einem möglichst renommierten Berufsorchester. Stellvertretender Stimmführer bei den zweiten Violinen der Berliner Philharmoniker wäre in etwa die Kragenweite seiner Vorstellungen. Ähnliches gab er meistens ohne mich anzusehen von sich.

„Und was machst du, wenn Herbert von Karajan `is´ nich!´, sagt?", fragte ich ihn einmal von der Seite.

Thorben glotzte mich kurz an, als hätte ich einen völlig abwegigen Gedanken formuliert.

„Ich meine, ... verbrennst du dann deine Geige oder springst du dann vom Balkon, ... oder was?"

Er wandte sich wortlos von mir ab, setzte überaus korrekt sein Instrument an die Schulter und wartete mit demonstrativer Konzentration auf den Einsatz unseres Dirigenten.

Und so schrieb ich mich 1967 - Lehrer Schmakeit sei Dank - für das Studienfach Erziehungswissenschaften ein. Nach knapp zwei Jahren Unschlüssigkeit, ein wenig Abenteuer und Freiheit. Nach zwei Auslandsaufenthalten im verregneten Cornwall und im unerträglich heißen Südfrankreich. Nach einem deprimierenden Krankenhausaufenthalt in St. Georg und der ersten großen Liebe inklusive dem ersten richtigen Sex (sie hieß Swantje) sowie dem schmerzlichen Zusammenbruch der Beziehung mit ihr.

Nicht, dass ich genauere Vorstellungen vom Studium der Erziehungswissenschaften gehabt hätte; die Sache lag wie eine Nebelbank vor meinem inneren Auge. Nicht, dass mein Vater genau deshalb in Begeisterungsstürme ausgebrochen wäre. Aber das Betreuen, Führen und auf dem Lebensweg Begleiten junger Menschen, hielt ich ganz grundsätzlich für eine sinnvolle Aufgabe. Allein aufgrund meiner persönlichen Erfahrungen mit den mit unterschiedlichem pädagogischen Talent gesegneten Fachkräften. Wobei ich um kein Geld der Welt als Lehrer vor eine Schulklasse treten wollte; bin ich doch bis heute felsenfest der Auffassung, dass sich auf Pflicht oder gar Zwang gründende pädagogische Bemühungen automatisch selbst desavouieren. Mein angestrebter Abschluss war lediglich das Diplom.

„Was immer damit anzufangen ist!", wie mein Vater monierte.

Jetzt, im Frühjahr 1971 - ein Frühjahr, in dem sich bereits hier und da auf den Straßen abzeichnete, dass im nachfolgenden Sommer die jungen Frauen wahrscheinlich die heißesten Höschen der Erdgeschichte tragen würden - hielt ich mich also zum wer weiß wievielten Male in der Klinik für Haut- und Geschlechtskrankheiten auf. Ich befand mich im siebten Semester meines Pädagogikstudiums. Ärgerlicherweise allerdings immer noch im Grundstudium festhängend, denn schließlich war schon die magische Altersgrenze des dreißigsten Lebensjahres in Sicht. Aber der verdammte Pflichtschein für deskriptive Statistik fehlte mir noch in meinem Portfolio. Obwohl ich genau wusste, dass ich niemals wissenschaftlich arbeiten würde.

Und während ich Farshid aus Persien auf der Bettkante gegenüberhockte und in sein um Verständnis ringendes Vollbartgesicht über meine autoreaktive Urtikaria parlierte, während draußen die *Hotpants* tragenden Mädchen ihre superlangen Beine und Unglaubliches mehr präsentierten, wusste ich, dass ich mich längst für einen Studienschwerpunkt und ein entsprechendes Praktikum hätte entscheiden müssen. Dass es Fristen gab. Fristen, die ich Semester für Semester verstreichen ließ. Schwankte ich doch noch zwischen öffentlicher Heimerziehung und Fürsorge oder einer eher freizeitpädagogischen Ausrichtung meiner späteren Berufstätigkeit.

„Wann du können nach Hause?"

„Zum Wochenende haben sie gemeint. Irgendwann im Laufe des Freitags."

„Du haben Glück."

Farshid stupste aufmunternd mein Knie an.

Ich nickte.

„Hast du Freundin?", fragte er, sich stöhnend auf seinem Bett ausstreckend.

Ich nickte.

„Schöne Frau?"

„Schöne Frau."

„Wie heißen?"

„Clara."

„Klaaaraaa! ... Schöne Name!"

Ich nickte erneut.

„Meine heißen Jasmin."

„Auch ein sehr schöner Name."

„Ohhh, ... nicht nur Name! ... Alles schön!"

Farshid verschränkte die Arme hinter seinem Kopf und lächelte die Decke des Krankenzimmers an, als würden sich dort die entblößten Brüste seiner Jasmin abzeichnen.

„Und ... weiß Jasmin von deiner Geschichte ... da unten?"

Farshids Oberkörper schnellte nach oben.

„Nix wissen! Nix wissen dürfen! Du ihr nix sagen!"

Beschwichtigend hob ich meine Hand. „Warum sollte ich ... kenne sie ja gar nicht."

*

Einige Monate zuvor hatte ich das Foto gefunden. Das Jahr war erst angebrochen und die Bäume in der Meister-Francke-Straße reckten sich noch kahl zur Wohnung meiner Eltern hinauf. Ich weiß noch genau, dass der Nachrichtensprecher in dem kleinen Kofferradio auf der Fensterbank gerade das kommende Frauenwahlrecht in der Schweiz bekanntgegeben hatte. Und dass dieses, paradoxerweise, durch eine Volksabstimmung der männlichen Bevölkerung zustande gekommen war.

Das Foto, das alles verändern sollte, steckte in einem Spalt zwischen Fußleiste und Tapete. Dort, wo sich über anderthalb Jahrzehnte das Kopfende des Bettes meiner Großmutter befunden hatte. Dort, wo ein grauer Umriss auf der Tapete zurückgeblieben war. Ich fand es einige Wochen, nachdem die alte Dame im Alter von fast vierundachtzig an einem Gehirnschlag gestorben war und mein Vater und ich dabei waren, ihr Zimmer zu renovieren.

Nachdem ich fünf Jahre zuvor mit dreiundzwanzig ausgezogen war, hatten meine Eltern endlich ihr langersehntes Schlafzimmer bekommen. Das Zimmer meiner Großmutter sollte nun das Arbeitszimmer meines Vaters werden.

Der Tod meiner Großmutter und die nachfolgende Beerdigung hatten wenig Spektakuläres an sich. Eines Morgens lag sie leblos im Bett. Meine Mutter erzählte mir, dass meine Großmutter gerade ausgestreckt unter ihrer bis hoch unter das Kinn gezogenen Bettdecke gelegen hätte. Wie abholbereit für die Sargträger des Beerdigungsunternehmens, parat für das, was da noch kommen sollte. So als hätte sie am Abend vor dem Einschlafen gewusst, dass sie nie mehr aufwachen würde. Zur Trauerfeier und zur Beisetzung kamen nur eine handvoll engster Verwandter. Es war das erste Mal seit dem Begräbnis meines Großvaters, dass ich wieder dem roten Grablicht gegenüberstand. Viele Sommer und Winter hindurch hatte es dort im Mausoleum auf mich gewartet. Und irgendetwas wollte mich während der Worte des Geistlichen ständig zwingen, in seine Flamme zu sehen.

Als die Urne im Familiengrab der Tauberdynastie neben die meines Großvaters in den Sarkophag gestellt wurde, hörte ich die Stimme meiner Großmutter zu mir sprechen: „Wo es wohl hingehen wird mit dir, mein liebes Friederlein?"

Ihre rauen Finger lagen an meinem Kinn. Ich war wieder mit ihr auf Sylt in unserem Ferienhaus.

„Denk nicht an mich, während du spielst. Spiel einfach für dich, als wäre ich überhaupt nicht da!"

Es kam mir so vor, als würde die Flamme des *Ewigen Lichts* bei diesen Worten kurz flackern.

Mein Vater ließ sich auf dem Weg zurück zum Parkplatz einige Meter zurückfallen. Ich bin mir nicht sicher, ob er über den Tod seiner Mutter geweint hatte.

*

Am nächsten Tag verließen Farshid und ich das Klinikgelände für einige Stunden. Ohne uns bei der Oberschwester abzumelden. Wir schlenderten durch die engen Straßen von St. Georg und betrachteten die Schaufensterauslagen der Geschäfte. Das Wasser lief mir im Mund zusammen, als wir an einer duftenden Pizzeria vorbeikamen, die, jetzt im April, schon ihre Tische und Stühle an die Straße gestellt hatte. Etwas später betraten wir einen kleinen Laden für gebrauchte Musikinstrumente. Er lag im Souterrain eines wilhelminischen Baus mit Bordüren aus grün glasierten Klinkersteinen. In den Spitzbogenfenstern sah man von draußen ein halbes Orchester hängen.

Ich hängte mir eine Tuba um den Hals, deren Blech mit den Jahren stumpf und grau geworden war. Da ich mich im Posaunenchor von St. Gabriel während meiner Konfirmandenzeit eine Zeit lang im Spiel des Tenorhorns versucht hatte, traute ich mir zu auch auf diesem Instrument einen Ton zu erzeugen. Erst jetzt merkte ich, wie schwach auf der Brust ich in den zurückliegenden zwei Wochen geworden war. Denn aus dem Schalltrichter der Tuba quälte sich lediglich ein unanständiges Rülpsen. Farshid lachte laut und rief mir etwas auf Persisch zu.

Wir schlenderten weiter und kamen am Portal des katholischen St. Marien Doms vorbei. Ich zog die metallbeschlagene Tür auf und zeigte in das Innere der Kirche. Farshid war sich nicht sicher, ob er mit herein durfte, er wäre schließlich Moslem. Das gehe schon in Ordnung, beruhigte ich ihn, das würde ja niemand wissen außer uns beiden und Gott im Himmel allein. Im Weihrauchduft durchquerten wir das Mittelschiff und die Seitenschiffe. Verharrten vor Altar und Orgel. Ich, der protestantische Christ und Farshid, der schiitische Moslem sprachen kein Wort. Ich musste währenddessen die ganze Zeit an das Foto denken.

*

Die weiße Papierecke schaute hervor, als wenn sie gefunden werden wollte. Als wenn sie jahrzehntelang darauf gewartet hätte, von meinen zwei Fingerkuppen gegriffen und herausgezogen zu werden. Ich legte den Pinsel aus der Hand und ging in die Hocke. Ich zog an der Ecke und hatte sie in den Fingern. Eine kleine vergilbte Fotografie mit einem altmodisch gewellten Rahmen. So klein wie eine Spielkarte. Mein Vater hatte gerade eine Pause eingelegt und saß mit meiner Mutter bei einer Tasse Kaffee und einem Stück Kuchen in der Küche. Gedämpft unterhielten sie sich über irgendeinen Sachverhalt im Zusammenhang mit dem Tode seiner Mutter. Ihre Stimmen vermischten sich mit den Stimmen aus dem Kofferradio auf der Fensterbank.

Als ich meine Eltern so reden hörte, dachte ich, wie alt und ausgezehrt auch sie in den letzten Jahren auf mich gewirkt hatten. Mein Vater kam mir zwar noch immer mächtig wie ein Baum vor, doch eher wie ein sturmgebeugter Baum im Herbst, unter dessen schwindenden Blättern Tag für Tag mehr das Astskelett zum Vorschein kam. Meine Mutter war häufig abwesend in letzter Zeit und ihre Kleider wirkten manchmal so, als müsse sie noch oder wieder in sie hineinwachsen. Oder als würde irgendetwas in ihr Wohnendes meiner Mutter Substanz und Lebensfreude rauben. Ich versuchte, den Gedanken an den Tod meiner Eltern zu verdrängen.

Ich betrachtete erneut das Foto und stellte fest, dass ich es kannte. Genaugenommen gab es mehrere Fotos mit einem ähnlichen Motiv in diversen Alben in unserem Wohnzimmerschrank. Fotoalben, die ich besonders als Kind mit atemanhaltender Spannung durchblättert hatte. Das Aussehen meiner Eltern und all der anderen vor meiner Geburt hatte immer unfassbares Staunen in mir ausgelöst.

Das Bild in meiner Hand zeigte den großen Salon in unserer Villa Heiligabend 1942. Einen Heiligabend, an den ich naturgemäß keine Erinnerungen hatte, da ich erst wenige Monate auf dieser Welt war. Jemand, wahrscheinlich meine Großmutter, hatte das Datum mit blauer Tinte auf seine Rückseite geschrieben. Alle Sessel und Stühle waren auf einen im Hintergrund des Bildes stehenden Christbaum ausgerichtet an dessen Fuß sich aufwändig verpackte Geschenke türmten. Die Zweige der Tanne bogen sich vor Lametta, Kugeln und Kerzen.

Ich erkannte meine Eltern, meine Großeltern, meinen Onkel aus Bremen mit Tante Johanna - die gerade frisch verheiratet waren - und eine Hausangestellte, die ein Tablett mit Sektkelchen in den Händen trug. Es war unser Hausmädchen Karin, das uns Jahre später still und heimlich verlassen sollte. Kurz nachdem auch Emil mit unserem Pullman Mercedes verschwunden war. Erst jetzt drängte sich mir ein diesbezüglicher Zusammenhang auf. Im Hintergrund des Bildes stand eine weitere Angestellte, die ich nicht einzuordnen vermochte.

Wie schon erwähnt existierte diese Fotografie in verschiedenen Variationen. Man könnte fast von einer Art

Serie sprechen. Als ob ein unsichtbarer Gast Weihnachten 1942 einen Fotoapparat geschenkt bekommen hatte, um daraufhin begeistert und unaufhörlich alles und jeden knipsen zu müssen. Auf einigen Bildern war ich als Säugling zu sehen. Mal hielt meine Mutter mich auf dem Arm, mal meine Großmutter, mal meine Tante Johanna. Auf einigen Fotos hielt mich mein Großvater mit ausgestreckten Armen hoch in die Luft. Was mir, nach meinem lachenden Mund zu urteilen, sehr zu gefallen schien. Überhaupt hatten alle Menschen, die auf den jeweiligen Bildern Kontakt mit mir hatten, durchweg fröhliche Gesichter.

Wahrscheinlich war das Foto in meiner Hand meiner Großmutter irgendwann an diesen Ort gerutscht. Hier zwischen Fußleiste und Tapete am Kopfende ihres Bettes. Vielleicht war sie über dem Betrachten eines Albums eingeschlafen. Vielleicht mit nostalgischer Wehmut, vielleicht mit der Erleichterung, so manches hinter sich gelassen zu haben. Ich würde es wohl nie erfahren.

Ich wollte das Bild schon auf einem Stuhl ablegen, um es später meinen Eltern zu geben, als ich stutzte.

Eigenartigerweise fiel mir erst jetzt auf, dass mir das Mädchen, das mich dort auf seinen Armen trug, völlig unbekannt war. Auf keiner meiner kindlichen Fotoalben-Exkursionen durch unsere Familiengeschichte war sie mir je begegnet. Und im Unterschied zu allen anderen Personen im Raum machte sie ein unsicheres, fast ängstliches Gesicht. Als würde sie sich fremd fühlen in der versammelten Festtagsgesellschaft, als könne sie nicht wirklich begreifen, was für ein lebendiges Bündel Mensch sie da in ihren Armen hin und her wiegen durfte. Das Mädchen, das ein bodenlanges helles Kleid trug und dessen Haare zu einem dicken blonden Zopf geflochten waren, mochte etwa zwölf oder dreizehn Jahre alt sein. Man hätte sie - blass und entrückt wie sie dort stand -, durchaus als hübsch bezeichnen können. Und je länger ich sie betrachtete, um so bekannter kam sie mir trotzdem irgendwie vor.

Kurz überlegte ich, ob es sich vielleicht um eine meiner Cousinen aus Bremen handeln könnte, verwarf den Gedanken aber schnell wieder. Meine Cousinen waren schließlich alle deutlich jünger als ich und damals überhaupt noch nicht geboren.

Ich hatte keine Idee.

Ich richtete mich auf, um in die Küche zu gehen. Zu meinen Eltern, die sich noch immer leise unterhielten. Um ihnen das Bild zu zeigen. Sie würden mir sicher sofort sagen können, in wessen Armen ihr Sohn dort auf dem Foto lag.

*

„Was du machen, wenn hier raus?"

„Weiter studieren an der Universität ... Diplom-Pädagogik."

„Ah?"

„So ähnlich wie Lehrer, ... aber ohne Schule."

„Aaahhh!"

„Und du?"

„Weiß nicht."

„Wieder zurück in die Heimat ... nach Persien? ... Irgendwann?"

„Nix zurück! Schah Reza Pahlavi ist böser Mann! Faschist! ... Nix wieder zurück!"

„Kann ich verstehen, klar."

„Schah hat böse Männer mit Dachlatten und Totmacher nach Deutschland geschickt."

„Erst *Jubelperser*, dann *Prügelperser*, … ich weiß, hab ich von gehört. War ja mächtig was los in Berlin vor ein paar Jahren. Diese ganze Aufregung um den Tod von Benno Ohnesorg und das alles. War wirklich ´ne ganz schlimme Sache."

„*SAVAK*, … Persische Geheimdienst und Deutsche Geheimdienst und Deutsche Polizei haben gemacht!"

„Wer weiß, … kann schon sein. Ging ja so einiges durch die Gerüchteküche damals."

„Mein Vater mit Brüder vor Soldaten über Dächer von Teheran geflohen. Sie sollten zwingen in Armee von Schah. Dann ich mit Familie nach Deutschland nachkommen. Jetzt fünf Jahre hier. Wir nie wieder zurück! Nie wieder, so lange Schah an Macht ist."

„Und nun?"

„Vielleicht bald arbeiten in Geschäft von Onkel Huschang. Onkel Huschang schon ganz lange in Deutschland. Haben großes Lager mit viele Teppiche in Hafenstadt."

„Du meinst wahrscheinlich in der *Speicherstadt*."

„Ja, … Speicherstadt. Onkel Huschang, glauben ich, sehr reich. Hat Teppiche bis zur Decke! Manche viel wert. Kosten viele Tausend Amerikanische Dollar! Mein Onkel verkaufen in ganze Welt."

„Nicht schlecht."

„Du kommen mal vorbei mich besuchen und angucken. Teppiche ganz weich und ganz schöne Farbe. Manche blau wie Himmel, rot wie Rose, grün wie Meer. Alles gemacht mit Hand. Du müssen ansehen! Auch persische Schmuck und Tücher und Teller und Vasen. Du müssen alles angucken!"

„Klingt beeindruckend ... Vielleicht sollte ich wirklich mal vorbeikommen."

*

Das Foto wanderte einige Augenblicke stumm von Hand zu Hand. Wie ein unbekanntes Artefakt, dessen historische Bedeutung und chemische Zusammensetzung erst noch analysiert und bestimmt werden musste. Mein Vater brach als erster das Schweigen.

„Weihnachten 1942", vermerkte er trocken, nachdem er das Bild einige Male hin und her gewendet hatte. Und als wäre es eine scharfe Messerklinge mit Wellenschliff, strich er mit der Kuppe seines Zeigefingers vorsichtig über den verzierten Rahmen des Bildes. Dann legte er es vor sich auf dem Küchentisch ab. Ich verkniff mir den Hinweis, dass ich selbst lesen könne.

„Fast dreißig Jahre ist das jetzt her", fügte meine Mutter nachdenklich hinzu. „Mein Gott, Helmuth, wie die Zeit vergeht!"

Etwas in mir hinderte mich daran, meine Eltern sofort auf das unbekannte Mädchen anzusprechen, in dessen Armen ich auf dem Foto lag. Etwas in mir ließ mich abwarten und der Tatsache eine gewisse Bedeutung zukommen lassen, ob meine Eltern ungefragt eine erklärende Bemerkung machen würden. Und *wenn* sie es taten, wie viel Zeit sie verstreichen lassen würden, *bis* sie es taten.

Der Stuhl meiner Mutter schabte laut über den Terrazzoboden, als sie sich mit der Frage, ob sie noch etwas Kaffee aufbrühen sollte, vom Tisch erhob.

„Vielleicht später, Marianne", antwortete mein Vater.

Er stand ebenfalls auf, verschränkte seine Finger ineinander, drehte die Handflächen nach außen und ließ seine Gelenke knacken.

„Lass uns weitermachen, damit wir dieses Wochenende noch fertig werden."

Er lächelte unternehmungslustig.

„Außerdem willst du sicherlich noch zu deiner Clara, Sohnemann. Ich war schließlich auch mal jung, falls du das vergessen haben solltest."

Mit dieser süffisanten Äußerung, die so gar nicht zu meinem Vater passen wollte, trabte er zurück in das ehemalige Zimmer meiner Großmutter. Beinahe aufgeputscht wirkend, als hätte irgendetwas anderes außer dem Kaffee ihm frische Energie verliehen. Ich rief meinem Vater zu, dass ich gleich nachkäme und nur noch einmal auf die Toilette müsste. Als Antwort hörte ich ihn resolut die Wandfarbe umrühren.

Von der Toilette zurückkommend warf ich noch einen kurzen Blick in die Küche. Die Fotografie lag noch immer dort, wo mein Vater sie abgelegt hatte, auf dem Tisch. Meine Mutter hatte sich abgewandt und kümmerte sich um den Abwasch. Während der geblümte Haushaltskittel sich um ihren knochig gewordenen gebeugten Rücken spannte, summte sie eine undefinierbare Melodie vor sich hin. Etwas, was sie bei der Küchenarbeit eigentlich noch nie getan hatte.

Ich nahm das Bild wieder an mich und ließ es in der Brusttasche meines Overalls verschwinden. Mein Vater rief ungeduldig meinen Namen.

*

Am Freitagvormittag saß ich mit meiner Reisetasche auf einer Bank vor dem Krankenhaus und wartete. Die warme Aprilsonne schien grell vom Himmel und ich war absolut symptomfrei. Zwar hatten die Ärzte auch bei diesem Aufenthalt, wie erwartet, keine neuen Erkenntnisse erlangt, aber zumindest hatte sich meine Nesselsucht im Laufe der vergangenen zwei Wochen wieder in den hintersten Winkel meines Leibes zurückgezogen. Außerdem war ich für die nächsten Monate mit drei Klinikpackungen *Clemastin* versorgt. Bis zum nächsten heimtückischen Überfall. Möglicherweise mal wieder in Form eines Quasimodo-Ödems an der Oberlippe. Wahrscheinlich genau an einem Morgen, bevor ich in der Uni ein benotetes Referat im großen Hörsaal halten musste.

Clara hatte am Telefon gesagt, dass sie mich um Punkt zehn Uhr abholen wollte. Sie wollte dann gleich mit mir in einem neueröffneten Café im Univiertel frühstücken gehen. Ein Laden, für den sie extrem schwärmte:

„Man sitzt auf riesigen orangefarbenen Samtkissen vor abgesägten Tischen auf dem Boden! Wirst seh´n, bist du gleich wieder voll im Leben, Friedi!"

Ich beobachtete die Einfahrt zum Klinikparkplatz in Erwartung eines grauen VW-Käfers. Ein grauer VW-Käfer mit riesigen von Kindern gemalten Blumen auf Dach, Türen und Kofferraumhaube. Das bunte Endergebnis eines *Creative-Happenings* ihres von ihr mitgegründeten antiautoritären *Kinderladens* in Eimsbüttel. Eine dieser freien pädagogischen Initiativen, wie sie damals in vielen ehemaligen Tante-Emma-Läden entstanden waren, nachdem diese von den Supermärkten in die Pleite getrieben worden waren.

Farshid und ich hatten unsere Adressen ausgetauscht. Ich hatte ihm fest versprechen müssen, ihn in Onkel Huschangs Teppichlager in der Speicherstadt zu besuchen. Er selbst musste noch einige Tage bleiben, bis dieses Problem zwischen seinen Beinen wieder ganz in Ordnung war. Bei der Verabschiedung hatten wir uns kurz umarmt.

Es war klar, dass sich Clara, wie so häufig, verspäten würde. Doch da die Luft lau und frühlingshaft war, fühlte ich mich tiefenentspannt. Noch stundenlang hätte ich auf dieser Bank vor der Klinik sitzen können. Ich fühlte mich wie ein frisch entlassener Strafgefangener, der vor dem Gefängnistor von *San Quentin* auf die schwarze Limousine seiner Gangsterfreunde wartet. Ich hatte alle Zeit der Welt und das süße Leben breitete sich einen Augenblick lang voller Verheißungen und Verführungen vor mir aus. Bei dem Gedanken an Claras nackten Körper schloss ich die Augen.

Nach einigen Minuten klappte ich mein Portemonnaie auf. Ich holte das Foto heraus. Um es zu schützen, hatte ich es vorsichtshalber in eine Klarsichthülle geschoben. *Weihnachten 1942;* mit blauer Tinte stand es auf der Rückseite geschrieben. Meinem Vater konnte hier nicht widersprochen werden. Vorne das ernste Mädchen mit dem blonden Zopf, in seinem weißen Kleid inmitten der fröhlichen Festtagsgesellschaft.

Zum hundertsten Mal betrachtete ich mich selbst, den Säugling in ihren Armen. Zum hundertsten Mal hörte ich die Antworten meiner Eltern, nachdem ich sie einige Tage nach der Renovierung des Zimmers meiner Großmutter konkret gefragt hatte, ob sie sich vielleicht erinnern könnten, wer denn dieses Mädchen war. Dieses Mädchen, das doch immerhin ihren vor wenigen Wochen geborenen Sohn herumtragen durfte.

„Es tut mir wirklich leid, Frieder. Es ist komisch, ... aber ich habe beim besten Willen keine Ahnung wer das sein könnte", hatte meine Mutter geantwortet und das Bild mit gequälter Stirn an meinen Vater weitergereicht. Und ich war mir sicher, dass ich dabei ein leichtes Zittern ihrer Hand bemerkt hatte.

„Es ist allerdings sehr seltsam, aber irgendwie ist es mir auch komplett entfallen", sagte mein Vater, als er mir das Foto, nach einem viel zu kurzen Blick, zurückreichte. „Es ist irgendwie ... wie weggerutscht! Aber wer weiß, vielleicht fällt es uns demnächst wieder ein, Frieder. Durch irgendeinen Zufall ... Plötzlich ist es wieder da ... So etwas gibt es ja manchmal ..."

Ein kurzes Hupen.

Ein geblümter *Käfer* kam direkt vor meiner Bank zum Stehen. Die Handbremse knarrte. Clara schob von innen die Beifahrertür auf und ich sah sofort, dass sie sich wieder eine neue Sonnenbrille zugelegt hatte. Typ Insektenlook.

„Junger Mann, Sie haben ein Taxi bestellt?"

7

"Wen könntest du denn noch fragen?" Am nächsten Morgen frühstückten wir auf dem Balkon meiner neunundzwanzig Quadratmeter großen Dachgeschosswohnung - einer *Atelierwohnung,* wie im Mietvertrag stand. Unter uns die frühlingslichten Baumkronen der in den fünfziger Jahren am Stadtrand erbauten sogenannten *Parkwohnsiedlung.* Im Hintergrund drehte sich das von Clara mitgebrachte neue *Yes* Album mit *Starship Trooper* auf dem Plattenspieler.

Sister bluebird flying high above
Shine your wings forward to the sun
Hide the myst'ries of life on your way
Though you've seen them, please don't say a word
What you don't know, I have never heard

„Was ist denn mit deinem Onkel und deiner Tante in Bremen?"

Ich nickte und biss von meinem Brötchen ab. Nutella und Erdnussbutter mit Stücken. Eine Geschmacks- und oral-taktile Kombination, die ich erst vor einigen Wochen für mich entdeckt hatte. Worauf Clara mit Ekel in der Stimme angemerkt hatte, dass ich mich doch bitte nicht wundern sollte, wo meine ganzen Hauterscheinungen herkämen.

„Und zu weiteren Verwandten hast du wirklich keinen Kontakt? Oder zu ehemaligen Mitarbeitern der Firma deines Großvaters? Das finde ich alles irgendwie merkwürdig."

Bevor ich antwortete, spülte ich den süß-salzigen Matsch in meinem Mund mit einem Schluck Kaffee hinunter. Zurück blieben einige Erdnusssplitter. Diejenigen, die nicht zwischen den Zähnen stecken geblieben waren, zerkaute ich genüsslich.

„Nach unserem Umzug von Winterhude nach Barmbek, vor bald zwanzig Jahren, war die Welt meiner Familie, wie du weißt, auf Stecknadelkopfgröße zusammengeschrumpft. Bis auf wenige Ausnahmen hat keiner … keiner der Protagonisten aus der Ära am Rondeelteich jemals unsere Wohnung in der Meister-Francke-Straße betreten. Erst recht nicht ehemalige Mitarbeiter aus der Führungsebene von *Tauber & Tauber Linien*. Das wäre völlig undenkbar gewesen."

All das hatte ich Clara, die aus unerfindlichen Gründen meinte, auch jetzt beim Frühstück ihre neue Sonnenbrille tragen zu müssen, wiederholt versucht zu vermitteln.

Nach dem Tode meines Großvaters hatte schließlich eine neue Zeitrechnung begonnen. Um Erbschaftsstreitigkeiten zu vermeiden, waren die Hamburger Villa, das Ferienhaus auf Sylt und die Reederei veräußert und das Geld unter den Berechtigten aufgeteilt worden. Doch durch die Verschuldung der *Tauber & Tauber Linien* lag die insgesamt zu verteilende Summe lediglich im sechsstelligen Bereich. Ein Testament hatte mein Großvater ungewöhnlicherweise nicht aufgesetzt. Wahrscheinlich befand er die Annahme, irgendwann, wie alle anderen Menschen, das Zeitliche segnen zu müssen, als abwegig, als nahezu ehrenrührig. Nach den Worten meines Vaters existierte darüber hinaus lediglich dieser schon bei meiner Geburt für mich eingerichtete Fond. Notariell zweckgebundene Mittel für Ausgaben ausschließlich im

Zusammenhang mit Bildungsmaßnahmen an meiner Person. *Facultas Hammonia* ließ grüßen.

Dass mein Vater sich 1955 ausgerechnet für eine Wohnung in einem Stadtteil für Arbeiter und einfache Angestellte entschieden hatte, vermochte ich mir nur mit seinem heimlichen sozialistischen Gemüt und einer Art schlechtem Gewissen erklären; es war ihm schließlich an vielen Tagen in meiner Kindheit anzumerken, dass er etwas Belastendes mit sich herumtrug; als gäbe es etwas auszugleichen, etwas wiedergutzumachen. Ich vermutete, dass der komfortable Lebensstil unserer Familie in Krieg und Nachkriegszeit an ihm nagte. Unser unverdientes Glück. Denn, als die einfache Hamburger Bevölkerung hungernd und frierend durch die Straßen irrte, saßen wir immerhin bei *Cordon bleu* und Rotwein am kuscheligen Kamin im Salon.

Ganz bestimmt bedrückten ihn auch die engen Kontakte meines Großvaters zu diversen Nazigrößen. Der Name des Gauleiters, Reichsstatthalters von Hamburg und Reichskommissars für Seeschifffahrt Karl Otto Kaufmann war in den Jahren meiner Jugend immer wieder gefallen. Zum ersten Mal hatte ich diesen Namen ja nach der Beisetzung meines Großvaters aus dem Munde eines dieser beiden hartnäckigen Reporter gehört. Eine unvergessliche Situation. Unter anderem fielen auch die Namen Göttsche, Blomberg, Kuhl, Kraus, Kreuzer, Stephan und Streckenbach immer wieder.

„Und das waren nur die allerübelsten Akteure der zwölfjährigen Hitlerdiktatur in unserer Hansestadt!", wie mein Vater mir erklärte. Er sprach die Namen dieser Männer immer aus wie unheilbare Krankheiten.

„Eine Musterkollektion menschlicher Monster. Verbrecher und Mörder waren das, Frieder. Stinkender Abschaum! Allesamt verantwortlich bei *SS, Gestapo* und im *Hamburger Judenreferat.*"

Was die ungefähre Funktion und Bedeutung des sogenannten *Hamburger Judenreferats* war, hatte ich mir schon als Jugendlicher in etwa vorstellen können. Genaueres erfuhr ich jedoch erst Jahre danach in meiner Studienzeit. Sowie vieles andere auch.

Mein Vater beließ es, wie so oft, bei kryptischen Andeutungen und geheimnisvollen Aussagen, die bei mir den Ehrgeiz erwecken sollten, sie selbst zu entschlüsseln. Mein Vater wählte den indirekten Weg der politischen Bildung bei seinem Sohn und vermied den häufig fruchtlosen belehrenden Vortrag. Er schenkte mir Bücher, nahm mich mit in Filme und ins Theater. *Draußen vor der Tür* in den Kammerspielen und *Des Teufels General* im Roxy-Kino waren nur der Anfang gewesen. Man hätte die pädagogische Vorgehensweise meines Vaters als durch die Hintertür agierend oder als indoktrinierend bezeichnen können. Sei´s drum. Welche Pädagogik ist das, wenn man ehrlich ist, nicht? Und mir soll es im Nachhinein ausnahmsweise recht sein. Denn in der Schule erzählte man uns von all dem bekanntlich nichts. Und Lehrer Schmakeit, der es höchstwahrscheinlich getan hätte - im Grunde hatte er ja schon damit begonnen -, wurde bekanntlich rechtzeitig kaltgestellt. Aus diesen und aus anderen Gründen.

Im Laufe der Jahre hatte sich somit mein Bild von meinem Großvater peu a peu korrigiert. Der kleine Junge in mir sah in ihm nach wie vor den alles überstrahlenden Helden und Zauberer, der, wenn er auch immer ein wenig unheimlich und bedrohlich wirkte, gerade deshalb die magische Lichtgestalt meiner frühen Lebenserinnerungen war. Als heranwachsender Junge begann ich ihn zunehmend kritischer zu sehen.

*

„Und?"
Clara hatte sich eine Zigarette angesteckt. Der Rauch verflog in der warmen Vormittagssonne über die Balkonbrüstung. Neuerdings rauchte Clara mit einer perlmuttschimmernden Zigarettenspitze. In Kombination mit ihrer das halbe Gesicht verdeckenden neuen Sonnenbrille bot sie an diesem ersten Morgen nach meiner Entlassung aus der Klinik eine ziemlich surreale Erscheinung. Ein paffendes Weltrauminsekt. Insgesamt wirkte sie auch ein wenig überdrehter als sonst. Ein paar Veränderungen zu viel, wie ich mir eingestehen musste. Irgendetwas musste in den Wochen meines Klinikaufenthaltes mit ihr geschehen sein. Ich begann mich schon beunruhigt zu fragen, ob ein anderer Mann oder eine andere Frau die Ursache für all das sein könnte. Clara war ihren eigenen Geschlechtsgenossinnen gegenüber nämlich durchaus nicht abgeneigt. Andererseits hatten wir in der zurückliegenden Nacht äußerst intensiven Willkommenssex praktiziert. Was allerdings überhaupt nichts heißen musste. Natürlich nicht.

Womöglich, befürchtete ich, war auch irgendeine Droge mit im Spiel. Ich wusste, dass ihr Ex-Freund und ihr älterer Bruder einige experimentelle Erfahrungen mit LSD und Heroin gemacht hatten. Verstohlen warf ich einen Blick auf ihre unbedeckten Arme auf der Suche nach etwaigen Einspritzlöchern. Ich wusste auch, dass von vielen Fixern auch die Leistengegend als unauffälliger Einstichort für die Nadel gewählt wurde. Doch als ich mich in der zurückliegenden Nacht mit dem Gesicht zwischen Claras Schenkeln befunden hatte, war es dort nur dunkel und feucht gewesen.

„Was denn nun, Friedi? Fällt dir niemand mehr ein, dem du das Foto zeigen könntest?"

„Onkel Tillich und meine Tante Johanna kommen nächsten Monat, glaube ich, nach Hamburg. Ich werde ihnen das Bild so lange vor die Nasen halten, bis sie etwas sagen."

Ich wedelte den Rauch von mir weg, den Clara mir über den Frühstückstisch hinweg ins Gesicht geblasen hatte. Ich rauchte zwar selbst, aber nicht am Vormittag. Das machten meine Geschmacksnerven und meine Selbstachtung nicht mit.

„Aber wer weiß schon, wer dieses Mädchen war, Friedi? Und warum ist dir das eigentlich so wichtig?" Clara aschte ihre Zigarette im Eierbecher ab.

„Womöglich war es irgendein Kind aus eurer Nachbarschaft, das zufällig auf das Foto geraten war."

„Schwer vorstellbar", entgegnete ich und fragte mich selbst, warum mir das eigentlich alles so wichtig war. Dabei musste ich unwillkürlich an das im Rondeelteich ertrunkene Mädchen denken, das mir meine Eltern regelmäßig als warnendes Beispiel vor Augen gehalten hatten. Das Mädchen, das, wie ich selbst, verbotenerweise auf einem morschen Steg gespielt haben soll. Mit dem Unterschied, dass ich Anfang der fünfziger Jahre deutlich jünger war als das Mädchen auf dem Foto von 1942. Und außerdem überlegte ich, ob man im Alter von zwölf oder dreizehn mal so eben im seichten Uferbereich eines Teichs ertrinkt?

„Aber wer weiß ... kann vielleicht *doch* sein", hörte ich mich sagen, nachdem ich mir den Rest meines Nutella-Erdnussbutter-Brötchens in den Mund gesteckt hatte.

*

„Wisst ihr, wer das ist?", fragte ich einige Wochen später an einem Samstag im Mai unseren Besuch aus Bremen. Wir hatten einen wolkenverhangenen Spaziergang durch den Stadtpark hinter uns und waren ins *Landhaus Walter* eingekehrt.

Der Alleinunterhalter, in einer Nische des Gastraums, spielte auf seiner Orgel gerade ein von einer Rhythmusautomatik unterlegtes Potpourri mit beliebten Operettenmelodien. Der Mann, den mit seinem grauen Anzug und seinen weißen Haaren der verstaubte Charme eines Bestattungsunternehmers umwehte, ließ momentan ein dezentes *Schenkt man sich Rosen in Tirol* in die verqualmte Luft des Saals einsickern; gebeugt über die unsichtbare Tastatur eines braunen Holzkastens auf dünnen Beinen, der mich zwanghaft an einen Kindersarg erinnern ließ.

Kaum jemand in dem vollen Raum nahm erkennbar Notiz vom Spiel des Mannes, wahrnehmbar war nur eine unbewusste Reaktion der Menschen, denn deren Gespräche schwollen an Lautstärke und Intensität jedes Mal an, wenn der Alleinunterhalter, nach einer eingelegten Pause, erneut zu Spielen anfing. Als gelte es, ein plötzliches lästiges Hintergrundgeräusch wie Bau- oder Straßenlärm übertönen zu müssen. Und doch war die bloße Existenz des Musikers unverzichtbarer Bestandteil der Gesamtsituation. Der Mann und sein Instrument gehörten zum Inventar des Raums, wie die Möbel und Kronleuchter aus der Vorkriegszeit; seit Jahrzehnten fest installiert rechts neben der Tür. Trotzdem, oder gerade deshalb, legte fast jeder beim Hinausgehen ein paar Groschen in den Teller neben seiner Orgel. Eine paradoxe Kommunikation zwischen Musiker und Publikum, wie ich fand.

Ich fragte mich, was wohl passieren würde, wenn der Mann sein Instrument und die paar Groschen einfach zusammenpackte, um dem Kaffee-, Kuchen-, und Parfümdunst des *Landhaus Walter* durch irgendeinen Nebenausgang zu entfliehen. Ob die Gespräche ringsum schlagartig verstummen oder wenigstens ins Stocken geraten würden, weil mit der Hintergrundmusik auch die nötige Stimulanz des Unbewussten abhanden käme? Weil die Likörchen und Weinbrände dafür allein nicht ausreichten? Ich überlegte, ob die Gäste das Miteinander-Reden wohl wieder lernen müssten? Vielleicht würden endlich all die vor langer Zeit vergrabenen Themen und Konflikte an die Oberfläche kommen? All die verdrängten Kränkungen, Verletzungen und Familiengeheimnisse. Wollte man Onkel Rolf aus Detmold nicht immer schon mal mitteilen, dass sein Mundgeruch infernalisch sei und sich beim Sprechen immer dieser widerliche Ziehfaden zwischen seinen Lippen spanne.

Vielleicht würden auch alle plötzlich über die Tische springen und sich mordlüsternd an die Kehle gehen; herumschreien, den Saal verwüsten und prügelnd über einander herfallen? Weil die pure Wochenend-Existenz ihres Gegenübers, nach all den Ehejahren, einfach nicht mehr aushaltbar war.

Vor dem Hintergrund der allgegenwärtigen Musikberieselung heutiger Tage ist dies jetzt natürlich eine Frage von viel größerer Tragweite. Musik rieselt schließlich heute rund um die Uhr aus einem versteckten weltumspannenden Lautsprechersystem; anonym und austauschbar. Ob auf dem nach Pisse stinkenden Bahnhofsklo, an der Fleischtheke im Supermarkt oder im aseptischen Kreißsaal: Bob Marley singt *No Woman, No cry!* Irgendein Vollidiot lässt hinter den Kulissen unserer Zivilisation doch immer irgendeinen Song ablaufen. Gar nicht auszudenken, was wohl passieren würde, wenn jemand diese globale Beschallung abstellen oder den unsichtbaren Discjockey einfach erschießen würde.

Doch im Unterschied zu heute war die Quelle der Klänge im *Landhaus Walter* wenigstens personalisierbar. Damals bediente ein Mensch aus Fleisch und Blut die Tasten seiner Hammond-Orgel. Obwohl ich der Ehrlichkeit halber zugeben muss, dass die Tafelmusik am Hofe des Sonnenkönigs in Versailles - wenn wahrscheinlich auch hochwertiger - bisweilen ebenfalls hinter blickdichten Paravanen gespielt wurde. Denn, wenn das Gelage zur Orgie ausufern sollte, war man somit vor ungebetenen Augenzeugen der niederen Stände sicher. Außerdem hätte sich wohl kaum einer der Musiker mehr auf seine Noten konzentrieren können. Aber das nur am Rande.

*

„Also, habt ihr eine Idee, wer das sein könnte?"

Ich hatte das Foto über die weiße Tischdecke zwischen die Kuchenteller von Onkel Tillich und Tante Johanna geschoben und mit meinem Finger auf den Kopf des Mädchens getippt. Dort lag es nun schon eine ganze Weile, ohne irgendeine Wirkung zu entfalten. Ich hatte für mein Anliegen einen Moment gewählt, in dem mein Vater sich vom Tisch entfernt hatte, um die Toilette aufzusuchen. Der verwandtschaftliche Gesprächsfluss war einem von Kaffee und Torte gesättigten Delirium gewichen. Die Betriebstemperatur des Saals war unerträglich aufgeheizt und die Angesprochenen schienen zuerst nicht begreifen zu können, was ich, ihr Neffe, eigentlich von ihnen wollte. Eine höflich überspielte Irritation spiegelte sich in den von mindestens drei *Asbach Uralt* glasig gewordenen Augen meiner Tante Johanna. Während die Miene meines Onkels vollkommene Verständnislosigkeit demonstrierte.

„Hier, dieses überaus nette blonde Mädchen, das mich dort auf seinen Armen trägt", wiederholte ich, erneut auf das Foto tippend.

Beflissen wanderten ihre Köpfe zueinander, um sich der Tischdecke entgegenzusenken. Während ihre Augen auf der Fotografie ruhten, machte keiner von beiden Anstalten, diese auch in die Hand zu nehmen. Sekunden vergingen ohne Reaktion. Sekunden, in denen meine Mutter über die Schulter ihrer Schwägerin selbst noch einmal einen Blick auf das Bild warf.

„Also Helmuth und ich sind beim besten Willen auch nicht drauf gekommen … was meint ihr? … Irgendeine Idee?"

Die beiden Aufgeforderten regten sich nicht. Als würden sie eine seltene Briefmarke oder Münze durch eine vor das Auge geklemmte Monokel-Lupe begutachten, hielten sie ihre Köpfe stumm über den Tisch gebeugt.

Vom Nachbartisch drangen Gesprächsfetzen zu uns herüber. Es ging um Probleme bei einem Dachbodenausbau. Um den Vorteil von Rigips-Platten im Vergleich zu Fermacell-Platten, um Glaswolle und Gaubenfenster. Die halbe Stadt schien damals im Begriff zu sein, in eine der Reihenhaussiedlungen in den Außenbezirken umzusiedeln.

Nach einiger Zeit gab mein Onkel ein Geräusch von sich, das wie das Schnäuzen einer Nase klang. Worauf er mit enttäuscht hängenden Mundwinkeln zu mir über den Tisch blickte.

„Ich habe absolut *keine* Ahnung, Frieder."

Seine Stimme klang, als hätte er tiefes Mitleid mit mir. Als hätte er mir liebend gerne eine andere Nachricht überbracht. Jetzt nahm er die Fotografie doch noch an sich. Er hielt sie an ihrem gewellten Rahmen zwischen den Fingerkuppen von Daumen und Zeigefinger mit ausgestrecktem Arm von sich weg. Hielt sie Richtung Fenster ans Licht. Als wäre er plötzlich weitsichtig geworden und erhoffte sich so das Erkennen weiterer Details. Vielleicht ein spezielles Wasserzeichen, eine besondere Gummierung oder eine den entscheidenden Hinweis gebende Zähnung.

„Nichts zu machen, Frieder. Da klingelt überhaupt nichts bei mir! Schon komisch, aber dreißig Jahre sind natürlich eine verdammt lange Zeit."

Ich war gerade im Begriff anzudeuten, dass ich es seltsam fände, dass niemand sich an das Mädchen erinnern könne, als mein Vater von der Toilette zurückkam. Er hatte im Gehen sein Zigarettenetui aufgeklappt und sich eine *Juno* zwischen die Lippen gesteckt. Als er sich zwischen meiner Mutter und mir auf seinem Platz niederließ, glaubte ich ihm anzusehen, dass er schon beim

Betreten des Saals gewusst hatte, was mein Onkel da in der ausgestreckten Hand hielt. Doch ohne darauf einzugehen, zündete mein Vater sich seine Zigarette an. Er winkte die Kellnerin an unseren Tisch und bat um die Rechnung.

„Immer noch dieses Foto?", sagte er leise wie zu sich selbst, während er neben mir in seinem Portemonnaie nach Geldscheinen suchte. Er zog einen Zwanzigmarkschein heraus, legte ihn auf den Tisch und beschwerte ihn mit seinem Zigarettenetui.

„Ja, leider immer noch", antwortete ich provokant laut. „Lässt mir halt keine Ruhe."

Mein Vater nahm einen tiefen Zug seiner *Juno,* legte den Kopf in den Nacken und blies den blauen Rauch gegen die Lampe über dem Tisch. „Das scheint sich ja zu einer regelrechten Manie auszuwachsen, Sohnemann. Gar nicht gut so etwas!"

„Leider konnten wir ihm auch nicht helfen", sprach Onkel Tillich. „Nicht wahr, Johanna?"

Meine Tante hatte ihre Arme vor der Brust verschränkt und schüttelte mit hochgezogenen Schultern ihren dauergewellten Kopf. „Ich bin, ... momentan jedenfalls, ... auch *vollkommen* überfragt, Frieder."

Meine Mutter sagte nichts, denn sie versuchte seit geraumer Zeit mit einer Serviette sich etwas aus einem tränenden Auge zu tupfen.

„Aber es ist doch eine unverrückbare Tatsache, dass ihr Weihnachten 1942 alle zusammen wart?"

Und weil ich bei dieser Frage niemanden direkt ansehen wollte, stellte ich sie in meine Kaffeetasse hinein.

„Wenigstens *einer* von euch muss sich doch erinnern können! Alles andere wäre, allein schon statistisch, unwahrscheinlich, wenn ich das mal so anmerken darf."

Ich betrachtete abwartend die braun eingetrockneten Schlieren auf dem Boden der Kaffeetasse.

„Warum dieser inquisitorische Tonfall, Frieder?", entgegnete mein Vater ein wenig ungehalten. „Aber du hast recht. Wir alle hier am Tisch und einige, die leider nicht mehr unter uns weilen, waren an dem zur Debatte stehenden Weihnachtsfest beisammen. Aber was hat das mit unserem Erinnerungsvermögen oder der Identität dieses Mädchens zu tun?"

„Das weiß ich nicht ... *Noch* nicht!", rief ich so laut, dass der Nachbartisch sein Gespräch über den Dachbodenausbau kurz unterbrach, um perplex zu uns rüberzuschauen. Ich stand auf, um schon mal nach draußen vor die Tür zu gehen. An die frische, befreiende Luft des Stadtparks. Beim Weggehen hörte ich die schwerzüngig formulierten Worte meiner Tante hinter mir: „Was hat denn der Junge ... heute nur bloß?"

Ich entschloss mich allein zu Fuß nach Hause zu laufen; ein strammer einstündiger Fußmarsch würde mir sicher gut tun. Der Ärger musste aus meinem Bauch, die Irritation aus meinem Kopf. Ich kam an den wettergegerbten, nackten Steinfrauen auf ihren Sockeln vorbei. Weiter hinten ragte wie immer das Planetarium gegen den wolkenverhangenen Himmel. Der wuchtige Bergfried von Mondgesichts Burg. Hier hatte das Mondgesicht damals gestanden, hier hatte ich es zum letzten Mal gesehen. Und mir wurde bewusst, dass ich lange nicht mehr an den gespenstischen Verfolger meiner Kindheit gedacht hatte.

Obwohl es einen kürzeren Weg gegeben hätte, lenkten mich meine Füße die große Wiese hinunter, auf der ich damals mit meinen Freunden das Weltmeisterschaftsendspiel von 1954 nachgespielt hatte. Nun kickten dort andere Jungs. Natürlich auch mit einem Lederfußball; was jetzt allerdings längst nichts Besonderes mehr war. Vielleicht spielten sie das *Jahrhundertspiel* von 1970 zwischen Deutschland und Italien im Aztekenstadion in Mexiko nach. Vor über hunderttausend ekstatischen Zuschauern. Ich hörte das Raunen der gigantischen Betonschüssel in den Bäumen ringsum.

*

„Sie heißt Iris! ... Iris, verstehst du? ... Genaugenommen Iris-Mechthild-Sophia ... aber alle nannten sie immer nur *Iris*."

Das Klingeln des Telefons hatte mich in der folgenden Nacht aus dem Tiefschlaf gerissen. Ich war allein in der Wohnung, denn Clara schlief diese Nacht bei einer neuen Freundin. Ich wälzte mich aus dem Bett, taumelte durch das Zimmer, stieß mit der Kniescheibe schmerzhaft gegen die Ecke meines Couchtisches. Mein Herz hämmerte von innen wie wahnsinnig gegen meinen Brustkorb. Ich hatte keine Ahnung, wie spät es war, und aus irgendeinem Grund kam ich nicht auf die Idee, das Licht einzuschalten oder auf die Uhr zu sehen. Plötzlich stand ich mit dem Hörer am Ohr am Balkonfenster und diese Stimme redete ihre Worte in meinen schlaftrunkenen Schädel hinein.

„Iris-Mechthild-Sophia ... geboren im März 1930 ... glaube ich wenigstens."

Die Worte holperten mühevoll artikuliert durch die Leitung. Sie wurden vom Munde einer Frau ausgesprochen, die von einer unbestimmten Wut angetrieben wurde. Dem Drang, etwas loszuwerden, dem Drang, sich von einer Last zu befreien. Vor der Balkonbrüstung reckten sich die grauen Äste der Buchenstämme in den Himmel. Wie muskulöse Arme, die in der Nacht nach etwas griffen. Mein Blick fiel auf einen dunklen Plastiksack. Mir fiel ein, dass ich meinen Abfall hier zwischengelagert hatte und dann, wie so oft, vergessen hatte, ihn nach unten in den Müllkeller zu bringen.

„Ist schon so lange her, Frieder ... viel zu lange! ... Aber jetzt weißt du´s endlich ... jetzt sollst du endlich Bescheid wissen!"

Und erst in diesem Augenblick war ich mir sicher zu erkennen, dass die Worte aus dem lallenden Munde meiner unzweideutig betrunkenen Tante aus Bremen drangen. *Jetzt fängt sie also an, auch mich in meiner Wohnung anzurufen,* dachte ich. *Das kann ja heiter werden!*

„Tante Johanna? Bist du es?", fragte ich überflüssigerweise, während ich schon überlegte, ob es schwierig sein würde, sich eine Geheimnummer zuzulegen. „Über was soll ich bitte ... zu dieser vorgerückten Stunde ... *Bescheid* wissen?"

Meine belegte Stimme klang, als wenn nicht ich selbst, sondern ein neben mir im dunklen Zimmer stehender Fremder spräche.

„Frühjahr 1930 ... falls du versuchen solltest, im Standesamt im Geburtenregister nachzusehen ... Frühjahr 1930."

Ich hörte meine Tante im Telefonhörer schwer atmen. Dann fing sie plötzlich laut und langanhaltend an zu husten. Doch ich presste den Hörer an mein Ohr, als ob selbst aus diesem Husten noch eine verschlüsselte Botschaft herauszuhören wäre. Unten auf der Straße standen die geparkten Autos im fahlen Licht der Laternen. Kein Mensch war da draußen unterwegs. Ich schätzte, dass es circa vier Uhr morgens war, denn von Osten her kroch ein sanfter Schimmer über den Himmel. Bald würden die Straßenlaternen ausgehen.

Der Husten meiner Tante wollte sich partout nicht legen und ich hörte immer wieder die Worte: *Geburtenregister* und *Frühjahr 1930*.

„Tante Johanna … was war bitte im Frühjahr 1930?", rief ich gegen den Lärm in meinem Ohr an, obwohl ich längst realisiert hatte, dass sich diese Jahreszahl nur auf den Geburtstag des Mädchens auf dem Foto beziehen konnte.

„Ich lese dir mal vor, was hier auf diesem Merkblatt steht," krächzte meine Tante, die sich endlich wieder beruhigt hatte. „Habe ich mir schon vor Jahrzenden von einem äußerst netten Beamten in der Behörde aushändigen lassen."

Nochmals ein kurzes Husten.

„Da er in direkter Linie mit ihr verwandt ist, hat ein Sohn oder Enkel jederzeit das Recht auf uneingeschränkte Einsichtnahme in die Sammelakten zu Personenstandseinträgen seiner Mutter bzw. Großmutter. Das Einsichtsrecht beschränkt sich weder auf solche Angaben, die zum Zwecke der Beurkundung erhoben wurden, noch wird es dadurch eingeschränkt, dass sich die Angaben teilweise auch auf eine Person beziehen, von der der Einsehende nicht abstammt bzw. zu der lediglich eine Verwandtschaft in Seitenlinie besteht."

Den abgelesenen Text vermochte meine angetrunkene Tante erstaunlich flüssig und verständlich wiedergeben. Trotzdem begriff ich nur grob, worum es ging.

„Und die Person, von der hier die Rede ist, ist in deinem konkreten Falle, Frieder … deine … *Schwester!* …

Steht alles schwarz auf weiß hier auf diesem Merkblatt. Hab ich mir, wie gesagt, ... extra besorgt."

„Meine ... *Schwester?*"

Ich war plötzlich hellwach. Im gegenüberliegenden Haus schalteten irgendwelche sonntäglichen Frühaufsteher das Licht in der Küche an. Hinter Gardinen die Umrisse mehrerer sich bewegender Gestalten.

„Und so wie ich das verstehe, ... aber ich kann mich natürlich auch täuschen", fuhr meine Tante fort, „wird man dir sogar ohne weiteres ein Duplikat der Geburtsurkunde deiner Schwester ausstellen ... Hast du als leiblicher Bruder offensichtlich ein juristisches Anrecht drauf!"

Ein Zittern breitete sich vom Bauchraum in mir aus. Wanderte in meinen Kehlkopf. Die Worte *Bruder* und *Schwester* dröhnten in meinem Gehirn, als wenn Gott persönlich sie ausgesprochen hätte. Ich selbst wäre unfähig zum Sprechen gewesen, hätte ich denn etwas zu sagen gehabt.

„Frag am besten deine liebe Mutter ... Lass nicht locker, lass dich nicht abwimmeln, Frieder! Frag sie einfach nach deiner Schwester Iris! ... *Deiner* ... *Schwester* ... *Iris!*"

Es hörte sich so an, als würde Tante Johanna eine Flasche an ihre Lippen setzen, um einen großen Schluck zu nehmen. Ich wartete, was noch kommen würde. Was kam, war das saugende Geräusch ihrer Lippen, die sich von der Flasche lösten.

„Erzähl deiner Mutter ruhig, von wem du das alles hast. Egal! ... Konnte doch so nicht weitergehen ... Musste doch irgendwann mal raus!"

Es knackte in der Leitung. Tante Johanna hatte aufgelegt. Drüben in der beleuchteten Küche saßen sie inzwischen am Tisch und frühstückten.

*

Mein erster Impuls war Clara anzurufen. Aber ich besaß nicht die Telefonnummer dieser neuen Bekanntschaft. Ich wusste nur, dass sie Almuth hieß und eine kleine Wohnung in der Nähe der *Fabrik* hatte, dem damals gerade gegründeten alternativen Kulturzentrum in Hamburg-Ottensen. Dann überlegte ich bei meinen Eltern anzurufen, ließ es aber sein. Was für ein Telefongespräch wäre das am Sonntag zu dieser Uhrzeit schon gewesen? Und obwohl ich wusste, dass jetzt noch keine Bahnen und nur wenige Busse fuhren und mein Fahrrad seit Wochen mit einem platten Reifen im Keller stand, sprang ich in meine Kleidung. Ich zog mich an, um zu Fuß über eine Stunde durch den anbrechenden Tag zu meinen Eltern nach Barmbek in die Meister-Francke-Straße zu laufen.

Als ich den Schlüssel zur Wohnung meiner Eltern vom Haken nahm, den Schlüssel, den ich *für alle Fälle* seit Jahren besaß, hatte ich das Gefühl, in eine Schlacht mit höchst ungewissem Ausgang zu ziehen. Oder als wäre ich einer dieser *Schläfer*, ein Spion oder Attentäter, der jahrzehntelang friedlich und angepasst im Feindesland gelebt und jetzt den entscheidenden Anruf zur Aktivierung bekommen hatte. Eine verklausulierte Botschaft aus der Moskauer Zentrale um loszuschlagen. Vielleicht ein harmloses Telefongespräch über das Wetter, die Fußballergebnisse oder die Lottozahlen. Oder in meinem Fall die völlig abstruse Information über eine Schwester, die nie wirklich existiert hatte oder verschollen war. Codename *Iris*. Übermittelt von einer Anruferin des KGB mit russischem Akzent, die sich als meine besoffene Tante Johanna aus Bremen ausgab.

Das Perrsonn von derr hierr is Rredde, is konkrett dein Schwester Irris! ... IRRIS! ... Du verstenn?

Draußen war es kühler, als ich gedacht hatte. Ich zog den Reißverschluss meines Parkas hoch. Seit Jahren war ich nicht mehr so früh aus dem Haus gegangen. Die Straßen, durch die ich ging, waren so ungewohnt still, dass es mir vorkam, als wäre ich in einer fremden Stadt. Und während ich mich beim Gehen durch diese fremde Stadt auf die verschiedenen Variationen der Situation vorbereitete, die mir mit meinen Eltern gleich bevorstehen würde, steckte das Foto in der Innentasche des Parkas. Warm und sicher lag ich dort in Iris´ Armen.

Als ich an diesem Sonntagmorgen gegen 5 Uhr 30 vorsichtig die Wohnungstür meiner Eltern aufschloss, war niemand zuhause. Es war nicht die Stille einer Wohnung, in der Menschen schliefen, die mich empfing, sondern die *vollkommene* Stille einer leeren, einer verlassenen Wohnung.

Dass mein Vater und meine Mutter noch am selben Abend nach dem Familientreffen im *Landhaus Walter* in den Zug gestiegen waren, um in den bayrischen Wald zu reisen, hatte ich völlig vergessen. Eine dieser Wanderreisen, die sie seit einigen Jahren in jedem Mai mit meines Vaters Arbeitskollegen und ihren Ehefrauen durchführten. In zünftiger Kleidung durch Mutter Natur.

Überlegend, was mit dieser plötzlichen Wendung der Dinge anzufangen war, stand ich einen unschlüssigen Moment lang mit verschränkten Armen im Flur. Und während mich im Halbschatten des Flures die geschlossenen Türen der übrigen Zimmer anschwiegen, beschlich mich das Gefühl, in eine irgendwie unschickliche Situation hineingeraten zu sein. Eine Situation, die etwas Schmutziges und moralisch Hinterhältiges an sich hatte.

Ich hatte schon den Impuls, die Wohnung zu verlassen, um irgendwo in einem Stehimbiss am Barmbeker Bahnhof ein belegtes Brötchen und einen Kaffee einzunehmen, als ich schon anfing meine Schuhe auszuziehen. Ich stellte meine abgelaufenen Wildlederschuhe in das Regal neben die glänzenden Lackschuhe meines Vaters, um mit vorsichtig aufgesetzten Hacken durch die Wohnung zu schleichen. Durch akkurat aufgeräumte Zimmer, in denen alle Dinge ihren Ort zu haben schienen. Demonstrativ platzierte Accessoires wie in einer dieser historischen Schau-Wohnungen im Museum für Hamburgische Geschichte. Fehlten nur die *Stadtwohnung um 1970* - und die *Bitte nicht berühren!* - Schilder. Kein Staubkorn auf den Flächen, keine Schliere in Waschbecken, Spüle und Badewanne, die Fenster geputzt.

Die überaus aufmerksame Nachbarin, die zum Gießen der immergrünen Pflanzen und Balkonblumen alle paar Tage diese Wohnung betrat, hätte keinerlei Grund zur Beanstandung oder Tratsch im Treppenhaus gefunden.

Die Dielen knarrten unter den ausgelegten Läufern und die Luft schien unbeweglich zwischen den, auf die Wiederkehr meiner Eltern, wartenden Möbeln zu stehen. Die Einrichtung der Wohnung ignorierte mich. Selbst das Klavier, auf dem ich vor Jahren meine spezielle Stummspiel-Technik entwickelt hatte, nahm keine Notiz von mir. Die Luftatome um mich herum trugen den vertrauten Geruch der abwesenden Bewohner in sich, den Geruch eines reiferen Ehepaares, ausgeatmet von den Tapeten, Läufern, Kissen und Gardinen.

Mich beschlich die grimmige Fantasie, mich brüllend an das seit langem verstimmte Instrument zu setzen und mit Gewalt in die Tasten zu hauen. Jetzt am Sonntagmorgen um kurz vor sechs. Irgendwelche Brachialakkorde im Stile eines Bravourstückes à la Franz Liszt oder Rachmaninov. Ich musste kurz auflachen, als ich mir die empörten Gesichter der vor der Wohnungstür stehenden Nachbarn vorstellte.

Noch hatte ich keinen Blick ins Schlafzimmer geworfen. Und obwohl ich wusste, dass meine Eltern in diesem Moment im Bett eines gepflegten Hotelzimmers im bayrischen Wald lagen, bedrängte mich die überaus unangenehme Idee, sie hier in ihrem Ehebett vorzufinden. Womöglich beim Vollzug ihrer ehelichen Pflichten. Ich hatte die Vorstellung, dass sie beim Öffnen der Schlafzimmertür zu Tode erschrocken aus ihren Kissen auffahren würden.

„Mein Gott, Frieder! Was machst du denn hier?!"

Zu meiner Erleichterung war das Schlafzimmer leer. Die Tagesdecke spannte sich makellos über das gewölbte Federbett.

*

Beim Öffnen der ersten Schubladen und Schranktüren war mir noch mulmig zumute. Ich fühlte mich wie ein neugieriges Kind auf der verbotenen Suche nach den versteckten Weihnachtsgeschenken. Ein sich über die Tatsache halb bewusstes Kind, dass es, wenn es gefunden hätte, was es so sehnlichst suchte, für immer den Zauber und den Glauben seiner Kindheit verlieren würde. Doch im Laufe des Vormittags legte sich das.

Die Uhr über der Eckbank zeigte genau 11 Uhr 37, als ich - plötzlich von einer anfallartigen Müdigkeit überwältigt - mit einem Glas Wasser in der Küche hockte. Vor mir auf dem Tisch stand ein unbeschrifteter Leitz - Ordner. Daneben lag das Bändchen *Der kleine Hey - Die Kunst des Sprechens,* das ich schon zu Beginn meiner Suche in einer Schublade in der Wohnstube gefunden hatte. *Der kleine Hey* hatte neben einem dicken, von einem Gummiband zusammengehaltenen Packen Briefe gelegen, die ein gewisser, mir unbekannter, Simon Löwenstein meinem Vater aus New York geschickt hatte. Über viele Jahre hinweg. Scheinbar eine Art Brieffreundschaft, von der mein Vater mir jedoch nie etwas erzählt hatte. Kurz war da eine bohrende Neugier, die mich drängen wollte, wenigstens auf einen dieser Briefe einen Blick zu werfen. Doch ich legte den Packen zurück in die Schublade.

Als ich den Ordner vor mir auf dem Tisch öffnete, fand ich in ihm, neben unzähligen Papieren und Unterlagen im Zusammenhang mit einem Privatsanatorium *Ruh am See* am Brienzersee in der Schweiz, auch eine Geburtsurkunde. Amtlich beglaubigt, versehen mit Stempel und Unterschrift war dort schwarz auf weiß zu lesen:

Standesamt Hamburg 19
Iris-Mechthild-Sophia T a u b e r
geboren am 12. März 1930 in Hamburg-Winterhude
Vater: Helmuth Tauber, Prokurist
Mutter: Marianne Tauber, geb. Vossfeld

Bei den vielen Merkwürdigkeiten und Mysterien, die meine Kindheit und Jugend in dieser Familie umgeben hatten, sprengte dies trotz allem meine Vorstellungskraft. Wenn ich das miserable Erinnerungsvermögen meiner Eltern zwar schnell angezweifelt hatte, so hatte ich bei dem unbekannten Mädchen auf dem Foto von 1942 schlimmstenfalls an die uneheliche Tochter einer Hausangestellten oder ein polnisches oder französisches Fremdarbeitermädchen gedacht. Was nicht unrealistisch gewesen wäre, immerhin lebten damals mehrere tausend von ihnen allein in Hamburg. Mit Glück in halbwegs freundlichen Familien, mit Pech in irgendeinem rüstungsrelevanten Betrieb in der Hafengegend. Eine vor mir geheimgehaltene leibliche Schwester war jedoch, selbst in meinen abwegigsten Spekulationen, zu keinem Zeitpunkt vorgekommen.

Ich erinnere mich an einige Minuten der emotionalen Leere. Einen Moment, in dem ich auf den vergilbten Hängeschrank vor mir an der Wand starrte. Ein Küchenmöbel, in dessen Schiebetür eine Postkarte eingeklemmt war, die irgendein Arbeitskollege meines Vaters einmal aus dem Urlaub geschickt hatte. Die Luftaufnahme einer spanischen Mittelmeerinsel. MENORCA, gelbe Schrift auf blauem Grund. Ich wusste nicht, mit welchem Gefühl ich den leeren Raum der Küche zwischen mir und dieser Postkarte füllen sollte. Mit Zorn, Trauer oder abgrundtiefem Zynismus. Diese Gefühlsextreme begannen erst später an mir zu zerren.

Vorerst starrte ich nur.

Ich glotzte auf die am Küchenschrank klemmende strandumrandete Insel im türkisblauen Meer. Stoisch versuchte ich irgendeinen kosmischen Sinnzusammenhang zu ergründen. Und für einen Augenblick saß ich tatsächlich mit Badehose und einem Glas *Sangria* in der Hand auf einem Handtuch, im heißen Sand des Strandes, unter einem dieser gestreiften Sonnenschirme. Der nach Sonnenöl duftende Wind streichelte warm über meinen Oberkörper und die Haut meiner eingeriebenen Beine und Arme glänzte indianisch. Aus einem unsichtbaren Kofferradio drang von Ferne leise Musik. Eine singende Frau. Von Flamencogitarren und Kastagnetten begleitet. Ekstatisch leidend, entrückt.

Erst als jemand unten auf der Straße nach dem Anlassen seines Wagens übertrieben viel Gas gab, war ich wieder zurück in der Gegenwart dieses Sonntags.

*

Ich begann den Leitz-Ordner erneut zu durchblättern, mit spitzen Fingern, so als würde an dem Papier eine toxische Beschichtung haften. Zu aufgewühlt, um in der Lage zu sein, den Inhalt der umfangreichen Krankenakten wirklich verstehen zu können.

Unter der Überschrift einer diagnostizierten *Schizophrenia bzw. Dementia simplex* ließen sich verschiedene Ärzte - in erster Linie Ärzte des erwähnten Sanatoriums

Ruh am See - zu mannigfaltigen klinischen Symptomatiken aus. Der Großteil der Formulare und Berichte waren von einem Prof. Dr. med. Furrer oder einem Dr. med. M. Rubens unterzeichnet.

In diesen Berichten war von chronisch fortschreitenden Negativsymptomatiken, wie herabgesetzte Affektivität, Psychomotorik und Kognition die Rede. Von verarmtem Denken und Antrieb, verlangsamtem Handeln. Es wurde dort eine Person mit eingeschränktem emotionalen Erleben und einem grundsätzlichen Mangel an Interesse und Initiative beschrieben. Ein sozial isolierter Mensch mit unlebendiger maskenhafter Mimik und statischer, beziehungsweise manierierter Gestik, die schon in seiner Jugend begonnen um nicht zu sagen beschlossen hätte, sich aus der Außenwelt in seine Innenwelt zurückzuziehen beziehungsweise zu flüchten. Ein Mensch mit grenzdebilem, einfallslosem Denken, mit schwacher Konzentrations- und Aufmerksamkeitsfähigkeit.

Darüber hinaus war von einer üblicherweise ungünstigen Prognose und einem irreversiblen Krankheitsverlauf die Rede, den nicht endgültig geklärten Ursachen von Schizophrenien im Allgemeinen und der problematischen Therapie von Iris-Mechthild-Sophia Taubers Krankheit im Speziellen. Die Rede war von multiplen genetischen, umweltbedingten oder biographischen Faktoren, die beim Ausbruch der Krankheit bei der Patientin offensichtlich eine maßgebliche Rolle gespielt haben könnten.

Als positiv wurde angemerkt, dass die *Schizophrenia bzw. Dementia simplex* eine vergleichsweise symptomarme Form der im Jugendalter auftretenden *Hebephrenen Schizophrenien* sei. Doch auch ohne die Ausbildung von Wahn, Sinnestäuschungen oder Denkstörungen käme es bei ausnahmslos allen Patienten zu einer tiefgreifenden Persönlichkeitsveränderung. Es wurde von einer sogenannten *sang- und klanglosen Versandung der Persönlichkeit* im Laufe des Lebens gesprochen. Außerdem von einer exorbitant hohen Suizidrate der Betroffenen.

Im Treppenhaus waren plötzlich Schritte und Stimmen zu hören. Während ich erstarrt die zum Teil vergilbten Bögen zwischen meinen Fingern hielt, hoffte ich inständig, dass die überaufmerksame Nachbarin sich nicht gerade in diesem Moment zum Blumengießen entschließen würde. Ich hielt den Atem an und horchte, ob sich jemand an der Wohnungstür zu schaffen machte und überlegte, was ich der Frau sagen könnte. Ich hatte spontan keine überzeugende Idee. Ich konnte ja nicht anfangen wie ein Rottweiler zu bellen. Als die Geräusche verstummten, ging ich in den Flur zum Telefon, um Claras Nummer im Haus ihrer Eltern anzurufen. Ich ließ es lange klingeln. Doch scheinbar war Clara immer noch bei dieser neuen Freundin Almuth.

Als ich nach insgesamt drei Stunden wieder nach unten auf die Meister-Francke-Straße trat, hatte ich oben den Ordner auf dem Küchentisch liegen lassen. Ganz bewusst. Sozusagen als Willkommensgeschenk für meine heimkehrenden Eltern. Nur die Geburtsurkunde und *Der Kleine Hey* steckten zusammen mit dem Foto von Iris in der Innentasche meines Parkas.

Nachmittags in meiner Wohnung war ich so erschöpft, dass ich mich in voller Montur auf mein ungemachtes Bett fallen ließ. Als ungutes Omen hatten meine Handflächen und Fußsohlen zu jucken begonnen. Das Vorletzte, was ich vor dem Einschlafen dachte, war: Wenn du in einigen Stunden aufwachst, wirst du aussehen wie der übelste Quasimodo. Aber vielleicht ist das auch nicht ganz unangemessen. Das Letzte, an das mein Gehirn dachte, waren die Worte *Sang- und klanglose Versandung ... Sang- und klanglose Versandung ...*

*

„Da fährst du aber alleine hin."
„Damit hatte ich auch nicht gerechnet. Es wäre, glaube ich, auch keine wirklich gute Idee, wenn du mitkommen würdest."
„Du meinst, dass sich deine aus dem toten Winkel eurer Familiengeschichte aufgetauchte Schwester vor einer wie mir erschrecken könnte?"
„So ähnlich."
„Ich liebe dich!"
„Wirklich?"
„Was denkst du denn?"
„Ich liebe dich auch."
„Obwohl ich natürlich trotzdem mitkommen könnte. Während ich zünftig wandern gehe, triffst du dich halt allein mit ihr. Soll ja atemberaubend schön sein da unten. Die Seen, die Kühe auf den Almen, die Berge. Ich war noch nie im Berner Oberland."
„Lass mal lieber."
„Lass mal lieber?!"
„Wer weiß, wie sich die Sache entwickelt. Ich möchte mir alles offen halten."
„*Offen* halten? ... Für wen und was denn bitte?"
„Wer weiß, möglicherweise komme ich nicht allein zurück."
„Nicht *allein*? ... Hältst du das für eine ausgereifte Idee?"

„Es ist keine Idee, sondern eine bloße Möglichkeit. Ich möchte bei meiner Reise nach da unten einfach nichts ausgeschlossen lassen. Ich habe das Gefühl, sonst gleich zuhause bleiben zu können. Kannst du das nachvollziehen?"

„Kann ich ... aber wie unglücklich diese ganze Geschichte auch gewesen sein mag, es ist doch wohl ein unbestrittener Fakt, dass deine Schwester Iris geisteskrank, ... beziehungsweise psychisch schwer beeinträchtigt ist."

„So heißt es zumindest."

„Du würdest eine nicht unbeträchtliche Verantwortung übernehmen."

„Wäre bestimmt nicht verkehrt, wenn jemand aus unserer Familie dies endlich einmal tun würde."

„Vielleicht wartest du erst mal ab. Du weißt doch noch gar nichts Endgültiges."

„Eben."

„Du willst dich *opfern*, Friedi. Und mir drängt sich die Frage auf, ob dein Opfer deiner Schwester wirklich guttun wird oder ob es dabei hauptsächlich um dich selbst geht. Könnte es nicht sein, dass du im Begriff bist, dir eine fremde Last und Bürde auf die Schultern zu laden? Dass du die Schuld an einem Vorgang abarbeiten willst, für den du ... nicht verantwortlich bist?"

„Mag sein."

„Mag sein?"

„Ich kann nicht abstreiten, dass an deinem Einwand etwas dran sein könnte. Aber was soll´s! ... Egal! Mir ist das jetzt auch zu kompliziert. Ich möchte schlicht und einfach diese Reise als Projekt mit offenem Ausgang betrachten. Nicht mehr und nicht weniger."

„Das ist irgendein seltsamer Fatalismus, Friedi. Das ist eigentlich unter deinem Niveau!"

„Nenne es wie du willst. Ich finde, dass ich es meiner Schwester, dem Leben oder meinetwegen dem Schicksal gegenüber schuldig bin, in dieser besonderen Situation *keine* Strategie und *keinen* Plan zu besitzen. Ich möchte der Entwicklung der Dinge schlicht ihren freien und natürlichen Lauf lassen. Einfach, weil genau *dies* meines Erachtens viel zu lange verhindert wurde. Worin kann bitte das Opfer oder die Gefahr bestehen, seine eigene Schwester zu besuchen?"

„Du hast vor, im Alleingang irgendwelche Entscheidungen und Fehler der Vergangenheit zu korrigieren. Entscheidungen und Fehler ... anderer Leute."

„Nicht *korrigieren*. Aber versuchen, ihre Macht auf die Gegenwart und die Zukunft zu brechen. Oder zumindest abzumildern. Und bei diesen *anderen Leuten* handelt es sich leider um Menschen aus meiner Familie, ... um meine Eltern."

„Da hast du dir aber verdammt viel vorgenommen, mein Süßer! Vor allem, weil du deine Eltern nicht mit einbeziehen willst."

„Nur *vorerst* nicht, Clara ... *vorerst* nicht. Aber wie gesagt - eigentlich habe ich mir überhaupt nichts vorgenommen. Es ist nur eine Reise; ich besuche lediglich für ein paar Tage meine Schwester in einem Sanatorium in der Schweiz. Am schönen Brienzersee. Was dabei herauskommen wird, werden wir dann ja sehen!"

„Wo soll sie denn dann wohnen? In Hamburg, meine ich? ... Bei dir auf der Bude etwa? Ich meine, irgendwo muss sie ja unterkommen. Oder hast du vor, mit deiner Schwester plötzlich vor der Tür deiner Eltern zu stehen? 'Schaut doch mal, wen ich da mitgebracht habe!'"

„Clara!"

„Schon gut. Ich dachte nur … "

„Was dachtest du nur?!"

„Lass mal … Ich wünsche dir natürlich trotzdem alles Gute. Ruf mich mal an und schick mir eine Karte. So mit Bergseen, glockenbehängten Kühen und schneebedeckten Gipfeln im Hintergrund."

„Mache ich."

„Willst du dich eigentlich vorher anmelden?"

„Anmelden?"

„Bei deiner Schwester, … bei der Heimleitung da unten."

„Nein."

„Du willst da also runterfahren, dich neben sie im Sanatoriumsgarten auf eine Bank setzen, und sagen: *'Hallo, ich bin übrigens dein lieber Bruder Frieder. Ist das nicht voll irre, du?!'*"

„So ähnlich … aber ohne *Ist das nicht voll irre, du!*"

„Die Dame plumpst dir spontan ins Beet oder kippt dir ins Gras, wenn du mich fragst … Nachher machst du dich noch der *fahrlässigen Körperverletzung* schuldig."

„Jetzt hör aber mal auf!"

„Oh Gott, Friedi, wenn das mal kein Himmelfahrtskommando wird."

*

Am Ende des Telefongesprächs fragte Clara mich noch, ob sie während meiner Abwesenheit bei Bedarf in meiner Wohnung übernachten könne. Da sie selbst seit Jahren keine eigene Wohnung angemietet hatte, war sie - wenn sie nicht bei ihren Eltern vor der Tür stehen wollte

- auf den nächtlichen Unterschlupf bei wechselnden Freunden und Bekannten angewiesen, etwas, was Anfang der 70er in bürgerlichen Kreisen durchaus noch als zwingendes Indiz für das Geraten auf die schiefe Bahn oder Verwahrlosung galt. Mit festem Wohnsitz war Clara nämlich noch immer bei ihren Eltern in Othmarschen gemeldet. Ein bescheidenes Reihenhaus, in dem sie für Notfälle noch immer ihr altes Zimmer und sogar einen eigenen Telefonanschluss besaß.

„Für Notfälle!", wie Clara betonte.

Ich selbst hatte sie noch nie dort besucht. Auch ihre Eltern hatte ich bis zu diesem Zeitpunkt nicht kennenlernen dürfen.

„Darfst du", sagte ich. „Aber *allein, …* wenn du verstehst, was ich meine! Beim letzten Mal fand ich nach meiner Rückkehr im meinem Bett einen roten Schlüpfer mit weißen Punkten, … ein Ding, dass ich noch nie an dir gesehen habe."

Nach dem Auflegen des Hörers klangen mir noch einige Minuten ihre Worte *oder ob es dabei hauptsächlich um dich selbst geht,* im Ohr. Worte, die mich wie lästige Fliegen umschwirrten. Doch dann wurde mir bewusst, dass es nur noch drei Wochen bis zum Beginn der Semesterferien waren und ich mich unbedingt um eine Bahnfahrkarte und um eine günstige Unterkunft in Brienz kümmern musste. In der Schweiz sollte schließlich alles furchtbar teuer sein und mir kamen plötzlich Bedenken, dass mein Konto nicht ausreichend gedeckt sein könnte; ein Bett im Schlafwagen kam also schon mal nicht in Frage. Meine Eltern konnte und wollte ich unter keinen Umständen bitten, mir Geld für dieses Projekt zu leihen. Schließlich hatte ich mir aus gutem Grund vorgenommen, ohne ihr Wissen auf diese Reise zu gehen.

Außerdem fiel mir siedend heiß ein, dass ich bis zum Semesterende meine Hausarbeit für das pädagogisch historische Seminar fertigstellen musste. Professor Eberhardt von Willburg, ein von Reformpädagogik oder gar Antiautoritärer Erziehung völlig unberührt gebliebener Mitsechziger, hatte den Abgabetermin kulanterweise schon mehrmals für mich nach hinten verlegt. Die Themenstellung meiner Arbeit lautete: *Die Auswirkung der Pädagogik Aristoteles auf die Scholastik des Mittelalters.*

Mir wurde plötzlich ganz schlecht, denn ich hatte bis jetzt lediglich ein grobes Konzept zustande gebracht. Hinzu kam, dass Professor von Willburg, was die reinen Formalien einer wissenschaftlichen Arbeit betraf, den Ruf eines Korinthen kackenden Pedanten besaß. Quellenverweise, Fußnoten, Zitiertechniken, ... alles musste stimmen. „Irgend so ein phlegmatisch zusammengehauenes Geschmiere fange ich gar nicht erst an zu lesen. Nur, damit Sie gleich Bescheid wissen!"

*

Vor mir auf dem Couchtisch lag das Foto vom Weihnachtsfest 1942 neben einer Schwarz-Weiß-Fotografie, die mich selbst im Alter von etwa zwölf Jahren zeigte. Es musste während eines Klassenausflugs mit Lehrer Schmakeit aufgenommen worden sein. Mit mehreren anderen Jungen - einige davon meine Fußballfreunde aus dem Stadtpark - ließ ich, von einer Mauer am Elbstrand bei Teufelsbrück, die aus den kurzen Hosen ragenden Beine baumeln. Im Gegensatz zu meiner akuten Verfassung sah ich auf dem Bild aufgekratzt und glücklich aus.

Ich verglich das Gesicht meiner Schwester Iris mit dem meinigen. Um eine Ähnlichkeit unserer Augen festzustellen, waren beide Fotos aus zu großer Entfernung aufgenommen worden. Aber ich erkannte die gleiche hohe Stirn und die gleiche irgendwie zu tief angesetzte Mundpartie, wie sie auch meinem Vater und meinem Großvater zu eigen waren. Auch unsere Haarfarbe schien ähnlich zu sein. Natürlich war mir das alles vor dem nächtlichen Anruf meiner Tante Johanna nicht aufgefallen. Was nicht sein durfte, war auch nicht sichtbar gewesen.

8

Ich müsse doch sehen, wie ich meine Mutter mit all meinen Fragen und Vorhaltungen quälen würde. *Sie* wäre bis heute schließlich diejenige gewesen, die am meisten gelitten hätte. Aber ab 1939 wäre es zunehmend schwieriger geworden, in *Großdeutschland* mit einem, wie auch immer beeinträchtigten, geistig nicht ganz gesunden Kind in der Familie zu leben. Großvaters Hand hätte Iris zwar lange schützen können - seine Beziehungen hätten bekanntlich bis in die prominentesten Nazikreise gereicht - aber spätestens ab 1943 habe selbst er für nichts mehr garantieren können.

Während mein Vater dies sagte, war meine Mutter, nachdem sie das Foto mit dem Bild nach unten auf dem Tisch abgelegt hatte, langsam aufgestanden. Von uns abgewandt stand sie an der Küchenfensterbank, um mit scheinbarem Gleichmut welke Blätter von den Topfpflanzen in ihre hohle Hand zu zupfen.

Draußen vor der Haustür saß Clara in ihrem geblümten *Käfer* und wartete auf mich. Das Wetter am Wochenende sollte schön werden und wir hatten uns für einen Ausflug in die Heide verabredet. Ich wusste, Clara würde unverrichteter Dinge wieder wegfahren, wenn ich nicht in einer Viertelstunde neben ihr auf dem Beifahrersitz hocken würde.

So sei dann der Plan entstanden, Iris zur Jahreswende außer Landes in die Schweiz zu schmuggeln, fuhr mein Vater fort, der mir gegenüber saß. Er hatte sich eine *Juno* angezündet und sich mit beiden Ellenbogen auf den Tisch gestützt. Denn schon in der Adventszeit 1942 habe ein Anschreiben des Hamburger Gesundheitsamts im Briefkasten gelegen. Eines dieser berüchtigten Anschreiben mit der unmissverständlichen Aufforderung, mit Iris spätestens zur Vollendung ihres dreizehnten Lebensjahres bei einer geeigneten Einrichtung in der Nähe von Lüneburg vorstellig zu werden.

„Vorstellig zu werden!", wiederholte mein Vater verächtlich. Was nichts anderes geheißen hätte, als dass die Familie damit rechnen musste, dass man Iris irgendwann nach dem 12. März 1943, also ihrem dreizehnten Geburtstag, abgeholt hätte. Alles weitere müsse man mir wohl nicht erklären. Den Begriff *Euthanasie* bräuchte mein Vater mir wohl nicht näher zu erläutern. Oder ob er wirklich gezwungen wäre, mich in epischer Breite über Zwangssterilisation, medizinische Experimente, Giftspritzen und Vergasungsautos und ähnliche Monstrositäten in Kenntnis zu setzen?

Über dreihunderttausend Behinderte und Kranke hätte das Regime, mehr oder weniger heimlich, als gesellschaftlichen Ballast deklariert. Als sogenanntes *unwertes Leben,* als zu entsorgende *Volksschädlinge*. Er sage mehr oder weniger heimlich, weil jedem klar sein konnte, dass die Wertigkeit von allem, was nicht *zäh wie Leder, hart wie Kruppstahl und flink wie Windhunde* war, tendenziell niedrig eingestuft wurde. Das ganze wäre ein willkommener Probelauf für die Massenvernichtung in den Gaskammern der Konzentrationslager gewesen. Mein Vater stieß mit zusammengepressten Lippen den Zigarettenrauch aus seiner Nase.

Meine Mutter stand noch immer welke Blätter in ihre Hand zupfend am Fenster.

Es wäre, mit anderen Worten, also höchste Zeit zum Handeln gewesen. Das ganze Procedere sei dann in einer Nacht- und Nebelaktion über die Bühne gegangen.

Mein Großvater habe einen Silvesterurlaub in der deutsch/schweizerischen Grenzstadt Basel vorgetäuscht, auf den ihn seine Enkelin Iris und eine Hausangestellte begleiten sollten; eine kinderlose zwangsgeschiedene junge Frau, deren jüdischer Mann seit 1940 im Konzentrationslager saß oder dort vielleicht schon längst verreckt war.

Irgendwann im Schutze der Silvesternacht hätten Iris und die Hausangestellte in der Nähe des Rheins die Grenze übertreten. Auf der anderen Seite wären sie sofort von einer wartenden Limousine aufgenommen und noch in derselben Nacht in das fast zweihundert Kilometer entfernte Sanatorium *Ruh am See* am Brienzersee gebracht worden. Die Hausangestellte hätte dort später die Möglichkeit gehabt, eine Schwesternausbildung zu absolvieren und wäre daraufhin noch lange Jahre treu und ergeben an Iris´ Seite geblieben.

Ich hörte von draußen das nervöse Blubbern eines wegfahrenden VW-Käfers. Obwohl ich wusste, dass Clara nun sauer auf mich war, ließ mich das Geräusch ein wenig entspannen. Mein Vater drückte seine Zigarette aus, nachdem er sich an der heruntergebrannten eine neue angezündet hatte.

Das ganze Rettungsunternehmen wäre natürlich mit einem hohen Risiko und einem exorbitanten finanziellen Aufwand verbunden gewesen, erläuterte er mit hochgezogenen Augenbrauen weiter. In erster Linie Schweige- und Bestechungsgelder an die entsprechenden Verantwortungsträger in den verschiedenen behördlichen Stellen des Deutschen Reiches. Über dreihunderttausend Reichsmark seien allein dafür zusammengekommen. Eine unfassbare hohe Summe.

Besonders ein ehemaliger Geschäftspartner meines Großvaters, der irgendwie Wind von der menschlichen Transaktion bekommen hatte, hätte in erpresserischer Absicht beide Hände aufgehalten. Selbst nach dem Krieg sei diese dreiste inzwischen verarmte Person immer wieder aufgetaucht, um bei meinem Großvater um eine milde *Gabe* zu bitten. Dieser Kerl - ich könne mich vielleicht an den Vorfall während des Begräbnisses auf dem Friedhof Ohlsdorf erinnern -, dieser Kerl wäre allerdings ein ganz spezieller Fall gewesen, bei dem hätten noch ganz andere Dinge eine Rolle gespielt. Mein Vater verdrehte seine Augen, machte eine abwinkende Handbewegung und stieß Rauch aus seiner Nase aus. Ich sah das Mondgesicht im Stadtpark neben den Statuen stehen.

Aber auch die Schweizer Grenzpolizei, die Sanatoriumsleitung in Brienz und diverse andere Stellen mussten natürlich mitspielen. Schließlich hätte die Schweizer Bundesregierung, in der Absicht den Schein der Neutralität zu wahren, ihre Landesgrenzen für Flüchtlinge aus Deutschland schon im August 1942 endgültig dicht gemacht. *„Nur aus Rasse-Gründen"*, so lautete der vom Parlament abgesegnete Beschluss, würde die Schweiz ab sofort niemandem mehr Asyl gewähren können. Und nach den Beschlüssen der Nazis zur *„Endlösung der Judenfrage"* während der Wannsee-Konferenz befürchtete man in der kleinen Alpenrepublik, von Flüchtlingen überflutet zu werden. Leider Gottes nicht ganz zu Unrecht, wie die Geschichte gezeigt hätte.

Darüber hinaus musste auch der engagierte Fahrer für die lange winterliche Fahrt zum Jahreswechsel ins Berner Oberland reichhaltig entlohnt werden. Denn Fluchthelfer mussten ab diesem Zeitpunkt mit einer strengen Bestrafung rechnen.

Mein Vater musste plötzlich stark husten und trank, bevor er in der Lage war fortfahren zu können, einen Schluck kalten Kaffee aus einer vom Frühstück stehengebliebenen Tasse.

Halboffiziell wäre der Vorfall als eigenmächtige Entführungsaktion, beziehungsweise gesetzeswidriger Kindesentzug von Seiten unserer Hausangestellten in den Akten protokolliert worden. Und da solch ein Vorfall für das Nazi-Regime nicht zuletzt rufschädigenden Charakter hatte, weil man es ihm als Zeichen der Schwäche hätte auslegen können, wurde von behördlicher Seite allerstrengstes Stillschweigen über den Kasus angeordnet. Eine Anordnung, die damals allen beteiligten Seiten durchaus zu Pass gekommen sei.

Am Neujahrsmorgen 1943 hätte es somit eine Iris-Mechthild-Sophia in der Familie Tauber nicht mehr gegeben. Genaugenommen war es so, als hätte sie nie existiert. Und alle hatten mitgespielt. Und wenn doch jemand gewagt hätte Fragen zu stellen - jemand außerhalb des eingeweihten Kreises -, wäre die offizielle Version gewesen, dass Iris in eine dieser vorbildlich geführten Einrichtungen bei Lüneburg oder sonst wo eingewiesen worden wäre. Eines dieser Pflegeheime, in dem sie geraume Zeit später bedauerlicherweise an einer akuten Hirnhautentzündung verstorben wäre. Wovon man die Familie dann in einem der berüchtigten sogenannten *Trostbriefe* umgehend schriftlich in Kenntnis gesetzt hätte.

Ich hätte vielleicht von ihnen gehört, von diesen *Trostbriefen*, in denen einem von behördlicher Seite nahegelegt wurde, den Tod des behinderten Familienmitgliedes als Befreiung zu betrachten. Als Erlösung für den Verschiedenen selbst, für seine Familie, die sich bis dato aufgeopfert hatte und nicht zu guter Letzt als Erlösung für die nationale Volksgemeinschaft im Allgemeinen.

*

Die ganze Zeit hatte ich meinem Vater ohne Zwischenfragen zugehört. Jetzt, als er seinen Vortrag beendet hatte, wirkte er auf mich älter und verbrauchter denn je. Er kam mir vor wie ein Todeskandidat, der jahrelang auf seine Hinrichtung gewartet hatte. Ein Mann, dessen Haar das Warten in der Todeszelle licht und grau hatte werden lassen und dessen Gesicht die Einsamkeit und die Menschenferne zu einer hohlwangigen Maske gemacht hatte. Mein Vater drückte den Zigarettenstummel im Aschenbecher mit solch einer hasserfüllten Intensität aus, als sollte dies tatsächlich der endgültig letzte Glimmstängel seines Lebens gewesen sein, bevor der Scharfrichter ihm die Hände fesseln und ihn auf das Schafott führen würde.

Er erhob sich von seinem Stuhl. Begleitet von einem langgezogenen aus seiner Brust dringenden Pfeifen. Jenes Pfeifen, das ich zum ersten Mal nach der Beisetzung meines Großvaters bei ihm gehört hatte, nachdem er das Mondgesicht vor sich her geschubst hatte. Mit erhobenem Haupt schritt mein Vater durch die Küche zu meiner seit fast einer Stunde am Fenster stehenden Mutter.

Um ihr, die mit still zuckendem Rücken zu weinen begonnen hatte, tröstend seine Hand auf die Schulter zu legen.

Und in der Art und Weise, wie meine Eltern dort beieinanderstanden - demonstrativ vereint durch die schmerzvolle Tragik eines gemeinsam durchlittenen Schicksals - lag die unmissverständliche Aufforderung an mich, dieses Gespräch für alle Zeiten als beendet zu betrachten.

„Aber was ist mit den Jahren nach 1945 bis heute gewesen?", rief ich, die nonverbale Aufforderung meiner Eltern ignorierend, in die Stille der Küche hinein.

„Ich kann das beim besten Willen nicht ganz nachvollziehen! ... Eure Tochter, beziehungsweise meine Schwester Iris, hat schließlich die ganze Zeit ... *gelebt!* Und lebt bis heute! ... Erklärt mir das doch bitte! ... Aus welchem Grund und mit welchem Recht habt ihr mir, eurem Sohn, die Existenz einer Schwester über ein Vierteljahrhundert lang ... *verschwiegen?*"

Meine Mutter drehte sich meinem Vater zu und verbarg ihr Gesicht in seinem Hemdausschnitt. Ihr Atem bebte hörbar. Mein Vater schaute scheinbar ungerührt aus dem Fenster auf die Straße.

Als ich mich an dieses und die darauf folgenden Gespräche erinnerte, saß ich längst im Zug in Richtung Schweiz. Mir im Sechserabteil schräg gegenüber, an der aufgeschobenen Abteiltür, saß wieder ein kettenrauchender Mensch. Dieses Mal *Reval ohne Filter.* Ein Anzugträger mit einem Aktenkoffer auf dem Schoß, der unablässig in den Gang stierte, als würde er sehnsüchtig auf die frei werdende Toilette oder den Mann mit der rollenden Minibar warten.

*

Clara hatte mich wider Erwarten zum Hauptbahnhof gebracht. Da wir uns, bis auf einige Telefongespräche, in letzter Zeit nicht mehr getroffen hatten, war ich über ihren Vorschlag überrascht gewesen.

„Pass auf, dass sie dich nicht gleich da behalten, Friedi. Ich brauche dich noch."

„Was du nicht sagst", antwortete ich, während Clara sich an mich drückte. „In letzter Zeit hatte ich, wenn ich ehrlich bin, ein anderes Gefühl."

„Bezweifelst du etwa meine aufrichtige Liebe zu dir?", fragte der Kopf unter meinem Kinn. Ich entgegnete, dass ich, wie die meisten Männer, mit einer weiblichen Konkurrentin besser leben könne, als mit einem männlichen Konkurrenten. Worauf der Kopf unter meinem Kinn etwas murmelte wie: *Idiot, rein platonisch* und *für einen richtigen Schwanz gäbe es keinen Ersatz, das müsse ich doch nun wirklich wissen!* Dann schob Clara mir sanft ihren Oberschenkel in den Unterleib, schaute mir ins Gesicht und flüsterte: „Um noch einmal schnell aufs Bahnhofsklo zu gehen, ist die Zeit leider zu knapp, mein Süßer." Sie streckte mir ihren züngelnden Mund entgegen. Ich wandte mich ab.

Bis Hannover schaute ich in den am Abteilfenster vorbeifliegenden, verdämmernden Tag. Erst Felder, Wiesen und Knicks, dann nichts als Heide und Kiefernschonungen, die von Minute zu Minute grauer wurden. Der Typ an der immer noch offenen Schiebetür steckte sich eine Zigarette nach der anderen ins Gesicht, was mich die Entscheidung treffen ließ, mich selbst mit dem Rauchen zurückzuhalten.

Fast siebzehn Stunden Bahnfahrt inklusive zweimal Umsteigen in Basel und Interlaken lagen vor mir. Ich versuchte vergeblich, ein Gefühl für diese Zeitspanne zu entwickeln. Siebzehn mal sechzig Minuten in einer stählernen Schlange auf Schienen. Und bis Basel vielleicht mit diesem wahnsinnigen *Reval*-Schlot. Wie viel waren Siebzehn mal Sechzig nochmal ... ? Doch ich vermochte nichts anderes, als mir Claras züngelnden Mund an diversen Körperstellen vorzustellen.

*

Um frei sprechen zu können, müsse sie einen unverstellten Blick haben, sagte meine Mutter am Telefon.

„Am besten irgendwo am Wasser. Die Vorstellung, in den geschlossenen Räumen einer Wohnung oder eines Cafés in Gegenwart anderer Menschen über *all das* reden zu müssen ... ganz furchtbar!"

„Vielleicht bei einem Spaziergang oder auf einer Bank auf einem Elbdeich", schlug ich ihr vor. „Im Alten Land oder in der Haseldorfer Marsch. Ich könnte mir Claras Wagen ausleihen - das Wetter müsste natürlich stimmen."

„Das ist eine sehr schöne Idee von dir, mein lieber Frieder", sagte meine Mutter mit wehmütiger Stimme, als hätte sie seit Jahren von solch einer Zusammenkunft mit ihrem Sohn geträumt. Allerdings stellte sie mir übergangslos einige scheinbar unverfängliche Fragen, unter anderem zum Fortschritt meines Studiums. Worauf ich ihr die Schwierigkeiten mit der Hausarbeit im historisch-pädagogischen Seminar bei Professor von Willburg andeutete. Um jedoch eilig hinzuzufügen, dass sonst alles im grünen Bereich wäre und manche Dinge eben halt ihre Zeit und Entwicklung bräuchten.

Wie beruhigt meine Mutter durch diese im Grunde beschämend karge Auskunft wurde, konnte ich durch das Telefon spüren. Wodurch ich realisierte, wie sehr sie aus der Ferne in Sorge um mich sein musste. In einem Anfall von schlechtem Gewissen realisierte ich, wie selten ich mich bewogen fühlte, ihr etwas von mir und meinem Leben mitzuteilen. Ich nahm mir vor, dies in Zukunft zu ändern. Allerdings kamen mir sofort Zweifel an meinem edel gemeinten Vorhaben. Denn wenn dies auch das Verhältnis zu beiden Elternteilen betraf, lebten besonders meine Mutter und ich seit Jahren in weit voneinander entfernten Planetensystemen, deren Sprachen, Begriffe und Gefühle unvereinbar schienen.

Mit meinem Vater verbanden mich wenigstens sporadische Austausche auf der Sachebene über politische und kulturelle Fragen, wenn diese auch häufig in die Nähe eines offenen Streits gerieten, wozu es allerdings selten kam. Doch spätestens seit meiner Zeit des Schulschwänzens hatte ich den Eindruck, dass meiner Mutter und mir für die Themen, die uns emotional bewegten, keine verständlichen Worte zur Verfügung standen. Die gegenseitigen Erkundigungen nach dem Befinden bei unseren seltenen Telefonaten oder familiären Zusammenkünften hatte zumindest *ich* immer als floskelhaft und nicht aus tiefem Interesse heraus motiviert empfunden.

Aber vielleicht täuschte ich mich, und ich sollte nicht von mir auf andere schließen. Vielleicht spiegelten die unbeholfenen Besuchsauftritte meiner Eltern bei meinen nesselsuchtbedingten Klinikaufenthalten kein Desinteresse oder gar fehlende Liebe, sondern einfach nur ihre

Unsicherheit gegenüber dem Leid ihres einzigen Sohnes wieder. Was natürlich ein schwacher Trost für das Kind in mir war. Und gleichzeitig war es ernüchternd, beziehungsweise desillusionierend, mir eingestehen zu müssen, dass meine Eltern auch nur Menschen wie ich selbst waren und keine omnipotenten Gottheiten.

*

„Vater wird wohl nicht mitkommen."
„Bitte?"
„Auf unseren Ausflug an die Elbe ... zu unserem Gespräch. So etwas kann er nicht, es würde ihn zu sehr aufregen. Du weißt ja, entweder er sagt überhaupt nichts oder er wird schrecklich laut. Neulich in der Küche, das war schon eine Meisterleistung für ihn. Er war völlig fertig danach. Ich werde ihn am besten gar nicht erst fragen, wenn es dir recht ist."

„In Ordnung, kein Problem", antwortete ich und war insgeheim froh über diese Information. Denn im Verborgenen hatte ich erhofft, mich mit meiner Mutter allein treffen zu können. Ich erwartete von ihr, trotz aller Distanz, weniger Widerstand und größere Zugänglichkeit. Wobei ich nie gewagt hätte, dies offen einzufordern. Wollte ich doch keinesfalls den Eindruck erwecken, dass der Sohn anfängt, hinter dem Rücken seines Vaters zu konspirieren. Aber seine spröde, wenig einfühlsame Reaktion auf meine Fragen bezüglich der Vergangenheit unserer Familie hatte mich anfänglich durchaus konsterniert. War ich als Sohn denn nicht berechtigt diese Fragen zu stellen?

Nicht, dass mein Vater sich in Schweigen gehüllt hätte; nun, wo das Thema in Form eines vergilbten Fotos auf dem Küchentisch lag. Doch das Drama um meine Schwester hatte er eher wie ein knochentrockener Geschichtslehrer oder Buchhalter geschildert, weniger wie ein leidgeprüfter Vater, zumindest nach außen hin. Wenn auch ausreichend detailliert, um dem Verdacht vorzubeugen, er hielte mit irgendetwas hinter dem Berg. Aber für meine Ohren beschrieb er das Drama eher wie einen organisatorisch technischen Akt vor dem Hintergrund extrem unglücklicher historischer Verhältnisse. Auch wenn er dabei, zugegeben, wie ein Todeskandidat vor der Hinrichtung ausgesehen hatte. Erkennbares Mitgefühl vermochte er lediglich gegenüber meiner Mutter an den Tag zu legen. Dem eigenen Sohn wurden das Recht auf Erschütterung und Fassungslosigkeit schlichtweg abgesprochen.

Etwa ein Jahr später war ich allmählich bereit und in der Lage, die innere Logik und Konsequenz vieler der Verhaltensweisen meines Vaters zu begreifen. Unter anderem, weil ich einfach einige entscheidende Informationen mehr besaß. Aber mein Vater, der von Berufs wegen ja tatsächlich Buchhalter war, war Zeit seines Lebens ein emotional gehemmter Mensch, zumindest bezogen auf seine tieferen Gefühle. Obwohl er oberflächlich durchaus ein beeindruckend eloquentes Verhaltensinstrumentarium besaß, das ihm überzeugend erlaubte - entsprechend der jeweils akuten gesellschaftlichen Anforderungen - zwischen sensiblem Einfühlungsvermögen und burschikoser Offenheit zu wechseln. Eine Fähigkeit, die seiner Umwelt suggerierte, es grundsätzlich mit einem authentisch kommunizierenden Mitmenschen zu tun zu haben. Eine auf mich vererbte Begabung, die ich spätestens beim Antritt meines Dienstes als Botenjunge seiner Firma auch bei mir feststellen konnte.

Doch wie sollte einer wie er, an seinen geliebten Sohn (ich weiß nicht, ob er mich geliebt hat, aber ich setzte es einmal voraus) all das weitergeben, was ihm wirklich wichtig war und tief in ihm brannte? Seine durch die leidvollen Erfahrungen mit seinem eigenen Vater im Dritten Reich und der Nachkriegszeit gewachsenen humanistischen Wertvorstellungen, seine liberalistische - sozialdemokratische politische Ausrichtung? Mein Vater hatte mir gegenüber offensichtlich ein massives Vermittlungsproblem, und dabei wollte er doch gerade mir so verzweifelt viel vermitteln. Wie gesagt, schon ein Jahr später konnte ich unsere, von meiner Mutter ängstlich kommentierten, Kinobesuche zum ersten Mal richtig einordnen. Neben der reinen Bildungsfunktion waren sie indirekte Aufforderungen und Aufträge an mich gewesen:

Tu das Richtige in deinem Leben, Sohn, aber tu es alleine! Vertrödel keine Zeit mit Nebensächlichkeiten! Schau genau hin, lass dich nicht beirren, versuche der Wahrheit näher zu kommen, auch wenn die Erkenntnisse für dich letztlich schmerzhaft sein sollten! Wenn du deinen Vater so lange wie möglich aus dem Spiel lässt und versuchst, aus eigener Kraft nah genug an die Wahrheit heran zu kommen, verspreche ich dir, dich nicht im Stich zu lassen und da zu sein, wenn du mich brauchst. Vorausgesetzt ich bin dann noch am Leben.

Das Herz meines Vaters muss vor Freude gehüpft haben, als sein dreizehnjähriger Sohn an einem Adventsabend im Jahre 1955, scheinbar von ganz allein, Parallelen zwischen Harry Harras, *Des Teufels General* und seinem Großvater entdeckt hatte.

Als ich zwei Wochen später mit meiner Mutter an der *Hetlinger Schanze* an der Elbe hinter Wedel saß, war dies ein unwirklicher und gleichzeitig denkwürdiger Moment. Ich lauschte ihren anfänglich zögerlichen Worten. Dazwischen das Blöken der Schafe und um uns herum das zarte Junigrün der Deiche.

Hinter Hannover hatte sich tiefe Nacht auf das Weserbergland gelegt. Das Bild auf der anderen Seite des Fensters bestand bald nur noch aus einer schwarzen Fläche, über die in unterschiedlichen Geschwindigkeiten leuchtende Planeten, Sternhaufen und Kometenschwärme hinwegzogen. Beim Versuch doch noch ein Detail der Welt dort draußen zu erkennen, presste ich meine Schläfe an die kühle Scheibe. Zu sehen war nichts als das Spiegelbild meines unrasierten Kinns und meines halboffenen Mundes. Aus dem ebenfalls halboffenen Aschenbecher unter mir stieg der Gärungsgeruch faulenden Obstes herauf.

Göttingen, Kassel, Fulda - menschenleere Bahnhöfe in uringelbem Neonlicht. Ich erhob mich und schob das Fenster herunter. Irgendein elektronisches Summen hing immer unter den Dachkonstruktionen der Bahnsteige. Ich überlegte, ob es seine Ursache in der mehrere Wagen entfernten Lokomotive oder in einem, in den Katakomben sämtlicher Bahnhöfe verborgenen Generator hatte. Überall die gleichen Kioske, Zigarettenautomaten, Plakatwände und Gepäckwagen. Wenige Reisende stiegen aus oder zu. Meistens allein, meistens männlich. Genau wie ich und mein *Reval* rauchender Freund. Keine

Begrüßungsumarmungen, kein Verabschiedungswinken, keine Tränen. Einer der Zusteigenden sah haargenau aus wie mein Mondgesicht. Wann hatte ich es eigentlich zuletzt gesehen? In einer anderen Zeit, in einem anderen Leben.

Der Zug fuhr wieder an und ich schob das Fenster hoch. Ich ließ mich auf meinen Platz sinken und schloss meine Augen, weil die Müdigkeit plötzlich fordernd und bleiern wurde. Ich drückte meinen Kopf an die Lehne und spürte die Vibrationen der rollenden Stahlscheiben auf ihren Schienen. Das rhythmische Schlagen des Fahrwerks unter mir. Die Müdigkeit, ein an der Seele ziehendes Brennen, ein schmerzender Infekt. Und dann - der Schlaf.

Irgendwann ein Geräusch. Nah und intim. Das Geräusch eines Körpers, der neben mir seine Position veränderte. Als wenn man gemeinsam die Nacht verbracht hätte, was ja auch stimmte. Wie unangenehm, ich hätte doch ein Bett im Schlafwagen buchen sollen. In weiter Ferne ein Wortwechsel. Wie es sich anhörte, mit dem Minibarverkäufer an der Abteiltür. Kaffeegeruch und knisterndes Zellophan. Das Ploppen beim Abheben eines Kronkorkens. Das kurze Anreißen und Fauchen eines aufflammenden Streichholzes.

Als ich kurz vor Freiburg wieder die Augen öffnete, wurde es draußen allmählich wieder hell.

„Möchten Sie auch etwas?"

Was will der Mann von mir?

„Kaffee, Tee, belegte Brötchen, ein Mineralwasser?"

Ich winkte ab in Richtung der fragenden Stimme. Ich musste die Welt erst wieder verstehen lernen. Frankfurt, Mannheim, Karlsruhe, Baden Baden und Offenburg hatte der Zug inzwischen passiert. Die Sicht im Abteil war nach wie vor so vernebelt, als hätte jemand Rauchbomben geworfen. Zwecks baldiger Erstürmung durch ein Sonderkommando.

Dieser Mann ist ein verdammter Schornstein! Und wohin bringt mich dieser Zug nochmal? Und warum will ich dort hin?

*

Sie müsse vorausschicken, dass sie auch zweieinhalb Jahrzehnte nach Kriegsende keine endgültig befriedigende Erklärung hätte. Weder für sich selbst und erst recht nicht für andere. Wenn wir nachher in dem lustigen bunten Auto von meiner Clara nach Hause fahren würden, solle ich nicht all zu sehr enttäuscht sein.

Ich versicherte meiner Mutter meine grundsätzliche Freude über das Zustandekommen unseres Treffens und dass ich dieses lediglich als Türöffner und Beginn eines neu aufzuschlagenden Kapitels unserer Familiengeschichte ansähe.

Meine Mutter lächelte nach diesen Worten hintergründig und ich überlegte, ob es ihr Amüsement über die etwas gestelzt geratene Formulierung ihres Sohnes war oder ein verborgenes Wissen über die ahnungslose Naivität meines Anliegens.

Oberflächlich betrachtet, fuhr sie fort, müsse sie eingestehen, dass sich alle an den durch die 1942 getroffene Entscheidung entstandenen Zustand gewöhnt hätten, so gefühlskalt und technisch es klingen möge. Natürlich hätten sie Iris nach der Kapitulation Hitlerdeutschlands umgehend zurückholen können. Nicht, dass sie mit meinem Vater darüber *nicht* geredet hätte. Aber die direkte

Nachkriegszeit sei dermaßen turbulent gewesen und hätte allen so viele zukunftsweisende Entscheidungen abverlangt - ganz besonders, was die Wiederaufstellung der *Tauber & Tauber Linien* betroffen habe - dass sie und mein Vater die Rückholung von Iris Monat für Monat verschoben hätten. In dieser Weise wären dann die Jahre ins Land gegangen. Wenn sie auch der Ehrlichkeit halber einräumen müsse, dass wohl auch Bequemlichkeit mit im Spiel gewesen sei. Denn mit Iris` Rückkehr wäre auf die Familie natürlich eine besondere Herausforderung zugekommen.

Zu ihrer Entlastung möchte sie jedoch anmerken, dass das Pflege- und Betreuungsniveau in der Schweiz konkurrenzlos hoch war und immer noch sei. Nicht allein durch die langjährige Nähe der treuen Theresa, des damals mitgeflohenen Kindermädchens, die aus nachvollziehbaren Gründen nie wieder nach Deutschland zurückgehen wollte. Aber in Hamburg hätte man direkt nach dem Kriege nicht annähernd Vergleichbares finden können.

Und trotzdem habe es kurz die Idee gegeben, Iris wieder zurück in den sicheren Schoß der Familie zu holen; immerhin sei sie hier bis zu ihrem zwölften Lebensjahr auch gewesen. Doch dann sei Großvaters tragischer Tod mit all seinen fundamentalen Folgen dazwischengekommen. Nicht nur, dass die Familie 1955 das großzügige Haus am Rondeel habe verlassen müssen, ein Haus in dem man, im Falle eines Falles, Iris problemlos ein eigenes Zimmer hätte herrichten können.

„Du darfst nicht vergessen, Frieder, Iris war inzwischen zu einer schwerkranken fünfundzwanzigjährigen erwachsenen Frau geworden, entfremdet von sich selbst und erst recht entfremdet von ihrer Umwelt. Auch von

Vater und mir. Von dir gar nicht zu reden. Bei jedem unserer Besuche wurde dies deutlicher. Iris war in all den Jahren ... ich muss es so sagen ... mehr und mehr ... zu einem Gespenst geworden."

Meine Mutter öffnete ihre Handtasche, um ein Taschentuch hervorzuholen, mit dem sie versuchte, den plötzlichen Tränenfluss aus ihren überquellenden Augen zu trocknen.

„Hättest du dir vorstellen können, in unserer kleinen Barmbeker Wohnung mit einem Gespenst zusammenzuleben? Mit einer für dich völlig fremden Frau, die teilnahmslos von morgens bis abends im Wohnzimmersessel gehockt und vor sich hin gestiert hätte?"

Sie schnäuzte leise ihre Nase und faltete das Taschentuch wieder zusammen, behielt es aber in ihren unruhigen Händen. Ich war nicht fähig zu antworten. Daher schickte ich meinen Blick von unserer Bank auf dem Deich zur Sicherheit auf die silbern schimmernde Elbe hinter den Wiesen der Haseldorfer Marsch.

„Bei vielen unserer Besuche hatte Iris mich, ... mich, ihre eigene Mutter, ... nicht mal erkannt, Frieder. Und glaube mir, auch wenn du nie etwas davon mitbekommen hast, dein Vater und ich besuchen sie seit dem Kriege mindestens einmal im Jahr. Was hätte das hier in Hamburg denn werden sollen?"

Da ich nicht wusste, was das hätte werden sollen, antwortete ich auch auf diese Frage nicht und schaute weiterhin in die Landschaft. Wenn man nicht gewusst hätte, dass vor einem ein Fluss floss, hätte man durch seine pure Breite meinen können, an einem See zu sitzen. Ein See, von riesigen Frachtschiffen durchzogen.

„Dort unten in Brienz im Sanatorium ist, ... so herzlos es in deinen Ohren aus dem Mund einer Mutter vielleicht klingen mag, ... dort unten ist der beste Ort für deine Schwester Iris."

Das Taschentuch wanderte noch einmal zur Nase meiner Mutter, um dort einen Moment zu verharren.

Ich holte aus meinem Rucksack eine Thermoskanne mit Kaffee, zwei Kunststoffbecher und Butterkekse hervor. Zusätzlich zu den Geräuschen des Einschenkens, des Aufreißens der Kekspackung und des Blökens der Schafe war nun das seltsame Schreien eines Vogels zu hören.

„Mutter, ... die mir auf den Nägeln brennende Frage bleibt aber, ... warum ihr mir bis *heute* die Existenz einer Schwester so konsequent verheimlicht habt?", fragte ich nach dem ersten Schluck Kaffee, und nachdem ich meiner Mutter nachdrücklich versichert hatte, dass ich alles andere von ihr Vorgebrachte durchaus als nachvollziehbar empfände.

„Warum?"

Ich berührte mit meinen Fingern ihren Handrücken. Die Hand meiner Mutter fühlte sich an wie ein zerbrechliches, zitterndes Tier.

*

Die Station *Basel-Bad* bedeutete warten, umsteigen und Passkontrolle. Eine knappe Stunde schlenderte ich vor meinem Koffer auf dem Bahnsteig auf und ab. Zu Beginn den Qualm von zwölf Stunden *Reval ohne Filter* aus meiner Kleidung klopfend. Der Mann hatte sich mit knappem Gruß von mir verabschiedet. Mit dem Rauchen einer eigenen Zigarette wollte ich trotzdem noch warten.

Immer, wenn ich an meinem vor einer Plakatwand abgestellten Koffer vorbeikam, blickte das bebrillte Halbprofil eines schnurrbärtigen Dirk Bogarde an mir vorbei. Das Plakat rief mir einen gemeinsamen Kinobesuch mit Farshid in Erinnerung. Ein paar Tage vor meiner Abreise hatten wir in dem mit Stuck und Kronleuchtern ausgestatteten Kinosaal des *Esplanade* Viscontis „Der Tod in Venedig" gesehen. Die Verfilmung des einzigen Werks von Thomas Mann, das mir in meinen jüngeren Jahren ohne Abstriche gefallen hatte. Farshid jedoch hatte nach Verlassen des Kinos kurzfristig verstört gewirkt. Bei Pizza und Cola bei einem neuen Italiener in den Colonnaden hatte er Unverständliches von Allahs am Ende siegender Gerechtigkeit gemurmelt und mich erneut ins Teppichlager seines Onkels in der Speicherstadt eingeladen. Ich versprach ihm fest, zu kommen.

Im Stillen gestand ich mir ein, dass ich mit der Filmauswahl kein glückliches Händchen bewiesen hatte. Unbewusst musste das pädagogische Sendungsbewusstsein meines Vaters mit mir durchgegangen sein. Denn schon in der Dunkelheit des Kinos - des ehemaligen Ballsaals eines Grandhotels - hatten mich meine aufkommenden Zweifel in Abständen den Kopf zur Seite drehen lassen. Bildete ich mir doch gedämpfte Stöhnlaute ein, als würde jemand von einem entzündeten Zahn gepeinigt. Ich hätte voraussehen müssen, dass das langatmig präsentierte homoerotische Techtelmechtel einer Literaturverfilmung bei Farshid unmöglich echte Begeisterungsstürme entfachen würde. Wir sprachen nie wieder über den Film.

Als sich der Zug der Schweizer Bundesbahn endlich in Bewegung setzte, wich das irreale Gefühl, das die Fahrt bis jetzt dominiert hatte, der Gewissheit, dass es nun kein Zurück mehr gäbe. An diesem Junivormittag im Jahre 1971 empfing mich das Land der Eidgenossen in freundliches Sonnenlicht getaucht. Als der Zug in gedrosselter Geschwindigkeit über den hier noch jungen Rhein rollte, symbolisierte das Glitzern seiner Stromschnellen den Übertritt vom Zustand einer Idee in die Phase der konkreten Umsetzung.

*

„Ich weiß es nicht, Junge."
„Du weißt es nicht?"
Ich trank mit einem großen Schluck meinen Becher leer und stellte ihn neben mir auf der Bank ab. Vielleicht ein wenig zu laut, denn meine Mutter warf mir einen ängstlichen Seitenblick zu.

„Du weißt es nicht?", fragte ich nochmals und rückte einige Zentimeter von ihr ab. Seit geraumer Zeit hatte meine Mutter einen Butterkeks in der Hand gehalten, ohne jedoch Anstalten gemacht zu haben, von ihm abzubeißen.

Wie sie schon zu Beginn versucht habe mir anzudeuten, sei sie einfach nicht in der Lage, abschließende oder gar befriedigende Begründungen und Erklärungen abzuliefern, sagte sie fast ein wenig brüsk. Vieles, was für mich aus heutiger Sicht vielleicht wie eine rational getroffene Entscheidung erschiene, sei in Wahrheit nichts anderes als eine Art ... wie solle sie es formulieren ... eine Art Schicksalsergebenheit gewesen.

„Es hatte sich nun mal so gefügt, dass du ohne eine Schwester aufwachsen solltest", sagte meine Mutter nun doch von dem Keks abbeißend. „Warum also sollten wir daran etwas ändern? Was hättest du oder wer auch immer schon gewonnen, wenn du oder wer auch immer von Iris gewusst hättest? Eher hätte es dich vielleicht irritiert und belastet in deiner Entwicklung."

Sie sprach mit halbvollem Mund. Die Kaubewegungen ihrer Kiefer hatten zwischen ihren Sätzen etwas Resolutes.

„Belastet?"

„Du hast ja schon Schwierigkeiten genug gehabt in der Schule, Frieder. Und dann auch noch die unsägliche Geschichte mit deiner Haut. Genaugenommen haben dein Vater und ich dich schützen wollen."

Sie griff sich einen weiteren Keks.

Schließlich hätten nicht viele von meiner Schwester gewusst, fuhr meine Mutter fort. Fast immer sei Iris daheim in der Sicherheit von Haus und Garten gewesen. Denn auch vor dem nationalsozialistischen Wahn von Rassenhygiene und Übermenschentum hätte man es mit einem geistig behinderten Kind in der Öffentlichkeit nicht leicht gehabt. Und die wenigen Menschen, die Iris gekannt hätten, wären still davon ausgegangen, dass Iris das Martyrium des Dritten Reichs nicht überlebt hätte. Und da man damals über solche Sachen nun mal nicht sprach und auch bis heute nur hinter vorgehaltener Hand darüber spräche, hätten sie und mein Vater ziemlich sicher sein können, dass ich vorerst nichts von Iris` Existenz erführe.

„Vorerst? ... Ihr habt euch die Realität so zurechtgebogen, wie es euch gepasst hat, Mutter. Spätestens nach dem Erreichen des Abiturs auf *Facultas Hammonia* oder als ich bei euch ausgezogen bin, hättet ihr mir alles erzählen müssen. Und selbst *das* ist jetzt schon einige Jahre her. Wann wäre die Zeit denn reif gewesen, um mir die

Karten auf den Tisch zu legen? ... Nächste Woche? ... In zehn Jahren? ... Auf eurem Sterbebett? Ihr habt Lieber Gott gespielt, Mutter ... !"

Ich sah im Augenwinkel, wie meine Mutter aufstand und sich ein paar Schritte von der Bank entfernte. Ich sah, wie sie schwer atmete und wie sehr ihr mein Vorwurf zu schaffen machte. Plötzlich verhärtete sich ihr Blick.

„Hitler ... Frieder, Herr Hitler und seine satanischen Nazijünger haben Gott gespielt, Frieder", rief sie mit bemerkenswert lauter Stimme. „Hitler ... nicht dein Vater und ich!"

Sie räume ja ein, dass sie Manches vor sich hergeschoben, dass sie den Fehler gemacht hätten, den Zeitpunkt verpasst zu haben mich einzuweihen. Aber diesen Vorwurf lasse sie nicht auf sich sitzen ... *Diesen* nicht! Ich solle das alles doch bitte im Verhältnis zu der Tatsache beurteilen, dass die Familie, unter Inkaufnahme eines immens hohen Risikos, 1943 ein Menschenleben gerettet habe. In Zeiten ... der absoluten Finsternis! Meine Schwester läge sonst schon seit fast dreißig Jahren in irgendeinem anonymen Massengrab verscharrt oder sei längst als feiner Aschestaub aus einem Schlot geweht sein. Dass es in der Folge auch zu Fehlentscheidungen gekommen sei, möge Gott im Himmel ihnen allen verzeihen.

„Es tut mir weh, wenn du so hart mit uns ins Gericht gehst, Frieder", sprach meine Mutter mit brüchiger Stimme. „Sei bitte nicht so streng mit deinen Eltern. Außerdem: *Wer ohne Schuld ist, werfe den ersten Stein*, steht schon in der Bibel. Und wer weiß schon, wie du ... und deine Generation, die meint alles besser zu wissen, sich in unserer Situation verhalten hättet?"

Mit einem Ächzen ließ sie sich wieder neben mir auf die Bank sinken. Sie griff sich einen weiteren Keks und die Thermoskanne, um sich Kaffee nachzuschenken.

„Ich möchte dir sagen, mein Sohn: Als ich Iris geboren habe, habe ich sie geliebt wie eine Mutter ihr erstes Kind nur lieben kann." Sie trank einen Schluck, bevor sie weitersprach. Ich hörte ein leises Glucksen in ihrer Kehle. „Iris ... unser Regenbogenkind. Die Blende unseres Auges."

Ich muss verständnislos gewirkt haben.

„In der griechischen Mythologie ist Iris eine Götterbotin. Die Personifikation des Regenbogens. Eine Vermittlerin zwischen der Welt der Götter im Olymp und der Welt der Menschen auf der Erde. In der Anatomie stellt die Regenbogenhaut die Blende des Auges dar. Eine Art Schleuse zwischen der sichtbaren materiellen Außenwelt und der unsichtbaren immateriellen Innenwelt."

Der Wind um uns frischte ein wenig auf. In die eben noch friedlich die Grasnabe des Deiches zupfenden Schafe kam Unruhe.

„Da staunst du wohl, was dein Vater und ich uns für Gedanken gemacht haben! Und dann ... dann waren wir gezwungen, Iris aus unserem Leben zu entfernen ... regelrecht herauszuschneiden ... aus unseren Herzen! Und zwar dauerhaft. Zumindest auf unabsehbare Zeit. Kannst du dir vorstellen, was das für uns als Eltern bedeutete? Selbst oder auch *gerade* bei einem Kind wie Iris?"

Ich nickte stumm und versuchte es mir vorzustellen.

„Und dann legt die launische Weltgeschichte plötzlich einen Schalter um, knipst das Licht wieder an und sagt, dass alle wieder aus ihren dunklen Kellern herauskommen können. Dass sich alle gefälligst wieder lieb haben und sich freuen sollen. *Ätsch ... war alles nur ein makaberer Scherz!"*

„Und? ... Habt ihr euch nicht gefreut?", fragte ich mich nach vorne beugend, um meiner Mutter besser ins Gesicht sehen zu können.

„Mit der Freude ist das so eine Sache, mein Frieder. Auf Knopfdruck ist da wenig zu machen. *Friede, Freude, Eierkuchen, Trallala!* ... das geht nicht so einfach von heute auf morgen!"

Sie stockte und ich sah, wie ihre geröteten Augen sich wieder mit Tränen füllten. Wobei es jetzt eher Tränen aus Enttäuschung und Zorn zu sein schienen. Denn plötzlich stand meine Mutter erneut auf und packte mit ihren schmalen Händen meine Schultern, um sie zu schütteln: „Mein Gott, was wäre uns nur alles erspart geblieben?! Und jetzt sitze ich hier auch noch in der Walachei und muss mich vor meinem eigenen Sohn ... rechtfertigen!"

„Erspart geblieben? ... Das verstehe ich nicht! ... Durch *was* wäre euch *was* ... erspart geblieben?", rief ich während meine Mutter an mir herumriss, ihre spitzen Fingerkuppen sich in mein Fleisch bohrten, ihr Gesicht mir immer näher kam und mir zum wiederholten Male auffiel, wie lose ihr Kleid an ihrem unter Substanzverlust leidenden Körper hing.

Als Kind hat sie dich nie geschlagen, dachte ich. *Doch nun, nun wo du erwachsen bist, nun wird sie es gleich zum ersten Mal tun.* Ich stellte mir ihre auf meine Wange niederfahrende knochige Hand vor und fürchtete mich. Nicht vor dem Schmerz, sondern vor dem, was danach kommen könnte, was sich danach verändert hätte. Der wütende Mund meiner Mutter roch nach Kaffee.

„Weißt du, was ich mir manchmal wünsche, Frieder? Weißt du das?!"

Ich schüttelte den Kopf.

„Manchmal wünschte ich, unsere Iris wäre ... niemals geboren worden!", schrie der nach Kaffee riechende Mund über mir. „Manchmal wünschte ich, wir hätten die verdammten Nazis einfach machen lassen und sie wäre tot, Frieder ... einfach *tot!*"

Auf der Rückfahrt in Claras lustigem, bunten *VW-Käfer* wechselten wir nur die nötigsten Worte miteinander.

*

WIR HABEN ABGETRIEBEN! Schwarze Buchstaben auf einem gelben Balken quer über dem Titelbild vom aktuellen *Stern. 374 deutsche Frauen halten den § 218 für überholt und erklären öffentlich: „Wir haben gegen ihn verstoßen!"*

Das Titelbild selbst war eine Collage aus Porträtfotos von prominenten und weniger prominenten Frauen. Romy Schneider, Vera Tschechowa und Senta Berger neben Lieschen Müller. Manche der Frauen trugen ein Kind in ihren Armen, was auch konkret dem Anteil der Botschaft des Stern-Titels entsprach, den ich nur bedingt nachvollziehen konnte. Bis heute, übrigens. Waren die Kinder auf den Schößen der Frauen eine Art Beteuerung, nicht aus purer Gleichgültigkeit, aus Kinderhass oder Mordlust abgetrieben zu haben? Nach dem Motto: Seht, wir sind trotzdem gute Mütter! Aber damit *dieses* Kind hier auf meinem Arm leben und geliebt werden kann, durfte das *andere* Kind nicht geboren und geliebt werden! Bei aller Sympathie für das Anliegen der Frauen verliehen die mit abgelichteten Kinder dem Ganzen etwas Unglückseliges.

Hunger nagte in meinem Bauch. Ich schaute aus dem Fenster. Dann auf meine Uhr. Es war kurz vor zwölf. Ich stellte fest, dass ich seit dem Nachmittag des vorangegangenen Tages nichts mehr gegessen hatte und überlegte, ob der Chronometer an meinem Handgelenk möglicherweise irgendwo dort draußen angefertigt worden war. Ich fing an zu lesen.

Natürlich drängte sich auch mir die thematische Parallelität des *Stern*-Titels zu meiner Familiengeschichte auf. Die verzweifelten Aussagen meiner Mutter neben mir auf der Bank an der Elbe lagen immerhin erst wenige Tage zurück. Und da ich weder an den Zufall, noch an die Vorsehung glaubte, sondern von dem kausalen Wirk- und Sinnzusammenhang allen Seins überzeugt war, begann sich meiner, während des Lesens, eine komplizierte Grübelei zu bemächtigen. Ich zündete mir die erste Zigarette des Tages an.

Ohne die Konzentration und den Ehrgeiz zu besitzen, mir den kompletten Artikel über den § 218 einzuverleiben, legte ich die Illustrierte nach kurzer Zeit mit dem Titelbild nach unten auf den Nebensitz. Ich drückte die Zigarette nach zwei Zügen wieder aus. In meinem Mund schmeckte es nach Tod und Verwesung. Um die düsteren Wolken aus meinem Kopf und den Hunger aus meinen Eingeweiden zu vertreiben, entschloss ich mich in den Speisewagen zu gehen, um endlich etwas zu frühstücken.

*

Die Hauptstadt Bern präsentierte sich mir von meinem Sitzplatz aus wie eines der Spielzeugdioramen im Schaufenster des Modelleisenbahnladens in der Fuhlsbüttler Straße. Die alte Rivalität zwischen Fleischmann und Märklin, hier wurde sie im Maßstab 1:1 ausgefochten. Pittoreske Wohnhäuser, Renommierbauten und eine gotische Kirchturmspitze schmiegten sich an die ansteigenden Hänge. Verbunden durch hochbeinige Eisenbahnviadukte, unter denen sich gepflegte Straßen und Wasserläufe schlängelten. An diesem Ort wurde also in einem der letzten Staaten Mitteleuropas das Frauenwahlrecht durchgesetzt, fiel mir wieder ein. Zumindest hatte das der Sprecher im Küchenradio meiner Eltern vor ein paar Wochen gesagt. In der Ferne grüßten schon die Gipfel der Alpen.

Hinter Bern stieg das Gelände weiter an und gleichzeitig mit jedem Höhenmeter stellte sich ein unfreiwilliges Gefühl der Erhabenheit ein. Ein Gefühl, das eine halbe Stunde später beim plötzlich freiwerdenden Blick auf den Thunersee allumfassend wurde. Eine tiefblaue Wasserfläche, aus deren Rand grau-grüne Bergrücken in einen unendlichen Himmel ragten. Gerührt von der Majestät dieses Anblicks vergaß ich für einen Augenblick den eigentlichen Grund meiner Reise. „Du bist hier nicht im Urlaub", rief ich mich nach einigen Minuten zur Ordnung. „Der Anlass dieser Reise ist schließlich an Tragik kaum zu überbieten!"

Im Schatten des Gebirges führte die Schienentrasse weiter am Ufer entlang bis Interlaken, dem Ort auf der Landbrücke zwischen den zwei großen Bergseen des Berner Oberlandes. Irgendwo da hinten im Süden muss die Eiger Nordwand emporragen, realisierte ich von einem spontanen Vibrieren erfasst. Ich sah die Bergsteigerpioniere der 30er Jahre zu Brettern erfroren in ihren Seilen baumeln. Der von Abenteuerlust erfasste Junge in mir hätte hier gerne sein Reiseziel geändert.

Nachdem ich in Interlaken also ein letztes Mal umsteigen musste, ging es in gemächlicherem Tempo weiter in roten in der Mittagssonne leuchtenden Waggons. Manchmal verschluckt von der schwarzen Kühle der in Felsen gehauenen Tunnel. Dazwischen präsentierte sich der Brienzersee als eine im Dunst schimmernde Spiegelfläche. Ein liegendes, Wolken und Himmel aufsaugendes Auge. Nichts war hier weiter entfernt, als die Meister-Francke-Straße im Arbeiterviertel von Barmbek Nord. Die Wohnung meiner Eltern. Die Wohnung von Iris´ Eltern.

Als meine Reise dann am frühen Nachmittag, nach fast siebzehn Stunden, im freundlich wirkenden Brienz beendet war, überlegte ich kurz, ob ich tatsächlich aussteigen sollte. Hatte ich eigentlich vor, ein neues Ritterepos zu schreiben? Mit mir als einzigem strahlenden Helden? Parzival auf der Suche nach dem heiligen Gral? Vielleicht sollte ich einfach sitzenbleiben, dieses ganze narzisstisch aufgeladene Vorhaben, diesen edlen Feldzug für die Wahrheit vergessen und weiter nach Luzern oder Zürich fahren; schließlich war ich dort auch noch nie gewesen. Wahrscheinlich würde ich mir jede Menge Ärger und Probleme ersparen. Vielleicht sollte ich mir, so lange das Geld reichte, einfach ein paar Tage die schöne Schweiz ansehen. Denn hier war unübersehbar jemand ins Paradies vertrieben worden. Wie konnte ich mir anmaßen, diesen Frieden zu stören?

„Du willst die Fehler der Vergangenheit korrigieren und damit eine riesige Verantwortung übernehmen. Das ist

irgendein seltsamer Fatalismus", hörte ich Claras Stimme am Telefon. So ähnlich hatte sie sich geäußert.

„Du willst dich opfern, Friedi. Und mir drängt sich die Frage auf, ob dein Opfer deiner Schwester wirklich guttun würde oder ob es dabei hauptsächlich um dich selbst geht."

Auf jeden Fall erinnerte ich mich genau an das Gefühl beim Auflegen des Telefonhörers.

9

Nachdem ich mein winziges Zimmer in einem Gasthof in Bahnhofsnähe bezogen, mich geduscht und umgezogen hatte, machte ich mich sofort auf den Weg. Obwohl ich mich nach der langen Fahrt grässlich zerschlagen fühlte und mich das frisch gemachte Bett meines Zimmers zu tagelangem Tiefschlaf einlud.

Das Privatsanatorium *Ruh am See* läge einige Kilometer im Süden vor Brienz, direkt am Ufer des Sees inmitten einer weitläufigen Grünanlage, hatte mir das junge Mädchen an der Rezeption erklärt. Ein Omnibus würde mich vom Bahnhof aus in fünf Stationen bis zur gleichnamigen Haltestelle bringen. Dann wären es noch ein paar Minuten zu Fuß. In ihrem Blick lag etwas Fragendes.

Eine knappe Stunde später stand ich neben dem offen stehenden Tor. Auf einer schmiedeeisernen Gitterkonstruktion, die einem Schloss alle Ehre gemacht hätte, war ein dezentes, viele Jahre nicht mehr poliertes, Messingschild angebracht.

Privatsanatorium
RUH AM SEE
Klinik für Seelen- und Nervenleiden

Prof. Dr. Gilgian Eustach Furrer

Erst als der dieselschnaubende Bus aus meinem Blickfeld verschwunden war, wagte ich mich in Bewegung zu setzen. Durch das Tor hindurch wanderte ich eine gepflasterte, von hohen Bäumen überwölbte Zufahrtsstraße hinauf. Inzwischen war es früher Abend geworden und ich versuchte, an nichts zu denken. Womit ich aber nicht zu verhindern vermochte, dass mir mit jedem weiteren Schritt mehr Schweiß aus meinen Körperfalten kroch. Es war warm und kein Himmel zu sehen.

Nach einem etwa fünfzehn minütigen Anstieg schimmerten durch die Baumkronen die Balkone, Erker und Türmchen der Klinik hindurch. Und als ich aus dem Wäldchen heraustrat, schien vom See hinauf goldenes Licht auf die Fassade eines aus dem *Fin de Siècle* stammenden Gebäudes. Ein Bauwerk, das mit seiner ornamentreichen Jugendstil-Architektur eher an ein mondänes Grandhotel als an eine Heilanstalt erinnerte. Ich hätte mich nicht gewundert, wenn plötzlich der fiebrige Hans Castorp aus Thomas Manns *Zauberberg* aus dem Eingangsportal getreten wäre.

Da stand ich nun auf dem von Blumenrabatten und Palmen in großen Bottichen geschmückten Vorplatz in der lauen Frühlingsluft; mir erneut bewusst werdend, dass hier, irgendwo hinter einem der vielen Fenster mit den großen Fensterläden, meine aus dem Nichts aufgetauchte Schwester lebte. Seit bald dreißig Jahren. Womöglich, nein, wahrscheinlich sogar halbwegs glücklich und zufrieden.

Um nicht aufzufallen, zwang ich mich weiterzugehen. Ich überquerte den Vorplatz, um eine zwischen Haus und Wasser angelegte Parkanlage zu betreten. Dabei bemühte ich mich um eine möglichst neutrale Ausstrahlung. Doch je mehr ich mich darum bemühte, desto mehr hatte ich den Eindruck, merkwürdig steif und mit einer blödsinnig verzerrten Maske zwischen Kinn und Haaransatz herumzulaufen.

Hier und da begegneten mir langsam schlurfende Gestalten auf dem Sandwegenetz, das sich längsseits des von einer Steinmauer befestigten Seeufers erstreckte. Meistens begleitet von Schwestern und Pflegern in weißer Tracht oder von Begleitungen in Zivil, Familienangehörige oder Bekannte, wie ich vermutete. Manche Patienten hatten auch eine Gehhilfe, wurden in einem Rollstuhl geschoben oder hockten eng nebeneinander auf Bänken oder in den zwei pagodenartigen Pavillons mit Seeblick.

Niemand schien sich einer Unterhaltung hinzugeben, geschweige denn in irre psychotische Selbstgespräche verstrickt zu sein. Kein Singsang und abruptes Aufheulen hinter Hecken, Büschen und Baumstämmen. Keine Menschen, die sich auf offener Wiese stöhnend ihrer Notdurft entledigten oder ungehemmt miteinander kopulierten. Bis jetzt war außer dem Knirschen der Schritte und Rollstuhlräder kaum etwas zu hören.

In einer akkurat geschnittenen Buchsbaumlaube hockten sich zwei aufgeschwemmte Glatzköpfe gegenüber, stumm gebeugt über ein Mühle- oder Dame-Brett. Zwei weitere Patienten standen ganz allein am Geländer und schauten unbeweglich in den vom Wasser heraufziehenden Abenddunst. Als würden sie von dort etwas erwarten. Vielleicht, dass jemand käme und sie abhole. Und tatsächlich entdeckte ich in weiter Ferne, als hätte William Turner ihn persönlich dort hingemalt, die Umrisse eines weißen Ausflugsdampfers. Vielleicht hofften die beiden, dass der Raddampfer bei ihnen anlegte und sie mitnähme. Doch ein Anlegesteg war nirgends auszumachen. Ein anderer Patient stand hoch konzentriert vor einem japanischen Kirschbaum und hatte seinen analytischen Blick auf die Maserung der Rinde gerichtet. Mit seinem bärtigen hohlwangigen Gesicht und seinen braunen schulterlangen Haaren sah er aus wie ein vom Kreuz herabgestiegener Jesus Christus.

Das Erstaunliche war, dass ich erwartet hatte, hinter all dem würde die unterschwellige Atmosphäre des Ausnahmezustands lauern. Die trügerische Ruhe vor einer Krisis, die jederzeit ausbrechen könnte. Stattdessen schwebte über der ganzen Szenerie die friedliche Selbstverständlichkeit einer humanistischen Fortbildungsstätte oder theologischen Akademie. Nur kurz kam mir der Gedanke an großzügig verabreichte ruhigstellende Psychopharmaka in den Sinn.

Ich ertappte mich bei dem neugierigen Versuch, unter den Anwesenden Iris zu entdecken. Was aus der Entfernung und im Vorbeigehen natürlich schwierig war. Außerdem besaß ich nur eine ungefähre Vorstellung davon, wie sie jetzt, als einundvierzigjährige Frau, wohl aussehen mochte.

Nachdem ich eine knappe halbe Stunde herumspaziert war, begann ich mich unwohl zu fühlen. Ich kam mir deplatziert vor, mal wieder wie ein Spion hinter den feindlichen Linien oder ein Voyeur mit abartigen Gelüsten. Ich entschloss mich, in meine Unterkunft zurückzukehren. Schließlich wollte ich an diesem ersten Abend lediglich auf Tuchfühlung gehen mit diesem Ort. Ich hatte gesehen, was ich sehen wollte.

Denn schon in Hamburg hatte ich mir vorgenommen, vor der ersten Kontaktaufnahme mit Iris, Frau Theresa Rosenhain aufzusuchen. Jenes Kindermädchen, das damals, Silvester 1942, mit Iris über die Grenze bei Basel geflohen war und danach all die Jahre treu an meiner Schwesters Seite geblieben sein sollte. Die junge Frau, die sich von ihrem später im Konzentrationslager ermordeten jüdischen Ehemann hatte scheiden lassen, sich hatte scheiden lassen *müssen*. Zumindest wenn ich den Aussagen meiner Eltern Glauben schenkte. Denn der Familienname *Rosenhain* war meines Erachtens nach wie vor jüdisch. Aber wahrscheinlich konnte man nach dem Zusammenbruch des Dritten Reiches von den Nazis erzwungene Ehescheidungen annullieren lassen, um den Familiennamen des Ehemannes wieder annehmen zu können.

Immerhin hatte ich, mit einigen mich selbst überraschenden Privatdetektiv-Tricks, telefonisch herausgefunden, dass eine gewisse Frau Theresa Rosenhain vor einigen Jahren aus dem aktiven Schwesterndienst im Sanatorium *Ruh am See* ausgeschieden war und seitdem als Gemeindeschwester und Diakonissin tätig sei. In der Neuapostolischen Kirche in Brienz, in der man sie mit offenen Armen aufgenommen und sie, aufgrund ihres zupackenden Wesens, schnell schätzen gelernt hätte. Frau Rosenhain wäre alleinstehend und würde in einer gemeindeeigenen Wohnung am Ortsrand leben. Sie würde Fräulein Iris Tauber jedoch nach wie vor mindestens einmal pro Woche besuchen, um sie zu unterhalten oder um mit ihr durch den Park zu spazieren.

Clara hatte schon recht, eine unvorbereitete direkte Konfrontation mit meiner Person konnte für Iris eine Überforderung sein, wenn nicht gar einen traumatischen Schock auslösen. Unter Umständen hatte sie auch längst vergessen, dass sie einen jüngeren Bruder im fernen Hamburg hatte. Allein deshalb bestand die Gefahr, dass Iris vom Anblick der, meine Existenz beweisenden, Fotografie der Weihnachtsfeier von 1942, in eine tiefe psychische Krise geraten könnte. Der Versuch meiner Kontaktaufnahme und unser Verhältnis wären unter Umständen von vorn herein zum Scheitern verurteilt gewesen.

Die Dame plumpst dir spontan ins Beet oder kippt dir ins Gras, wenn du mich fragst, hörte ich zum wiederholten Male Claras Worte am Telefon.

In Theresa, dem ehemaligen Kindermädchen, erhoffte ich mir deshalb eine Vermittlerin. Ich hoffte, dass sie als eine Art Medium zwischen Vergangenheit und Gegenwart, zwischen Täuschung und Wahrheit fungieren könnte. Wenn ich sie denn überhaupt für meine Sache gewinnen konnte.

Das Problem war nur, dass mir Sinn und Zweck meiner Sache selbst immer noch nicht ganz klar waren. Ich hatte lediglich das wage Gefühl, etwas Richtiges zu tun. Trotzdem konnte ich der guten Frau morgen unmöglich nahelegen, der Entwicklung der Dinge einfach ihren freien Lauf zu lassen und das Ganze als Projekt mit offenem Ausgang zu betrachten, so wie ich es Clara gegenüber formuliert hatte. Theresa Rosenhain würde mich - selbst wenn ich sie überzeugen könnte, dass ich tatsächlich Iris´ Bruder wäre - mit Recht ihrer Wohnung verweisen und mit der Polizei drohen.

Aber vielleicht irrte ich mich. Was sollte die Rosenhain gegen die legitime Zusammenführung zweier, durch die Wirren des Krieges auseinandergerissenen Geschwisterkinder haben? Vielleicht war sie gerührt und hocherfreut und würde alles nur Erdenkliche für einen harmonischen Ablauf unserer Begegnung in Bewegung setzen und Iris sensibel auf mein Erscheinen vorbereiten. Vielleicht hatte sie in all den Jahrzehnten genau auf diesen Moment gewartet? Ich hatte keine Ahnung.

Vom See herauf wehte plötzlich eine feuchte Kühle. Die Bänke an den Sandwegen und die Pavillons waren auf einmal menschenleer. Die Fenster des Sanatoriums leuchteten in die Dämmerung. Seltsam anheimelnd wie ich fand. Wie ein Ozeandampfer, der sich für die Nachtfahrt vorbereitete. Hinter einem der Bullaugen saß jetzt Iris und nahm wahrscheinlich ihr Abendbrot zu sich. Die Erschöpfung meiner Ankunft holte mich wieder ein.

Ich ging durch das Wäldchen zurück zur Bushaltestelle. Mangels Straßenbeleuchtung führte der Weg nun durch zunehmende Dunkelheit. Da ich es versäumt hatte, mich auf dem Fahrplan nach der Rückfahrt zu erkundigen, stellte ich mich auf einen längeren nächtlichen Fußmarsch nach Brienz ein. Zu allem Ärger hatte ich meine Jacke im Zimmer des Gasthofs vergessen. Ich fror vor Müdigkeit und sah das frisch gemachte leere Bett vor meinem inneren Auge. Meine Oberlippe fing an zu kribbeln.

*

„Wir haben die ganzen Jahre auf Sie gewartet."
„Wir?"
„Iris und ich."
„Sie hat also gewusst, dass sie einen Bruder hat?"

„Natürlich, junger Mann. Die Schwangerschaft Ihrer Mutter, Ihre Geburt, selbst das Weihnachtsfest, auf dem dieses Foto hier aufgenommen wurde, ... all das ist Iris durchaus präsent. Was ist bloß mit Ihrer Lippe passiert? Hatten Sie eine tätliche Auseinandersetzung?" Sie deutete mit dem Finger auf mich, als hätte ich irgendeinen Essensrest im Gesicht.

Ich hatte mich bei Theresa Rosenhain unbewusst auf eine von der Tragik ihres Lebens gebeugte Person eingestellt. Wahrscheinlich als Folge einer klischeehaften Vorstellung von überlebenden Opfern des Holocaust. Doch die Frau, die mir jetzt in ihrem Wohnzimmer in einem Haushaltskittel bei einer Tasse Kaffee gegenüber saß, war stämmig, vollbusig, besaß einen wettergebräunten Teint und erfreute sich unübersehbar blühender Gesundheit. Sie war überdies mit einem fulminanten Sprechorgan ausgestattet. Unter den dauergewellten grauen Haaren taxierte mich ein strenges Augenpaar, das mir permanent zu vermitteln schien, jedes meiner Worte gewissenhaft auf die Goldwaage zu legen, wenn ich nicht den sofortigen Abbruch unserer Zusammenkunft provozieren wollte. Auch der an der Wand hinter ihr an einem Kruzifix befestigte Heiland blickte streng zu mir herunter.

Ich versicherte Frau Rosenhain, dass ich mich noch nie in meinem ganzen Leben geprügelt hätte und die Sache mit meiner Lippe ein Kommen und Gehen und kein Grund zur Beunruhigung sei. Diese Schwellung würde schon wieder abziehen. Und sie hätte mich mal heute morgen nach dem Aufstehen sehen sollen: „Uuuhhh!"

Für dieses bescheuerte *Uuuhhh* begann ich mich sofort zu schämen.

„Sie haben jedoch nie versucht, Kontakt mit mir aufzunehmen", wagte ich einen weiteren Vorstoß.
„Das wäre gegen die Abmachung gewesen."
„Abmachung?"
„Entscheidungen dieser Tragweite traf immer nur Ihr Großvater. Später dann Ihre Eltern, beziehungsweise Ihr Vater. Eigenmächtigkeiten wären mir und erst recht Iris niemals in den Sinn gekommen. Sie waren uns schlicht und einfach ... nicht gestattet."
„Nicht gestattet?"
„Nicht ohne die Erlaubnis des jeweiligen gesetzlichen Vormunds."
Ich versuchte aus ihrer Stimme herauszuhorchen, ob sie in der Vergangenheit möglicherweise doch darüber nachgedacht hatte, trotz fehlender Erlaubnis, sich mit mir in Verbindung zu setzten. Aber Theresa Rosenhains Tonfall blieb geschäftsmäßig neutral. Ich schloss daraus, dass sie sich durch meine Anwesenheit unbehaglich fühlte und mir längst nicht vollends vertraute. Während ich noch überlegte, wie ich sie für mich gewinnen könnte, fing ich schon an, ihr in groben Zügen die Geschichte meines bisherigen Lebens anzudeuten.
Mehrere Minuten redete ich so zu einem regungslosen wettergebräunten Gesicht. Erfolglos bemüht, in diesem wenigstens das unmerkliche Beben eines Mundwinkels oder das Zucken eines Augenlides hervorzurufen. Am Ende betonte ich, dass *ich* - im Gegensatz zu Iris, die immerhin in dem *Bewusstsein* gelebt habe, dass es da irgendwo einen kleinen Bruder in Hamburg gäbe -, dass *ich* bis vor wenigen Monaten keinen *Schimmer* von Iris´ Existenz gehabt hätte. Und dass ich mit dieser frischen Information im Gepäck ganz spontan auf diese Reise gegangen sei und nun mit dem unschuldigsten

und reinsten aller Anliegen hier in Brienz ihr gegenübersäße.

„In der Hoffnung, dass Sie, Frau Rosenhain, mit all Ihrer Erfahrung und Ihrer christlichen Nächstenliebe zum Gelingen der Begegnung zweier Menschen beitragen können. Zweier Geschwisterkinder, denen bis jetzt vom Schicksal die Chance verwehrt worden ist, sich zu begegnen. Um endlich einen Kreis zu schließen. Um etwas zu befrieden. Um endlich zusammenzuführen, was doch zusammen gehört. Um der Wahrheit zu ihrem Recht zu verhelfen."

Das regungslose Gesicht unter der Dauerwelle blieb die ganze Zeit regungslos. Auch noch, als seine Besitzerin vom Tisch aufstand, um in die Küche zu gehen. Ich befürchtete, schon zu dick aufgetragen zu haben und gleich des Hauses verwiesen zu werden. Doch als Theresa zurückkam, trug sie eine Schale mit Gebäck in den Händen.

„Bitte nehmen Sie doch", sagte sie mit dem Anflug eines Lächelns. „Selbstgebacken … von meinen Frauen im Bibelkreis."

„Dass man Sie in Unwissenheit über Iris gelassen hat, höre ich heute zum ersten Mal. Das tut mir sehr leid und stimmt mich traurig."

„Tja", sagte ich und griff mir einen Keks.

„Ich bin bisher davon ausgegangen, dass Sie kein Interesse an einem Kontakt haben … oder sich zumindest fügen würden", fuhr sie fort.

„*Fügen*? Was meinen Sie bitte mit *fügen*?"

Sie zuckte mit den massigen Schultern, wobei ihre enorme Brustpartie auf und ab wogte.

„Wie soll ich das so genau wissen? Gegenüber den Anordnungen Ihres Großvaters, Ihres Vaters, dem Familienrat. *Sie* sind in Hamburg aufgewachsen. *Sie* müssten der Antwort viel näher sein, als ich. Ich hatte letztlich nur meinen Auftrag und meine Pflicht als Kindermädchen zu erfüllen. Immerhin hat ihr Großvater mir die einmalige Möglichkeit verschafft, mit Iris das verhasste Nazideutschland zu verlassen. In Anbetracht dieses unbezahlbaren Geschenks hätte ich mir niemals erlaubt spitzfindige Fragen nach den internen Gepflogenheiten der Familie Tauber zu stellen."

Je länger und ungehemmter sie redete, um so mehr schlich sich in ihren schweizerischen Singsang das eine oder andere Wort mit norddeutscher Breite hinein. Etwas, was ihrem Vortrag eine skurrile Note verlieh.

„Es war, ... wie soll ich sagen? ... Wie ein Sechser im Lotto, was mir damals widerfuhr. Ungeahntes Glück im tiefsten Unglück. Raus aus dem Land, das mir meinen Mann genommen hatte und hinein in ein völlig neues Leben. Ein neues Leben mit einer mich ganz und gar ausfüllenden Aufgabe. Eine Aufgabe gegenüber einem hilfsbedürftigen Menschen. *Ihrer* Schwester. Unserem ... meinem *Regenbogenkind*. Einem ganz wunderbaren Menschen, übrigens!"

Sie machte eine Pause und schluckte ein paarmal.

„Und wenn Sie es nicht schon wussten, dann sollen Sie es jetzt wissen ... ", sie holte noch einmal tief Luft, „ ... Es gab da außerdem noch ein Versprechen. Das Versprechen ihres Großvaters ... meiner lebenslangen finanziellen Absicherung ... So, nun ist es raus."

Sie schwieg einen Moment peinlich berührt. Dann platzierte sie ihren Körper neu auf dem Stuhl. Das Holz ächzte unter ihrem Gewicht. Als sie wieder anfing zu reden, kamen die Worte leiser aus ihr heraus.

„Aber glauben Sie mir, Herr Tauber, bis heute werde ich von meinen Schuldgefühlen durch manch schlaflose Nacht getrieben. Da helfen auch nicht die inzwischen paradiesischen Zustände hier im Schweizer Exil. Obwohl es zu Beginn alles andere als leicht war, das kann ich Ihnen sagen! Glauben Sie nicht, dass Menschen wie ich hier damals hochwillkommen waren. Ganz im Gegenteil. Die Eidgenossen wollten auf Teufel komm raus den Status der Neutralität wahren, sich nicht angreifbar machen und niemanden diplomatisch brüskieren. Ganz besonders nicht den bedrohlichen Nachbarn Hitlerdeutschland. Ich hätte da ein Füllhorn sehr unappetitlicher Anekdoten anzubieten. Andererseits möchte ich nicht undankbar erscheinen."

Ich entdeckte in ihren Augen einen glasigen Schimmer, bevor Theresa Rosenhain beim Weitersprechen ihren Kopf senkte. Während ich ihr zuhörte, schaute ich von nun an in ein Nest aus grauen Dauerwellen.

„Ich hatte nicht die Kraft, ... wohl auch nicht die Größe, zu meinem Ehemann zu stehen. Bei meinem Mann zu bleiben. In seiner dunkelsten Stunde. Ich hatte nicht den Mut, *seine* dunkelste Stunde auch zu *meiner*, zu *unserer* dunkelsten Stunde zu machen. Vielleicht, ... wahrscheinlich sogar, war meine Liebe auch nicht groß genug ... Ich kann es Ihnen nicht sagen."

Ihre Stimme war jetzt noch leiser geworden, wenn auch immer noch fest.

„Sie können sich nicht vorstellen, wie oft ich noch heute über all diese Dinge nachdenke. Im Grunde täglich. Jedes Mal, wenn ich raus zu Ihrer Schwester in *Ruh am See* fahre und ich meinen Blick aus dem Busfenster ins doch so wunderschöne Berner Oberland schweifen lasse. Jedes Mal, wenn ich in der letzten Kurve an der Haltestelle vor dem Eingangstor des Sanatoriums aussteige, um den einsamen Fußweg durch den Wald zu nehmen. Dazu kam, dass mein Mann mich angefleht hatte, in die Scheidung einzuwilligen ... Angefleht hat er mich! ... Benjamin ist auf den Knien vor mir durch die Küche gerutscht und hat verlangt ... er hat darauf bestanden, dass ich ihn diesen Schlächtern überlassen solle. Stellen Sie sich das bitte einmal vor, Herr Tauber!"

Sie fasste an den Griff ihrer Kaffeetasse und drehte diese auf dem Unterteller einige Zentimeter um die eigene Achse. Ein helles Knirschen ertönte. Noch immer hielt sie ihren Kopf gesenkt. Ich begann, mich schon wie ein Pfarrer bei der Entgegennahme einer Lebensbeichte zu fühlen.

„Diese Schuld werde ich nie wieder los. Auch, wenn ich den Familiennamen meines Mannes später wieder angenommen habe ... und auch wenn ... "

Sie sprach nicht weiter und schien etwas in ihrem Gehirn sortieren zu müssen.

„ ... Allein wegen dieser Schuld habe ich mein Leben in den Dienst Ihrer Schwester und Jesus Christus gestellt. Ich habe etwas abzuarbeiten, etwas auszugleichen, etwas wieder ins Lot zu bringen. Das ist mein Auftrag, meine Berufung, meine göttliche Bestimmung, wenn Sie so wollen. Und jetzt kommen Sie und ..."

„Und?"

Theresa hob den Kopf und fixierte mich jetzt wieder mit ihrem strengen Augenpaar. Obwohl ich durch diesen Blick eine milde Ahnung ihrer nahenden Kooperationsbereitschaft bekam.

„Und nun kommen Sie hierher … und machen alles kompliziert. Sie machen kompliziert, was bis jetzt schon schlimm genug war. Das bringt mich ein wenig aus der Fassung, Herr Tauber."

„Ich bin nicht gekommen, um Ihnen Ungelegenheiten zu machen, Frau Rosenhain. Ganz im Gegenteil."

„Im Gegenteil? … Sie zwingen mich, über Dinge nachzudenken, über die ich nie nachdenken wollte. Außerdem werden Ihre Eltern ihre Gründe gehabt haben, Ihnen von mir und Iris nichts zu erzählen. Was würden Sie an meiner Stelle tun?"

Kein bodenlanges weißes Kleid. Kein blonder Zopf, der im Vorbeigehen mädchenhaft auf und ab wippte. Ihre Frisur war eine Art schulterlanger Pagenkopf und ihre Haarfarbe war im Laufe ihres Lebens zu einem hellen Braun changiert. Nur ihr Gesicht war immer noch so blässlich wie auf dem Foto von 1942. Aber Mund- und Kinnpartie schienen in den Jahren, nach tauberscher Art, noch tiefer gerutscht zu sein. Auch die Nase hatte an Kontur gewonnen, wie es im Laufe des Lebens mit den meisten Nasen geschieht.

Ich musste mir meine Enttäuschung eingestehen, dass ich meine Schwester, wenigstens auf den ersten Blick, nicht mehr als hübsch bezeichnen konnte. Über einer weit ausgestellten dunkelroten Breitcordhose trug sie eine, über den Hüften von einem Gürtel zusammengehaltene, folkloristisch bestickte Bluse. Die riesige Gürtelschnalle bestand aus einem emaillierten Schmetterling. An den Füßen trug sie leichte Leinenschuhe, durch die ihre Schritte kaum zu hören waren. Während ich Iris nun zum ersten Mal sah, musste ich ständig an diese Formulierung denken: *Sang- und klanglose Versandung.*

„Setzen Sie sich morgen gegen 16 Uhr auf eine der Bänke am Uferweg, Herr Tauber. Am besten in der Nähe des großen Rosenbeetes gleich am Eingang. Vielleicht mit einem Buch oder einer Zeitung. Ich werde auf unserem Spaziergang mit Iris an Ihrer Bank vorbeikommen. Wahrscheinlich sogar mehrmals. Haben Sie Geduld."

Ihr Gang war vorsichtig. Als würde sie der Tragfähigkeit des Untergrunds unter ihren Sohlen misstrauen. Als dürfte sie, auf Anraten der Ärzte, an diesem Nachmittag nach langer Bettlägerigkeit zum ersten Mal wieder im Freien sein. Für Mitte vierzig war sie immer noch sehr schlank, fast mager. Ihr Oberkörper barg unter der von Bändern behängten und mit Spiegelsteinen besetzten Bluse wenig Weibliches. Ihre ganze Statur hatte etwas von einer in die Jahre gekommenen Primaballerina. Die eckig vom Körper abgewinkelten, aus den halben Ärmeln herauswachsenden, Arme betonten noch die hagere Ausstrahlung. Ihre Hände waren mit den Handflächen nach oben geöffnet, mit leicht gekrümmten Fingern. Sie schritt an der Seite von Theresa an mir vorbei, als würde sie, als Anführerin einer unsichtbaren Prozession, eine heilige Monstranz durch die Gassen eines frommen italienischen Bergdorfes tragen.

„Belassen wir es bitte morgen dabei, dass Sie sich vorerst nur einen ersten Eindruck aus der Distanz verschaffen. Ich muss mich unbedingt darauf verlassen können, Herr Tauber, dass Sie Ihre Schwester auf keinen Fall ansprechen, geschwei-

ge denn sich ihr zu erkennen geben. Und ich bestehe darauf, dass Sie alle weiteren Vorgehensweisen mit mir abstimmen."

Die hohe Stirn. Die hängenden Lider über den übermüdet wirkenden Augen. Die geschlossenen neutralen Lippen, an denen an diesem Nachmittag und - nach den medizinischen Unterlagen im geheimen Leitz-Ordner meiner Eltern zu schließen - auch an allen anderen Nachmittagen ihres Lebens niemals Freude oder Leid abzulesen waren.

Während Theresa ihr wahrscheinlich irgendetwas Belangloses zuflüsterte, blickte meine abwesend wirkende Schwester geradeaus. Nur manchmal ein unmerkliches Nicken; wie es schien, mehr aus automatisierter Höflichkeit, als aus Aufmerksamkeit ihrer Begleiterin gegenüber. Die Farbe ihrer Augen vermochte ich von meinem Platz aus nicht zu erkennen. Ich hatte jedoch den Eindruck, dass diese Augen, auch wenn sie weit aufgerissen wären, sich in einer nebelgrauen Innenwelt verloren und nicht in der sonnendurchfluteten Freundlichkeit des Sanatoriumparks.

"Bedenken Sie, dass ich mich vielleicht strafbar mache. Ich möchte keine Unannehmlichkeiten bekommen, verstehen Sie? Wenn ich Ihnen auch zugesichert habe, ihre Eltern in Hamburg nicht zu benachrichtigen, so bin ich doch der Überzeugung, dass zumindest Iris´ behandelnder Arzt, Dr. Rubens, von Ihrer Anwesenheit zwingend unterrichtet werden muss. Wer weiß, welche Reaktionen Iris auf ihren Bruder zeigt, der plötzlich vor ihr steht. Ich kann den Kontakt gerne herstellen und wäre bereit, Ihr Anliegen mit einem guten Wort zu unterstützen. Dr. Rubens ist eigentlich ein sehr verständiger Mann."

Dreimal schlich sie an mir vorbei. Dreimal - ohne zu wissen, wer ich war und ohne eine Ahnung, welcher

Teil ihrer Geschichte dort auf der Bank neben dem Rosenbeet hockte. Das letzte Mal, als Iris sich mit Theresa näherte, sah es so aus, als würde sie selbst ein paar Worte reden. In der Entfernung schienen sich ihre Lippen zu öffnen. Eine schwarze Mundhöhle in einer blasshäutigen Gesichtslarve. Zu gerne hätte ich den Klang ihrer Stimme gehört, die Art und Weise, wie sie die Wörter bildete. Vielleicht hätte ich mir dabei in gewisser Weise selbst zuhören können. Doch beim Näherkommen verstummte das Gespräch wieder, und beim Vorbeigehen war da nur noch dieser zusammengepresste Mund.

Im Laufe des Lebens kommt es zu einer tiefgreifenden Veränderung der Persönlichkeit, der sogenannten Sang- und klanglosen Versandung.

Noch etwa eine halbe Stunde blieb ich sitzen. Ich blätterte oberflächlich die *Neue Zürcher Zeitung* durch, die ich mir morgens am Bahnhofskiosk auf Anraten der Rosenhain gekauft hatte. Experten schätzten für das Jahr 1971 in der Schweiz etwa tausendfünfhundert Heroinsüchtige und an die zwanzigtausend im benachbarten Deutschland. Ich zündete mir eine Zigarette an.

Jesus Christus stand hinter einem Baum und beobachtete mich.

*

Dr. Magnus Rubens, ein Mann um die Vierzig mit dunklem Lockenkopf und goldumrandeter Brille, war tatsächlich ein sehr verständiger Mensch. Er vermittelte mir gleich zu Beginn, freundlich aber unmissverständlich, dass meine persönlichen Motive und spezielle Perspektive auf den Fall für ihn nur von untergeordnetem

Interesse waren. Ganz allein die bloße Tatsache meines familiären Verhältnisses zu seiner Patientin mache die Sache für ihn interessant. Frau Tauber könne nämlich nahezu jede erdenkliche Anregung, ja, er sei so frei zu behaupten, jede *Aufregung*, gebrauchen. Wer immer ihr diese verschaffen könne, würde insofern mit offenen Armen willkommen geheißen. Doch ein Familienmitglied wie ich wäre diesbezüglich selbstredend als besonders wertvoll und effektiv zu erachten, wenn mit meiner Gegenwart auch gewissen Risiken verbunden seien. Ich entschloss mich, ihm vorerst nichts von meiner Geheimvisite vom Vortag zu erzählen. Vielleicht wusste er ja auch schon Bescheid.

Theresa Rosenhain, die unruhig neben mir auf ihrem Stuhl gegenüber Dr. Rubens Schreibtisch saß, räusperte sich in der Absicht etwas zu entgegnen. Doch Dr. Rubens fuhr unbeirrt fort.

Die Kontakte der Sanatoriumsbewohner untereinander, aber auch zu den Schwestern, Pflegern, Ärzten und sonstigen Angestellten des Hauses, die mannigfaltigen kreativen Angebote, die kulturellen Veranstaltungen und Feste im Jahreslauf - all das wolle und könne echtes gesellschaftliches Leben letztlich nur simulieren. Wobei er den künstlichen Mikrokosmos *Ruh am See* keinesfalls verunglimpfen möchte; für viele Bewohner wäre dieser der einzig mögliche und vor allem der einzig *aushaltbare* Kosmos. Für einige wenige wäre er sogar ein Übungsfeld für den Eintritt in die sogenannte *richtige* Welt außerhalb der beschützenden Klinikmauern gewesen.

Was nun Frau Iris Tauber beträfe, wäre diese Perspektive - ein selbstständiges und auf sich zurückgeworfenes Leben - leider Gottes als nicht realistisch zu betrachten. Jedoch mit entsprechender Begleitung und Unterstützung, wäre meiner Schwester der eine oder andere Ausflug in die große weite Welt da draußen durchaus zuzumuten.

„Erfahrungen solcher Art wären ihr sogar von ganzem Herzen zu gönnen", fügte er hinzu.

Ich war überzeugt, aus der Stimme des Psychiaters so etwas wie echtes Mitgefühl herauszuhören.

Theresa Rosenhain machte den trockenen Einwand, dass der Finanzier und Vormund von Iris dem wahrscheinlich niemals zustimmen würde.

Dr. Rubens war daraufhin eilig bemüht zu versichern, dass er durchaus nicht die Absicht hätte, sich über die Wünsche und Anordnungen des jeweiligen gesetzlichen Vormunds hinwegzusetzen, und dass es sich bei seiner Äußerung lediglich um ein lautes therapeutisches Gedankenspiel handelte. Ein Gedankenspiel, das er - und mit diesen Worten wandte er sich auf seinem Drehstuhl meiner Person zu:

„Ein Gedankenspiel, das ich Ihren Eltern bei einem ihrer ... formulieren wir es mal so ... recht sporadischen Besuche, allerdings schon *mehrmals* unterbreitet habe. Was jedoch, zu meinem tiefen Bedauern, bisher keinerlei Resonanz auslösen konnte."

Theresa atmete neben mir schwer. Als würde die Luft in diesen thematischen Regionen plötzlich zu dünn für sie werden. Mit ihrem schweren Atmen im Ohr fühlte ich mich genötigt zu betonen, dass es mir vorerst lediglich um eine erste Annäherung, ein vorsichtiges Kennenlernen ginge. Auch ich hätte keineswegs die Absicht, mich über meinen Vater, den aktuellen Vormund, hinwegzusetzen. Geschweige denn - ich versuchte die Situation mit einem Scherz aufzulockern -, geschweige denn hegte ich den heimtückischen Plan, meine Schwester zu entführen.

„Warum und wohin denn auch?", fragte ich lachend. „Und gesetzt den Fall, sie würde überhaupt mit einem Zusammentreffen mit mir einverstanden sein, würde ich mich schon über die eine oder andere Nachmittagsstunde unter vier Augen, im Park oder irgendwo im Haus, sehr glücklich schätzen ... Vielleicht bei einer Tasse Kakao und einem Stück Kuchen."

Dr. Rubens lehnte sich langsam in seinem Sessel zurück und nahm seine goldene Brille ab:

„Wie es der Zufall will, Herr Tauber, ... haben wir noch heute Abend unsere wöchentliche Therapie-Einzelsitzung."

Er begann die Brillengläser gewissenhaft mit einem Tuch zu putzen. „Und da sich Ihre liebe Schwester momentan in einer ... vergleichsweise ... stabilen Phase befindet, werde ich sie von Ihrem Besuch und Anliegen heute Nachmittag ... unterrichten."

Er bleckte kurz seine Zähne, die durch seine freiliegenden Zahnhälse überdimensioniert wie bei einem Pferd wirkten, und setzte die Brille wieder auf. „Und ich bin ganz sicher, dass sich danach alles Weitere ... finden wird."

„Doktor Rubens, *bedenken* Sie doch bitte, dass ... Ich kann mir auch beim besten Willen nicht vorstellen, dass Professor Furrer ... "

„Meine sehr verehrte Frau Rosenhain, seien Sie *versichert*, dass ich, als der behandelnde Arzt sämtlicher meiner Patienten, schon von Berufswegen, so ziemlich alles bedenken muss."

Er sprach jetzt mit erhobener Stimme und schaute die Rosenhain so lange strafend an, bis sie achselzuckend auf ihrem Stuhl zusammensank.

„Ich räume ja unumwunden ein", er klang jetzt wieder versöhnlicher, „im Gegensatz zu Ihnen kenne ich Frau Tauber erst wenige Jahre. Doch das, was Sie vielleicht als Nachteil ansehen, liebe Frau Rosenhain, gebiert für mich den Vorteil des unverstellten Blicks. Unverstellt durch eine nicht vorhandene persönliche Verstrickung in eine gemeinsame Geschichte. Zugegeben, ... eine äußerst tragische und leidvolle, wie ich ausführlich von Ihnen erfahren konnte. Aber wir beide waren uns doch immer einig, dass wir den Begriff *Heilung* im Zusammenhang mit unserer Frau Tauber und der ungünstigen Prognose bezüglich ihres Krankheitsverlaufs nicht im Munde zu führen brauchen. Eher die Begriffe *Stabilisierung, Positivierung, Lebensbejahung.*

Aber für all das benötigt der Mensch ganz allgemein, und jemand wie Frau Tauber im Besonderen, echte Herausforderungen. Idealerweise die Herausforderungen eines tatsächlichen Alltags. Authentische Lebenssituationen mit sozialen Kontakten, die, hier in *Ruh am See* - wie ich ja schon feststellte -, jedoch schwerlich herstellbar sind. Allein vor diesem Hintergrund müssen wir die Gegenwart des jungen Herrn Tauber unbedingt als glückliche Fügung betrachten. Ich hoffe, Sie können sich durchringen, den Sachverhalt ähnlich zu bewerten, Frau Rosenhain. Und was unseren ehrwürdigen Professor Furrer betrifft, so sollten Sie eigentlich wissen, dass er mir, bezüglich der therapeutischen Belange unserer Patienten, seit Jahren vertraut und absolut freie Hand lässt."

*

Als Dr. Rubens sich mir wieder zuwandte, hatte sich seine Miene wie ein Scheinwerfer schlagartig aufgehellt.

„Herr Tauber, kommen Sie bitte morgen um fünfzehn Uhr hier zu mir ins Behandlungszimmer. Ich bin sicher, dass ich Ihnen dann Ihre liebe Schwester bis zum Abendbrot anvertrauen kann. Die einzige ärztliche Bedingung wäre ... ", sein Ton wurde jetzt etwas leiser und verbindlicher. Er nahm erneut die Brille ab:

„... Meine einzige an das Treffen geknüpfte Direktive wäre, dass Frau Tauber ... und *nur* Frau Tauber ... über Weg, Gangart, Länge und Inhalt der Zusammenkunft selbst entscheidet. Was heißen soll, dass Sie, Herr Tauber, ausreichend viel Zeit, Geduld, Einfühlungsvermögen, Flexibilität und vor allem ... *Bescheidenheit* mitbringen müssen. Bescheidenheit betreffend der von Ihnen eventuell erhofften Ergebnisse dieser Zusammenkunft, so verständlich diese Hoffnung sein mag.

Sie, Herr Tauber, bleiben defensiv. Sie verbieten sich jegliches Insistieren. Sie dosieren Ihre Fragen, auch wenn Sie noch so lichterloh brennen. Den, ... wenn Sie so wollen, ... offensiven Part überlassen Sie bitte Ihrer großen Schwester. Wobei der Begriff *Offensivität* vor dem Hintergrund einer *Dementia Simplex* selbstredend in minimalistischen Relationen definiert werden muss. Sie werden morgen möglicherweise erstaunt sein zu erfahren, dass die wesentlichen Botschaften in der zwischenmenschlichen Kommunikation manchmal nur mit einem Augenzwinkern oder Fingerschnippen übermittelt werden können. Es kommt nur drauf an, diese entschlüsseln und lesen zu können."

Er legte eine Pause ein und schien die Truppen seiner Gedanken sammeln zu müssen. Er setzte seine Brille wieder auf.

„Und was die heilsamen Anregungen und *Aufregungen* betrifft, von denen ich vorhin sprach, wird Ihre Schwester diese *allein* durch Ihre *pure* Präsenz erfahren. Durch den vor ihr Stehenden. Den Säugling, der auf wundersame Weise zum Mann geworden war. Durch das niedliche, plötzlich erwachsen gewordene Babybrüderchen, das sie vor so vielen Jahren im unmenschlich gewordenen Deutschland erst in den Armen halten durfte und dann hatte zurücklassen müssen. Zumindest basiert darauf meine therapeutische Hoffnung."

Er stand auf in seinem weißen Kittel und streckte mir seine Hand entgegen. Er bat mich noch, im Büro die Telefonnummer meines Hotels zu hinterlegen, falls - was er jedoch nicht glaube - etwas dazwischenkommen sollte. Als ich ebenfalls aufstand und seine Hand ergriff, fühlte sich seine Haut an wie feines kühles Schleifpapier.

„Sie schickt der Herrgott im Himmel ... an den ich nicht glaube", sagte er, meine Hand fast schmerzhaft drückend. „Ist Ihnen eigentlich bewusst, was für eine einmalige Chance Sie für Ihre Schwester darstellen?"

Ich gab irgendetwas Unklares von mir, was ich heute vergessen habe.

„Ich muss mich allerdings fest darauf verlassen können, dass Sie sich an unseren kleinen Fahrplan halten", sagte er, seinen Händedruck noch einmal verstärkend. „Vermasseln Sie es nicht, junger Mann. Bei Menschen wie Ihrer Schwester bekommt man nämlich häufig keinen zweiten Versuch eingeräumt. Man ist da ganz und gar von ihrer Großmut und Gnade abhängig."

Er zwinkerte mir zu, ließ mich los und geleitete mich mit Theresa zur Tür.

„Haben Sie außer Tabletten und Diäten eigentlich schon mal etwas anderes versucht?"

„Ich verstehe nicht."

„Gegen die Erhöhung der Permeabilität der Gefäßwände ihrer Haut."

In meinem Gesicht musste sich alles Unverständnis der Welt gespiegelt haben.

„Hier", er tippte mit dem Finger auf seine Oberlippe.

„Ihr Quincke-Ödem ... ihre Urtikaria."

Ich hatte angenommen, dass sich die leichte Schwellung vom Vorabend längst zurückgezogen hatte. Zumindest hatte ich mich beim morgendlichen Blick in den Spiegel halbwegs wieder hergestellt vorgefunden.

Dr. Rubens stand in der offenen Tür und wartete mit lächelnd geblecktem Pferdegebiss auf meine Antwort. Der Mann wurde mir jetzt ein bisschen unheimlich. Ich fühlte mich durchleuchtet. Womöglich war in seiner goldenen Brille ja irgendein Psycho-Röntgengerät eingebaut. Und wieder gab ich irgendetwas Unklares von mir, an das ich mich heute ebenfalls nicht mehr erinnern kann.

*

Draußen, auf dem mit Teppich ausgelegten Flur, sprach Theresa Rosenhain kein Wort. Der Blick der stämmigen Frau hatte sich verfinstert. Erst als ich sie betont freundlich fragte, ob sie mit mir zusammen den Bus zurück nach Brienz nehmen wolle, lehnte sie entschieden ab. Sie habe schließlich meiner Schwester noch keinen Besuch abgestattet, - auch wenn heute nicht der übliche Besuchstag sei. Aber jetzt, wo sie schon mal hier sei, könne sie Iris ja *auch einmal* überraschen. Mit der ganz großen Überraschung des morgigen Tages könne sie ja sowieso nicht konkurrieren.

„Aber keine Angst, ich werde mich hüten, im Vorhinein Iris von Ihnen zu erzählen, beziehungsweise sie vor Ihnen zu *warnen*. Doktor Rubens würde mich nie mehr an Iris heranlassen", zischte sie halb abgewandt, als wir das weitläufige von alpinen Gemälden behängte Eingangsfoyer durchquerten. Meine vorsichtige Frage, was denn - bei allem Verständnis für die Sensibilität der Situation - an mir plötzlich so extrem gefährlich sei, überhörte sie geflissentlich.

In den halbkreisförmigen Sitzgruppen, rechts und links des doppeltürigen Eingangsbereichs, saßen mehrere Bewohner des Hauses. Wie im mondänen Wartesaal eines Bahnhofs. Regungslos und jeder für sich allein. Manche mit einer Illustrierten oder einem Spielzeug in der Hand. Wie Wartende auf einen Zug, mit jahrelanger Verspätung. Reisende ohne Fahrschein, Reiseziel und Gepäck.

„Jedoch im Gegensatz zu Dr. Rubens bete ich zu Gott, dass Sie wissen, worauf Sie sich da morgen Nachmittag einlassen", fuhr Theresa fort. „Und denken Sie ja nicht, dass das eine unverbindliche Begegnung im Rahmen eines Klassentreffens wird, Herr Tauber. Sie übernehmen da eine möglicherweise unabsehbare Verantwortung. Hoffentlich übernehmen Sie sich nicht! ... Hoffentlich richten Sie nicht mehr Schaden an, als alles andere!"

Mit diesen Worten verschwand ihre Gestalt hinter dem verschnörkelten Gitterwerk eines sich schließenden Fahrstuhlkorbes.

„Bitte glauben Sie mir, ich bin nicht gekommen, um Ihnen Iris wegzunehmen, Frau Rosenhain!", rief ich dem altertümlichen Lift hinterher. Ich wusste nicht, ob sie meine Worte noch verstehen konnte.

Plötzlich stand jemand neben mir, der mir ein Stück Schokolade aus einer aufgerissenen Tafel anbot. Ein kleiner dicklicher Mann mit einer braunen Kutte und einer Mönchstonsur. In seinem freundlichen Gesicht ein von Schokolade verschmierter Mund.

Ich lehnte dankend ab.

Beim Weg durch das Wäldchen zurück zur Bushaltestelle bohrte in mir die Frage, warum innerhalb weniger Tage schon zwei Menschen an meiner Fähigkeit, Verantwortung tragen zu können, gezweifelt hatten.

Da war dieser unangenehme Drang in mir, etwas beweisen zu müssen.

*

„Morgen werde ich mit ihr zusammentreffen."
„Tatsächlich?"
„Das ist ein ganz besonderer Moment für mich."
„Weiß ich doch. Hoffentlich auch für deine Schwester. Ich habe dir ja schon gesagt, dass ich die ganze Angelegenheit etwas kritisch sehe."
„Hast du. Aber es ist einfach unausweichlich und natürlich, dass wir uns begegnen. Irgendwann musste es schließlich sein. Stell dir vor, Iris wäre verstorben und ich hätte nie etwas von ihrer Existenz erfahren. Oder ich

wäre niemals mit ihr zusammengetroffen. Welch Katastrophe."

„Bitte kein Streit am Telefon, aber du weißt, dass man das auch ganz anders sehen kann. Zur *Katastrophe* wird alles mögliche erst bei entsprechender emotionaler Aufladung und Bedeutungszuschreibung und ... "

„ ... Wie du schon sagtest: Kein Streit ... "

„ ... und bei einer symbolischen Überhöhung. Zum Beispiel die symbolische Überhöhung restaurativer familiärer Bande. Aber wem erzähle ich das, Herr Erziehungswissenschaftler."

„Ach, Clara!"

„Was, *ach Clara?*"

„Du solltest diesen Psychiater hier mal reden hören. *Ich* bin dem Mann völlig egal! Aber er sagt, dass meine Anwesenheit hier der größtmögliche Glücksfall für *Iris* sei. Eine einmalige Chance, sagt er ... wörtlich!"

„Na gut, wenn du meinst ... Deine Mutter hat mich übrigens angerufen."

„Bitte?"

„Genaugenommen hat sie *dich* anrufen wollen und *mich* am Hörer gehabt. War total perplex, die Frau."

„Verstehe ich nicht."

„Du hast mir während deiner Abwesenheit gnädigst dein luxuriöses Appartement überlassen, Friedi. Schon vergessen?"

„Ach ja, ... stimmt."

„Deine Mutter wollte wissen, wo ihr Sohn steckt."

„Und was hast du ihr gesagt?"

„Dass ich es nicht so genau sagen könnte. Dass ich aber etwas von einer längeren Studienreise deines Uni-Seminars gehört hätte. Irgendetwas vom Besuch der

Wirkungs- und Keimstätten bedeutender Pädagogen und pädagogischer Ideologien."

„Danke."

„Habe mich nicht besonders toll gefühlt dabei. Ich meine beim Lügen."

„Doppelt Danke."

„Ach so, ein *Farshid* hat auch noch angerufen."

„Ach was."

„Habe ihn jedoch kaum verstehen können. Hat irgendetwas von einem super tollen Film erzählt, den er mit dir vor kurzem im Kino gesehen hätte. Und er würde gerne bald mal wieder mit dir ins Kino gehen. "

„Das wundert mich allerdings."

„Und ich könne von ihm aus beim nächsten Mal gerne mitkommen. Er würde dann auch seine Freundin mitbringen. Und welche Filme ich denn so mögen würde?"

„*Das* hat er gefragt?

„Hat er."

„Warum nicht, ... wenn du Lust hast."

„Und ... wie lange bleibst du noch?"

„Mal sehen. Ein paar Tage bestimmt. Vielleicht noch die nächste Woche. Wenn die Kohle reicht."

„Was ist eigentlich aus *Aristoteles und seiner Auswirkung auf die Scholastik des Mittelalters* geworden?"

„Frag mich nicht."

„Also nichts."

„Was soll's."

„Aber gut geht's dir trotzdem?"

„Alles wunderbar, meine Süße."

„Du machst keine komischen Sachen, ja?"

„Was für *komische* Sachen denn? Ich doch nicht ... Ich liebe dich doch!"

„Du wolltest mir eine Karte schicken."
„Stimmt."
„Das volle Programm. Mit Almen, Kühen, schneebedeckten Gipfeln und so."
„Mach´ ich, … kommt noch."
„Du rufst mich bitte an, wenn ich dich vom Bahnhof abholen soll, Friedi!"
„Auf jeden Fall."
„Kommst du … allein?"
„Ach, Clara!"
„Bringst du sie nun mit, … oder nicht?"
„Weiß ich nicht … Steht noch in den Sternen."

10

Dieses Gefühl sich verlangsamen zu müssen. Als ginge ich neben einem Kleinkind, einer Gehbehinderten oder einer Greisin. Nicht nur, dass ich meine gesamte Aufmerksamkeit auf unerwartete Beschleunigungen und Stopps richten musste, auch auf Richtungswechsel und unangekündigtes Abbiegen musste ich gefasst sein. Vielleicht sogar auf Stolperer und Stürze. Das Ganze ohne ein einziges gewechseltes Wort. Ohne jede Vorwarnung. Nur das parallele Geräusch unserer Atmung. Das Knirschen unserer Sohlen, die sich auf den Sandwegen abrollten.

Ich hatte vorsorglich mein offenherzigstes Gesicht aufgesetzt. Einfach nur, um vorbereitet zu sein, wenn Iris den Impuls verspüren würde, ihren Bruder doch noch einmal genauer in Augenschein zu nehmen und sei es bloß mit einem verschämten Seitenblick. So ging es die ersten fünfzehn Minuten lang. In Zeitlupe vorbei an gepflegten Beeten, Bänken und Lauben. Ich begann mir mit meiner offenherzigen Gesichtsstarre allmählich ziemlich hirnrissig vorzukommen und befürchtete, die wenigen Leute, die uns begegneten, müssten denken, nicht *Iris* sondern *ich* wäre Patient in *Ruh am See*. Wie auch immer. Jedenfalls befand sich die Permeabilität der Gefäßwände meiner Haut an diesem so besonderen Tag glücklicherweise im Normalbereich.

"Du, ich sehe sonst in echt ganz anders aus. Aber warte mal, ich habe da, glaube ich, ein halbwegs aktuelles Foto dabei." Den ganzen Abend zuvor hatte ich mir diesen Alptraum vorgestellt. Welch ein Fiasko wäre das gleich zu Anfang gewesen.

Auch nach fünfzehn Minuten immer noch nichts als das Geräusch unserer Atmung und das Knirschen unserer Sohlen. Ich überlegte: Wenn ich mich einfach auf die nächste Bank setzte und wartete, bis Iris wieder an mir vorbeikäme, um dann erneut zu ihr aufzuschließen, - würde sie merken, dass ich einige Minuten nicht an ihrer Seite gewesen war? Oder wenn ich mich zurückfallen ließe, um den Park, das Sanatorium, Brienz und die Schweiz einfach für immer zu verlassen, - würde Iris etwas auffallen? Würde sie Theresa Rosenhain und Dr. Magnus Rubens nach mir fragen? Entgeistert, beleidigt, verletzt: *Wo ist denn mein Bruder? Er ging doch die ganze Zeit neben mir und dann war er ganz plötzlich weg!*

Die tief in mir geflüsterte Antwort demoralisierte mich.

Denn schon die erste Begegnung in Dr. Rubens Behandlungszimmer war eher wortkarg verlaufen, worauf ich mich, um nicht all zu enttäuscht zu werden, jedoch eingestellt hatte. Als Dr. Rubens die Tür öffnete und ich das Zimmer mit den hohen Fenstern betrat, hinter denen sich der See ausbreitete, saß meine Schwester schon in einem der inzwischen frei im Raum positionierten Sessel. Immer noch in ihrer folkloristischen Bluse mit der riesigen Schmetterlings-Gürtelschnalle aus Emaille. Immer noch die leichten Leinenschuhe an ihren Füßen. Nur aus der roten Breitcordhose war inzwischen eine blaue Breitcordhose geworden. Sie schien mich, ihren Bruder, nicht sofort registrieren zu wollen.

Hier, im Inneren des Gebäudes, wirkte das Wenige, was ich vom Gesicht meiner Schwester sehen konnte, noch blasser als unter freiem Himmel. Und mir war sofort klar, dass es völlig unangemessen gewesen wäre, auf sie zuzustürzen, um ihr meine Hand entgegenzustrecken; geschweige denn, sie von Gefühlen überwältigt in meine Arme zu schließen und sie glückstrunken hin und her zu wiegen. Also blieb ich in einem Sicherheitsabstand von etwa drei Metern Entfernung vor meiner Schwester stehen. Die Hand auf die Lehne des zweiten Sessels stützend. Ich vermutete, dass der neben seinem Schreibtisch im Rücken von Iris stehende Dr. Rubens alles genau so arrangiert hatte. Ermutigend lächelte er mir, auf die Sitzende weisend, zu.

Auf mein vielleicht etwas zu euphorisch geratenes „Guten Tag, liebe Iris!", nickte sie ohne erkennbare Gemütsregung. Es war eher ein pflichtschuldiges Rucken ihrer schulterlangen Haare, die die Gesichtshälften einrahmten. Hellbraune Vorhänge, aus denen nur ihre markante Nase und ihr Kinn hervorlugten. Kaum vorzustellen, dass dies das Mädchen mit dem blonden Zopf und dem weißen Kleid auf dem alten Foto war. Und in einem kurzen Blick - eher ein schielendes Blinzeln - schien sogar ein gewisses Interesse an meiner Person aufzublitzen. Doch dieses Interesse erlosch im Augenblick seines Entstehens wieder wie der abgebrochene Schwefelkopf eines Streichholzes und die Augen meiner Schwester wurden wieder zu zwei stummen Seen. Grünen Seen, wie ich meinte erkennen zu können. *Sang- und klanglose Versandung,* raunte es in meinem Schädel. *Sang- und klanglose Versandung* ...

Der Einzige, der wirklich geredet hatte, war Dr. Rubens gewesen. Leutselig palaverte er gegen die beklommene Atmosphäre im Raum an. Bemüht, eine entspannte Stimmung zu erzeugen, fragte er uns nach Tee, Kaffee oder Gebäck, was Iris stumm kopfschüttelnd und ich mit einem bescheuerten „Nein, danke, ... spät gefrühstückt!", ablehnten.

Nach einigen Allgemeinplätzen bezüglich der historischen Denkwürdigkeit dieser zustande gekommenen Situation und einem Hinweis auf das attraktive Abendprogramm - die berühmte Kammersängerin Rosemarie Gurlach würde am Abend, von einem Pianisten begleitet, Perlen aus Schuberts *Die schöne Müllerin* im großen Saal zu Gehör bringen - wünschte er uns beiden einen netten Nachmittag. Wörtlich. Ich erinnere mich genau: *Einen netten Nachmittag.*

Dr. Rubens kam sogar noch bis runter vor das Haus, um uns ab dort *ganz uns selbst zu überlassen*, wie er es formulierte. Er zwinkerte mir unmerklich zu. Wir würden uns dann alle drei wohlbehalten beim gemeinsamen Abendbrot wiedersehen. Und es wäre doch sicher in meinem Sinne, dass er einen Platz für mich reserviert habe. Er bleckte kurz seine Zähne.

Wie gehabt das parallele Geräusch unserer Atmung. Das Knirschen unserer Sohlen auf den Sandwegen. Der Himmel über uns hatte längst nicht mehr das tiefe Blau der vorangegangenen Tage. Es war zu einem hellen Grau mit dunklen Schlieren geworden, das sich wie ein riesiges Tuch zwischen den Bergen über dem See spannte. Unter diesem Tuch war die Luft schwül und klebrig, und schon seit einigen Minuten hatte ich das Gefühl gehabt, einen Regentropfen auf meinem Unterarm abbekommen zu haben. Der Sauerstoff war angefüllt vom mineralischen Duft der Schöpfung und ein Lichtreflex zuckte durch mein Blickfeld. Jetzt hatte es tatsächlich angefangen leicht zu regnen. War da ein Donnergrollen in der Ferne zu hören? *Gnädiger Gott im Himmel,* dachte ich, *verschiebe die Apokalypse auf einen späteren Termin! Lass mich noch ein bisschen neben meiner stummen Schwester promenieren!*

Seit Minuten war uns niemand mehr begegnet. Vielleicht hockten die anderen Patienten alle auf ihren Veranden und beobachteten uns durch ihre Ferngläser, getarnt hinter Geranien- und Begonienrabatten. Sie waren bestimmt alle von Dr. Rubens genauestens instruiert worden und warteten nun auf den großen Augenblick. Vielleicht auf ein antikes Inzest-Drama zwischen Zeus und Hera, das sich da unten im Park gleich abspielen würde.

Das Geräusch unserer Atmung. Das Knirschen unserer Schritte auf den Sandwegen. *Sang- und klanglose Versandung ... Sang- und klanglose Versandung ... Sang- und klanglose Versandung ...* und kein antikes Inzest-Drama in Sicht.

*

„Pavillon."

Hatte sie etwas gesagt? Sie *hatte* etwas gesagt!

Das erste Wort, das ich aus dem Munde meiner Schwester hören sollte, war *Pavillon*. Ein hervorragendes, ein ganz phantastisch klingendes Wort für den Anfang, wie ich fand. Sie hatte es sehr französisch ausgesprochen und ich war aufgeregt zu erfahren, was wohl als nächstes kommen sollte. Fast wäre ich über eine flache Treppenstufe aus Naturstein gestolpert. Der Regen nahm an Intensität zu.

„Wir setzen uns bei schlechtem Wetter immer in einen Pavillon."

„Natürlich ... sehr gerne ... das ist ganz gewiss eine sehr gute Idee!", sagte ich mit übertriebener Begeisterung in der Stimme; außerdem hatte ich *ganz gewiss* gesagt, eine Formulierung, die sich so gut wie nie in meinem Sprachgebrauch befand. Und während ich noch überlegte, ob Iris sich wohl für den links oder rechts von uns gelegenen Pavillon entscheiden würde - denn wir befanden uns etwa in der Mitte des Parks -, bog sie schon, wie als Antwort, mit überraschend zügigen Schritten nach links ab.

Da wir keinerlei Regenkleidung bei uns hatten und der Fußweg bis zum Pavillon an die zweihundert Meter betrug, hielt ich mir vor Augen, wie hoch der Grad unserer Durchnässung wohl sein würde, wenn wir ihn erreichten, und ob es nicht wesentlich vernünftiger gewesen wäre, zurück ins Sanatoriumsgebäude zu laufen, allein, um einer eventuellen Erkältung oder Schlimmerem zu entgehen. Hatte die Klinikleitung mir Iris nicht zur verantwortungsvollen Obhut übergeben? Hatte Dr. Rubens nicht das Wort *wohlbehalten* benutzt? Man würde mich zur Rede stellen und zur Rechenschaft ziehen. Jedem anderen Menschen hätte ich den Vorschlag zur Rückkehr sofort unterbreitet. Wahrscheinlich hätte ich sogar drauf bestanden umzukehren. Nicht so gegenüber meiner Schwester.

In der damaligen Situation hätte mich nichts dazu bewegen können, Iris´ Wünschen und Vorstellungen zu widersprechen oder diese auch nur zu ergänzen. Mit nichts hätte ich das kostbar quellende Rinnsal unserer gerade erst erwachenden Kommunikation gefährden oder zum Versiegen bringen wollen. Ein Teil von mir befand sich nämlich durchaus noch im Zweifel über den Realitätsgehalt der Situation. Mich überkam die Vorstellung, dass ich in Wahrheit noch immer irgendwo zwischen Frankfurt und Basel im Zug saß. Die Zeitung auf dem Schoß, vor mich hin dösend. Eingenebelt vom Qualm des *Reval*-Rauchers.

Wenn Iris mich aufgefordert hätte, mit ihr nackt in den Brienzersee zu springen, ich hätte mir spontan die Kleider vom Leib gerissen, allein um diese flüchtige Fata Morgana nicht zu verärgern. Wenn sie mir mitgeteilt hätte: „Hier an dieser Stelle hüpfen Theresa und ich üblicherweise immer auf einem Bein und machen dazu I-A wie die Bergesel", ich hätte gehüpft und I-A´t wie der allerletzte Bergesel.

Glücklicherweise kam es soweit nicht. Wenig später erreichten wir ziemlich durchnässt die pagodenartige Dachkonstruktion des Pavillons. Wir waren unter uns. Niemand sonst hatte sich an diesen Ort geflüchtet. Nass und schweigend hockten wir uns gegenüber, und ich befürchtete schon, dass dieses Schweigen für den Rest unseres Lebens anhalten würde. Dass jene vor einigen Minuten zwischen uns gewechselten Worte das einzige jemals geführte Gespräch zwischen mir und meiner Schwester bleiben würde. Ich versuchte, mich sicherheitshalber an den genauen Wortlaut zu erinnern, um diese kostbare Konversation für immer im Gedächtnis zu behalten.

*

Da saßen wir nun und schauten auf den See. Das Gewitter grübelte immer noch unschlüssig in den Bergen vor sich hin. Das Wasser des Himmels und das Wasser der Erde flossen rauschend ineinander zu einem einzigen Ozean. Um uns herum tropfte es aus überlaufenden Dachrinnen, wusch Bäche, formte Archipele und Seelandschaften im Sand der Wege. Diese ganze wahnsinnig gewordene Welt war im Begriff von jemandem mit einer großen Flut hinfortgeschwemmt zu werden. Von jemand Weisem und Gütigem. Allein für meine Schwester und mich tat er dies. Bald würde es nur noch Iris und mich geben. Zwei Verstummte, zwei Übriggebliebene, zwei Überlebende einer Katastrophe. Einer Katastrophe, deren Ursache keiner von uns beiden jemals verstehen, die uns aber auch nie jemals erklärt werden würde, deren Ursache uns irgendwann auch längst nicht mehr interessieren würde.

Ob es ein *danach*, einen Neuanfang oder einen neuen Morgen geben würde, interessierte uns ebenso wenig. Ob die Zeit still stand oder im Begriff war, sich selbst zu überholen, war uns gleichgültig. Natürlich konnte ich nicht wissen, was Iris dachte und fühlte, doch für mich galt in diesem Moment nur dieser andere Mensch auf der Holzbank gegenüber. Nass geregnet und in Stummheit versunken wie ich selbst. Der fehlende Teil meiner eigenen Geschichte, von dem ich nicht gewusst hatte, dass es ihn gab, dessen Fehlen ich mir aber immer eingebildet hatte zu spüren.

Obwohl mir heiß war und ich schwitzte, verspürte ich weder Durst noch den Wunsch nach Kühlung. Der

Schweißfluss unter meinem Hemd vermengte sich mit der transpirierenden Natur um mich herum. Es war, als würde die immer stärker strömende Himmelsflut all meine Ängste und Befürchtungen aus mir herauswaschen. Als würde sie vorhaben, meine Seele zu reinigen, um sie für ein neues, befriedetes Leben bereit zu machen. Ein Leben in paradiesischen Dimensionen.

„Wir setzen uns bei schlechtem Wetter immer in einen Pavillon."

Aber natürlich! ... Was sonst? Was wollte ich mehr, als diese schlichte Weltformel?

Wir setzen uns ... bei schlechtem Wetter ... immer in einen Pavillon.

So einfach ist das nämlich. Hauptsache man hat bei schlechtem Wetter immer einen Pavillon in der Nähe. Und wenn meine Schwester nie mehr etwas zu mir gesagt hätte, - es wäre gut gewesen. Wenn sie für immer verschämt meinem Blick ausgewichen wäre, - ich wäre zufrieden gewesen. Ich hatte für einen Moment das Gefühl, angekommen zu sein. Befreit von all den antwortlos gebliebenen Fragen meiner zurückliegenden Lebensjahre.

Ich dachte an unseren verlaubten Garten am Rondeelteich, die *Lichtburg* und den Bunker unter dem Haus meiner frühen Kindheit. Ich dachte an meine immer wiederkehrenden Albträume, die von den Wänden verschwundenen Fotografien meines Großvaters und meine weinende Mutter auf der Bettkante im nächtlichen Schlafzimmer. Ich dachte an die einsamen Stunden im Keller unserer Barmbeker Wohnung, die Vormittage am Hafen, mein Versteck im Gebüsch unter dem *Altonaer Balkon,* mein zielloses Umherirren durch die Stadt, die Trümmerfelder und die endlosen S- und U-Bahnfahrten.

Ich dachte an den Turm des *Michels,* den Kabelkran der *Stülckenwerft* und die Nebelhörner der großen Ozeandampfer mit ihren mich grüßenden Kapitänen. An mein Fernweh auf der Bank über den Landungsbrücken und an Robert Hayek in seinem Löwenkäfig dachte ich. An das Mondgesicht und an an den heißen Atem meiner Mutter in meinen Haaren:

„Manchmal frage ich mich, ob du mehr Glück im Unglück oder mehr Unglück im Glück hast, mein lieber Sohn. Kannst du mir das sagen?"

Ich dachte an den kühlen Handrücken meiner Großmutter an meiner Wange:

„Wo es wohl hingehen wird mit dir, mein liebes Friederlein?"

Und an Lehrer Schmakeits schwere Hand auf meinem Kopf:

„Alles in Ordnung, Frieder?"
„Aber klar doch, Herr Schmakeit ... alles bestens!"
„Na dann lauf mal los, mein Junge, und mach´s gut."

Ich dachte an den bronzenen Erzengel mit seinem Speer über uns und daran, dass ich losgelaufen war, obwohl überhaupt nichts *bestens* war. Obwohl ich keinen blassen Schimmer hatte, wie ich es *gut machen* sollte, und obwohl niemand hinter der nächsten Hausecke auf mich wartete. Ich dachte an die quälende Sehnsucht zu verstehen und verstanden zu werden.

Doch ich erinnerte mich an all das ohne Schmerzen. Als wäre bald alles endgültig überstanden und überwunden. Denn nachdem Iris und ich vierzig Tage und Nächte in diesem Pavillon über das Wasser getrieben waren, würden wir mit unserer Arche an den Bergspitzen von Eiger, Mönch oder Jungfrau festmachen, warten bis das Wasser abgeflossen wäre und ein neues

Leben beginnen. Meine Schwester und ich als die ersten Menschen.

„ ... Bald ist Abendbrot."

*

Meine Ohren hatten sich nicht getäuscht. Der Mund meiner Schwester hatte „Bald ist Abendbrot", gesagt. Ich schaute auf meine Armbanduhr. Es war erst kurz vor fünf. Wir hatten also noch eine ganze Stunde. Außerdem regnete es in nicht nachlassender Intensität. Auf das Dach des Pavillons trommelten noch immer die Tropfen der Sintflut.

„Ja ... Abendbrot", sagte ich mit erhobener Stimme gegen die Geräuschkulisse. „Wollen wir vielleicht noch etwas abwarten, bis der Regen nachgelassen hat? ... Ein wenig Zeit haben wir ja noch, Iris."

Sie hatte ihren Kopf gesenkt und spielte mit ihren Händen. Bis auf Nase und Kinn verschwand ihr Gesicht wieder zwischen den strähnigen Gardinen ihrer feuchten Haare. Ich bildete mir ein, einige schwere Atemzüge zu hören und begann, mich schon damit abzufinden, dass sie nicht vorhatte, mir zeitnah zu antworten. Dass sie in den nächsten Minuten wahrscheinlich einfach aufstehen würde, um zurückzugehen. Zurück zum Sanatorium, wo uns vielleicht ein aufgeräumter Dr. Rubens erwarten würde, um mich, konspirativ zur Seite nehmend, nach dem Erfolg unseres Zusammentreffens zu interviewen.

„Sie hat: `Wir setzen uns bei schlechtem Wetter immer in einen Pavillon´, und `Bald ist Abendbrot´, gesagt", würde ich ihm berichten. Und Dr. Rubens würde wahrscheinlich hocherfreut über diesen immensen Fortschritt seiner psychiatrischen Bemühungen sein, seines therapeutischen Programms, in dem ich, zu meinem leisen Missfallen, offensichtlich nur eine willkommene Schachfigur als Mittel zum Zweck darstellte.

„Das war aber ein echter rekonvaleszenter Quantensprung, Herr Tauber. Nur weiter so! Wie lange gedenken Sie eigentlich noch bei uns in *Ruh am See* zu bleiben? Ist Ihre Unterkunft unten im Ort etwas für die Dauer oder soll ich Ihnen hier oben bei *uns* ein nettes Zimmer organisieren? Ich könnte Ihnen etwas Komfortables hoch unterm Dach anbieten. Inklusive atemberaubendem Seeblick und Bergpanorama."

Dann würde er mir vielleicht sanft seine Hand auf die Schulter legen um mir zuzuflüstern: „Denn Ihre Anwesenheit hier scheint ja wahre Wunder zu bewirken, junger Freund. Ihre liebe Schwester und ich haben nach dem heutigen Durchbruch noch so Einiges vor mit Ihnen. Aus der Verpflichtung kommen Sie jetzt nicht mehr raus, Herr Tauber, das ist Ihnen doch hoffentlich klar. Ab heute haben Sie eine große Verantwortung übernommen." Womöglich würde er mir danach aufmunternd auf die Schulter klopfen und mir sein Pferdegebiss zeigen.

„ ... Die Armbanduhr, die mir Großmutter geschenkt hat, geht seit Jahren nach. Sag mir bitte Bescheid wenn es halb sechs ist, Frieder. Ich möchte mir vor dem Abendbrot unbedingt noch trockene Kleidung anziehen, meine Haare föhnen und keinesfalls zu spät zu Tisch kommen."

Während Iris diese drei überaus erstaunlich vollkommenen Sätze von sich gab, hatte sie zwar nicht vermocht mich anzuschauen, aber sie hatte mich immerhin Frieder genannt.

Als wir eine halbe Stunde später das Foyer des Sanatoriums betraten, war von Dr. Rubens nirgendwo etwas zu sehen.

So ging es weiter. Die nächsten Tage. Die nächsten Wochen. Drei Wochen, um genau zu sein. Dr. Rubens hatte mir tatsächlich noch am Abend meines ersten Zusammentreffens mit Iris eine Unterkunft in *Ruh am See* angeboten, die ich nach einigen Tagen inneren Kampfes bezogen hatte.

Nun wohnte ich also ganz idyllisch in einem der ausgebauten Ecktürme des Sanatoriums. In einem Zimmer, in dem mich anfänglich der Geruch des jahrelangen Unbewohntseins umwehte. Neben dem Bett, einem ausrangierten weißen Krankenhausbett, das bei jeder nächtlichen Positionsänderung quietschten sollte, existierten ein Stuhl, ein Tisch, ein gesprungenes Waschbecken und ein Kleiderschrank. Ein dunkles Ungetüm, das die konzentrierte Substanz des Unbehaustseins geradezu ausatmete. Die Toiletten und Duschen befanden sich zwei Stockwerke tiefer im Personaltrakt der Pfleger. Soweit zu *komfortabel*. Aber den Ausblick betreffend wurden meine Erwartungen nicht getäuscht. See und Berge breiteten sich unter meinem Fenster aus wie die idealisierte Kulisse eines Heimatfilms. Einige Minuten stand ich an die breite Fensterbank gelehnt, benommen meinen Blick in der Landschaft verlierend. Wobei mir siedend heiß einfiel, dass ich Clara eine Postkarte mit idyllischen Motiven versprochen hatte.

Die erste Nacht in meinem Turmzimmer blieb nahezu schlaflos. Das Bett unter mir knarrte, als würde ich andauernde ungehemmte Sexualität mit jemandem ausüben. Ich sog die Einsamkeit des Zimmers in meine Lunge und versuchte mir vorzustellen, wer alles schon im 19ten Jahrhundert an diesem Ort genächtigt hatte. Und vor allem, *warum*.

*

Iris und ich gingen jetzt fast jeden Tag spazieren. Bis auf mittwochs, dem angestammten Besuchstag von Theresa Rosenhain, die ich jetzt nur noch selten zu Gesicht bekam. Lediglich ein förmlicher Gruß, wenn wir uns am Mittwoch über den Weg liefen; gepaart mit geschäftigem Gebaren, als gäbe es etwas nachzuarbeiten, etwas, was in meiner Gegenwart und unter Einfluss meiner Person zu kurz gekommen wäre. Als sei ich ein Konkurrent um die Gunst ihres jahrzehntelangen Schützlings. Es war durchaus nicht so, dass ich die Frau nicht verstehen konnte.

Auf den Spaziergängen mit Iris versuchte ich mich stets streng an die Maßgaben von Dr. Rubens zu halten. Wollte ich mir doch nichts nachsagen lassen.

Sie, Herr Tauber, bleiben defensiv. Sie verbieten sich jegliches Insistieren. Sie dosieren Ihre Fragen, auch wenn Sie noch so lichterloh brennen. Den offensiven Part ... wenn Sie so wollen ... überlassen Sie bitte Ihrer Schwester.

Diese Vorgehensweise bereitete mir weniger Schwierigkeiten, als ich anfangs befürchtet hatte. Denn wenn

Iris auch immer wieder von minutenlanger Stummheit und Bewegungslosigkeit verschluckt wurde, konnte ich mich doch darauf verlassen, dass sie in Abständen aus diesem Stupor erwachte. Um nicht zu sagen: aufschreckte. Besonders *sang- und klanglos versandet* wirkte sie, ganz nebenbei erwähnt, auf mich damals nicht. Auch wenn sich ihre Aussagen, nachvollziehbarerweise, meistens um belanglose Abläufe oder Vorkommnisse innerhalb ihrer hermetisch geschlossenen Sanatoriumswelt drehten. Aussagen, die ich in stiller Dankbarkeit jedoch stets mit großem Interesse kommentierte und denen ich mit einer ganzen Reihe von Verständnisfragen begegnete, bemüht um einen überaus wissbegierig klingenden Tonfall.

Ich versuchte diese unvermittelten Konversationsschübe zwischen uns möglichst lange am Leben zu erhalten, als wäre ich einer dieser psychologisch geschulten Fernsehkommissare, die ein Telefongespräch mit einem Entführer in die Länge ziehen möchten, um kostbare Zeit zu gewinnen. Kostbare Zeit, in der die Fernmeldetechniker im Hintergrund das Versteck des Opfers lokalisieren können. Mit dem kleinen Unterschied, dass *ich* auf der Suche nach den versteckten Geheimnissen unserer Familie war.

Fragen zu meiner Person und meinem bisherigen Leben stellte meine Schwester mir fast nie. Auch nicht zu meinen, zu *unseren* Eltern.

Unausgesprochen hatte sich im Laufe der Wochen ein kleines Ritual zwischen uns entwickelt. Wer von uns beiden zuerst den schon erwähnten Ausflugsdampfer zwischen den anderen Booten am diesigen Horizont entdeckte, musste „Da ist der Ausflugsdampfer!" sagen. In diesem Zusammenhang konnte ich das erste Lächeln über das Gesicht meiner Schwester huschen sehen. Als ich sie deshalb zum dritten Mal hintereinander gewinnen ließ, wandte sie sich mir vorwurfsvoll zu: „Du brauchst mich nicht gewinnen zu lassen, Frieder, mein Brüderchen."

Dann lächelte sie.

Am Ende unserer gemeinsamen Nachmittage saßen wir immer in einem der beiden japanischen Pavillons und schauten auf den See; Iris wählte meistens den schwächer frequentierten an der linken Parkseite. Sie schwieg nach wie vor gerne ausdauernd, während ich zwei bis drei Zigaretten rauchte. Manchmal dachte ich dabei an Hamburg. An meine Eltern, an meinen Großvater, an Clara, an Farshid, an mein Studium und an die Zukunft. Das Bild ließ sich nicht scharf stellen.

Ab der zweiten Woche nahmen wir, über die Spaziergänge hinaus, auch sämtliche Mahlzeiten gemeinsam ein, bis auf das Frühstück. Allerdings niemals auf ihrem Zimmer, sondern immer in einem von Spiegeln behängten Speisesaal; das Zimmer meiner Schwester sollte ich erst im Zusammenhang mit einer späteren Situation betreten. Ich wusste aber, dass fast alle Bewohner in *Ruh am See* ein geräumiges Einzelappartement besaßen. Ganz im Gegensatz zu meiner mönchischen Besenkammer. Darüber hinaus besuchte ich mit Iris die kulturellen Abendveranstaltungen und nahm mit ihr an den diversen Angeboten der Freizeitgestaltung teil. Als da waren Bastel-, Volkstanz-, Singe- und Spielenachmittage sowie einige Ausflüge ins Umland mit den drei sanatoriumseigenen VW-Bussen. Wobei man in Iris' Fall zumeist eher von einem passiven Hospitieren als von einer aktiven Teilnahme sprechen konnte.

Besonders eindrücklich gestaltete sich eine Ausfahrt in die Aareschlucht. Einem sagenumwobenen *Kraftort der Schweiz*, wie ich in einer Broschüre gelesen hatte. Ein bis zu zweihundert Meter tiefer, aber an seinen schmalsten Stellen nur einen Meter breiter Felsspalt, durch den in ohrenbetäubender Lautstärke und großer Geschwindigkeit seit zehntausenden von Jahren die Aare schoss; ein Gebirgsbach gespeist vom ewigen Gletschereis im Grimselgebiet zwischen Berner Oberland und Oberwallis. Meines Erachtens erforderte es durchaus eine gewisse mentale Robustheit, um diese schattig feuchte Unterwelt zu durchqueren. Besonders bei diagnostizierter Herzschwäche oder psychischer Instabilität des Wanderers. Immerhin ging es fast eine Stunde lang über schmale, an Felsen hängenden Holzgalerien und in den Stein gehauene Stufen mit Handläufen aus Draht. Hoch über gähnenden Schlünden wütenden Wassers.

Ich war mir sicher, dass Dr. Rubens seine Erlaubnis für diesen Ausflug nicht leichtfertig jedem seiner Patienten erteilen würde. Obwohl es mir schien, dass er die mythische Unterweltatmosphäre in der Aareschlucht für seine therapeutischen Zwecke zu instrumentalisieren versuchte. Denn war dies nicht ein perfekter Schauplatz im Rahmen einer wie immer gearteten Katharsis? Ein enger, dunkler und feuchter Geburtskanal, durch den sich der Kranke zum Licht kämpfen musste. Ich vermutete hier sogar den verborgenen Grund für die Wahl dieses Ausflugsziels.

Ein junger Mann hatte sich zum Beispiel nach etwa einer halben Stunde verzweifelt wimmernd auf den Boden sinken lassen. Die Arme über den Kopf verschränkt weigerte er sich standhaft, auch nur einen einzigen Schritt weiterzugehen. Er wisse ganz genau, dass das Ende für ihn und alle Anderen unverrückbar gekommen sei. Er sei hundertprozentig überzeugt davon, dass niemand diese Hölle jemals wieder lebend verlassen würde. Niemals! Das sei vorbestimmt und die Strafe für all seine und unsere Missetaten. Satan solle endlich kommen und ihn und uns heim in sein Reich holen!

Der Bedauernswerte kreischte dies gegen die tobenden Wassermassen an, die seine Stimme trotzdem fast verschluckten.

Dr. Rubens wirkte währenddessen keineswegs beunruhigt. Er hatte sich neben den Verzweifelten auf den nassen Felsboden gehockt und geduldig auf ihn eingeredet, umringt von den anderen Ausflüglern. Auch Iris stand mit aufmerksamem Gesicht in dem zusammengerückten Kreis und mich beschlich der Eindruck, dass ich einer Zeremonie beiwohnte, die die meisten Ausflügler nicht zum ersten Mal erlebten.

Durch den Lärm und da ich mich etwas abseits des Geschehens hielt, verstand ich bedauerlicherweise nichts von dem, was der Psychiater seinem weinenden Patienten ins Ohr rief, doch nach einigen Minuten begann der junge Mann sich wieder aufzurichten. Zitternd und auf schwankenden Beinen stand er da. Ich muss zugeben, dass das Ganze etwas von einer Erweckungsszene oder unseriösen Wunderheilung hatte. Doch gestützt von zwei Pflegern gelang es dem völlig Aufgelösten sodann tatsächlich halbwegs würdevoll den Ausgang der Schlucht zu erreichen. Dort, im hellen Tageslicht, schüttelte ihm Dr. Rubens stolz die Hand, als hätte der Mann soeben eine Prüfung bestanden und nun die Weihe für eine höhere Stufe des Daseins erlangt. Alle Herumstehenden, auch Iris, klatschten langanhaltenden Beifall. Einige stießen sogar begeisterte Johler und Jauchzer aus. Auch ich fühlte mich genötigt, in meine Hände zu klatschen. Im Hintergrund toste das Wasser ungerührt durch die Klamm.

*

Der Juli ging ins Land und ich begann mich zu fragen, wie lange ich noch bleiben konnte oder sollte. Auch wenn Verpflegung und Unterkunft freundlicherweise scheinbar frei für mich waren, denn niemand hatte mich bis jetzt auf eventuell auflaufende Kosten angesprochen. Und allmählich begann sich tatsächlich ein Hans-Castorp-Gefühl bei mir einzustellen. Ich fragte mich, wann der Zeitpunkt käme, an dem man von Seiten der Sanatoriumsleitung auf mich zukommen würde:
Sehr geehrter Herr Tauber, wir müssen Sie nun leider bitten unser Institut zu verlassen. Der klinisch-therapeutische Effekt Ihrer Präsenz hat sich erschöpft. Wir möchten Ihnen im Namen von Fräulein Iris-Mechthild-Sophia Tauber und der Sanatoriumsleitung Dank aussprechen. Ihre Schwester Iris ist in letzter Zeit signifikant redseliger geworden!
Ich fragte mich, ob dieser Moment überhaupt jemals kommen würde. Vielleicht gab es geheime Absprachen, mich so lange wie möglich an meiner Abreise zu hindern? Mir wurde zunehmend mulmig bei dem Gedanken, für länger oder gar für immer in *Ruh am See* zu bleiben. Anderseits: Hatten sich Sinn und Zweck dieser Reise schon erfüllt? Und was waren nochmal Sinn und Zweck dieser Reise?

Auch Clara stellte mir diese Frage bei einem unserer kurzen Telefongespräche. Außerdem hätte sich meine Mutter wiederholt nach dem Verbleib ihres Sohnes erkundigt und Herr *Aristoteles und seine Auswirkungen auf die Scholastik des Mittelalters* könnten sich ja wohl auch endgültig in die Wüste verabschieden. „Lass sie in Frieden ziehen", sagte ich.

Obwohl ich regelmäßig mein Clemastin einnahm, ließ sich meine Haut nicht bändigen. Wann und wo sie wollte, reagierte sie nach wie vor, auf was und wie sie wollte. Wenn auch durch das Medikament abgemildert, blieb meine Haut doch ein unberechenbares Organ. Ein unzähmbares Wesen, das mich umhüllte. Einmal war ich gezwungen bis nachmittags auf meiner Turmkammer zu bleiben, um das Abklingen meiner Gesichtsschwellungen abzuwarten. Ich wollte ungern zur Jahrmarktattraktion der Patienten werden und, wo ich ging und stand, von feixenden Gaffern umringt sein.

Dr. Rubens machte mir in diesem Zusammenhang noch mehrmals Offerten für ein therapeutisches Vieraugengespräch. Er verspräche mir, sich viel Zeit für mich zu nehmen. Da ich, wie alle Menschen, nicht aus meiner Haut könnte, sollte ich diesbezüglich keine Option ausschlagen. Denn, um zu diagnostizieren, dass mir etwas auf den Pelz brenne, bräuchte man nun wirklich kein Diplom als Seelenklempner. Das waren seine Worte.

An einem Tag in der letzten Juliwoche saßen Iris und ich wie gewohnt in unserem Pavillon. Zusammen schweigend, stierten wir in eine diesig langweilige Ferne. Doch es war der Tag, der alles veränderte.

*

„Er ist schon sehr lange nicht mehr hier gewesen ... Früher hat er mich ganz oft besucht, aber er ist inzwischen bestimmt zu alt für die lange Fahrt von Hamburg nach Brienz ... Aber eine Postkarte hätte er mir doch schicken können ... Vom Hafen oder von der Alster."

Dies war mit Abstand die komplexeste Äußerung, die Iris mir gegenüber seit meinem Besuch in Brienz von sich gegeben hatte. Ich spürte sofort, dass an diesem Tag etwas in der Luft lag. Eine sirrende Atmosphäre aus Instabilität und Veränderung. Doch in meinen inneren euphorischen Aufruhr über diesen möglichen Durchbruch mischte sich auch eine unbestimmte Furcht. Die Furcht, der veränderten Realität nach diesem Durchbruch nicht gewachsen zu sein.

„Naja ... Vater ist in diesem Jahr dreiundsechzig geworden und Mutter einundsechzig. *So* alt ist das jetzt noch nicht. Außerdem haben dich Vater und Mutter doch jedes Jahr zusammen besucht. Oder ist Vater manchmal auch alleine gekommen?"

„Vater und Mutter sind immer zusammen gekommen. Aber dieses Jahr waren sie noch nicht da."

„Ich weiß, Iris. Und das ist auch sehr schade. Aber ich glaube, sie haben sich vorgenommen, dich dieses Mal nicht im Sommer sondern in der Weihnachtszeit zu besuchen. Dann ist es doch bestimmt besonders schön und romantisch hier."

„Sehr schön, ... oh ja!"

„Siehst du, Iris. Dann musst du in diesem Jahr nur ein wenig länger auf Vater und Mutter warten als sonst."

„Ich meine nicht Vater und Mutter."

„Nein?"

„Ich meine Großvater."

„Bitte?"

„Ich habe von Großvater gesprochen."

„Von ... *Großvater?*"

„Großvater hat mich früher immer abgeholt und mitgenommen ... auf seine Abenteuerreisen."

„Was für ... Abenteuerreisen, Iris?"

„Aber wenn er nur wenig Zeit hatte, hat er mir immer schöne Postkarten von ganz weit weg aus der Welt geschickt. Und manchmal ... manchmal hat er sogar hier gewohnt. Oben im Turmzimmer. Genau dort, wo du jetzt auch wohnst. Er hat aber immer vorher angerufen oder ein Telegramm geschickt. Damit ich Bescheid wusste und mich hübsch machen konnte."

„Großvater hat ... hier gewohnt?"

„Und wenn er hier gewohnt hat, habe ich mich nachts immer zu ihm hoch geschlichen. Denn Großvater hatte immer viele tolle Geschenke mitgebracht. Die habe ich dann vor seinen Augen ausgepackt und auf dem Bett verteilt. Weil er das immer so schön fand, wenn ich mich so doll gefreut habe. Großvater war danach immer ganz besonders lieb zu mir."

„Er hat *hier* gewohnt? In dem Zimmer, in dem ich jetzt auch wohne? Und du hast dich nachts zu ihm ... *rauf*geschlichen?"

„Dr. Rubens war da noch nicht hier in *Ruh am See.* Naja, ... und eigentlich war es ja auch nicht erlaubt, nachts im Haus herumzuwandern. Aber Großvater und Professor Furrer waren richtig gute Freunde. Professor Furrer wusste immer Bescheid. Er ist auch ein sehr netter Mann. Aber auch schon ganz schön alt. So alt wie Großvater bestimmt jetzt auch inzwischen ist ... Wie alt ist Großvater eigentlich?"

„Und dort, nachts im Turmzimmer, hat er dir Geschenke gegeben? Und dann? ... Und danach? ... Ich meine, nachdem du seine tollen Geschenke ausgepackt hattest?"

„Dann haben wir immer ein bisschen gekuschelt ... oder so."

„Gekuschelt?"

„Aber bevor die Sonne aufging, musste ich natürlich wieder unten in meinem Zimmer sein. Habe ich auch immer geschafft. Ist *niemals* was rausgekommen. Hat *nie* einer von den Pflegern oder Schwestern was gemerkt."

„Iris, was meinst du bitte mit *gekuschelt?* Was habe ich mir darunter genau vorzustellen ... ich meine, ich verstehe das nicht so richtig ... "

„Oooch, Frieder ... wir haben nur so eng beieinander gelegen und haben uns gekitzelt und gestreichelt ... gekuschelt eben."

„Gekuschelt ... "

Der Pavillon, - eigentlich ein Bauwerk an dem alles symmetrisch und rund war, - sein Dach, seine Säulen, seine zierlich ornamentierten Blumengitter, die Lehnen unserer Bänke, der Mosaikboden unter uns -, dieser Pavillon bekam plötzlich etwas Kantiges und Eckiges. Die ganze Konstruktion wurde zu einem spitzen, stacheligen Gebilde ohne erkennbare Geometrie, in dem der Aufenthalt zunehmend gefährlicher wurde.

Iris schien von der bedrohlichen Mutation unserer Umgebung nichts bemerkt zu haben, ich hingegen spürte jetzt sogar schon unter meinem Pullover und meinem

Hemd ein Kratzen, Stechen und Brennen. Ganz anders allerdings als bei meiner Urtikaria, deren Symptome eher von innen durch die Haut meines Körpers heraus blühten, wurde dieses Kratzen, Stechen und Brennen von einem äußeren Gegenstand ausgelöst. Einem Schmerzen verursachenden autonomen Fremdkörper, der im Begriff war, unter meine Kleidung in meine Nabelgegend zu kriechen. Und tatsächlich musste ich mit ansehen, wie sich das Strickgewebe meines Pullovers abwechselnd dehnte und wölbte und sich der kantige Umriss von etwas abzuzeichnen begann. Ein lebendiges Wesen, das unter den Maschen langsam vor- und zurückwanderte.

Um den Saum meines Pullovers anzuheben, musste ich mich zurücklehnen. Ich zog auch das Hemd aus der Hose und schob beides vorsichtig nach oben in Richtung Rippenbogen. Mit zitternden Händen und stets darauf achtend, das stachelige Ding, das sich dort auf meinem nackten Bauch platzierte, möglichst nicht zu berühren. Es möglicherweise zu reizen. Und obwohl ich vor Anspannung kaum Luft bekam, versuchte ich meinen Atem anzuhalten.

Dann erblickte ich die Hand meines Großvaters. Sich rhythmisch zusammenkrallend und wieder öffnend. Die langen Finger geformt aus den verholzten braunschwarzen Ästen eines uralten Rosenstocks. Harte, von Dornen bewachsene Fingerkuppen. Blutüberströmte Dornen, die sich in die empfindliche Haut meines Bauches bohrten.

Ich schloss die Augen, um nicht zu schreien. Ich hoffte, wenn ich die Augen wieder öffnete, würde die Hand auf meinem Bauch wieder verschwunden sein. Vielleicht sollte ich bis hundert zählen.

*

Als ich bei hundert angekommen war und meine Augen wieder öffnete, war die Hand verschwunden. Wäre in diesem Moment jemand vorbeigekommen, hätte er einen Mann gesehen, der, aus welchen Gründen auch immer, den Drang verspürte, seinen spärlich behaarten Nabel zu lüften. Was an einem Ort wie diesem sicherlich kein Aufreger gewesen wäre.

Iris hatte die ganze Zeit auf den vernebelten See geschaut. Vielleicht hatte sie auch Ausschau nach dem Raddampfer gehalten, der niemals anlegte. Diesem Nachen nach nirgendwo. Sie hatte von meinem Horrortrip nichts mitbekommen.

„Was waren das für Abenteuerreisen, von denen du eben gesprochen hast?", fragte ich, nachdem ich mich einigermaßen gefangen hatte.

„Überall hin. Hier in die Gegend und in die ganze Welt. Meistens mit dem Auto oder mit dem Dampfer. Einmal sogar mit dem Flugzeug. Großvater und ich waren sogar mit dem Flugzeug in Amerika. In New York auf einem Wolkenkratzer. Manchmal waren wir auch mit einem ganz kleinen Segelschiff unterwegs."

„Was für ein Segelschiff?"

„Es hieß *Norne* und war aus ganz schönem roten Holz. Und ich hatte gar keine Angst. Ich bin auch fast nie seekrank geworden. Großvater hatte immer solche Tabletten dabei."

„Du warst mit Großvater ... auf der *Norne*?"

„Ganz oft sogar. Und beim letzten Mal waren wir auf dieser Insel. Dieser Insel aus roten Felsen. Mit den vielen kaputten Mauern und Löchern in der Erde. Sie hieß Helgoland, glaube ich. Und das Wetter war ganz furchtbar schlecht. Aber ich hatte ja gar keine Angst. Und in der Koje war es ja auch ganz gemütlich. Und Großvater und ich haben immer ganz viel gekuschelt."

„Ihr ward auf *Helgoland*? Kannst du dich *genau* erinnern? ... Wann warst du mit Großvater auf Helgoland?"

„Ach Frieder, das ist so lange her. So lange wie ich Großvater nicht mehr gesehen habe. Aber vielleicht kommen Vater und Mutter Weihnachten diesmal mit ihm gemeinsam nach *Ruh am See*. Und du kommst dann auch noch dazu. Und Theresa. Und dann feiern wir alle schön zusammen!"

„Was war da los auf Helgoland, Iris?"

„Habe ich doch schon gesagt. Ganz schlechtes Wetter, Regen und Sturm. Doch Großvater und ich wollten trotzdem weitersegeln. Weil ich ja auch überhaupt keine Angst hatte. Doch dann ist Vater auf einmal gekommen. Und Vater hat mich Großvater einfach weggenommen."

„*Vater?*"

„Großvater und Vater haben sich erst lange unterhalten. Und dann haben sie sich gestritten. Unten im Bauch von der *Norne*. Und ich habe die ganze Zeit ganz doll weinen müssen."

„Unser *Vater* war damals ... auf *Helgoland*?"

„Ja ... Vater stand plötzlich auf der Hafenmauer und hat ganz streng geguckt und gesagt, dass ich sofort runter vom Schiff kommen soll. Großvater hat aber gesagt, dass ich bei ihm bleiben darf. Dann ist Vater auf die *Norne* gekommen. Vater war furchtbar wütend und hat ganz doll geschimpft mit Großvater. Und dann hat Vater mich einfach mitgenommen und wieder hier nach *Ruh am See* gebracht. Erst mit einem Boot von einem Fischer oder so, dann mit dem Auto und dann ganz lange mit der Eisenbahn. Aber vorher haben wir noch Mutter getroffen. In Hamburg. In einem Hotel, in dem wir auch übernachtet haben."

„Und das war das ... *letzte Mal,* ... dass du Großvater gesehen hast?"

„Großvater hat mich ja nie wieder besucht. Vielleicht, weil Vater immer noch so böse auf ihn ist. Weil er ja denkt, dass ich immer so große Angst vor dem Sturm hatte. Vater soll aber nicht mehr böse auf Großvater sein. Wir wollen doch alle dieses Jahr zusammen Weihnachten feiern."

„Hör mir mal gut zu, Iris. Wenn es stimmt, was du sagst, dann ist Großvater, nachdem du und Vater Helgoland verlassen habt, alleine weitergesegelt. Die *Norne* ist in Seenot geraten und Großvater hat den Sturm nicht überstanden. Nicht ... *überlebt,* verstehst du? Großvater ist in dem Unwetter damals ... *gestorben.* Großvater ist tot, Iris ... *tot!* Seit zwanzig Jahren liegt seine Urne im Familienmausoleum der Taubers auf dem Ohlsdorfer Friedhof in Hamburg."

„Großvater ist nicht tot."

„Leider doch, Iris! ... Hat dir das denn niemand gesagt?"

„Du lügst, Frieder!"

„Nein, Iris, ich lüge nicht. Er ist im Oktober 1952 in der Nordsee umgekommen. Irgendwo in der berüchtigten Untiefe vor Scharhörn am *Großen Vogelsand.* Zumindest hat man dort Teile seiner zerstörten Jacht geborgen. Seine ... Leiche ... hat man etwas später an anderer Stelle aus dem Meer gefischt. Es war wirklich ein ganz schlimmer Herbstorkan damals. Die Zeitungen waren alle voll davon."

„Großvater ist noch nicht gestorben."

„Mit Sicherheit, Iris. Und wie es aussieht ist dir damals zum zweiten Mal das Leben gerettet worden. Erst von Großvater vor den Nazis und Hitler ... und später von unserem Vater ... vor Großvater selbst."

„Du sollst so etwas nicht sagen, Frieder."

„Es tut mir wirklich leid. Das kannst du mir glauben."

„Es ist ... es bringt mich ganz durcheinander."

„Man kann sich leider nicht aussuchen, ob die Wahrheit gut oder schlecht ist."

Wenige Minuten später stand sie auf. Es war eher ein plötzliches Aufspringen. Ohne mich anzusehen, ohne eine weitere Äußerung verließ sie den Pavillon. Mit ungewöhnlich raschen Schritten lief sie in Richtung Sanatorium. Es war eher ein nach vorne gebeugtes Hetzen über die Sandwege. Mit diesen fliegenden Haaren an ihren blassen Wangen. Eine Flucht in die Sicherheit ihres Zimmers, vorbei an Bänken, Brunnen und Beeten. Nach einem Moment der Unschlüssigkeit rannte ich ihr hinterher; einige Male unentschlossen ihren Namen rufend; ohne echte Hoffnung, sie aufhalten zu können. Die Patienten, die uns begegneten und das sie begleitende Personal drehten sich verwundert nach uns um. Sich kurzfristig fragend, ob es hier eventuell einen Anlass gab, einzugreifen zu müssen.

Im Haus fand ich die Tür ihres Zimmers von innen verschlossen. Mit Sorge registrierte ich, dass dies überhaupt möglich war in einer Einrichtung wie *Ruh am See*. Nur vorsichtig wagte ich anzuklopfen. Mit gedämpfter

Stimme redete ich in den Winkel zwischen Rahmen und Tür hinein. Eindringlich und mit allem Einfühlungsvermögen der Welt in meiner Stimme. In Abständen legte ich mein Ohr auf das Holz; nach einer Antwort, einem Weinen oder Schluchzen horchend. Nichts. Außer mein heißes, schwitzendes Ohr.

Um Gottes willen jetzt keine Aufmerksamkeit erregen!, betete ich. Das Schlimmste wäre ein Menschenauflauf vor Iris´ Tür gewesen. Das Allerschlimmste ein alarmierter Dr. Rubens, der sich mit wichtiger Miene und gezücktem Generalschlüssel einen Weg durch die aufgeregte Menschenmenge gebahnt hätte. Gefolgt von Theresa Rosenhain. Völlig außer sich und mir vernichtende Blicke zuwerfend.

Leise flehte ich Iris an, die Tür zu öffnen und mich endlich hinein zu lassen. Wir würden alles in Ruhe besprechen können. Ich versprach, dass alles wieder gut würde. Weihnachten würden wir alle zusammen sein, log ich und schämte mich für diese Lüge.

Erneut horchte ich. Aber noch immer war nichts zu hören. Mich überfiel die Angst, dass Iris sich etwas antun könnte. Dass ich schuldig werden könnte an einer Tragödie. Dass ausgerechnet *ich* mit meinem eigenmächtigen, selbstgerechten Besuch bei meiner Schwester der Anlass für eine weitere furchtbare Wendung unserer Familiengeschichte sein könnte. Vom selbsternannten Heilsbringer zum apokalyptischen Reiter. Panik brach in mir aus. Ich sah mich schon die Tür eintreten.

Ich stellte mir das Geräusch klirrender Fensterscheiben vor. Dann das nachfolgende Geräusch des dumpfen Aufschlags eines Körpers unten vor dem Haus. Die Entsetzensschreie der zusammenlaufenden Menschen. Die Suche nach meiner Person. Womöglich die polizeiliche

Fahndung, falls ich mich Hals über Kopf für eine Flucht entscheiden sollte. Die Konfrontation mit Theresa Rosenhain und Dr. Rubens. Ich stellte mir meine demütigende Rückkehr nach Hamburg vor. Die Begegnung mit meinen Eltern und allen Anderen. Mein weiteres Leben als gebrochener Mensch.

Vom Ende des Flurs hörte ich Stimmen. Zwei Pfleger in weißer Montur näherten sich mit quietschenden Schritten auf dem im Patiententrakt ausgelegten Linoleumboden. Teppiche und Parkettböden existierten demnach lediglich in den Sprechzimmern, Salons und Speisesälen. Entweder öffnete Iris mir jetzt die Tür oder ich musste meinen Platz verlassen, um, *einen schönen Tag!* wünschend, möglichst unauffällig an den Männern vorbeizuschlendern.

Das Geräusch eines sich drehenden Schlüssels. Die Tür wurde von innen einen Spalt aufgezogen.

*

Das erste, was ich sah, war nicht meine Schwester - auch keine zersplitterte Balkonscheibe -, sondern die vielen Fotografien an den Wänden und ein überdimensionales Fernsehgerät.

Nachdem sie die Tür geöffnet hatte, musste Iris sich in Windeseile vor mir versteckt haben. Vielleicht unter dem Bett, im Kleiderschrank oder hinter dem japanischen Paravent neben dem alten Kachelofen. Vielleicht hatte auch jemand anderes die Tür geöffnet? Vielleicht hatte die eifersüchtige Rosenhain all unsere Treffen immer von hier oben beobachtet und am Fenster sehnsüchtig auf Iris´ Rückkehr gewartet?

Ich schloss vorsichtig die Tür hinter mir und schaute mich um.

Erst jetzt bemerkte ich meine eigene Atemlosigkeit. Mein Keuchen schien den ganzen Raum auszufüllen. Es wollte mir nicht gelingen, meinen offenstehenden Mund zu schließen, denn meine Lungen benötigten, wenn ich nicht ersticken wollte, jedes zur Verfügung stehende Sauerstoffatom. Draußen auf dem Flur hörte ich die Schritte der Pfleger vorbeigehen ... und sich entfernen. Die Männer unterhielten sich gedämpft miteinander.

Ich entdeckte eine weitere halb geöffnete Tür. Ein Durchgang zu einem kleinen Nebenzimmer, in dem schwaches Licht brannte. Wahrscheinlich eine Toilette oder ein Waschraum. Theresa Rosenhain entdeckte ich nicht.

Dort hat sie sich also versteckt. Vielleicht ist es auch besser so, sagte ich mir. *Iris wird viel Zeit brauchen, um das Gehörte zu verarbeiten. So wie ich selbst auch Zeit brauchen werde. Den Rest meines Lebens werde ich dafür brauchen. Und noch viel länger, wenn das möglich ist. Wahrscheinlich kann ich für´s Erste wirklich froh sein, dass sie sich nicht aus dem Fenster gestürzt hat.*

Im selben Moment sah ich Iris daraufhin mit aufgeschnittenen Pulsadern in der Badewanne liegen. Mit anklagend aufgerissenen Augen. Mit nassen, an ihren Wangen klebenden Strähnen. Hellrote Blutwölkchen umschwebten im Wasser ihren halb entkleideten Körper. Ich sah die schattige Schamgegend unter ihrem Schlüpfer. Die bleichen, flach aufliegenden Brüste und die dunklen Brustwarzen unter ihrem bestickten Hemd. Die purpur sprudelnden Risse in ihren Unterarmen. Auf dem Duschvorleger verteilten sich neben einem Rasiermesser mehrere leere Tablettenröhrchen. Ich versuchte diese Vorstellung zu ignorieren.

Jetzt nur nicht durchdrehen, mein Lieber! Nur nicht den Fehler machen und Iris unter Druck setzen. Immerhin hat sie dich in ihr Zimmer gelassen. Das ist ein doch sehr gutes Zeichen. Ein echter Anfang. Nichts ist passiert. Irgendwann wird sie sich schon aus dem Badezimmer trauen. Dann werden wir gemeinsam weitersehen. Kommt Zeit, kommt Rat. Mir wird schon was einfallen.

*

Also sah ich mir die um das Fernsehgerät gruppierten Fotografien an. Es waren dieselben Bilder, die damals nach dem Tod meines Großvaters nach und nach von den Wänden unserer Villa verschwunden waren, zu meiner kindlichen Verständnislosigkeit. Jene zusammengestellten Galerien, die das ehemalige Familienoberhaupt an den verschiedensten Orten des Globus zeigten: Vereinigte Staaten und Kanada, Niagarafälle, Rocky Mountains, Grand Canyon, Monument Valley, Golden Gate Bridge, Empire State Building. Aber auch Bilder, auf denen im Hintergrund der Tafelberg, der *Ayers Rock,* die Chinesische Mauer oder die Pyramiden von Gizeh zu sehen waren.

Im Vordergrund stand stets mein lächelnder Großvater zusammen mit seinen Geschäftsfreunden oder irgendwelchen lokalen Würdenträgern. Selbstbewusst in die Kamera blickende Männer in ihren besten Jahren vor berühmten Naturkulissen und Kulturdenkmälern. Andere Fotos zeigten ihn mit den gleichen Leuten beim Bergsteigen, beim Tennisspielen oder Golfen. Und natürlich immer wieder beim Hochseesegeln mit unglaublich riesigen Fischen an gebogenen Angelruten. Damals waren helle Rechtecke auf den Tapeten und tausend Fragen in meinem Kopf zurückgeblieben. Hier und heute, im Zimmer meiner Schwester, begegneten mir diese Bilder wieder.

Als ich mich umdrehte, entdeckte ich hinter mir sogar das eines Tages aus dem Treppenhaus unserer Villa verschwundene Ölgemälde, wenn auch aus seinem wuchtigen Rahmen gelöst. Das große, von Paul Otto Miksch in impressionistischer Manier gehaltene, Portrait meines Großvaters in Blau- und Grüntönen. Der umkränzte halbglatzige Schädel, die hohe Stirn, die zu tief angesetzte Mundpartie. Ich hatte ganz vergessen, wie seine stechenden Augen einen verfolgen konnten. Ganz gleich, wo man sich im Treppenhaus befand.

Mir war dieser Effekt später noch einmal auf einer Klassenreise in den Jahren nach Lehrer Schmakeit begegnet. Auf einem Fresko in der Goslarer Kaiserpfalz. Einer sogenannten *Apotheose*, einer malerischen Vergöttlichung Kaiser Wilhelm I. Selbst nach dem Verlassen des Palastes hatte ich dessen Blicke noch minutenlang in meinem Rücken gespürt.

Das Portrait meines Großvaters beanspruchte ebenfalls eine ganze Wand für sich alleine. Genau wie im Treppenhaus meiner Kindheit. Es hing über einer von einer roten Samtdecke belegten Mahagonikommode. Auf der Kommode stand eine Vase mit weißen Dahlien zwischen zwei silbernen armdicken Kandelabern mit weißen Kerzen. Die durch das gegenüberliegende Fenster fallende tiefstehende Abendsonne tauchte das Arrangement in einen ätherischen Schimmer. Das ganze erinnerte mich an einen Hausaltar, an eine Huldingungsstätte für eine Gottheit.

*

Mir wurde übel und meine Beine bekamen Mühe mich zu tragen, denn ich spürte auf einmal wieder die unruhig wandernde Hand meines Großvaters auf meinem Oberschenkel, unter meiner Bettdecke, unter meinem Pyjama, auf meinem nackten Bauchnabel. Seine verholzten Finger, seine dornigen Fingerkuppen und Nägel. Dabei hörte ich ihn voller Inbrunst deklamieren und vorlesen. *Harrachs Hofhund, Robert der Schiffsjunge* und *Rulaman, der Junge aus der Steinzeit.*

Außerdem war da plötzlich auch Großmutters fünfzigster Geburtstag wieder und all die kleinen Ballettmädchen in unserem Haus und auf seinem unruhig wippenden Schoß. All die in den Mündern verschwindenden Bonbons und Schokoladenstückchen. All das Kichern und Schäkern und Necken und Piksen und Zwicken. Und plötzlich war da auch wieder Großmutters ungewohnt scharfe Stimme:

Ich glaube, nun reicht es aber, Karl-Hermann! ... Es ist spät geworden und die Kinder müssen jetzt dringend nach Hause zu ihren Eltern!

Ich sah meinen Großvater schuldbewusst auf dem Fußboden herumkriechen und Bonbonpapier aufsammeln. Ein ertappter Schuljunge nach einer Strafpredigt von Mami.

Brennender Durst. Doch nirgendwo war eine Flasche zu sehen. Mit welchem Inhalt auch immer, ich hätte ausnahmslos alles getrunken. Selbst eine herumstehende Flasche Kirschwasser oder Eierlikör hätte ich auf ex in mich hineingekippt. Ich musste wirklich ganz dringend diesen Durst löschen. Auch einen Moment hinlegen und die Beine ausstrecken wäre nicht völlig verkehrt gewesen. Der Schwindel wurde immer stärker. Es wäre grauenhaft gewesen, sich in dieser Situation übergeben zu müssen. Ein Waschbecken oder eine Kloschüssel musste her.

Ich horchte. Nichts war zu hören. Dann schleppte ich mich ins Badezimmer, wo meine Schwester mit aufgeschnittenen Pulsadern in der Wanne lag.

11

Eigentlich saß sie die ganze Fahrt über am Fenster. In Fahrtrichtung. Aufrecht und aufmerksam, ihre Hände auf einer kleinen Handtasche in ihrem Schoß gefaltet. Einer von uns hielt sich immer in ihrer Nähe auf, während der andere sich die Beine vertrat oder im Speisewagen irgendetwas zu sich nahm.

Ich glaube, auf dieser Fahrt lernte ich die betäubende Wirkung von Alkohol wirklich zu schätzen. Einer meiner Lieblingsdrinks ist seit jener Fahrt bis heute der *Perroquet Vert*, der *Grüne Papagei; Pastis* mit einem Schuss Minz-Sirup in Eiswasser. Ein Getränk, auf das ich zum ersten Mal einige Jahre zuvor während meines Aufenthalts in Südfrankreich aufmerksam geworden war, als es den alten *Gitanes* rauchenden Männern mit Baskenmütze in den kleinen Bistros an den gusseisernen Tischchen auf die Marmorplatten serviert wurde. Aus irgendeinem Grund - vielleicht war unser Zug vorher durch Frankreich gefahren - hatte das Bordbistro den *Perroquet Vert* im Angebot, und ich bestellte mir den ersten schon kurz nach dem Umsteigen in Basel. Von da an hockte der *Grüne Papagei* die kompletten 900 Kilometer der Bahnfahrt bis Hamburg verlässlich auf meiner Schulter. Ich kann versprechen, er sorgt im Schädel des Trinkers für die allererstaunlichste Frische und Klarheit und degradiert den Rest der Welt zu einem wunderbar kontur- und belanglosen Niemandsland.

Ich versuchte mich auf einen Artikel in einer liegengelassenen Sonntagszeitung zu konzentrieren. Es ging um die amerikanische Firma *Intel,* die der Welt den ersten Mikroprozessor auf einem Chip vorstellte, wo er erstmals als die zentrale Recheneinheit eines Computers fungieren konnte. Nach Meinung des Journalisten eine technische Weltsensation, die ungeahnte Folgen für die Zukunft der Menschheit nach sich ziehen würde. Ich begriff nur wenig.

Immer wenn ich von diesem Artikel zu Iris aufschaute, hatte ich die Situation vor Augen, die sich mir bot, als ich ihr Bad im Sanatorium betreten hatte.

Dort hatte ich sie, Gott sei Dank, weder tot in der Badewanne liegend, noch leblos an der Decke hängend vorgefunden. Sie hatte ziemlich lebendig am Waschbecken vor dem Spiegel gestanden, um sich mit einem feinen Kamm langsam durch ihre Haare zu fahren. Im Spiegel sah ich unsere beiden Gesichter, und im Gegensatz zu mir wirkte Iris überraschenderweise, als hätte sie einen restlos entspannten Nachmittag hinter sich. Als sie mich hinter sich in der Tür bemerkte, bedeutete sie mir freundlich aber bestimmt, dass man in knapp zehn Minuten das Abendbrot auftragen würde und dass am Abend das berühmte *Amadeus-Quartett* im großen Saal konzertieren würde. Auf dem Programm stünden das überaus selten gespielte Hoffmeister-Quartett in D-Dur von Mozart und der Quartettsatz in c-Moll von Schubert. Für mich, als verhinderten Konzertmeister der Hamburger Philharmoniker, würde dies bestimmt von eminentem Interesse sein.

Ich weiß, dass Iris dies so nicht gesagt haben kann, aber meine Ohren wollten es so hören und deshalb erinnere ich es so.

Jetzt also starrte Iris - die Hände auf ihrer Handtasche gefaltet - auf das Fenster wie auf die Mattscheibe eines Fernsehgeräts, in dem ein stundenlanger Experimentalfilm gezeigt wurde. Der Film trug den Titel *Die*

Welt zwischen Brienz und Hamburg durch das Abteilfenster eines Zuges betrachtet.

*

Clara war am Telefon nicht sonderlich überrascht. Sie fragte, ob es dabei bliebe, dass sie uns abholen solle? Und wie viele Leute ich, um Himmelswillen, denn nun anschleppen würde. Allein wegen des Gepäcks und so. Und ob ich vergessen hätte, dass sie lediglich einen winzigen VW-Käfer besäße und keinen fetten Bonzen - Opel Admiral. Ich antwortete, dass ich plante meine Eltern ebenfalls zu benachrichtigen und deshalb davon ausging, dass meine Eltern am Tage unserer Ankunft auch vor Ort sein würden. Nicht zuletzt, weil dann zwei Autos zur Verfügung stünden.

„Na, dann werden sich die besorgte Frau Mama und die lügende Telefonistin aus der Wohnung des werten Sohnes ja bald Auge in Auge gegenüberstehen. Dazu dein Vater, deine Schwester und diese Frau Rosenheim. Was für eine irre Zusammenkunft! Ich glaube, ich setze vorsichtshalber einen Schutzhelm auf."

Sie lachte. Ein wenig gehässig, wie ich fand.

„Rosen ... *hain*", korrigierte ich nachsichtig.

„Ist doch völlig egal, Friedilein. Du bist und bleibst ein Wahnsinniger!"

Clara erkundigte sich noch, auf welches Datum ich denn den Termin des Jüngsten Gerichts festgelegt hätte; den Tag der Abrechnung, der endgültigen Aufklärung aller noch offen stehenden Sachverhalte. Nicht, dass sie dann versehentlich in meiner Nähe sei und in die Schusslinie geriete.

Ich antwortete, dass ich das noch nicht wisse, dass ich erst einmal abwarten wolle, wie sich die ganze Angelegenheit in Hamburg entwickeln würde, und dass ich dabei vor allem das Wohl meiner Schwester im Auge haben müsse. Es ginge hier schließlich primär nicht um mich.

„Sieh mal einer an! Wer hätte das gedacht?", sagte Clara, bevor sie auflegte.

*

„Ich möchte hier sitzenbleiben", wiederholte Iris unbeugsam, wenn wir ihr anboten, mit ihr gemeinsam in den Speisewagen zu gehen.

Du wirst sehen, das ist toll. Du kannst dort weiter aus dem Fenster schauen und wirst gleichzeitig vom Ober bedient; ein Restaurant auf Schienen; kennst du doch bestimmt aus dem Fernsehen. Außerdem musst du dir doch mal die Beine vertreten! Nicht, dass du noch eine Thrombose oder so etwas bekommst. Damit ist nicht zu spaßen!

Es war absolut zwecklos. Außer beim zweimaligen Umsteigen und für einige Toilettengänge, bewegte meine Schwester ihren Körper nahezu siebzehn Stunden lang nicht von ihrem Sitz. Immerhin hatte Theresa einen Korb voller Proviant gepackt, der gereicht hätte, eine ganze Fußballmannschaft zu verpflegen. Dazu zwei Thermoskannen mit Iris´ geheimnisvollem Lieblingskräutertee, der jedes Mal, wenn Theresa eine der Kannen öffnete, um Iris´ Becher nachzufüllen, das gesamte Abteil mit einem Geruch von Alchemie und finsterstem Mittelalter erfüllte. Zwei Herren in Geschäftsanzügen, die vor uns saßen, hatten sich schon naserümpfend weggesetzt und auch im Gesicht des Fahrkartenkontrolleurs konnte man überspielten Ekel ablesen.

*

Nachdem ich ihn in seinem Behandlungszimmer aufgesucht hatte, um ihn etwas unsicher von meinem Vorhaben in Kenntnis zu setzen, gab sich Dr. Magnus Rubens jovial wie immer.

„Nichts ist schließlich im Leben ohne Risiko und das Leben ist ohne Risiko … nichts, Herr Tauber!" Er schnippte mit den Fingern und fixierte mich durch seine Brillengläser: „Na los! … Fahren Sie! … Packen Sie Ihre Schwester ein und nehmen Sie sie mit in den kühlen Norden."

Wie als Kommentar hatte er plötzlich ein Taschentuch in der Hand, mit dem er lautstark seine Nase schnäuzte, bevor er fortfuhr.

„Fraglos muss Ihnen natürlich bewusst sein, dass Sie mit dieser Aktion eine nicht unerhebliche Verantwortung übernehmen. In dem Augenblick, in dem sich die Türen des Zuges hinter Ihnen dreien geschlossen haben, wird … auch für Sie, Herr Tauber, … endgültig der Ernst des Lebens begonnen haben. Wenn der Zug erst einmal angerollt ist, wird es für Sie kein Zurück mehr geben. Da wird keine Notbremse eingebaut sein und ein Ausstieg auf freier Strecke zieht mit großer Wahrscheinlichkeit gesundheitsschädliche Folgen nach sich. Das alles muss Ihnen selbstverständlich bewusst sein. Aber wir sollten Ihnen das zutrauen, junger Mann … *Ich* für meinethalben traue Ihnen das zu."

Er setzte seine Brille ab, beugte sich mir über den Schreibtisch entgegen, um mit fast verschwörerischer Stimme weiterzusprechen:

„Sie besitzen nicht nur das Potential, das berechtigte Anliegen Ihrer Schwester am Leben teilzunehmen, erfolgreich zu unterstützen, sondern auch die einmalige Chance, *selbst* an dieser Sache zu wachsen ... beziehungsweise zu genesen. Ergreifen Sie diese Chance!"

Er zeigte auf mein an diesem Nachmittag glücklicherweise ödemfreies Gesicht und lehnte sich wieder in seinem Sessel zurück.

„Mit Ihnen und Frau Rosenhain an Ihrer Seite brauche ich mir auf jeden Fall keinerlei Sorgen um das Wohlergehen meiner Patientin zu machen. Was für ein phänomenales Außenteam steht mir da zur Verfügung, meine Kollegen hier in der Klinik werden mich beneiden! Und sollten Seegang und Unwetter da draußen mal zu groß werden, in *Ruh am See* steht für Fräulein Tauber immer ein sicherer Hafen bereit. Auch für Sie, übrigens, Herr Tauber ... auch für Sie."

Er setzte die Brille wieder auf und bleckte kurz seine Zähne.

Denn dafür hätte unser in mancherlei Hinsicht sendungsbewusst und generös gewesener Großvater immerhin vor Urzeiten gesorgt: die finanzielle Absicherung sämtlicher nur erdenklicher Eventualitäten. Diese doch durchaus beruhigende Information habe er Iris in der letzten Sitzung auch mit auf den Weg gegeben. Er selbst habe diesen ... omnipotenten Übermenschen ... persönlich ja nie kennenlernen dürfen, was wohl unter Umständen auch besser so gewesen sei. Aber kurz begegnet wäre er dieser Legende schon einmal ganz gerne.

Der puren Neugier halber, wenn er ehrlich wäre. Und sei es nur aus sicherer Entfernung.

Bei den Worten *Übermenschen* und *Legende* hatten sich seine Augen hinter dem goldenen Brillengestell für den Bruchteil einer Sekunde verfinstert. Und ich machte mir nicht zum ersten Mal klar, was Dr. Rubens, als langjähriger Therapeut meiner Schwester, naheliegenderweise alles wissen musste. Wissen, dass durch seine ärztliche Schweigepflicht gebannt war. Wissen, das niemals in die Öffentlichkeit gelangen durfte. Um eigentlich wen oder was vor wem oder was zu schützen, fragte ich mich.

Stoisch schaute Iris aus dem Fenster. Ohne einen Kommentar abzugeben, ohne Fragen zu stellen. Nur ihre Hände spielten manchmal hektisch mit dem Riemen ihrer Handtasche, als müsse sie verarbeiten, was es dort draußen alles zu sehen gab. Das gezeigte Experimentalfilm-Programm beanspruchte seit Stunden die vollständige Aufmerksamkeit meiner Schwester. Auch noch als es Abend wurde und sie, wegen der Dunkelheit, eigentlich nicht mehr viel hätte erkennen dürfen. Höchstens ihre eigene stumme Gesichtslandschaft, durchzuckt von den Lichtern entgegenkommender Züge oder vorbeifliegender Provinzbahnhöfe.

Bedauerlicherweise konnte man nicht behaupten, dass sich zwischen Dr. Rubens hochgelobtem *phänomenalen Außenteam* so etwas wie eine konstruktive Arbeitsatmosphäre, geschweige denn ein angeregtes Gespräch entwickelte. Unsere Konversation beschränkte sich auf das Allernötigste, und meinen Versuchen, mit der einen oder anderen scherzhaft gemeinten Bemerkung die Stimmung ein wenig aufzuheitern, begegnete Theresa mit der steinernen Ignoranz eines humorlosen Erwachsenen gegenüber einem albernden Kleinkind.

Im Stillen betete ich, dass unser Triumvirat durchhalten würde. Und obwohl ich wusste, dass dies nicht zum Krankheitsbild einer *Dementia simplex* gehörte, überlegte ich, was ich hätte tun sollen, wenn Iris plötzlich doch einen Anfall bekommen hätte oder in irgendeine Krise geraten wäre. Hatte Theresa irgendwelche Medikamente und Notfallsets dabei?

Ich meldete mich bei Theresa ab. Das richtige Medikament für mich konnte jetzt nur ein weiterer *Grüner Papagei* sein.

Ohne sie hätte ich es nicht gemacht. Deshalb stand mir das Gespräch mit Theresa Rosenhain auch am meisten bevor. Denn alleine hätte ich niemals gewagt, mich mit Iris auf eine so lange Reise zu begeben. Nicht auszudenken, wenn die Rosenhain nun stur geblieben wäre. Wenn sie sich, zu allem Überfluss, mit meinen Eltern gegen mich verbündet hätte?

Ihr Sohn Frieder bringt hier alles durcheinander! Das mühselig errichtete, Ihrer Tochter Halt und Orientierung gebende Gebäude, - Ihr Herr Sohn droht es zum Einsturz zu bringen; mit katastrophalen Folgen für alle Beteiligten. Ich habe große Angst um Ihre Tochter! Wir müssen unbedingt etwas unternehmen, um weiteres Unheil abzuwenden!

Doch zu meinem Glück hatte Dr. Rubens sie schon ins Bild gesetzt und Überzeugungsarbeit geleistet. Theresa hatte sich tatsächlich von ihrer Tätigkeit als Gemeindeschwester und Diakonissin bei der Neuapostolischen Kirche für einige Wochen entbinden lassen können. Die Dame hockte sozusagen schon auf gepackten Koffern, als ich sie aufsuchte.

„Soll ich uns am Bahnhof schon mal die Zugverbindungen heraussuchen lassen und die Billetts kaufen?", fragte sie mich beinahe unterwürfig. Ich antwortete, dass ich das überaus entgegenkommend von ihr fände.

„Zweite Klasse und Nichtraucher, bitte", fügte ich noch hinzu.

Etwa auf der Höhe von Frankfurt - nach meinem dritten *Papagei* - begann ich von früher zu erzählen. So, als würde ich ein Selbstgespräch führen. Ich sprach von der Zeit am Rondeelteich. Von unseren Eltern, von Großmutter und den vielen Angestellten unseres Hauses. Ich beschrieb den Garten und den Blick auf das Wasser. Und tatsächlich gelang es mir, dass meine Schwester ihren Blick für einen Moment von der Mattscheibe ihres Fensters löste. Doch erst die Erwähnung unseres alten Schäferhundes Wittich vermochte ein Lächeln auf ihren Lippen hervorzubringen.

„Ich habe Wittich als kleinen Welpen auf dem Arm getragen", sagte sie, „genau wie dich, Frieder ... So süüüüß!"

Ich vermied ihr daraufhin die genauen Begleiterscheinungen seines qualvollen Sterbens zu schildern.

Sein Jaulen. Den Kot in den Zimmern. Den furchtbaren Abend, als Vater ohne Wittich wieder nach Hause kam.

Aber auch über unseren Großvater sprachen wir. Zumindest über das, was an ihm schön und gut in unserer Erinnerung war.

So erinnerten wir uns unter anderem an die skurrilen Sprachübungen für Schauspieler aus *die Kunst des Sprechens,* die er uns manchmal beim Zubettgehen so emphatisch vorgetragen hatte. Auch wenn oft danach seine unruhig massierende Hand unter unseren Bettdecken verschwand. Und obwohl sich im weiteren Verlauf des Abends - zumindest bei Iris - häufig noch weitergehende Aktivitäten anschlossen.

Großvaters wanderfreudige Hand, die sich auf unsere Bäuche, Hüften und Schenkel abgelegt hatte wie ein von ihm abgetrenntes, selbstverantwortlich handelndes Lebewesen. Denn oberhalb unserer Bettdecken erzählte Großvaters Mund ja völlig ungerührt die spannenden Geschichten von *Rulaman* und *Robert dem Schiffsjungen* weiter. So, als wäre er persönlich an dem seltsamen Geschehen unter der Bettdecke völlig unbeteiligt. Großvaters Gesicht blickte nämlich stets hoch konzentriert in die Seiten des jeweils aufgeschlagenen Buches. Sein fabulierender Mund, der den gedruckten Text für uns so faszinierend lebendig werden ließ, schien nichts von jenem emsigen Fingerspiel auf unseren Kinderkörpern zu ahnen. Großvater hätte sich gewiss empört über die freche Autonomie dieser unartigen Hand. Großvater selbst hätte ihr das bestimmt nie und nimmer durchgehen lassen.

Und trotz dieser Erinnerungen wurden, je länger die Zugfahrt anhielt, die Sprachübungen aus dem *Kleinen Hey* zu einer Art phonetischem Rettungsanker für uns.

Und als hätte ich dies geahnt, hatte ich das schmale vergilbte Bändchen, das ich an jenem Sonntagmorgen neben all den anderen Dingen in der Wohnung meiner Eltern gefunden hatte, mit auf diese Reise genommen. Denn immer, wenn in mir das Gefühl aufkam, ein düsterer Schatten legte sich auf die Stimmung unserer illustren Reisegesellschaft, begann ich fröhlich mit dem Rezitieren der Zeilenanfänge:

Hinterm Haus heult Hassan ...

Worauf sogar Theresas Mundwinkel immerhin leicht zuckten und Iris, sofort aber kaum hörbar, mit einstimmte, ihren Blick jedoch nicht von den am Fenster vorbeifliegenden Feldern und Dörfern lösen konnte. Auch die drei inzwischen in meinem Kopf hockenden *Grünen Papageien* rezitierten krächzend mit:

Hinterm Haus heult Hassan
Harrachs Hofhund, heißhungrig hervor -
Hetzt herzhaft Hennen und Hahn
Halb haushoch zum Heuhaufen hin!
Hoiho! hallt hastig des Hausherrn Horn!
Hierher, Hofhund! -
Horch, hurtig huscht Hassan zur Hütte.

*

Das Telefongespräch mit meinen Eltern - genaugenommen mit meiner Mutter - gestaltete sich unerwartet kurz und knapp. Eigentlich gab ich nur unsere Ankunftszeit in Hamburg durch und formulierte den Wunsch, dass wir uns alle sehr freuen würden, wenn sie uns beide am

Bahnsteig begrüßen würden. Außerdem bat ich - die Kurzfristigkeit meines Anliegens entschuldigend - um die Organisation einer gemeinsamen Unterkunft für Iris und Frau Rosenhain. Es gab keinerlei Nachfragen oder Einwände von Seiten meiner Mutter. Nur gegen Ende fiel sie mir ins Wort:

„Du brauchst dir keine Sorgen machen, Frieder. Das ist doch alles längst geschehen."

In ihrer Stimme lagen Verständnis und Liebe.

„Dein Vater hat längst eine sehr gepflegte Pension ganz in der Nähe des Barmbeker Bahnhofs gefunden. Mit Dusche und WC auf den Zimmern. Sogar mit einem Fernsehapparat. Da wird sich Iris ganz bestimmt sehr freuen. Und für Frau Rosenhain befindet sich sogar eine Neuapostolische Gemeinde ganz in der Nähe."

Die stille Post hatte also reibungslos funktioniert. Dr. Rubens hatte Theresa instruiert und Theresa umgehend meine Eltern. Was wollte ich mehr? Mein großer Plan schien aufzugehen. Welcher Plan nochmal?

Denn zunehmend bemächtigte sich meiner das Gefühl, die Kontrolle zu verlieren. Die Kontrolle über einen Prozess, welchen ich zwar initiiert hatte, der sich aber erstaunlich schnell von mir zu emanzipieren schien. Etwas glitt mir aus den Händen, verteilte sich in andere Hände. Aber wenn ich ehrlich war, hatte ich doch genau das gewollt: dass sich etwas verselbständigte, dass sich etwas seinen eigenen Weg suchte, wie Regenwasser im Sand eines seit Jahren ausgetrockneten Flussbetts. Ein Vorgang, der sich glücklicherweise weniger bedrohlich anfühlte, als ich befürchtet hatte.

*

Als der Zug im Schritttempo über die Elbbrücken rollte und kurz darauf auf freier Strecke stehen blieb - irgendwo gab es wohl wie immer Bauarbeiten -, wusste ich, dass in wenigen Minuten die Stunde Null einer neuen Epoche, einer neuen Zeitrechnung anbrechen würde. Zumindest was meine Person betraf.

Ich stellte mir Iris vor, wie sie - nachdem sie siebzehn Stunden lang am Fenster gesessen und aus dem selbigen gestarrt hatte - mit steifen und krummen Beinen auf unsere Eltern und Clara zuhumpeln würde. Wie die allerletzte Vogelscheuche. Für einen Moment löste diese Vorstellung in mir dann auch das dringende Bedürfnis aus, mich bis in alle Ewigkeiten auf der Toilette einzuschließen. Wenigstens so lange, bis die Stunde Null dieser neuen Menschheitsepoche an mir vorübergegangen war.

Dem Fluchtreflex nachgebend, schlich ich mich auf die Toilette. Mit dem Drehknopf verriegelte ich die Tür. An der Klinke prüfend, ob sie auch wirklich verschlossen war.

Ursprünglich hatte ich vor, lediglich für die Länge eines Piccolofläschchens an diesem Ort der Notdurft zu bleiben. Ein Fläschchen, das ich für halsabschneiderische fünf Mark kurz hinter Hannover im Bordrestaurant gekauft hatte. Nur für die Länge einer Zigarette, die ich im Fäkaldunst eines Menschen zu inhalieren gezwungen war, der vor mir das Klosett benutzt hatte. Doch nachdem ich mir in den zurückliegenden Stunden bekanntlich schon drei *Grüne Papageien* hinter die Binde geschüttet hatte und ich mir eingestehen musste, ernsthaft angetrunken zu sein - zweifelsohne bei glasklarem Verstand -, musste mir das Zeitgefühl abhanden gekommen sein.

Ich blies den Rauch gegen diese bemitleidenswerte Fresse in dem fleckigen Spiegel vor mir und fragte mich, warum ich eigentlich noch nicht den Mut aufgebracht hatte, jemanden zu fragen, weshalb man Iris den Tod unseres Großvaters so konsequent verschwiegen hatte. Fürchtete ich mich etwa vor den Antworten? Doch meiner Meinung nach sollte dieser Mann, in der Funktion als unberührbare Gottheit, in der Erinnerung meiner Schwester ja wohl für alle Zeiten ausgedient haben. Meiner Meinung nach hätte die Information vom Ableben des allmächtigen und unsterblichen Karl-Hermann Tauber in diesem Zusammenhang doch psychotherapeutisch von großem Nutzen sein können.

Meine geröteten Augen brannten vor Müdigkeit. Ich presste die gekrümmten Knöchel meiner Zeigefinger in meine Augenhöhlen. Zu allem Überfluss fing meine bemitleidenswerte Fresse nun auch noch an zu kribbeln, was mich auf die glorreiche Idee brachte, mir den kompletten Sekt in den Hals zu kippen. Worauf die Kohlensäure in meinem Rachen explodierte, um den Sekt aus meiner Nase und meinem Mund gegen den Spiegel schießen zu lassen. Der anschließende Hustenanfall brachte mich nah an den Erstickungstod. Mir war auf einmal höllisch schwindelig.

Oder gab es einen komplizierten psychotherapeutischen Grund, warum man dieses Götzenbild in Iris´ Kopf über all die Jahre unangetastet gelassen hatte? Wenn ich nur an die grotesken Bildergalerien in Iris´ Zimmer dachte. Das riesige Ölgemälde unseres Großvaters aus dem Treppenhaus unserer Villa. Dieser schwülstige Hausaltar mit seinen Kandelabern, Samtdeckchen und Dahlien. Befürchtete man Krisen, Rückfälle, Zusammenbrüche? Existierte irgendein psychomotorisches Gleichgewicht des Schreckens, das man mit dem Aussprechen der blanken Fakten destabilisiert hätte? War es etwa denkbar, dass Iris in dem Glauben gelassen werden *sollte,* dass ihre janusköpfige Gottheit - halb weißer Ritter und Lichtgestalt, halb schwarzer Ritter und lüsterner Fürst der Finsternis - irgendwo da draußen noch herumgeisterte? Dass er sie jederzeit besuchen und in der Tür stehen könnte: *Hallo mein hübscher, kleiner Engel! Dein lieber Opa möchte nach all der Zeit mal wieder so richtig mit dir kuscheln!*

Denn womöglich war das plötzliche Hinscheiden des Manipulators für den Hörigen mit ähnlichen Risiken verbunden, wie der kalte Entzug der Droge für den Süchtigen. Besonders wenn der Manipulierte und Abhängige ein psychisch kranker Mensch wie meine liebe Schwester war. Also besser geborgen im Nebel der Unwissenheit vor sich hin dämmern, als, wie Ikarus, im Lichte der Wahrheit mit schmelzenden Flügeln vom Himmel abstürzen? Lieber in einem System aus Lüge und Täuschung dahinvegetieren, als, wie Lots Frau, angesichts der Bosheit und Niedertracht dieser Welt, zur Salzsäule erstarren?

Aber was wusste ich schon? War ich ein scheiß Seelenklempner? War ich Psychiater? Ich war nur ein halbherziger Student der Pädagogik, dem am Ende des Semesters die Zwangsexmatrikulation drohte. Und zwar aus dem einzigen Grund, weil ihm Aristoteles und die Auswirkung seiner Pädagogik auf die beknackte Scholastik des Mittelalters momentan absolut am Arsch vorbei ging. Außerdem klebten meine Hände und mein Gesicht von meiner unfreiwilligen Sektdusche.

Mir war nun wirklich ziemlich schlecht. Ich musste mich unbedingt irgendwo ausstrecken und mich ausruhen. Ganz egal wo. Auf dem verdammten Scheißhaus war jedenfalls zu wenig Platz dafür. Meinetwegen hätte es auch gleich bei den Pennern in der Bahnhofsmission sein können ... Ich fand, dass ich da sowieso hingehörte ... Zu den Pennern. Auf der Bahnhofsmission.

Möglicherweise aber hatte man den Moment der Offenlegung der Tatsachen auch immer wieder verschoben und es am Ende dabei belassen. Aus banaler Bequemlichkeit. Warum denn auch nicht? Das hatte doch gute Familientradition! Warum sollte man auch schlafende Hunde wecken - im Falle meiner Schwester ja sogar einen ausgemachten Höllenhund -, wenn der Patient mit sich allein schon einen Mount Everest von Problemen zu buckeln hatte? Vielleicht sollte ich Dr. Rubens irgendwann noch einmal anrufen. Der Mann hatte sich schließlich jahrelang mit Iris befasst. So leicht würde er mir nicht davonkommen.

Ich musste sanft aufstoßen.

Aber auch mir gegenüber hatte man erneut nicht mit offenen Karten gespielt. Eigentlich unfassbar. Warum hatten meine Eltern mir von den dramatischen Umständen um die Anwesenheit meines Vaters auf dem sturmumtosten Helgoland nichts erzählt? Von dieser ganzen abenteuerlichen Befreiungsaktion? Von dem delikaten Verhältnis meines Großvaters zu seiner Enkelin einmal ganz zu schweigen.

Ich hörte die Stimme meiner Mutter, als sie neben mir auf der Deichkrone an der Elbe saß: *Genaugenommen, mein lieber Frieder, haben dein Vater und ich dich immer nur schützen wollen!*

Wenn ich versuchte, mir die nahe Zukunft vorzustellen, sah ich einen steinigen Weg in der Finsternis verschwinden. Immerhin ein Weg.

*

Wie lange war ich jetzt schon hier in dieser Zelle?, fragte ich mich. Aus irgendeinem Grund hämmerten irgendwelche Vollidioten ständig von draußen an die Tür. Unfreundliche, auffordernde Dinge von sich gebend, die ich nur halb verstand. Doch bevor ich es wagte, aus der Toilette zu treten, wartete ich bis der Zug anfing sich zu entschleunigen. Außerdem musste ich mich irgendwie wieder herrichten und vorzeigbar gestalten.

Menschen mit Gepäck. Sie drängten sich auf dem Gang eng aneinander. Irgendwo in dem Gewühl mussten auch Iris und Theresa sein.

„Hier sind wir, Herr Tauber. Hier ... hinter Ihnen!"

Es roch nach Schweiß, nach Koffern voller schmutziger Kleidung und den Körpern, die lange in eben dieser Kleidung gesteckt hatten. Es roch nach einer langen anstrengenden Reise, die als säuerliche Erinnerung auf der Haut der Menschen haftete. Die Leute waren mir alle entschieden zu nah und von irgendwoher kroch auch noch minziger Kotzgeruch in meine Nase. Wahrscheinlich aus meinem eigenen Mund ... Oh, mein Gott!

Kaum jemand redete. Die meisten hatten den Blick gesenkt. Vielleicht, um an die bevorstehende Arbeitswoche in einem Büro mit Neonlicht, Gummibäumen und schlecht gelaunten Chefs zu denken. Oder an ihre Familien, oder an das Überbringen einer schlechten Nachricht, oder daran, dass die unbeschwerte Zeit jetzt erst einmal vorbei war - von wegen Ernst des Lebens und so weiter. Ich dachte an meine Eltern und Clara, die jetzt nebeneinander an der Bahnsteigkante standen und auf den jeden Moment einrollenden Zug warteten.

Draußen war es längst Nacht geworden. Aber wir schrieben noch immer Sonntag, den ersten August 1971. Dann zerriss das Kreischen der Bremsen die verrußte Dämmerung unter dem weiten Hallendach des Hamburger Hauptbahnhofs. Und nun gab es endgültig kein Zurück mehr.

Dort! … Waren sie das nicht eben gerade? … Aber klar, das waren sie! … Wie ernst sie alle geguckt haben! … Clara wieder mit einer riesigen Sonnenbrille! … Natürlich! … Mitten in der Nacht! … Iris kriegt ja Angst!

Ich musste erneut aufstoßen. Der Atem unter meiner anschwellenden Oberlippe schmeckte nach Kotze und Minze und nach alten *Gitanes* rauchenden Männern mit Baskenmütze an kleinen Bistrotischchen auf den Marktplätzen südfranzösischer Küstendörfer.

TEIL DREI

1972

*54°11´
nördlicher Breite
7°53´
östlicher Länge*

12

„Kannst du den Zuschauern zuhause vor den Bildschirmen erzählen, was du jetzt fühlst? Nun, nachdem du hier in einem Baggersee bei Buchholz in der Nordheide getauft worden bist? Mal abgesehen davon, dass das Wasser so früh im Jahr doch ziemlich kalt gewesen sein muss?"

„Das kann ich nicht erzählen. Ich bin vollkommen frei! Alles ist weg. Alle Probleme. Alle Schmerzen. Ich bin erlöst, einfach durch Jesus Christus. Ich kann das nicht mit Worten beschreiben. Das muss man einfach selber erleben. Der Weg zu Gott ist der tollste *Trip* meines Lebens. Ein einziger Rausch. Ein *Rausch*, der mich wirklich glücklich macht. Man ist innen drin so ... so leicht und so ... frei, dass ich einfach nur in die Luft springen und schreien möchte: *Oh, es stimmt, Jesus lebt! ... Halleluja! ... Halleluja!"*

„Aber warum weinst und zitterst du dann?"

„Weil ich so glücklich bin. Denn, bevor ich Christin wurde, war mein Leben ein *Trip* durch die Hölle. Mit dreizehn ging es bei mir los: erst Marihuana, dann LSD, dann Heroin. Ich war der Sucht verfallen, wurde kriminell, habe sogar meine eigenen Eltern beklaut und hatte ständig andere Typen und so. Ich war auch immer wieder in Entziehungsheimen. Aber alles war umsonst. Ich war echt total down."

„Und was ist dann passiert?"

„Dann hat ein guter Freund gesagt, dass ich mal mit Gott sprechen soll. Ich hatte ja nichts zu verlieren. Ich war ja körperlich und geistig ein Wrack. Da habe ich einfach angefangen zu beten. Ich habe Jesus angefleht:

Wenn es Dich wirklich gibt, bitte hilf mir! Sende mir ein Zeichen!

Und plötzlich hatte ich Kontakt zu Jesus. Er stand neben mir im Zimmer und hat mir seine Hand aufgelegt. Erst auf die Schulter, dann auf den Kopf. Jesus hat mir den Weg des Heils gewiesen. Es war wie ein Wunder. Ich brauche kein Heroin mehr. Ich bin high auf eine ganz andere, neue Art. *Praise the Lord! ... Praise the Lord!... Praise the Lord!"*

*

Mein Vater hatte den Fernseher ausgeschaltet. Als er zu seinem Sessel zurückging, hatte er eine Miene, als hätte er in einen sauren Apfel gebissen. Er griff sich die großformatige *ZEIT,* um hinter ihrem knisternden Papier zu verschwinden. Meine Mutter und ich saßen mit Iris am Wohnzimmertisch und spielten *Mensch ärgere dich nicht!* Es war Sonntag der 30. April 1972 und wir starrten uns an und warteten darauf, dass Iris endlich würfeln würde. Eigentlich hatte sie längst gewonnen und nur großes Pech hätte sie noch um ihren Sieg bringen können. Sie brauchte nur eine Eins, um ihre letzte Figur nach Hause zu bringen.

„Tante Theresa und ich haben auch immer mit dem Herrn Jesus gesprochen", flüsterte Iris, den Würfel in ihrer flachen Hand betrachtend, als sei dieser ein seltenes geologisches Fundstück aus der Kreidezeit. Ein besonders gut erhaltener Ammonit vielleicht.

Die Zeitung vor dem Gesicht meines Vaters zuckte mit einem kurzen Knistern. Aber das war vielleicht Zufall.

„Tante Theresa hat mich oft in den Gottesdienst und zu anderen Treffen mitgenommen. Singe-Nachmittage, Bibelstunden und andere Sachen. Und in der Adventszeit habe ich mit den anderen Frauen und Kindern immer für den Basar gebastelt und Weihnachtsguetzli und Hostien gebacken. Bei Theresa in der Gemeinde war immer was los."

Iris bewegte die Hand mit dem Würfel vor ihren Augen sanft hin und her, als hoffe sie das versteinerte Tier in dieser Weise zum Leben zu erwecken.

„Ich glaube ... ihr betet nie."

Mein Vater ließ die Zeitung sinken. Griff nach seinen Zigaretten und steckte sich mit klickendem Feuerzeug eine Juno an.

„Wenn ich ehrlich bin habe ich nicht daran gezweifelt, dass der bescheuerte Barzel mit seinem Misstrauensantrag gegen Brandt durchkommt. Sein Schattenkabinett hatte er ja längst zusammengestellt und seine Minister in spe haben sich schon staatstragend vor blauem Hintergrund ablichten lassen. Der Termin beim Bundespräsidenten für das Entgegennehmen der Ernennungsurkunde war schon auf fünfzehn Uhr gebucht. Und um sechzehn Uhr wollte der frisch gebackene Bundeskanzler Barzel dann seinen Amtseid vor dem Parlament schwören. Tja ... Hochmut kommt vor dem Fall."

Er legte die Zeitung beiseite und stieß blauen Qualm an die Zimmerdecke.

„Nicht, dass die Welt und Willy Brandt erleichtert aufatmen können, aber ein kleines Wunder ist es schon. *Praise the Lord! ... Halleluja!*"

„Gewonnen!"

Iris hatte gewürfelt. Eine Eins.

*

Im Jahr zuvor hatte Theresa die Abwesenheit von ihrer Gemeinde in Brienz immer wieder verlängern können. Der vorstehende Priester hatte am Telefon viel Verständnis gezeigt: Hamburg sei schließlich die weltweite Keimzelle der Neuapostolischen Kirche und Theresa sollte unbedingt Kontakt zu einer der hiesigen Gemeinden aufnehmen. Er wisse zufällig von einer jungen lebendigen Gemeinde in der Barmbeker Schwalbenstraße ganz in der Nähe ihrer Unterkunft. Mit besten Grüßen zum dortigen Hirten, den er noch persönlich aus Jugendtagen kenne.

Sogar das von Iris ersehnte gemeinsame Weihnachtsfest war zustande gekommen. Heiligabend saßen wir alle dicht gedrängt bei Gänsebraten, Rotkohl und Klößen im Wohnzimmer der Meister-Francke-Straße. Tante Johanna, Onkel Tillich und meine zwei Cousinen aus Bremen waren ebenfalls angereist. Sogar Clara und Farshid schauten bei diesem denkwürdigen Heiligabend kurz vorbei. Zwischenzeitlich verteilten sich elf Personen in der Dreizimmerwohnung. Ich ließ mich sogar dazu hinreißen, einige Weihnachtslieder auf unserem verstimmten *Seiler* zu harmonisieren; besonders zum Entzücken meiner Tante Johanna, die mitsummte und sich zu fortgeschrittener Stunde weinselig auf dem Klavier abstützte.

„Jetzt aber mal Budder bei de Fische ... mein süßes Friederchen! Irgenwann musse es doch mal raus! Stimms oder hab ich rech?", lallte sie plötzlich in der Pause zwischen *Vom Himmel hoch* und *Süßer die Glocken nie klingen.*

„Issoch erschaunlich, ... was son nächliches Telefongespräch alles ... in Bewegung sessen kann! Guck mal, Frieder ... alle, alle sin ... vollkommen happy! ... Vollkommen!" Ich nickte zustimmend, um eilig wieder in die vergilbten Tasten zu greifen.

Obwohl ich empfand, dass die Situation in ein unwirkliches Theaterlicht getaucht war, fühlten sich diese Tage zwischen den Jahren 71 und 72 harmonisch und anheimelnd an, auch jetzt noch in meiner Erinnerung über fünfundvierzig Jahre später. Vielleicht wurde diese Wahrnehmung auch von der Tatsache unterstützt, dass sich seit meiner Rückkehr aus der Schweiz keinerlei Urtikaria-Symptome mehr an mir gezeigt hatten. Denn ich befand mich in der bis dato längsten symptomfreien Phase seit meiner Jugend, und ich begann - wie schon so oft zuvor - die Hoffnung zu entwickeln, dass die Krankheit sich für immer verzogen haben könnte. Trotzdem behielt ich eine letzte Schachtel *Clemastin* noch für Jahre in Verwahrung. Ich befürchtete, dass im selben Moment, in dem die Müllmänner den Eimer mit der von mir weggeworfenen Packung in ihren Wagen kippten, die Krankheit wieder ausbräche. Schlimmer als je zuvor.

Auch wenn wir an jenem Weihnachtsfest, zu Ehren von Iris, die intakte Familie auch nur gespielt haben sollten, so hatten wir dieses Theaterstück doch so überzeugend dargeboten, dass wir schon während seiner Aufführung begonnen hatten, selbst daran zu glauben. Ich wage sogar zu behaupten, dass sich während unseres Tanzes auf dem Vulkan über alle Akteure unseres Schauspielerensembles ein echtes Glücksgefühl gelegt hatte. Wir verschmolzen so sehr mit unseren Rollen, dass wir für die Dauer der Vorstellung in der Lage waren, absolute Realität herzustellen. Jeder Method Acting

- Regisseur wäre überwältigt gewesen von unserer Performance.

Ich erlebte ein Phänomen, das mir später durch meinen Beruf, auch in außerfamiliären Zusammenhängen, immer wieder begegnete und das mich bis heute erstaunt. Was will uns dieser Trotzdem-Effekt mitteilen? Wie groß unsere Sehnsucht nach einer heilen Kindheit und einer ungebrochenen Vergangenheit ist? Die Sehnsucht nach einem heilen Leben in einer heilen Welt? Die Welt liegt in Trümmern, doch wir feiern uns selbst? Oder schlicht, dass alle Not und alles Elend letztlich relativ sind?

„Was könnte man Iris denn bloß mal schenken?", war mit Sicherheit die meistgestellte Frage in den Wochen vor dem Heiligen Abend 1971. Am Ende einigte man sich auf einen großformatigen Bildband über ihre Heimat Hamburg und einen großzügigen Gutschein für das mit Lichterketten geschmückte Alsterhaus.

Meine Mutter, die einige Wochen später Iris beim Einlösen des selbigen begleitete, sprach später von den schönsten Stunden ihres Lebens. Nie werde sie Iris´ Gesicht vergessen, wie sie nach dem Einkauf bei Kaffee und Torte zwischen all den Tüten und Taschen vor ihr im Alster-Pavillon gesessen hatte.

*

Am Neujahrsmorgen brachten wir Theresa zum Bahnhof. Ich meine mich an einen wolkenbedeckten Tag mit lauen Temperaturen zu erinnern. In den Straßen hing noch der nicht abgezogene Schwefelrauch der Böller und Raketen, ganz ähnlich wie der Kohlenebel in meiner Kindheit.

Meine Eltern hatten noch am Silvesterabend lange mit Theresa in der Küche gesessen und über ihre Zukunft gesprochen. Sie hatten vorgeschlagen, dass sie in Deutschland bliebe. Sie würden ihr eine nette, fußläufig entfernte Zweizimmerwohnung organisieren. Vielleicht sogar mit Terrasse und Garten. Und für fleißige Gemeindeschwestern hätte man in Hamburg mit Sicherheit auch Verwendung. Mit den überall entstehenden Neubaugebieten sprössen die Kirchengemeinden aller Konfessionen nur so wie Pilze aus der Erde: *Osdorfer Born, Steilshoop, Mümmelmannsberg*; da wäre kein Ende abzusehen. Bestimmt sei auch eine Neuapostolische Gemeinde dabei.

Doch die endgültige Rückkehr in das *Land der Täter* - wie Theresa es formulierte - war für sie noch keine realistische Option, wenn überhaupt jemals. Mein Vater bot ihr daraufhin an, sie nach Polen zu begleiten, um mit ihr zusammen die Gedenkstätte des Konzentrationslagers Auschwitz-Birkenau zu besuchen. Der Ort, an dem ihr Ehemann Benjamin - nach allen zur Verfügung stehenden Informationen - von den Nazis 1944 ermordet worden war. Theresa entgegnete, dass sie darauf beizeiten eventuell zurückkäme. Aber jetzt müsse sie erst einmal wieder zurück nach Brienz. Die Pflicht rufe. Die Vorbereitung der Wiederkunft Jesu Christi bedürfe ihrer Mitarbeit.

Am Bahnsteig lagen sich Iris und Theresa lange wortlos in den Armen. Als der von Flensburg kommende Zug zum Stehen gekommen war, war ich mir für einen Moment nicht sicher, ob Iris nicht auch mit einsteigen würde. Ganz spontan. So wie sie war, in Mantel und Mütze. Ohne Gepäck und alles. Um mit ihrer Theresa wieder zurück in die Schweiz zu fahren. Wo sie beide schließlich die vergangenen knapp dreißig Jahre verbracht hatten. Und als die Türen vom vorbeilaufenden Schaffner zugeknallt wurden und der Zug anrollte, hatte ich den kurzen Gedanken, es wäre vielleicht besser gewesen, wenn Iris es tatsächlich getan hätte.

*

Ende April 1972, als wir zusammensaßen und *Mensch ärgere dich nicht!* spielten, war dies alles schon vier Monate her. Mein Vater hatte sein kurzfristiges Arbeitszimmer wieder abtreten müssen und Iris war in das ehemalige Zimmer meiner Großmutter gezogen. Das Zimmer, in dem ich etwa ein Jahr zuvor beim gemeinsamen Renovieren das Foto hinter der Fußleiste gefunden hatte. Jenes Foto, das alles in Bewegung setzte.

Natürlich wären genug finanzielle Mittel für eine andere Lösung vorhanden gewesen. In dem für Iris und mich von meinem Großvater eingerichteten Fond hätte sich genug Geld befunden, um meiner Schwester zum Beispiel in der Nähe eine kleine Wohnung anzumieten, zuzüglich einer Haushaltshilfe. Aber niemand - einschließlich Dr. Rubens in der fernen Schweiz - vermochte sich eine auch nur halbwegs unbetreute Lebenssituation für Iris vorzustellen. Auch Iris selbst nicht.

„Allein sein ist nicht gut!", hatte sie deutlich gemacht.

„Und in ein neues Heim möchte ich nicht. Da kenne ich ja niemanden."

Und so war meine Schwester nach neunundzwanzig Jahren Abwesenheit im Alter von zweiundvierzig Jahren wieder zuhause bei unseren Eltern eingezogen. Eine Regelung, bei der mich, besonders in Anbetracht des fortgeschrittenen Alters meiner Eltern, ein ungutes Gefühl beschlich, zu der ich zeitnah jedoch keine Alternative sah. Aber vernünftigerweise konnte dies nur ein vorübergehender Zustand sein. Wo sollte Iris in zehn oder zwanzig Jahren hin? Doch integrative generationsübergreifende Wohnprojekte waren Anfang der Siebzigerjahre noch nicht etabliert.

Schon während des vergangenen Weihnachtsfestes, aber auch im März, als wir in kleiner Runde Iris´ zweiundvierzigsten Geburtstag feierten, hatte ich die stille Hoffnung gehegt, dass Iris aus sich heraus in irgendeiner Weise die Aufmerksamkeit auf meinen Großvater lenken würde. Vordergründig auf die Frage nach dem Grund für das Verschweigen seines Todes ihr gegenüber. Denn ich wollte unbedingt vermeiden, erneut in die Rolle desjenigen zu schlüpfen, der seine Finger in eine weitere schwärende Wunde der Familie legte. Ich sah mich nicht noch einmal mit meiner Mutter bei Kaffee und Keksen stundenlang, aber fruchtlos auf der Deichkrone an der Elbe sitzen.

Nicht, dass ich erwartet hätte, dass Iris intellektuell und emotional fähig gewesen wäre, mit unseren Eltern in möglicherweise konfliktreiche familientherapeutische Prozesse einzusteigen. Schmerzhafte Exkursionen in die Familienhistorie; voller Offenbarungen von Manipulation, Missbrauch und anderen Unerfreulichkeiten. Selbstredend wäre das undenkbar gewesen. Was ich mir jedoch ersehnte, war ein erster entscheidender Impuls von ihrer Seite. Irgendeine Verlautbarung, die einen Riss in der Mauer des elterlichen Schweigens hervorgerufen hätte. Eine naive unbedachte Äußerung, nach der es für meine Eltern keine Ausweichmöglichkeit mehr gegeben hätte, die die Tür einen Spalt weit geöffnet hätte, in den ich dann meinen Fuß hätte schieben können:

Warum habt ihr mir nicht gesagt, dass Großvater damals im Sturm gestorben ist? Oder: *Aus welchem Grund hatte Vater mich eigentlich damals von der Insel abgeholt?* Oder: *Warum habt ihr Frieder nichts von mir erzählt?*

Doch meine Schwester tat mir und uns nicht den Gefallen. Dabei hätte ihr kleiner Bruder es sich so sehr gewünscht.

Manchmal beschlich mich sogar der böse Verdacht, dass diese Situation hinter meinem Rücken längst stattgefunden hatte. Ohne meine intervenierende Gegenwart, ohne, dass ich die Möglichkeit gehabt hätte, in den weiteren Gesprächsverlauf einzugreifen. In meiner Vorstellung hatten meine Eltern Iris´ Fragen nicht nur mit irgendwelchen fadenscheinigen Erklärungen abgespeist, ich befürchtete sogar, dass sie höchstselbst das Thema angesprochen hatten, als Flucht nach vorn sozusagen, in irgendeinem belanglosen Moment zwischen dem Gießen der Balkonblumen und dem Leeren des Briefkastens; froh über die Chance, die unbequeme Angelegenheit in der Abwesenheit ihres spitzfindigen Sohnes abhandeln und endgültig zu den Akten legen zu können.

Aber vielleicht dachte ich zu kompliziert und zu schlecht von den Menschen.

*

Doch wie schon im japanischen Pavillon am Ufer des Brienzersees und während der anschließenden Zugfahrt, befand sich Iris auch in Hamburg häufig in einem Zustand langanhaltender Weltabgeschnittenheit. Ihre Kontaktaufnahmen mit der Umwelt gestalteten sich unvorhersehbar und überraschend. Nach stundenlangem Verschlucktsein von sich selbst konnte sie mit einer abrupten Äußerung aus sich herausbrechen. Mit plötzlichen Wortmeldungen, die einer Logik und Sinnhaftigkeit zwar nicht entbehrten (und durchaus eine gewisse heimliche Aufmerksamkeit meiner Schwester unter Beweis stellten), die aber irritierten, um nicht zu sagen erschreckten.

„Deine Brille liegt übrigens hier vor mir auf der Fensterbank!", sagte Iris zum Beispiel, nachdem sie meine Mutter einen Vormittag lang schweigend dabei beobachtet hatte, wie diese verzweifelt ihre Brille gesucht hatte. Oder „Wie lang es wohl dauern wird, bis die armen blinden Kinder in Ingolstadt wieder eine neue Schule haben?!" Sie hatte nicht mehr gesprochen, nachdem sie am Tag vorher die Berichte über ein Zugunglück in der Tagesschau gesehen hatte, bei dem explodierendes Benzin unter anderem eine Blindenschule zerstört hatte.

Damals vermochte ich noch nicht festzustellen, ob die katatonisch - depressiven Phasen zwischen ihren Verlautbarungen konstant blieben oder im Begriff waren sich auszudehnen. Dafür kannte ich meine eigene Schwester noch nicht lange genug. Da war nur diese Unruhe, die sich in mir ausbreitete; angetrieben von der mantrahaft in meinem Gehirn sich wiederholenden Metapher von der drohenden *sang- und klanglosen Versandung* der Persönlichkeit eines *Dementia simplex* - Erkrankten. Doch immer, wenn ich bei einem meiner wöchentlichen Besuche kurz davor war aus der Haut zu fahren, weil ich das Reden um den heißen Brei als nicht mehr aushaltbar empfand, war da auch die mahnende Stimme von Dr. Rubens in meinem Kopf:

Sie, Herr Tauber, bleiben defensiv. Sie verbieten sich jegliches Insistieren. Sie dosieren Ihre Fragen, auch wenn Sie noch so lichterloh brennen. Den, wenn Sie so wollen, offensiven Part überlassen Sie bitte Ihrer großen Schwester.

Da saß sie also, meine große Schwester. Auf dem Wohnzimmersofa vor dem quasselnden Fernseher. In der Eckbank der elterlichen Küche neben dem alten Radio mit dem grünen magischen Auge. Meistens aber saß sie im Sessel am halboffenen Fenster in ihrem Zimmer. Woche für Woche, Monat für Monat. Immer, wenn ich sie besuchte. Sie saß dort und lauschte auf die Geräusche der großen Stadt. Die auf der Straße vorbeifahrenden Autos. Martinshörner in der Ferne. Gesprächsfetzen zwischen fremden Menschen, die von einem Nachbarbalkon herüberwehten. Kindergeschrei, gurrende Tauben, die Glocken von St. Gabriel. Gewitter, Wind und Regen. Auf was auch immer. Und ich Wahnsinniger hatte sie dort hingesetzt.

Worauf Dr. Rubens hinzufügte: *Fraglos muss Ihnen bewusst sein, dass Sie mit dieser Aktion eine nicht unerhebliche Verantwortung übernehmen. In dem Moment, in dem sich die Türen des Zuges geschlossen haben, wird für Sie endgültig der Ernst des Lebens begonnen haben. Wenn der Zug erst einmal angerollt ist, wird es für Sie kein Zurück mehr geben, Herr Tauber. Keine Notbremse, keinen Ausstieg auf frei-*

er Strecke; das muss Ihnen natürlich klar sein. Aber ich traue Ihnen das zu, junger Mann. Sie besitzen nicht nur das Potential, das Anliegen Ihrer Schwester erfolgreich zu unterstützen, sondern auch die Chance ... selbst an dieser Sache zu wachsen.

Mir fiel auf, dass die anfangs von Dr. Rubens in meinem Kopf formulierten Worte im Laufe der Zeit immer häufiger von der Stimme Lehrer Schmakeits abgelöst wurden. Aber ich wunderte mich nicht darüber. Denn in gewisser Weise war Lehrer Schmakeit schließlich immer anwesend, wenn es einmal eng wurde. Bis heute ist das so geblieben.

Manchmal ächzte oder stöhnte Iris leise in sich hinein. Oder sie flüsterte sich selbst etwas zu; geheime Kommentare, Schlussfolgerungen ihrer Langzeitbeobachtungen. Manchmal schien es auch, als antwortete sie auf eine Frage, die ihr von jemand unsichtbar im Raum anwesenden gestellt wurde. Theresa, Dr. Rubens, mein Großvater vielleicht. Man spürte genau: man war nicht gemeint, selbst wenn man direkt neben ihr stand. Aber meistens schwieg sie. Ganze Tage, ganze Wochenenden lang. Vielleicht dachte sie auch an den im April sprießenden Sanatoriumsgarten von *Ruh am See*. Die Rosenbeete, den Pavillon im Regen, die in die Wolken ragenden Gipfel der Alpen. An Theresa und die Bastelnachmittage, Gebetskreise und Hostienbäckereien in der Neuapostolischen Kirche. Vielleicht dachte sie auch an das weiße Ausflugsschiff, das im Abenddunst zwischen den Ufern hin und her kreuzte. Das Schiff, das niemals anlegte.

Ich begann mich zu fragen, ob sie Heimweh hatte. War sie verzweifelt? Wohnten womöglich Selbstmordfantasien hinter ihrer blassen Stirn? Doch wirklich unglücklich schien sie nicht zu sein. Sie schien oft überhaupt nichts zu sein.

Natürlich war ich damals manchmal kurz davor, meine Eltern rückhaltlos mit all dem zu konfrontieren, was Iris, aber auch Theresa und Dr. Rubens, während meines Aufenthalts in Brienz mir angedeutet hatten. Trotz aller Bedenken. Denn entweder lebten meine Eltern tatsächlich in der Hoffnung, dass ich in jenen Wochen nichts Wesentliches erfahren hatte, oder sie gingen naiv davon aus, dass ich über all das Ungeheuerliche, was mir zugetragen wurde, eine Art Schweigegelübde abgelegt hatte. Um die Familie zu schützen. Um alles nicht noch schlimmer zu machen. Vielleicht vermuteten sie auch, ihr Sohn würde sich in einer Art Schockstarre befinden, was ihnen unter Umständen auch zupass gekommen wäre. In Wahrheit war es eine Mischung aus Konfliktmüdigkeit, Feigheit und dem ehrlichen Bedürfnis, meiner Schwester mit einem unüberlegten Vorgehen nicht schaden zu wollen, was mich vorerst davon abgehalten hatte, mehr Initiative zu ergreifen.

Und während Iris immer nur hockte, schwieg und horchte, ahnte ich, dass uns aufgrund der ungünstigen Prognose ihrer Krankheit die verdammte Zeit davonlief.

Doch nichts war weiter entfernt als eine Strategie oder ein Plan.

13

Farshid war sofort Feuer und Flamme. Clara weniger. Farshid sagte, dass er seine Freundin Jasmin mitbringen würde; endlich könnte ich sie mal kennenlernen. Clara wollte dagegen weder mit mir und meiner Schwester in ein Boot, noch allein ein Boot für sich haben.

„Ich habe nicht die geringste Ahnung, wie man diese Dinger steuert, Friedi! Ich kann mich nur an einen völlig chaotischen Schulausflug erinnern, auf dem meine Freundin und ich ständig in irgendwelchen Uferböschungen hingen oder vom Alsterdampfer angehupt wurden. Die Jungen haben sich kaputtgelacht über unsere Manöver."

Ich schlug Clara vor, ihre Freundin Almuth mitzubringen, da ich dieser schließlich noch nie begegnet wäre, was ja wohl mal Zeit würde. Somit hätten wir dann drei Kanus mit jeweils zwei Leuten drin. Dass Iris mit mir zusammen in einem Boot sein müsse, sähe sie doch sicherlich ein. Clara fragte, ob Iris denn überhaupt einen Freischwimmer hätte, so mit Anfang Vierzig, oder ob man der Dame vielleicht Schwimmflügel anlegen müsse? Bei *Bobby Reich* könne man zur Not bestimmt Schwimmwesten ausleihen, antwortete ich ruhig. Einen Moment lang war es still am anderen Ende der Leitung.

„Ich kann Almuth ja mal fragen, ob sie Lust hat."

Es lohnt sich fast nicht zu erwähnen, dass auch meine Eltern wenig euphorisch auf meine Ausflugsidee reagierten. Mein Vater sprach von Wagemut und Risiko. Auch das Wort *Verantwortung* fiel wieder einmal, welches mich allmählich paranoid machte. Und meine Mutter fragte, ob es eine nette romantische Lampion-Dampferfahrt nicht auch tun würde.

Nein, antwortete ich, das täte es nicht.

Das von mir anvisierte Juniwochenende präsentierte sich sonnendurchflutet aber nicht zu warm und damit perfekt geeignet für eine Paddelfahrt auf der Alster.

Sonntagnachmittag um fünfzehn Uhr legten wir bei Bobby Reich vom Steg ab. Die Wellen glitzerten silbrig und in der Ferne reckten sich die Türme der Innenstadt in einen hellblauen Frühlingshimmel.

Almuth sah genau so aus, wie man sich eine Almuth vorzustellen hatte. Wie eine seit ihrer Kindheit im Blockflötenkreis der Kirchengemeinde aktive junge Frau, die im Laufe der Jahre von der Sopranflöte über die Tenorflöte zur Bassflöte mäandert war. Ein wenig untersetzt und auch sonst erkennbar eher die inneren, als die äußeren Werte bevorzugend, stand sie an diesem denkwürdigen Nachmittag neben Clara auf dem Steg.

Almuth war die Tochter eines evangelischen Pastorenehepaars aus Hamburg Eimsbüttel, im Schul- und später im Studentenorchester hatte sie eher rustikal aber verlässlich die Bratsche gestrichen und mit Jungs und Männern hatte sie es allgemein nicht so. Die arme Almuth hätte - wie Clara mir bei unserem letzten Telefongespräch angedeutet hatte - über zehn qualvolle Jahre gebraucht, um sich dies endgültig einzugestehen. Ihre Eltern, besonders ihr Vater, hätten bedauerlicherweise ziemlich unlocker reagiert. Er hätte sofort mit irgendwelchen verstaubten alttestamentarischen Bibelzitaten um sich geschmissen. Von wegen, dass Gott, der am Anfang alle Menschen geschaffen hätte, sie schließlich als Mann und Frau geschaffen habe, und dass deshalb eine Frau immer am Fleische eines Mannes zu hängen habe, um mit ihm ein Fleisch zu sein, und dergleichen Grauenhaftigkeiten.

„Am Fleische des Mannes zu hängen habe! Lass dir bitte diese schwachsinnige semantische Einkleidung mal auf der Zunge zergehen. Ich kann auf jeden Fall nicht so viel fressen, wie ich reihern möchte!"

Almuth habe daraufhin sofort ein Zimmergesuch an sämtliche Schwarze Bretter der Uni geheftet. Und dort vor dem Schwarzen Brett bei den Soziologen habe Clara sie zwischen zwei Vorlesungen kennengelernt.

Almuth hatte braune, zu einem dicken Zopf geflochtene Haare über einem sommersprossigen großflächigen Gesicht, und ich fand, dass die Jeanshose, die sie trug, an ihren Beinen so unerotisch aussah, als müsse sie noch als Studentin die alten Hosen ihres großen Bruders auftragen. Sie hatte mit siebzehn Abitur gemacht, ein Aupair-Jahr in Frankreich und eines in England absolviert und stand nun, mit Mitte Zwanzig, kurz davor, ihren Doktor in Soziologie abzulegen.

Während der ganzen Fahrt sprach Almuth nur sehr wenig. Meistens nur knappe Kurzsätze, die sie ihrer vorne im Boot sich mühenden Freundin zurief. Clara nickte jedes Mal beflissen mit ihrem von einer überdimensionalen Sonnenbrille verunstalteten Kopf. Sich erfolglos bemühend, den stetigen Anweisungen in ihrem Rücken Folge zu leisten. Almuth erwies sich jedoch beim Steuern eines Kanus als erstaunlich geschickt. Wie ein gut geölter Motor tauchte sie ihr Paddel in das algengrüne Wasser, um sich und Clara mit mächtigem

Wellenschlag kompromisslos durch die Kanäle zu schieben. Unbeirrt an Ruderbooten, Entenfamilien und aggressiven Schwanenvätern vorbei und völlig unabhängig davon, wie ungeschickt sich Clara vorne im Bug anstellte. Ich musste mich durchaus anstrengen, um mit den beiden Frauen auf gleicher Höhe zu bleiben. Von Farshid gar nicht zu reden, der mit seiner Jasmin schnell zurückgefallen war.

Clara genoss all dies mit einem triumphierenden Grinsen. Vor meinem inneren Auge sah ich die beiden schon, wie in *Ben Hur*, mit einem Rammsporn in ein harmloses Tretboot krachen, es auf den Grund der Alster schickend.

Farshids Freundin Jasmin war gegen Almuth eine echte Klischee-Schönheit aus Tausendundeiner Nacht. Genaugenommen kam sie aus Persien. Ihre Familie war, wie Farshids Familie, einige Jahre zuvor, ebenfalls vor den politischen Verhältnissen und dem Schah nach Deutschland geflohen. Als wir noch auf dem Bootssteg standen, um die Paddelroute zu diskutieren, konnte der Kontrast zwischen den beiden nebeneinander stehenden Frauen kaum größer sein. Ich fragte mich kurz, was beide wohl voneinander dachten.

Zur Auswahl hatte ich die romantische aber doch recht weite Strecke, den Alsterlauf hinauf bis zur Ohlsdorfer Schleuse gestellt. Oder die Strecke in entgegengesetzter Richtung - quer über die Außenalster - bis in die Innenstadt zum Jungfernstieg, wo man im Alsterpavillon eventuell Kaffee und Kuchen hätte zu sich nehmen können. Hier gab ich jedoch zu bedenken, dass bei ungünstiger Windrichtung das Paddeln auf dem offenen Wasser der Außenalster eine an die Substanz gehende Angelegenheit werden könnte. Als dritte Strecke präsentierte ich die Route durch den Goldbekkanal bis zum Stadtparksee - die kürzeste und deutlich weniger schweißtreibende, wie ich mehrmals betonte - wo man auf der lauschigen *Liebesinsel* vielleicht ein Eis essen oder ein Bierchen zischen könnte. Man entschied sich für meine heimlich favorisierte Tour: den Stadtparksee und die *Liebesinsel*.

Wie hingegossen lag Jasmin während der kompletten Fahrt mit ihrem weißen Kleid und ihren langen schwarzen Haaren in der Mitte des Kanus. Ich ging davon aus, dass sie mit der Einnahme dieses Platzes einer von vielen Regieanweisungen Farshids nachkam, der die Entgegennahme eines zweiten Paddels schon beim Bootsverleih entrüstet abgelehnt hatte. Er selbst hockte stolz und mit geradem Rücken wie ein venezianischer Gondoliere hinter seiner Auserwählten. Das Kanu dabei jedoch nur halbwegs sicher steuernd und nicht in der Lage zu verhindern, dass er, durch Almuths mörderisches Galeerentempo, immer weiter zurückfiel.

Im puppenhaft geschminkten Gesicht von Farshids Jasmin stand währenddessen unbeirrt das feine Lächeln einer Prinzessin aus dem Harem des Sultans. Den ganzen Nachmittag lang. Auch dann noch, als die Lage sich dramatisch zuzuspitzen begann. Doch davon später mehr. Ich bemitleidete und bewunderte im Stillen ihre Hingabe und Disziplin.

*

Von den vier Frauen war meine, an Schizophrenie erkrankte, Schwester die mit Abstand Unauffälligste. Während ich unser Kanu lenkte, saß sie, wortlos das vorbeiziehende Ufer des Goldbekkanals betrachtend, vorne im Bug. Mit Schwimmweste.

Die schmucklose Rückseite der Stadt wanderte an ihr vorbei. Die der Straße abgewandten schlichten Seiten der Wohnhäuser, die schmuddeligen Werkhöfe der ehemaligen Fabriken und Manufakturen, die Slipanlagen der kleinen Bootswerften, die Kleingärten mit ihren Lauben und Hochbeeten, die im Morast eingesunkenen Spundwände und Stege.

Während Iris dies auf sich wirken ließ, hatte sie das Paddel quer über ihre Oberschenkel gelegt. Unbeweglich hielt sie Balance. Mehr eine übergroß geratene Galionsfigur, als ein Mensch aus Fleisch und Blut. Sie trug wieder eine ihrer Kombinationen aus Breitcordhose und folkloristisch bestickter Bluse. Auch der Gürtel mit dem emaillierten Schmetterling war wieder dabei. Außerdem hatte unsere Mutter sie überredet, noch eine ihrer warmen Wolljacken überzuziehen: „Auf dem Wasser kann es schnell empfindlich kühl werden, mein Kind!"

Von vornherein hatte ich den Ehrgeiz vermieden, Iris zum Mitpaddeln aufzufordern. Das für sich selbst sprechende Arbeitsgerät auf ihrem Schoß und die demonstrativen Bemühungen mit dem selbigen in den anderen Booten unseres kleinen Flottenverbandes schienen mir indirekte Aufforderung genug zu sein. Doch Iris tauchte ihr Paddel nur in unregelmäßigen Abständen ins Wasser; unvermittelt, als sei ihr plötzlich eingefallen, was sie da vorne eigentlich für eine Aufgabe haben könnte. Wobei es sich dabei weniger um ein engagiertes Mitpaddeln, als um ein inaktives Ins-Wasser-Halten einer Holzkelle handelte; begleitet vom fasziniertem Beobachten der sich kräuselnden Strömung und vom fauligen Grund des Kanals aufsteigenden Gasbläschen. Geschwindigkeit und Navigation unseres Wasserfahrzeugs wurden dadurch jedes Mal natürlich ungünstig beeinflusst, so dass ich immer darauf vorbereitet sein musste korrigierend gegenzusteuern. Bei jedem anderen hätte ich irgendwann die Geduld verloren und mich lauthals beschwert. Nicht so bei Iris.

Besonders das Durchfahren der Brücken schien Iris zu beeindrucken. Wir glitten in die dunklen Münder der Brücken, in die schattige Welt unter der Stadt. Über uns das dumpfe Donnern des Autoverkehrs und die in der Nachmittagssonne spazierenden Menschen. Obwohl bis zur Decke noch reichlich Platz war, sah ich Iris jedes Mal ihren Kopf einziehen.

Unter den Straßen Hamburgs hatte jedes Geräusch sein eigenes Echo. Das Eintauchen des Paddels im Wasser. Sein sanftes Anschlagen an der Bootskante. Ein zufälliges Hüsteln und Räuspern. Jeder Klang pendelte, sich vervielfältigend, zwischen den bemoosten Wänden hin und her, setzte sich fort in eine scheinbare Unendlichkeit. Für den Moment des Unterquerens der Brücken war man von einem kühlen Zauber gefangen, von einem modrigen Hauch, den die mit Gittern verschlossenen Kanalisationsöffnungen in den Mauern auszuatmen schienen.

Ich brachte das Boot zum Stehen.

„Hallo Iris! ... ris! ... ris! ... ris! ... ris!"

Ich vermochte mich nicht zurückzuhalten. Es war, als ob kurzfristig etwas Dämonisches von mir Besitz ergriffen hätte.

„Geht es dir gut? ... ut? ... ut? ... ut? ... ut?"

Ohne sich zu mir umzuwenden, verdrehte Iris als Antwort in merkwürdiger Manier ihren Kopf. Als würde sie versuchen, ihren versteiften Nacken zu lockern.

„Sag mal ... al ... al ... al ... al. Macht dir die Kanufahrt mit deinem kleinen Bruder eigentlich Spaß? ... aß? ... aß? ... aß? ... aß?"

Im Gegenlicht der Brückenausfahrt zuckte der Scherenschnitt ihres Pagenkopfes mit der markant hervorlugenden Kinnpartie. Sofort begann meine Schwester mir leid zu tun und ich versuchte meine Boshaftigkeit wieder gut zu machen:

„Mach doch mit! ... it! ... it! ... it! ... it! Sag doch auch irgendwas! ... as! ... as! ... as! ... as!", rief ich ihr auffordernd zu und begann unsere Lieblings-Sprachübung aus *Die Kunst des Sprechens* zu rezitieren:

„Hinterm Haus heult Hassan ... an ... an ... an ... an,
Harrachs Hofhund ... und ... und ... und ... und,
heißhungrig hervor! ... or! ... or! ... or! ... or!"

Iris war weit davon entfernt, willens oder in der Lage zu sein mit einzustimmen. Allerdings hatte sie jetzt ihr Paddel ergriffen, um mit diesem ungelenk im schwarzen Wasser herumzurühren.

„Tut mir leid! ... eid! ... eid! ... eid! ... eid! War ein Scherz! ... erz! ... erz! ... erz! ... erz! Kommt nicht wieder vor! ... or! ... or! ... or! ... or!"

Ich lenkte das Kanu wieder zurück ins Freie.

*

Auf der Rückfahrt vom Stadtparksee steuerte ich unser Kanu hinter der niedrigen Bellevuebrücke nicht nach links, zurück in Richtung Außenalster und *Bobby Reich*, sondern auf dem Rondeelkanal nach rechts. Ich hatte es mit einer wahrhaft olympischen Leistung geschafft, mich noch auf dem Goldbekkanal vor Clara und Almuth an die Spitze unserer Gruppe zu setzen.

„Was ist mit ihm denn los?", hörte ich Claras Stimme in meinem Rücken rufen.

Ich wollte, dass man mir automatisch folgt und nicht anfing zu diskutieren, wenn ich plötzlich eine nicht abgesprochene Änderung der Route vornähme.

*

Als sich nach wenigen Minuten der von weißen Villen umringte Rondeelteich vor uns öffnete, sagte ich nichts. Auch Iris sagte nichts. Mir kam der Gedanke, dass sie die ganze Zeit gewusst haben könnte, welches eigentliche Ziel dieser Ausflug hatte und dass sie innerlich auf diesen Moment vorbereitet war. Aber vielleicht interpretierte ich ihr Schweigen auch falsch und sie hatte keinen blassen Schimmer, wo wir uns gerade befanden.

Ich lenkte das Kanu möglichst nahe am Ufer entlang. Steuerte es gegen den Uhrzeigersinn um den Teich herum. Um die ins Wasser ragenden Büsche. Um die Stegkonstruktionen vor den Grundstücken und die vereinzelt festgemachten Boote unter ihren Planen. Dabei wurde mir überraschend bewusst, wie lange ich selbst nicht mehr an diesem Ort gewesen war. Zuletzt vor bald zehn Jahren mit Swantje, einer Vorgängerin von Clara. Doch damals hatte ich kaum Augen für diesen magischen Ort meiner frühen Kindheit. Umso mehr für Swantjes magische frauliche Rundungen unter ihrem luftigen

Sommerkleid. Phänomenen, denen ich in jenem Sommer zum ersten Mal endlich sehr nahe kommen durfte.

Als unser Kanu an der später legendären *Villa Kunterbunt* vorbeiglitt, hockte Iris, wie gehabt, ungerührt vorne im Bug. Ich hatte zwar schon von der dortigen Künstlerwohngemeinschaft gehört, doch der ganz große Durchbruch kam für zwei der Bewohner erst ein paar Jahre später. Der Dritte musste sogar noch bis zum Ende der Siebziger warten. Heute stelle ich mir vor, Otto Waalkes, Udo Lindenberg und Marius Müller-Westernhagen hätten damals, Iris zuwinkend, am Ufer gestanden: *Alles easy, Baby! ... Keine Panik auf der Titanic! ... Mit Pfefferminz bin ich dein Prinz!*

Wir hatten den Teich halb umrundet und die eng ummauerte Mündung des Leinpfadkanals kam in Sicht. Gleich würden wir an unserem ehemaligen Grundstück vorbeigleiten.

Schon von weitem erkannte ich, dass der morsche Holzsteg längst gegen eine stabile Stahlkonstruktion ausgetauscht worden war. Außerdem hatte man die Uferkante inzwischen mit einer Mauer aus hellen Feldsteinen befestigt. Doch dahinter ragten unverändert die hohen Buchen in den wolkenlosen Himmel. Mit ihren silbrig-grauen Stämmen reckten sie sich aus der zum Haus sanft ansteigenden Rasenfläche. Eine Rasenfläche, die, im Gegensatz zu meinen Kindertagen, gänzlich befreit war vom alten Herbstlaub vergangener Jahrzehnte. Sogar ein gefegter, von akkurat geschnittenen Buchsbaumhecken begrenzter, Sandweg war inzwischen angelegt worden. In Serpentinen schlängelte er sich von der Wasserkante zur Freitreppe der Veranda hinauf. Vorbei an einigen aufgestellten Amphoren und Statuen, die alle aussahen, als hätte der neue Besitzer des Anwesens sie aus dem *Boboli-Garten* in Florenz mitgehen lassen.

Ich sah hinauf zum Haus. Zu den verschlossenen großen Flügeltüren unter den Fenstern. Das Haus machte ein ernstes Gesicht, das durch die Baumkronen auf uns herabblickte. Auf Iris und mich in unserem wackeligen Kanu. Ich stoppte unsere Fahrt und wir hielten uns am Steg fest. Und während wir schweigend zum Haus hinaufschauten, beschlich mich die leise Enttäuschung, dass dieses ernste steinerne Gesicht nichts mit uns anzufangen wusste, dass es uns nicht erkannte. Jedenfalls nicht auf Anhieb. Geschweige denn, dass es uns erwartet hätte. Aber vielleicht ignorierte es uns auch einfach.

Wobei unter dem vorstehenden Walmdach alle Fenster noch immer ihre angestammten Plätze hatten. Jedes Gesims, jeder Sturz, jeder Fries, jede Arkade. Auch das Fenster meines Kinderzimmers war noch da wo es immer war, wenn auch von Läden verschlossen. Keines der historisierenden Ornamente war im Zuge der Vergangenheitsbewältigung während der *Nachkriegsmoderne* von der Fassade abgeschlagen worden. Es hatte keine architektonische Verstümmelung aus Verdrängung oder Selbsthass stattgefunden. Dazu hatte man hier keinen Anlass. Nicht hier in diesem Teil Winterhudes, wo die Welt des Großbürgertums noch völlig unberührt und in Ordnung zu sein schien.

Und doch war da dieses Gefühl, um etwas betrogen worden zu sein. Von der rücksichtslos in die Zukunft schreitenden Geschichte, die es nicht nötig hatte, sich nach ihren eigenen Fußspuren umzusehen. Von der gleichgültig vergehenden Zeit, die Mauern zu Mauern und Fassaden zu Fassaden reduzierte. Funktionalisiert und austauschbar. Zu bewohnen von jedem, der genug Kohle besaß sie zu finanzieren. In Besitz zu nehmen von jedem, der sich einen feuchten Dreck um irgendwelche Erinnerungen früherer Bewohner scherte. Der sich zu allem Überfluss auch noch erdreisten durfte, sich am Schauplatz *meiner* Erinnerungen seine eigenen Erinnerungen zu erschaffen.

*

Was wusste die Decke über dem ehemaligen Standort meines Kinderbettes noch von meinen Gedanken? Von meinen Ängsten, nachdem meine Mutter mir nach der Gutenachtgeschichte einen Kuss gegeben und das Licht gelöscht hatte? Vielleicht stand an der Stelle, an der mein Bett gestanden hatte, jetzt ein Kühlschrank, ein Fernsehapparat oder Aquarium? Konnte der Raum, in dem ich fast zehn Jahre lang jeden Abend eingeschlafen war, sich noch an den kleinen Jungen und seine Grübeleien erinnern?

Grübeleien drüber, was zum Beispiel an meines Großvaters Fahrten in die Schweiz für meine Mutter so qualvoll war, dass sie daraufhin nachts weinend auf der Bettkante hockte und von meinem Vater getröstet werden musste? Und was es überhaupt mit dem geheimnisvollen Land hinter den Bergen im Süden auf sich hatte? Oder mit dem *Feld der Ehre*, der *Stählernen Romantik* oder mit dem *Klinkenputzen in allerhöchsten Kreisen*. Und ob ich mich bei dem versprochenen Rundflug über Hamburg nun für die *Tante Ju*, den *Fieseler Storch* oder doch lieber für den *Zeppelin* entscheiden sollte. Und was es eigentlich hieß *von allem der Erbe zu sein? Von allem ... !*

Versteckten sich in den Schnörkeln des Stucks und den Fugen des Parketts irgendwelche spirituellen Restschlieren meiner kindlichen Gedankenwanderungen? Meiner Reisen durch die Nächte, als es mich im Schlafanzug durch die plötzlich sich öffnende Zimmerdecke und das abgedeckte Dach unseres Hauses hinaus gehoben hatte? Hinein in den unendlichen Sternenhimmel über meinem Bett, über die Stadt, über das Land, über die ganze Welt. Wie war das überhaupt mit Zimmern in Häusern? War der ehemalige Standort eines Wochen- oder Sterbebettes für alle Zeiten gesegnet oder verflucht?

Ich dachte mich in mein altes Jungenzimmer zurück. Auf dem Boden hockend blätterte ich wieder in einem dieser *Planet* Sciencefiction - Comichefte, das mein Großvater mir aus Amerika mitgebrachte hatte. Aus den Seiten des Heftes stieg ein Glühen, das mich bald mit dem magischen Schimmer einer Lichtjahre entfernten Galaxie umhüllte. Das ganze Zimmer begann gerade nach den Abenteuern einer fernen Zukunft zu riechen, nach Milchstraßen, schwarzen Löchern und Weltraumschleim, als plötzlich wieder meine Mutter hinter mir in der Tür stand.

Komm mal her zu deiner Mama. Lass dich von deiner Mutter drücken, mein Süßer. Ich weiß überhaupt nicht mehr, wie du dich anfühlst. Bist du denn überhaupt noch mein kleiner, einziger Junge?

Ich sah mich wie damals aufstehen und zu meiner Mutter trotten. Sah mich meine Wange an den glatten Stoff ihres Kleides schmiegen und stillhalten. Ich spürte wieder die Wärme unter ihrem Busen, atmete den Duft des teuren Parfums, das mein Vater oder mein Großvater ihr zu Weihnachten geschenkt hatten.

Es sind ganz seltsame Zeiten, hörte ich die Stimme meiner Mutter über mir und ich fühlte bei jedem ihrer Worte die Vibrationen ihres Zwerchfells. Ich fühlte, wie ihre Arme mich umschlangen und mich ihr Mund unaufhörlich auf meinen Scheitel küsste: *Ganz - selt - sam, - ganz - selt - sam, - ganz - selt - sam!*

Ich spürte ihre Lippen und ihren heißen Atem auf meiner Kopfhaut:

Manchmal frage ich mich, ob du mehr Glück im Unglück oder mehr Unglück im Glück hast, mein lieber Sohn. Kannst du mir das sagen?

*

„Hier haben wir ja gewohnt, Frieder! Ich erkenne hier alles wieder... !"

Wer hatte etwas gesagt? ... Hatte Iris etwas gesagt? ... Iris hatte etwas gesagt!

Erst hatte sie nur ein Bein auf die Steuerbordkante gestellt, worauf das Kanu sofort in bedenkliche Schieflage geraten war. Während Iris sich an einem Belegpoller am Steg festklammerte, beugte ich meinen Körper instinktiv ausgleichend nach Backbord, um unser sofortiges Kentern zu verhindern. Doch der eigentlich positive Effekt der Stabilisierung des Bootes hatte die fatale Folge, Iris zu ermöglichen, wenn nicht gar aufzufordern, ihr zweites Bein ebenfalls auf die schmale Bootskante zu stellen. Ich weiß nicht mehr was ich Iris zurief. Doch irgendetwas muss ich ihr zugerufen haben.

Und so sehr ich mich auch bemühte gegenzupaddeln, es war mir im Folgenden unmöglich zu verhindern, dass Iris unser Boot mit ihren Füßen langsam aber stetig vom Steg wegschob. Für einen kurzen Moment -

einen Moment, in dem die uns umgebenden Enten und Gänse ihr Schnattern einzustellen, bildete Iris´ sich streckender Körper eine schräge Brücke zwischen Steg und Kanu. Dann glitt sie erstaunlich lautlos ins Wasser. Hinter mir Schreckensschreie aus den anderen Booten.

Die Alster schloss sich über meiner Schwester.

14

Wir standen dicht nebeneinander an der Reling. Unsere Reisetaschen neben uns. Es schien, als entfernten nicht *wir* uns von der Stadt, sondern, als wiche die *Stadt* mit ihren Türmen hinter dem Heck des Schiffes von uns zurück. Die Silhouette Hamburgs war ein Bühnenprospekt, der in den von Theaterrauch umwaberten Hintergrund aus dem Blickfeld des Publikums gezogen wurde. Um uns herum die Feuchtigkeit eines ungewöhnlich frischen Augustmorgens. Allerdings angereichert vom Schiffsdiesel, der aus dem Schornstein über uns wehte und auf das Deck herabgedrückt wurde. Und weil mir von diesem Geruch immer ein wenig übel wurde, klammerte ich mich, der Stadt hinterher schauend, an das weiße Stahlrohr der Reling.

Im Laufe der nächsten halben Stunde traten auch die Ufer weiter von uns zurück. Rechts Blankenese, Wedel und Glückstadt. Links Finkenwerder, Cranz und die imaginäre Insel mit der Erziehungsanstalt aus Siegfried Lenz´ *Deutschstunde;* ein Buch, dass ich kurz zuvor gelesen hatte und das, nicht zuletzt durch seine Verfilmung ein Jahr zuvor, noch immer in aller Munde war. Dahinter erstreckten sich die unendlichen Obstplantagen des *Alten Landes*.

*

Zwei Monate war es jetzt her, dass wir Iris aus der Alster gefischt hatten. Wir hatten sie in alle zur Verfügung stehenden Decken und Jacken eingepackt und auf den

Steg gesetzt. Besonders Jasmin kümmerte sich rührend um die unglücklich vor sich hin Schlotternde. Während also Jasmin beruhigend auf Iris einredete, sie behutsam abtrocknete und ihr heißen Tee aus einer Thermoskanne einflößte, musste ich ständig mit mulmigem Gefühl nach oben zur Villa hinaufschauen. Welch Ironie des Schicksals, wenn die neuen Bewohner ausgerechnet *uns* und *mich* von ihrem Grund und Boden vertreiben würden. Ich überlegte, ob ich zu unserer Rechtfertigung die Wir-haben-hier-mal-gewohnt-Geschichte zum Besten geben sollte, oder ob der Hinweis auf unseren kleinen Unfall ausreichen würde. Doch glücklicherweise schien, wie üblich in dieser Gegend, niemand es nötig zu haben sein großzügiges Zuhause auch zu bewohnen. Ich zündete mir eine Zigarette an.

Nur einige Meter vom Steg entfernt erstreckte sich das ehemalige Reich meiner und Iris´ Kindheit. Ich konnte nicht anders, verließ den Steg und stellte meine Füße auf den gemähten Boden dieses Kontinents. Ich ließ meine Beine ein paar Schritte auf und ab gehen. Ließ sie verharren. Weiter gehen. Um sie wieder verharren zu lassen. Meine Beine wollten wissen, wie es sich anfühlte, dort meinen Körper zu tragen, wo ich als Junge meine Angeln gebaut und unter dem Laub tote Tiere und Schmuckstücke gefunden hatte. An dem Ort, wo ich mir in meinen Albträumen im Schlafanzug selbst gegenübergestanden hatte.

Doch was ich fühlte, war Chaos. Das Chaos einer Zwischenwelt, in der die Korrelation von Erinnerung und Gegenwart eine absolut originäre Atmosphäre erzeugte. Nicht Schäferhund Wittich, der bellend auf mich zu galoppierte *oder* der in der Gegenwart leere geharkte Sandweg. Nicht meine Mutter, die mich zum Essen rief *oder* die zugezogenen Vorhänge vor den Salonfenstern im ersten Stock. Nicht mein Großvater, der Zigarre rauchend auf die Terrasse trat *oder* die in Wirklichkeit fest verschlossenen Flügeltüren. Keine in harten Filmschnitten sich abwechselnden Bilder, sondern Szenen, die sich als transparente Folien überblendeten. Als würde der Filmvorführer in meinem Gehirn mehrere Zelluloidstreifen gleichzeitig durch den Projektor surren lassen. Und weil dadurch die Konjugationen der Zeiten durcheinandergerieten und alles um mich herum parallel geschah, bildete sich in meinem Kopf eine eigene in sich geschlossene Realität. Eine Wahrheit, die mich umwarb, alle Fragen überflüssig machte, und die sich mit einem verführerischen Angebot in meinem Gehirn festzusetzen begann. Dem verlockenden Angebot zum Übertritt in ein Reich des unendlichen Friedens: einem Reich der Gleichgültigkeit. Was mich aber auch an Lobotomie-Operationen und Elektroschocktherapien in der Psychiatrie denken ließ.

Clara und Turbo-Almuth hockten indes von Minute zu Minute mieser gelaunt in ihrem Kanu. Farshid stand unbeholfen neben Jasmin und der immer noch unter ihren Decken bibbernden Iris; unbeholfen aber sichtlich stolz über den hilfsbereiten Aktionismus der zukünftigen Mutter seiner vielen Kinder, seiner Söhne, genaugenommen. Und auch, wenn ich mir die strafenden Blicke meiner eigenen Mutter gerne erspart hätte, hielt ich unsere Gruppe zur eiligen Heimkehr an. Ich schnippte die Zigarette ins Wasser, die ungeraucht zwischen meinen Fingern verglüht war.

Iris kam Gottseidank mit einem harmlosen Schnupfen davon.

*

Auf der Höhe der kaiserlichen Festungsanlage *Grauerort* stellte ich mir das im Nebel aufflammende Mündungsfeuer eines Geschützes vor, gefolgt von einem matten Knall. Ich hörte daraufhin das Pfeifen des über die Aufbauten der *Wappen von Hamburg* hinwegfliegenden Projektils. Dann die aufspritzende Fontäne im Elbwasser auf der Steuerbordseite in unserem Rücken. Ich wartete auf das nächste Mündungsfeuer, nachdem man die Geschossbahn neu berechnet und die Kanoniere das Geschütz auf seiner Lafette entsprechend justiert hatten. Und auch, wenn ich ein recht guter Schwimmer war, konnte ich mir nicht wirklich sicher sein, ob ich nach einem Volltreffer unseres Ausflugsdampfers noch in der Lage gewesen wäre, das Ufer des nahen *Pagensands* zu erreichen. Zumal mit einer Iris im Rettungsgriff, die vor Todesangst ungeahnte Energien entwickelte. Ich begann die Rettungsboote zu zählen und ihre maximalen Aufnahmekapazitäten zu schätzen. Zu meiner geschätzten Anzahl von Passagieren ergab sich ein beunruhigendes Missverhältnis.

Während eines gemeinsamen Besuchs der Festung *Grauerort* mit meinen Eltern hatte ich als Jugendlicher im Stillen bedauert, dass von dem Fort nie ein einziger Schuss in Richtung Elbe abgegeben worden war. Mein Vater instruierte mich, dass die gesamte Anlage eine überteuerte Fehlspekulation der preußischen Militärführung gewesen sei. Eine Anlage, die jetzt, wie ich vielleicht schon festgestellt hätte, als Notunterkunft für Flüchtlinge aus den ehemaligen Ostgebieten fungiere und damit *immerhin* eine sinnvolle Verwendung erführe, wie er mit gedämpfter Stimme hinzufügte. Denn kein französisches Schiff hätte im Krieg von 1870-1871 jemals versucht über die Elbe nach Hamburg zu gelangen. Was sowieso eine paranoid absurde Vorstellung gewesen wäre. Eine Paranoia, die später in den ersten Weltkrieg geführt hätte. Außerdem sei das ganze Bauwerk schon am Tag seiner Indienststellung technisch veraltet gewesen.

Während mein Vater also pädagogisierend und über die Lächerlichkeit des preußischen Militarismus spottend vor mir und meiner Mutter her lief, hörte ich mit meinen inneren Ohren die tollsten Detonationen. Immerhin hatten die ehemaligen Artilleriegeschütze ein Kaliber von 28 Zentimetern, was bestimmt einen mordsmäßigen Wums gemacht hätte. Ich sah mit meinen inneren Augen schwarze Rauchschwaden aus den mit Schlagseite in der Elbe treibenden feindlichen Schlachtschiffen quellen.

Mir wurde bewusst, dass seit diesem Ausflug mit meinen Eltern über fünfzehn Jahre vergangen waren. Darüber hinaus wurde mir bewusst, dass ich derart destruktiv-lustvolle Fantasien noch als fast Dreißigjähriger hatte. Auch noch heute gestehe ich sie mir zu, wenn bei einem Ausflug an die Elbe dickbäuchige Containerschiffe an mir vorbeiziehen. Meine Geschütze verfehlen nie ihr Ziel.

„Mir ist kalt."

„Was?"

„Mir ist kalt. Können wir bitte reingehen? Ich friere."

„Aber natürlich, Iris! Entschuldigung! ... Wir hatten uns ja schließlich auch vorgenommen an Bord zu frühstücken."

„Frühstücken ... Ja."

*

Die Idee kam mir, beziehungsweise die Entscheidung, die Idee umzusetzen, traf ich im Teppichlager von Farshids Onkel Huschang. Genaugenommen auf der dortigen Toilette. Irgendwo im dritten Stock hinter dicken wilhelminischen Backsteinwänden in der Speicherstadt. Damals, Anfang der Siebziger, noch längst kein historisches Weltkulturerbe.

Onkel Huschang, der wirklich recht wohlhabend zu sein schien, hatte uns von einer alten Frau mit Kopftuch auf einem kleinen Tischchen Tee, Backwerk und Süßspeisen servieren lassen. Wir hockten auf großen bestickten Kissen inmitten einer weiß getünchten Lagerhalle und um uns herum türmten sich die wertvollen Perserteppiche im Neonlicht meterhoch bis an die Decke. Einige besonders kostbare Stücke waren, angestrahlt von Scheinwerfern, an den Wänden ausgestellt. Selbst wenn man dicht vor ihnen stand, konnte man den Eindruck gewinnen, auf ein mit feinem Pinsel gemaltes Gemälde zu blicken und nicht auf eine aus unzähligen Garnknoten bestehende Fläche. Farshid flüsterte mir zu, dass einige der ausgestellten Exemplare über eine Million Mark kosteten. Ich erinnerte mich, dass wir beim Betreten des Lagers schwere Stahltüren aufgeschoben hatten.

Es war, als befänden wir uns im Zentrum einer riesigen Stadt und die Gänge zwischen den Teppichstapeln waren die sternförmig auf uns zulaufenden Prachtboulevards. Die geknüpften Kunstwerke um uns herum, aber auch die Vasen, Teller und die mit Schmuck und Tüchern überquellenden Truhen, verströmten ein unbestimmtes pudriges Aroma. Geheimnisvoll orientalisch, süßlich und scharf zugleich. Aber vielleicht wehte dieser Duft auch aus irgendeinem der benachbarten Gewürzlager zu uns herüber.

Onkel Huschang, der mich anfänglich detailliert über meine familiären und beruflichen Pläne ausfragte, - ansonsten aber mit vorauseilendem Stolz über seine Zukunftspläne bezüglich seines Neffen Farshid fabulierte -, schenkte mir ständig Tee nach, worauf ich nach einer knappen Stunde so dringend pinkeln musste, dass ich fürchtete, ohne Tröpfchenverlust nicht von meinem Paradekissen hochzukommen. Nach der festen Überzeugung seines, wie ich erfuhr, kinderlosen Onkels, hatte Farshid eine klare Bestimmung im Leben: Garant für das wirtschaftliche Überleben seiner mit Jasmin zu gründenden Familie, inklusive der Zeugung eines Stammhalters für die Zukunft. Farshid nickte verschämt lächelnd alle Pläne seines Onkels ab. Ohne erkennbare Zweifel.

Mir kam der grausame Gedanke, Onkel Huschang von den sexuellen Eskapaden seines Neffen zu berichten, die diesen damals zu mir in das Klinikzimmer von St. Georg verschlagen hatten. Doch solange jene Eskapaden heterosexueller Natur waren, hätte Onkel Huschang Farshid diese wahrscheinlich sogar großmütig verziehen.

Die Toilette befand sich außerhalb des Lagers vom Treppenhaus abgehend. Dort, in einem kühlen Mönchszellen ähnlichen Raum unter einem schmalen gotischen Fenster, traf ich meine Entscheidung.

*

Der *Große Vogelsand* mit den Wracks der *Ondo* und der *Fides* glitten an der Backbordseite an uns vorbei. Mahnend ragten sie mit ihren rostzerfressenen Aufbauten aus den brechenden Wellen in einen Himmel, der sich immer mehr bewölkte.

Ich hatte Iris, unter dem Vorwand nach dem reichlichen Frühstück mir die Beine vertreten zu wollen, gebeten, mit nach draußen zu kommen. Als wir die Tür öffneten, erfasste uns der aufgefrischte Wind, als hätte er nur auf uns zwei gewartet.

Nur wenige Passagiere begegneten uns. Lediglich der Rest einer Seniorengruppe aus Schwaben, die Sommerjacken zusammenhaltend, wankte gebeugten Schrittes schweigend an uns vorbei. Jene Senioren, welche noch beim Auslaufen an den Landungsbrücken temperamentvoll das ganze Deck bevölkert hatten. Die meisten von ihnen schienen die verbrauchte Luft im Schiffsinneren vorzuziehen. Erbsensuppe und Labskaus mussten schließlich mit Kaffee und Sahnetorte abgerundet werden.

„Sieh mal Iris, die Wracks dort drüben auf der Sandbank!", rief ich aufgeregt, als würde ich gerade in diesem Moment erst bemerkt haben, wo wir uns befanden.

„Das sind nur zwei von hunderten Schiffen, die hier seit dem Beginn der Seefahrtgeschichte gestrandet sind. Von hunderten!"

Ich hielt mich mit einem expliziten Hinweis zurück, dass es sich eventuell auch um den konkreten Ort des Todes unseres Großvaters handeln könnte.

Sie, Herr Tauber, bleiben defensiv. Sie verbieten sich jegliches Insistieren…

Da unser Schiff ab der Elbmündung begonnen hatte, sich in den Wellen zu heben und zu senken, legte ich behutsam den Arm um meine Schwester. Wobei mir seltsam bewusst wurde, dass ich ihr körperlich noch nie so nahe gekommen war.

„Der *Große Vogelsand* bildet, besonders bei Flut, eine berüchtigte Untiefe, die schon vielen unerfahrenen Seeleuten zum Verhängnis geworden ist", erklärte ich im unverbindlich freundlichen Tonfall eines Fremdenführers, der zu seiner Reisegruppe spricht. „Die beiden Frachter da drüben hat es zum Beispiel erst vor einigen Jahren erwischt. Nächstes Jahr soll hier aber endlich der längst überfällige Leuchtturm errichtet werden."

Iris reagierte nicht.

Also versuchte ich noch etwas Witziges anzufügen: „Eigentlich müsste dass Wasser hier immer noch leckeres Schokoladenbraun haben. Die *Ondo* hatte bei ihrer Strandung nämlich mehrere Tonnen Kakao geladen. Kakaobohnen genaugenommen."

Ihr Gesicht blieb stumm.

„Auf jeden Fall wird in ein paar Jahren der hier extrem feine Sand ... der sogenannte *Mahlsand* ... die beiden Wracks für immer verschluckt haben ... So wie dieser Beduinenjunge in *Lawrence von Arabien* vom Treibsand verschluckt wurde." Mir wurde sofort die Überflüssigkeit meiner Ergänzung klar, da Iris den Film wahrscheinlich nicht gesehen hatte. Außerdem war es nicht gerade eine stimmungshebende Szene.

Auch wenn Iris´ Ohr nur wenige Zentimeter von meinem Mund entfernt war, sah ich mich zunehmend gezwungen, gegen den rauschenden Wind anzurufen:

„Das ist genau so, als wenn du mit nackten Füßen in der Brandung stehen würdest ... Da sinkst du auch von Minute zu Minute tiefer ein ... Fühlt sich toll an ... Zwischen den Zehen ... Hast du vielleicht auch schon mal erlebt ... "

Sie nickte unmerklich unter ihrer Kapuze.

Wenig später passierten wir das signalrote Feuerschiff mit dem Schriftzug *Elbe 1* auf seinem Rumpf. Es wurde kühler und der Westwind schlug uns jetzt mit härter werdenden Böen ins Gesicht. Wir befanden uns inzwischen auf dem offenen Meer. Noch waren nur wenige Regentropfen gefallen, aber jeder sah, dass da mehr kommen würde. Die *Wappen von Hamburg* hatte angefangen, unter den betongrau treibenden Wolken durch die Wellen zu stampfen, als ginge es in ein alles entscheidendes Seegefecht.

*

„Ich weiß es."
„Was denn?"
„Was wir machen."
„Was machen wir denn?"
„Ich weiß ... wohin wir fahren."
„Ja? ... Wohin denn?"
„Auf die Insel, wo ich Großvater zuletzt gesehen habe."
„Stimmt ... Du hast Recht ... Dieses Schiff wird uns dorthin bringen."
„ ... Helgoland."
„Ja, ... nach Helgoland."
„Du hast Vater und Mutter nichts gesagt."
„Ich habe gesagt, dass ich mit dir einen Wochenendausflug ins *Blaue* machen möchte."
„Du hast Vater und Mutter angelogen."

„Habe ich nicht ... Ich würde sie nie anlügen!"
„Doch, hast du."
„Hab´ ich nicht! Helgoland liegt schließlich im *blauen* Meer. Vielleicht nicht gerade am heutigen Tag. Aber bei gutem Wetter und auf Landkarten schon."
„ ... Blaues Meer."
„Siehst du, ich habe nicht richtig gelogen. Höchstens etwas weggelassen oder verschwiegen. Aber das können andere Leute noch viel besser als ich. Das kannst du mir glauben."
„Mir hast du´s auch verschwiegen."
„Tut mir leid. Sollte eben eine Überraschung sein. Bist du mir jetzt böse?"

Sie entgegnete mir nichts mehr und ich gestand mir ein, dass ich manchmal verdrängte, dass sie meine große dreizehn Jahre ältere Schwester war und ich ihr kleiner Rotzbengel von Bruder. Ein Hauch schlechten Gewissens wehte mich an.

Iris´ unter dem Friesennerz hervorlugende Kinn- und Nasenpartie schien mir plötzlich ein wenig blässlich zu werden. Aber vielleicht täuschte ich mich. Vielleicht war mein Blick vom feinen Salzwasserregen getrübt. Mir war auf einmal etwas schummrig geworden.

„Gehen wir wieder rein?"

Ohne eine Antwort abzuwarten, schob ich Iris vor mir her. Zurück in den Salon zu den unermüdlich Sahnetorte spachtelnden Senioren aus Schwaben.

*

Wirklich überrascht war ich nicht, als eine Woche nach unserer Kanutour sonntagmorgens um kurz nach neun das Telefon klingelte. Ich glaubte, auch nicht übermäßig verletzt darüber zu sein, dass die Angelegenheit am Telefon ihr vorläufiges Ende finden sollte; war ich mir doch nie sicher gewesen, Clara wirklich zu lieben. Wenn sie mich auch mit ihrem spröden intellektuellen Wesen fasziniert hatte und die körperliche Liebe mit ihr zweifelsohne speziell gewesen war - irgendetwas hatte mir immer gefehlt. Etwas, hätte ich gewagt es einzufordern, was mich bei Clara wahrscheinlich als chauvinistisch-romantischen Gockel entlarvt hätte. Etwas, auf das ich jedoch dauerhaft nicht hätte verzichten können.

Sie wolle es möglichst kurz und schmerzlos machen, sagte sie - bemüht emotionslos klingend -, und mir mitteilen, dass sie nun mit Almuth aufs Ganze gehen wolle. Die Zeit wäre einfach reif für diesen Schritt und sie sei an diesem Wochenende endgültig mit Sack und Pack bei ihr eingezogen.

Aufs Ganze gehen ... ich höre Claras Stimme noch heute mit dieser Formulierung im Telefonhörer: *Aufs Ganze!* Und damals wie heute sehe ich in meiner Fantasie zwei schweißglänzende nackte Frauenleiber in oktopodischer Verknotung.

Hinzu käme, dass ihr dieses ganze Getue mit meiner zugegeben bemitleidenswerten Schwester allmählich ziemlich auf die Nerven ginge. Die Sache hätte mit der Zeit doch etwas von einer neurotischen Fixierung bekommen. Sie, Clara, habe verstärkt den Eindruck, dass ich mein eigenes Leben dabei immer mehr aus dem Blickfeld verlöre; etwas, was sie perspektivisch äußerst ungesund fände. Sie wolle mich in diesem Zusammenhang nur an mein Pädagogikstudium erinnern. Professor von Willburg sei mit Sicherheit nicht der einzige, bei dem ich noch einen Leistungsnachweis vorzulegen hätte. Aber das wäre natürlich meine Sache und sie wolle sich nicht als meine Mama aufspielen. Gott bewahre, soweit käme es noch!

Und dass ich sie alle bei meiner als Paddeltour getarnten Reinkarnationstherapie oder was immer das darstellen sollte, ungefragt als Statisten instrumentalisiert beziehungsweise *missbraucht* hätte, nähme sie mir immer noch übel. Ein ganz, ganz mieses Ding wäre das gewesen! Diese Aktion hätte das Fass dann auch endgültig zum Überlaufen gebracht. Und dann noch dieser patriarchalische Prinz Farshid mit seinem niedlichen bedauernswerten Harems-Prinzesschen. Diesem willenlosen Barbiepüppchen aus Tausendundeiner Nacht. *Hilfe!* Nahezu unerträglich wäre das gewesen! Almuth habe ihr am Abend danach, Gott sei Dank, endgültig ganz weit die Augen geöffnet.

Außerdem bekäme die Geschichte, wenn sie ehrlich wäre, allmählich fast etwas latent Inzestuöses. Nicht, dass gerade *sie* sich über die Spielarten der freien Liebe mokieren wolle, keineswegs, aber *das* ginge selbst ihr dann doch einen Tick zu weit. Almuth - eine Pastorentochter wie ich wüsste - habe ihr in diesem Zusammenhang mal etwas aus dem 3. Buch Mose zitiert. Etwas, was sie mir auf keinen Fall vorenthalten möchte; manche dreitausend Jahre alten Weisheiten seien halt auch heute noch brandaktuell. Claras Lachen klang sarkastisch. Folgendes stehe im 3. Buch Mose nämlich geschrieben:

„Du sollst deiner Schwester Blöße, die deines Vaters oder Mutters Tochter ist, daheim oder draußen geboren, nicht aufdecken!"

Ich fragte Clara, ob sie jetzt total den Verstand verloren hätte und legte auf.

Etwa eine halbe Stunde später zitterte meine Hand so sehr, dass ich meinen Kaffeebecher auf dem Tisch absetzen musste. Während ich vor Selbstmitleid heulend auf dem von Brötchenkrümeln übersäten Sofa hockte, dröhnte das Intro von *Starship Trooper* aus den Boxen. Das Cover lag vor meinen Füßen auf dem Teppich - direkt neben einem Brandloch -, und ich überlegte, ob und wann ich Clara die Platte zurückgeben musste. Von draußen mischten sich zu allem Überfluss auch noch das Geläut der Kirchenglocken in die Musik von *Yes*, was mich irgendwie motivierte, meine unansehnlich gewordene ausgehöhlte Stumpenkerze auf dem Tisch anzuzünden. Was für ein Sonntagmorgen! Ich war froh, dass ich allein war, denn das abgeschmackte Pathos dieser Situation war mir peinlich. Trotzdem genoss ich es.

Sister bluebird flying high above
Shine your wings forward to the sun
Hide the myst'ries of life on your way
Though you've seen them, please don't say a word
What you don't know, I have never heard

*

Im Salon der *Wappen von Hamburg* herrschte angespannte Ruhe und mein Blick hatte sich seit geraumer Zeit in einem großformatigen Wandrelief verloren. Ich überlegte, was der Künstler darstellen wollte und konnte mich nicht zwischen urzeitlichen Fischwesen, einer stilisierten Pottwalherde oder durcheinander springenden Paarhufern entscheiden; ähnlich der Stiere, die ich vor Antritt meines Studiums auf den Felswänden von Lascaux in Südfrankreich gesehen hatte. Außerdem überlegte ich, aus welchem Material das rotbraune Relief gefertigt wurde. Aus Kupfer oder Holz? Wahrscheinlich Holz. Durch die andauernden Schiffsbewegungen waren die Tiere lebendig geworden. Als Kind wäre ich aufgestanden, um das Relief zu berühren und die Tiere zu streicheln.

Unter der niedrigen, von blauen Stahlsäulen getragenen Decke, trug die warme Atemluft die Erinnerung sämtlicher an diesem Tage servierten Mahlzeiten in sich. Angereichert mit einem Hauch Schweiß und dem seegangbedingten Unwohlsein mancher Passagiere. Iris saß neben mir und blätterte seit Minuten in einem Prospekt über Helgoland. Mit einem Seitenblick bemerkte ich, dass sie mit ihrem Zeigefinger unaufhörlich über die kleinen Fotos strich. Ihre vorhin noch so blasse Nasenpartie hatte eigentlich inzwischen wieder eine ganz gesunde Farbe.

„Nachdem wir von Großvater weggegangen sind, war ich mit Vater aber auf einem anderen Schiff ... Viel kleiner."

„Aha?"

„Ein Fischerboot ... glaube ich."

„Das ist gut möglich, Iris. Der offizielle Fährdienst zwischen Helgoland und dem Festland wurde nämlich, glaube ich, erst ein paar Jahre später eingerichtet."

„Hat auch viel doller geschaukelt als jetzt."

„Kann ich mir gut vorstellen. Bei so einer Nussschale von Fischerboot. Das hat euch dann wahrscheinlich bis nach Cuxhaven gebracht?"

„Dabei habe ich aber auch keine Angst gekriegt."

„Stimmt, du hast mir ja erzählt, dass du auf Großvaters Yacht nie Angst gehabt hattest."

„Niemals."

„Toll ... Und übel war dir auch nie?"

„Nie."

„Beneidenswert. Mir dagegen ist schon seit einigen Minuten ein bisschen komisch. Ich glaube, ich sollte mal wieder an die frische Luft."

„Frische Luft ... "

„Kommst du mit raus?"

Der Wind wehte jetzt nicht mehr in Böen, sondern drückte mit konstanter Kraft von Westen frontal gegen das Vorschiff. Während wir in unseren gelben Regenjacken draußen an Deck standen - in der Mitte des Schiffes, weil dort die Bewegungen der See am wenigsten zu spüren waren - hob und senkte sich der Bug des Schiffes in den Wellen. Andere Passagiere hatten es uns gleichgetan. Den Blick in eine unbestimmte Ferne schickend reihten sie sich neben uns an der Reling auf; hatte man ihnen doch gesagt, dass man seinen Blick an einem fernen Punkt am Horizont verankern müsse, um gleichzeitig bei einem Wellental ein- und bei einem Wellenberg auszuatmen. Hatten sie doch irgendwo gelesen, dass man seinen Atemrhythmus mit den Schiffsbewegungen synchronisieren müsse, ja, quasi mit Leib und Seele verschmelzen müsse mit den Gewalten des Meeres, anstatt sich sinnlos gegen diese zu wehren. Zum Beispiel mit Tabletten oder irgendwelchen Kaugummis. Demnach rebelliere die Gleichgewichtssensorik eines aufgerichteten Körpers auch ungleich heftiger, als die eines liegenden. Aus dieser Erkenntnis heraus hatten sich einige Passagiere wohl auch auf dem grünen Stahldeck ausgestreckt. Ein Platz, der mir besonders unangenehm zu sein schien, da es inzwischen angefangen hatte zu regnen und beim Eintauchen des Bugs zusätzlich salzige Gischt über die *Wappen von Hamburg* spritzte. Außerdem konnte man so den Horizont nicht mehr sehen; zwecks Verankerung des Blickes.

Meine Schwester zuckte zusammen. Erst glaubte ich, sie hätte sich über irgendetwas erschrocken, weshalb ich in die Runde schaute, um die Ursache für ihr Zusammenfahren auszumachen. Eine der vielen das Schiff begleitenden Möwen etwa; tieffliegende Räuber, die dreist genug waren, einem das Butterbrot vor dem geöffneten Mund aus der Hand zu reißen. Ich entdeckte jedoch nichts und tippte vorsichtig auf Iris´ Schulter.

Ihr Gesicht war voll Kotze, als sie es mir zuwandte. Und erst jetzt bemerkte ich, dass wir beide über und über mit sauer stinkenden Klecksen übersät waren. Rotgrüne Bröckchen aus Erbsensuppe und Labskaus. Hochgepumpt aus dem Magen eines der schwäbischen Senioren, der vor uns im Wind stand und am Vormittag noch so heißhungrig gewesen war. Erbrochenes eines fremden Menschen klebte sowohl in Iris´ aus der Kapuze herausschauenden Haaren, als auch auf ihrem Augenlid und ihrer Oberlippe. Doch sie schrie und fluchte keineswegs vor Ekel. In ihrer Mimik lag die entrückte Demut einer mittelalterlichen Märtyrerin während der Folter der Inquisition.

Dafür schrie ich um so lauter: „Mund zu! ... Augen zu! ... In die Gischt halten!"

Demonstrativ machte ich es ihr vor. Denn auch ich hatte in meinem Mundwinkel einen Fremdkörper mit bitterer Eigenwürze lokalisiert.

*

Das rote Licht. Es war nicht erloschen. Seit zwei Jahrzehnten hatte es hier auf mich gewartet. Und in der ganzen Zeit war ich meiner familiären Verpflichtung nicht nachgekommen, den Ort, den es bewachte, zu besuchen. Des Mausoleum der Taubers, diese der Antike nachempfundene Rotunde mit ihrer kupferbeschlagenen Pforte. Mit ihrem vergitterten Guckfenster, durch das sich der Tote jederzeit nach der Weltlage erkundigen konnte, wer da draußen stand oder vorbeiging. Ein Türspion aus dem Jenseits ins Diesseits, um zu erspähen, wer da zu vorgerückter Stunde noch angeklopft hatte. Aber bitte keine Hausierer für Zeitschriftenabonnements oder fußgemalte Kalender. Erst recht nicht für Religionsgemeinschaften mit eingebautem Erlösungsprogramm.

Doch nie hatte jemand angeklopft. In all den Jahren nicht. Zumindest nicht um einzutreten. Vielleicht hatte der Herbstwind mal eine Kastanie gegen die Tür knallen lassen. Oder ein Eichhörnchen hatte aus der Höhe einen abgenagten Tannenzapfen fallen lassen. Vielleicht hatten sich auch Jugendliche mal einen morbiden Scherz erlaubt; eine Grusel-Mutprobe um Punkt Mitternacht: Wer es wagte, die Türschwelle zu küssen und als Beweis ein Polaroid-Foto vorlegen konnte, war aufgenommen in der Rocker-Gang.

Ich machte mir bewusst, dass es neuerdings sogar Verrückte gab, die sich nachts auf Friedhöfen einschließen ließen, um ihren satanischen Neigungen und Riten zu frönen. Mit Fackeln, schwarzen Kutten und brummenden Untertongesängen. Inklusive Sex auf Grabsteinen und Säuglingstaufen im von Leichengift kontaminierten Friedhofstümpel.

Doch wer offiziell das Bauwerk betreten wollte, hatte grundsätzlich einen eigenen Schlüssel. Außerdem den überaus profanen Grund von ein paar Mark Stundenlohn, die ihm von der Gärtnerei oder der Friedhofsverwaltung gezahlt wurden. Auch mein Vater musste irgendwo einen Schlüssel liegen haben. Doch wenn ich nach diesem gefragt hätte, hätte ich ihm auch von diesem Ausflug erzählen müssen.

*

Natürlich klopften wir auch nicht an.
Iris und ich hatten anfangs noch auf dem Hauptweg gestanden. In respektvoller Entfernung. Im Gegensatz zum Tag der Beisetzung war der Julihimmel nicht düster verhangen sondern freundlich. Über den Baumkronen des Friedhofs wölbte sich wolkenloses Blau. Im Bus, der uns vom Haupteingang gegenüber des Ohlsdorfer Bahnhofs hierher gebracht hatte, waren nur wenige Leute mitgefahren. Seitdem wir ausgestiegen waren, war uns niemand mehr begegnet.
„Das ist es."
Für einen Moment hatte ich den Impuls, Iris´ Hand zu ergreifen, ließ es dann aber sein.
„Groß."
„Ja."
„Auch schön."
„Doch ... ja, auch schön."
„Und unheimlich."
„Findest du?"
„Ein bisschen."
„Okay."

„Großvater ist ... da drin?"

„Die Urne mit seiner Asche ... Sie steht in einer Art Truhe aus Stein ... einem Sarkophag ... gleich neben Großmutter."

„Großmutter ist da auch drin?"

„Großmutter auch, ja."

„Aus Asche?"

„Ihre Körper sind eingeäschert ... kremiert worden."

„Kremiert?"

„Verbrannt ... nachdem sie gestorben waren ... im Krematorium dahinten ... das große rote Gebäude."

Ohne eine weitere Frage abzuwarten, ging ich auf dem abzweigenden Sandweg auf das Totenhaus zu. Bevor ich die drei flachen Marmortreppen hinaufstieg drehte ich mich nicht noch einmal zu Iris um. Ich hatte entschieden, dass meine Schwester diese letzten Meter würde allein gehen müssen. Obwohl ich zugeben musste, dass sich selbst meine eigenen Kniekehlen ein wenig instabil anfühlten.

Das kleine vergitterte Fenster in der Tür also.

Vorsichtig näherte ich mich ihm. Meinen Kopf dabei ein wenig abgewandt haltend, als befürchtete ich, im nächsten Augenblick einen Schlag ins Gesicht zu bekommen, einen grauenerregenden Anblick oder einen üblen Geruch. Womöglich auch das dröhnende Organ meines Großvaters, der mir, aus der hallenden Akustik seiner repräsentativen Behausung, etwas zu rief:

Gut, dass du gekommen bist. Du hast also nicht vergessen, dass du irgendwann der Erbe von all dem sein wirst. Es war schließlich eine unausweichliche Tatsache, und es ist gut, dass du dich rechtzeitig darauf eingestellt hast, mein kleiner Frieder!

Ob meine Großmutter auch etwas zu mir gesagt hätte, konnte ich nicht beurteilen. Und wenn, dann wäre sie, wie zu Lebzeiten, von der Stimme meines Großvaters übertönt worden.

Doch niemand schlug mir ins Gesicht, stank nach verwesendem Fleisch oder schrie zu mir aus den Abgründen des Hades empor. Aus meinen Augenwinkeln sah ich lediglich Kränze und Blumen; die Friedhofsgärtnerei kümmerte sich also verlässlich. Daneben funzelte das Grablicht in der stillsten Dämmerung, die man sich vorstellen konnte. Die Kühle in diesem Raum roch nach Stein und unendlicher Einsamkeit. Auf der Abdeckplatte des Sarkophags waren eine Reihe gemeißelter Inschriften zu lesen. Am oberen Ende die beiden neuesten:

ELISABETH TAUBER
1888 - 1971

KARL-HERMANN TAUBER
1883 - 1952

Ich erinnerte mich, dass ich mir, als zehnjähriger Junge am selben Ort stehend, überlegt hatte, wie lange meine Eltern wohl noch leben würden, wenn sie im gleichen Alter stürben wie mein Großvater. Nach dieser Rechnung blieben meiner Mutter noch acht Jahre und meinem Vater noch sechs Jahre. Mir noch vierzig.

Als ich mich zu Iris umwandte, war sie verschwunden.

*

Besonders vor der Damentoilette fand sich die erwartet lange Schlange. Durchnässt und verschmutzt wie wir waren, hatten wir uns eingereiht. Und weil das Schiff sich unvermindert hob und senkte und überall grüngesichtige Menschen mit Kotztüten auf ihren Schößen herumsaßen, musste man sich schon zusammenreißen, um nicht selber alles von sich zu geben. Iris musste trotz allem irgendwie versuchen, ihre Haare zu säubern.

„Kriegst du das da drin alleine hin?", flüsterte ich ihr zu. Einige der wartenden Frauen hatten schon einen pikierten Blick auf mich geworfen.

„Theresa soll kommen."

„Theresa ist jetzt nicht da, Iris."

„Es stinkt!"

„Weiß ich doch, weiß ich doch! Deswegen schmierst du dir einfach etwas aus dem Seifenspender in die Haare und spülst sie dann unter dem Wasserhahn aus. Wird schon irgendwie gehen."

„Du sollst mitkommen!"

Ihre Stimme klang weinerlich wie die eines kleinen Mädchens.

„Du weißt, dass ich nicht mit auf die Damentoilette darf. Aber du schaffst das schon, Iris. Auf jeden Fall muss dieses ganze eklige Zeugs aus deinen Haaren raus!", flüsterte ich, während ich eine kleine Panik in mir aufsteigen fühlte. Ich versuchte uns beide zu beruhigen:

„Wir sind ja bald da, Iris. In der Pension kannst du dich dann richtig abduschen. Danach machen wir uns einen gemütlichen Fernsehabend."

Dabei verdrängte ich die uns noch bevorstehende Prozedur des Ausbootens mit den *Börtebooten*. Eigentlich eine tolle Touristenattraktion. In Iris´ Verfassung befürchtete ich jedoch eher ein Himmelfahrtskommando.

„Handtuch."

„Was?"

„Ich habe kein Handtuch."

„Brauchst du nicht. Tupf dich einfach mit den Papierhandtüchern ab. Das reicht dann schon."

Iris muss eine mitleiderregende Erscheinung abgegeben haben. Aus den Mienen der älteren Damen vor und hinter uns hatte sich die anfängliche Pikiertheit zu Gunsten eines mütterlichen Ausdrucks verflüchtigt. Auf diese Damen setzte ich all meine zur Verfügung stehenden Hoffnungen.

„Lass dich nur nicht vom Waschbecken weg drängeln. Lass dir Zeit. Einfach ein bisschen Seife und Wasser. Ich warte hier draußen auf dich."

Ich tätschelte ihre Schulter und schob sie sanft Richtung Tür.

„Das wird schon!"

Nachdem sie verschwunden war, musste ich länger warten, als ich gedacht hatte. Doch erst nach einer gefühlten Viertelstunde wagte ich vorsichtig anzuklopfen.

„Alles in Ordnung, Iris?"

Immer wenn die Tür aufging, weil jemand die Toilette betrat oder verließ, versuchte ich Iris zu entdecken. Für jeweils einen kurzen Moment sah ich alle möglichen Frauen vor den Spiegeln stehen, die sich zurechtmachen. Nur nicht meine Schwester.

„Kommst du klar, Iris?"

Niemand antwortete mir. Ich malte mir schon die Vision aus, dass sich Iris in Luft aufgelöst hätte, wie ich es einmal in einem alten Hitchcockfilm gesehen hatte. Und dass ich nach einer weiteren Viertelstunde anfangen würde, die aus der Toilette heraustretenden Damen nach Iris zu fragen:

Entschuldigen Sie, haben Sie da drin vielleicht eine Frau gesehen, die am Waschbecken ihre Haare einseift? Wissen Sie, sie ist nämlich meine Schwester, und sie ist draußen vollgekotzt worden, und sie ist hier oben nicht ganz richtig im Kopf.

Ich malte mir aus, dass ich nach einer weiteren Viertelstunde einfach die Damentoilette beträte und Iris dort nicht vorfinden würde. Dass sich auch keine der sich dort aufhaltenden Damen an jemanden wie Iris erinnern könnte. *Nun aber raus hier, junger Mann!* Dass selbst eine vom Kapitän persönlich angeordnete Durchsuchungsaktion des kompletten Schiffs Iris nicht wieder hervorzaubern würde. Und dass die Passagiere anfingen, mich misstrauisch zu beäugen. Als wäre ich ein Psychotiker, dessen Schwester nur in seiner Fantasie existiere und der nun in seinem Wahn das ganze Schiff verrückt machen würde. Als wäre das schlechte Wetter nicht schon schlimm genug. Oder, dass sich die Theorie verdichten würde, dass Iris über Bord gefallen und ertrunken sein müsste. Oder die Verhärtung des Verdachts, dass ich ihr Mörder wäre.

„Da han Se sie wiedr."

Zwei der schwäbischen Seniorinnen, die mit uns in der Schlange gewartet hatten. Meine auserkorenen Hoffnungsträgerinnen.

„Faschd wie nei, die jung Dam."

Iris sah zwischen den beiden Damen tatsächlich wie neu aus. Ich bedankte mich erleichtert.

„Ned dafür, jungr Mo, ned dafür. Wenn du des Glombs in den Haara haschd, isch´s hald ned schee!"

Der Hauch eines Lächelns überflog die Lippen meiner Schwester zwischen ihren glatt gekämmten Haargardinen.

„Eina schöna Dag noch!"

Die Damen ließen uns allein.

„Die waren aber nett!"

An der kleinen Bar kannten sie, wie zu erwarten war, keinen *Grünen Papagei*. Der Barkeeper guckte mich an, als wollte ich ihn auf den Arm nehmen. Also ließ ich mir von ihm einen doppelten *Friesengeist* einschenken.

*

Sie war verschwunden. Und wenn meine Beine beim Anblick des Mausoleums schon weich geworden waren, nun drohten sie mir endgültig wegzuknicken. Ich versuchte mich mit der Tatsache zu beruhigen, dass Iris in der kurzen Zeit nicht weit gekommen sein konnte; wo immer sie hin wollte. Allerdings wollte sie wahrscheinlich überhaupt nicht irgendwo *hin,* sondern einfach nur *weg.* Weg von diesem Ort, der ihr - von einem Steinmetz in Marmor gemeißelt - bewiesen hätte, dass unser Großvater seit vielen Jahren nicht mehr unter den Lebenden war. Es sei denn, Iris hätte in ihrer inneren Verleugnung darauf bestanden, dass sich in dem Sarkophag keine Urne und in der Urne nicht die Asche eines verbrannten Menschen, sondern die Asche eines Tierkadavers befände.

Nicht weit gekommen war gut! Denn allein im unmittelbaren Nahbereich gab es mindestens eine Million Bäume und Büsche, hinter und unter denen Iris stehen oder kauern könnte; am ganzen Leib zitternd, mit tränenlos verzerrtem Gesicht. Um mich herum breitete sich über vierhundert Hektar ein unüberschaubares Geflecht aus Straßen sowie kleineren und größeren Wegen aus. Ich befand mich schließlich auf dem größten Parkfriedhof der Welt! Wenn man sich unbedingt verlaufen oder verstecken wollte, hier war auf dem ganzen Erdball der am besten geeignete Ort dafür. Jemanden zu finden, der nicht gefunden werden wollte, war hier ein nahezu unmögliches Unterfangen. Es sei denn, man hätte drei Hundertschaften Polizei mit Suchhunden und einen Hubschrauber mit Wärmebildkamera zur Verfügung. Das war in etwa die Ausgangssituation, in der ich mich befand.

Ein paar Mal rief ich laut Iris´ Namen. Erschrak aber sofort über meine von den benachbarten Grabmalen zurückgeworfene Stimme.

Du kannst hier nicht rumbrüllen!, sagte ich mir. *Du kannst hier nicht irgendeinen Namen schreiend an grabpflegenden Omis und Trauerprozessionen vorbeirennen!*

Eine gefühlte Ewigkeit lief ich, in Abständen gedämpft Iris´ Namen von mir gebend, ziellos im näheren Umkreis umher. Erfasst von der leicht irrationalen Befürchtung, dass plötzlich jemand antwortete, der, im Sarg liegend, seit Jahrzehnten nicht mehr geantwortet hatte, aber rein zufällig auch Iris hieß: „*Ja? ... Was ist? ... Was willst du? ... Was kann ich für dich tun?*"

Dass auf den Bänken und Rasenflächen niemand saß, konnte ich schon von Weitem erkennen. Problematischer war der dichte Bewuchs am Wegesrand. Mehrmals teilte ich mit den Armen riesige alte Rhododendron- und Wacholderbüsche auseinander, da sich in ihrem Inneren häufig sich als Versteck eignende Hohlräume gebildet hatten. Alles vergebens. Iris blieb verschwunden, als wäre ich nie mit ihr an diesem Ort gewesen. Ich spürte den Schweiß mir aus allen Poren rinnen und das Hemd an meiner Brust kleben. Ich befand mich in der unmittelbaren Vorstufe zur Verzweiflung.

*

Letztendlich war Iris wirklich nicht weit gekommen. Sie saß im Wartehäuschen gegenüber der Bushaltestelle, an der wir bei unserer Ankunft gemeinsam ausgestiegen waren. Sie saß beinahe aristokratisch aufrecht auf der Bank. Die Handtasche auf den züchtig geschlossenen Schenkeln. Sie wirkte wie eine Witwe nach dem wöchentlichen Besuch des Grabes ihres viel zu früh verstorbenen Ehemannes. Den Busfahrplan seit Jahren im Kopf.

Erst stand ich schwer atmend vor ihr. Dann setzte ich mich schwer atmend neben sie. Abgekämpft wie ich war, ärgerte ich mich, dass ich nicht eher auf die Idee gekommen war, hier nach Iris zu suchen. Ich spürte Wut in mir aufsteigen. Wut auf mich und meine Schwester. Obwohl ich wusste, dass diese ungerechtfertigt war und ich der allein Verantwortliche für den unglücklichen Verlauf des Ausflugs war. Ich nahm mir vor, nichts zu sagen. Ich nahm mir vor abzuwarten, was Iris zu ihrer Rechtfertigung anzubieten hatte. Und wenn ich darauf den restlichen Tag neben ihr auf dieser verdammten Bank in dieser verdammten Bushaltestelle sitzen müsste. Damit hatten wir ja Erfahrung. Wir hatten ja schon auf ganz anderen Bänken, an ganz anderen Orten gesessen. Tagelang. Wochenlang. Bei Sonne und Regen und

Nebel und Kälte. Da kam es auf die nächsten paar Stunden nicht an.

Mir fiel auf, dass ich in den letzten Wochen kaum noch geraucht hatte. Ich klopfte meine Jacke ab und fand in einem zerknüllten Päckchen eine angeknickte Zigarette. Und obwohl ich wusste, dass sie scheußlich schmecken würde, zündete ich sie mir an.

„Will da nicht rein gucken."

Gottseidank war Iris nur wenige Minuten in Schweigen gefallen.

„Warum nicht?"

„Angst."

„Wovor?"

„Weiß nicht."

„Du brauchst keine Angst haben, Iris. Das ist nur die Grabstätte unserer verstorbenen Großeltern und ihrer Vorfahren. Die Toten können einem nichts mehr tun."

Ich legte vorsichtig meine Hand auf Iris´ Knie.

Wieder vergingen einige Minuten. Minuten, in denen ich rauchend überlegte, wie die nächsten Schritte aussehen sollten. Ich trat die Zigarette mit der Fußspitze aus. Der Geschmack in meinem Mund war widerlich.

„Hat mir keiner gesagt … "

„Was?"

„Dass Großvater gestorben ist."

„Doch … ich … letztes Jahr. Als ich dich in *Ruh am See* besucht habe."

„Ruh am See … "

„Aber du wolltest es mir ja nicht glauben."

„Glauben … "

„Hast mich einfach sitzen lassen und bist rauf in dein Zimmer gelaufen."

„In mein Zimmer … "

„Und dann hast du so getan, als wenn überhaupt nichts passiert wäre. Als wenn ich dir überhaupt nichts erzählt hätte."

„Überhaupt nichts passiert ... "

Als der Bus kam, stiegen wir ein.

*

Ich, der im Gegensatz zu meiner Schwester, noch nie einen Fuß auf den sagenumwobenen *Roten Felsen* gesetzt hatte, hatte mir am vorangegangenen Freitag in der Buchhandlung *Recht-Ullrich,* unweit der Wohnung meiner Eltern, ein kleines Bändchen über unser Reiseziel zugelegt. Auf dem Buchcover natürlich das charakteristische Wahrzeichen, die *Lange Anna.*

Iris war halbwegs wieder hergestellt und offenbar in stabiler Gemütslage. Während sie, versunken in ihr übliches Schweigen, neben mir mit einem Strohhalm Coca Cola aus einer Flasche sog, durchblätterte ich zur Ablenkung die Seiten des Büchleins. Historische Stiche, Fotografien von Hummerbuden, Lummenfelsen, Börtebooten, unterirdischen Bunkeranlagen und Schaufenstern mit zollfreier Ware. Bei dem Seegang und Iris stoischen Sauggeräuschen an der inzwischen leeren Flasche, war es mir allerdings fast unmöglich, einen zusammenhängenden Text zu erfassen.

Das letzte Kapitel stellte dem Leser berühmte Persönlichkeiten vor, die auf Helgoland gelebt und gewirkt hatten. Ich vermochte hauptsächlich die Bildunterschriften zu lesen:

Im Jahre 1841 dichtete der auf Helgoland weilende Hoffmann von Fallersleben auf der Melodie von Joseph Haydn´s „Gott erhalte Franz, den Kaiser" das Lied der Deutschen.

Die weich gezeichnete Abbildung zeigte einen Mann, der aussah wie ein Gartenzwerg, dem eine Windböe die Zipfelmütze vom Kopf geweht hatte.

Ein besonders großes Foto zeigte jene beiden Heidelberger Studenten, die am 20. Dezember 1950, gefolgt von ihrem Geschichtsprofessor, das menschenleere Helgoland besetzt hatten, um dort die Flaggen Deutschlands, Helgolands und einen Vorläufer der heutigen Europaflagge in den Felsen zu rammen:

Eine friedliche Invasion als Protest gegen die endgültige Zerstörung des symbolträchtigen Ortes deutscher Geschichte durch britische Restmunition des vergangenen Weltkrieges.

Nach drei Wochen im unzerstört gebliebenen aber ungeheizten Flakturm, am 3. Januar 1951, seien die drei Pazifisten von englischen Besatzungsoffizieren samt ihren Fahnen von dem von Bombentrichtern vernarbten Eiland geholt worden. Doch diese mutige Aktion sei der Anfang der endgültigen Befreiung Helgolands am 1. März 1952 geworden:

Der Tag, an dem die Insel von den Briten wieder an Deutschland zurückgegeben wurde und ihre Bewohner wieder zurückkehren durften. Ein Datum, das seit dem ein wichtiger Feiertag für alle Helgoländer ist.

Dann waren da noch Portraits des Dichters Heinrich Heine, des Dramatikers August Strindberg, des Nobelpreisträgers für Physik Werner Heisenberg sowie des Reeders Rickmer Clasen Rickmers. Außerdem ein Bild von Anton Bruckner, das mich an meine Orchesterreise nach Italien erinnerte und die Klänge seiner vierten Sinfonie in mir ertönen ließ. *Die Romantische*, erhabene alpine Klanggebirge, die momentan so gar nicht mit dem harten Nordseewetter um uns herum harmonieren wollten. Oder vielleicht auch gerade. Kurz überlegte ich, ob mein vom Ehrgeiz zerfressener Pultnachbar Thorben wohl inzwischen bei Herbert von Karajan und den Berliner Philharmonikern untergekommen war, in einem zweitklassigen Provinzorchester vor sich hin fiedelte oder seine Geige endgültig verbrannt hatte.

Am Ende des Buches eine Fotografie des Kinderbuchautoren James Krüss:

Bestimmt einer der berühmtesten und fantasievollsten Söhne der Insel. Wer kennt sie nicht, die Bücher - „Timm Thaler", „Der Sängerkrieg der Heidehasen" oder „Mein Urgroßvater und ich"?

Ein Mann mit lustigen unter einer Wollmütze hervorschauenden Augen, der den Zeigefinger vielsagend auf seine Lippen gelegt hatte.

*

„Da!"

Iris hatte die Cola-Flasche mit dem zerkauten Strohalm zur Seite geschoben und zeigte durch das Glas des Bullauges nach draußen.

„Da!"

Helgoland. Da lag es. An unserer Backbordseite. Vielleicht schwamm oder schwebte es auch. Keine rote, sondern eine graue Steinplatte auf grauer Wasserfläche unter grauen Wolken: Das Land - *Deät Lun,* auf Friesisch. Auf dem Unterland die blassen Linien einiger aufgereihter Gebäude. Auf dem kargen Plateau des Oberlandes die spitze Turmnadel einer Kirche und der unförmige Bau des Leuchtturms; der ehemalige Flakturm, der nach dem Krieg zu Deutschlands stärkstem Seefeuer umfunktioniert worden war. Wie ein hässlicher Bergfried stand er auf dem Rückgrat des Felsens, während sein leuchtendes Auge in Abständen seinen suchenden Strahl über uns hinweg in den zerfetzten Himmel schickte; fast dreißig Seemeilen weit, wie ich ebenfalls gelesen hatte.

Rechts daneben im aufgewühlten Meer - im Dunst kaum zu erkennen - der helle Sandfleck der Badedüne mit ihrem winzigen Flugplatz. Wobei mir einfiel, dass noch im vergangenen Juni acht Menschen bei einem mysteriösen Flugzeugabsturz dort ums Leben gekommen waren. Ich fragte mich, ob dies vielleicht ein schlechtes Omen war. Wurde ich jetzt abergläubisch?

All das neigte sich hinter der mit Gischt bespritzten Scheibe unaufhörlich hin und her. Entschwand unserem Blickfeld mal nach oben, mal nach unten. Als wäre das Bullauge ein Fernsehbildschirm und der Kameramann hätte sich heimlich ein paar *Friesengeister* zu viel hinter die Binde gekippt.

Iris´ Cola-Flasche rutsche jetzt über die Tischplatte und fiel zu Boden. Zerschellte jedoch nicht. Wie hart diese Flaschen doch waren. Dann kullerte sie weiter durch den Salon. Laut gegen Tisch- und Stuhlbeine schlagend.

*

In den Booten, die schon unterwegs waren, schrien sie sogar. Spitz und kehlig. Dazwischen einzelne verlorene Lacher zur Selbstberuhigung. Gefühlte drei Meter hob und senkte sich das weiße Börteboot an der Bordwand der *Wappen von Hamburg*. Wie, in Gottes Namen, sollte ich dort mit Iris unbeschadet hineinkommen? Der Ausblick aus der geöffneten Ausstiegsluke präsentierte einem überwiegend schwarze Wogen und wenig Himmel; ein Panorama, das viele aus purem Überlebensinstinkt zurückweichen ließ, man war schließlich kein Selbstmörder. Doch mit Hilfe starker Arme wurden wir irgendwie mit unseren Reisetaschen auf unseren Platz befördert. Unversehens kauerten wir plötzlich dicht an dicht neben wildfremden Leuten in nass glänzenden Regencapes. Grußlos und schicksalsergeben. Zum Kleinkind regrediert. Die Fahne Helgolands wehte knatternd am :

Grön is dat Land, rot is de Kant, witt is de Sand. Dat sünd de Farven vun´t hillige Land!

Das war also das berühmte *Ausbooten*. Die in Deutschland so einmalige Touristenattraktion. Als ginge es mit Käpt'n Ahab auf Walfang und die Harpunen würden gleich verteilt. *Da bläst der Wal! Da bläst der Wal! Moby Dick hat seinen weißen Leib gezeigt! Die Golddublone im Großmast wird mein sein!* Für die Senioren aus dem Schwabenland wahrscheinlich ein unvergesslicher Höllenritt. Eine Geschichte für ihre Enkel in Ulm und Heilbronn. Mein sehnlichster Wunsch war, dass jetzt nicht wieder jemand kotzen müsste.

Iris und ich schrien nicht. Eng aneinandergepresst kauerten wir nebeneinander und beobachteten das gegerbte bärtige Gesicht unseres Skippers, dessen Hände tiefenentspannt auf Pinne und Schubhebel seines Bootes ruhten. Ich hatte gehört, dass es in manchen Booten eine Schlechtwetterplane gab, die bei Bedarf über den Passagieren ausgebreitet werden konnte. In unserem Boot schien eine solche Plane jedoch nicht zu existieren. Vielleicht war das Wetter auch einfach noch nicht schlecht genug, oder sie würde bei dem Wind wegfliegen. Was wussten wir Landratten schon? Wie auch immer, so lange in der Miene unseres Skippers die nahende Katastrophe nicht abzulesen war, würden wir nicht untergehen. Der Mann war ein Einheimischer, der wusste, was er tat. So redete ich mir zumindest ein. Viele tausend Male hatte der Mann die wenigen hundert Meter zwischen den auf Reede liegenden Seebäderschiffen und seiner Heimatinsel getendert, und nie war jemand verloren gegangen. Warum ausgerechnet heute *wir*? Es wäre gegen jede Wahrscheinlichkeit. Ich legte schützend den Arm um Iris´ Schulter.

Der Dieselmotor entwickelte eine überraschend animalische Kraft, als er begann, das bullige Boot durch die Wellen zu schieben. Acht Tonnen massive hochseetaugliche Eiche, gefüllt mit etwa fünfzig durchnässten, am Tiefpunkt ihrer Laune angelangten Passagieren. Regen und Meerwasser klatschten während der Überfahrt auf uns herab, wuschen uns, tauften uns, segneten uns, schienen uns vorbereiten zu wollen auf das, was noch vor uns lag.

Iris hatte sich noch enger an mich gepresst. Ihren von der gelben Kapuze bedeckten Kopf unter mein Kinn drückend. Hatte ich eben ihre Stimme gehört oder täuschte ich mich?

„Was hast du gesagt?"

„Überhaupt … gar keine Angst!"

„Aber natürlich nicht!"

Ich schlang meinen Arm noch fester um sie, suchte mit der freien Hand ihre Wange und streichelte sie.

„Gleich sind wir da … Gleich."

Und je näher ich die Kaianlagen und Molen auf uns zukommen sah, die bunten Hummerbuden am Hafen, die Landungsbrücke mit ihren ins Wasser führenden Treppen und Rampen, um so mehr hatte ich das Gefühl, den Antworten auf meine Fragen näher zu kommen. Ich leckte das Meer von meinen Lippen. Atmete den Geruch von Salz und Jod.

15

Am nächsten Morgen hatte sich das Wetter beruhigt. Wind und Regen hatten nachgelassen und soweit man es aus den Fenstern unserer kleinen Pension auf dem Helgoländer *Unterland* erkennen konnte, war der Himmel an vielen Stellen azurblau aufgerissen. Ich hatte es also tatsächlich getan! Ich war mit meiner Schwester hierher gefahren.

Um halb neun hatte ich vorsichtig an ihrem Zimmer geklopft. Iris hatte - angekleidet und für den Tag zurecht gemacht - die Tür geöffnet, die selbige hinter sich geschlossen, um wortlos an mir vorbei in Richtung Frühstücksraum zu entschweben. War da etwa ein Lächeln auf ihren Lippen? Wenn ich wollte, dass wir den Frühstücksraum gemeinsam betraten, musste ich mich beeilen.

In den ersten Minuten, in denen wir uns gegenüber saßen, umgab uns ein merkwürdiges bläuliches Leuchten. Eine Art Elmsfeuer, das glimmend über unsere Glieder hinweg zu fließen schien. Ich war mir jedoch nicht sicher, ob Iris oder die Leute an den Nachbartischen das Phänomen ebenfalls bemerkt hatten. Außerdem überlegte ich, was sein Auftreten uns möglicherweise verheißen könnte. Also versuchte ich so zu tun, als wäre dieses Leuchten gar nicht da. Und vielleicht war es ja auch gar nicht da.

Das in *Haus Seemöwe* präsentierte Frühstück war in puncto Quantität und Qualität auf jeden Fall ziemlich ernüchternd ausgefallen, besonders, weil ich mit einem fast schmerzhaften Hungergefühl den Frühstücksraum betreten hatte. Bis auf das zu harte Frühstücksei und dem dünnen Kaffee, in einer orangefarbenen Thermoskanne auf unserem Tisch, lagen sämtliche Bestandteile des Mahls nur in abgepackter Form vor. Selbst die drögen Feinbrotscheiben mussten wir aus knisterndem Cellophanpapier befreien. Von frischen Beilagen keine Spur. So spartanisch muss das Frühstück auch drüben in Honeckers DDR sein, dachte ich mir und machte mir klar, dass das Leben auf einem felsigen Hochseeeiland, fern des Festlands, naturgemäß von einem ähnlichen Mangel gekennzeichnet sein musste, wie das Leben hinter Stacheldraht und Selbstschussanlagen im real existierenden Sozialismus.

Iris hatte indes ein großes Stück aus einem Apfel gebissen, ein Stück Obst, das auf mich ebenfalls keinen ganz pflückfrischen Eindruck mehr gemacht hatte. Ungerührt davon saß sie mir kraftvoll kauend gegenüber. Entgegen meinen Befürchtungen von den Strapazen des Vortages sichtlich erholt. Erfrischt und aufgeräumt nach einer offenbar geruhsamen Nacht. Beinahe unternehmungslustig und verwegen wirkend. Wie eine, nach einem stressigen Endspurt in ihrer Firma endlich im Urlaubsort angekommene unverheiratete Chefsekretärin. Drei hochverdiente Wochen Sonne, Sand und Meer vor Augen. Inklusive des charmanten Kurschattens vom letzten Jahr. Selbst die sonst so strähnige Pagenkopffrisur meiner Schwester wirkte an diesem besonderen Morgen nahezu peppig frisiert. Und dann noch dieses unaufhörliche bläuliche Leuchten um sie herum. Iris-Mechthild-Sophia Tauber präsentierte sich mir in nahezu beängstigender Höchstform.

Natürlich hatte ich für jeden von uns ein Einzelzimmer gebucht. Schlichter Inselstandart. Toiletten und Duschen befanden sich am Ende des Flurs. Ein gemeinschaftliches Fernsehgerät gab es im Fernsehraum. Auf dem Nachttisch ein Radiowecker, der minütlich ein unüberhörbares Klacken von sich gab.

Im Gegensatz zu Iris war meine Nacht quälend gewesen. Geplagt von einer aus Zweifeln genährten inneren Unruhe und einem ständigen Harndrang, hatte ich mich auf dem knarrenden Bett hin und her gewälzt, das Klacken des Radioweckers an meinem Ohr. Laut wie ein Schuss. Und weil mir der Weg zur Toilette auf dem Flur zu lang war, pinkelte ich mindestens fünfmal bei laufendem Wasserhahn in das kleine Waschbecken in meinem Zimmer. Permanent mit der Befürchtung im Nacken, dass in meinem Rücken plötzlich die Tür aufflog und die Hauswirtin mich empört anschrie: *Was machen Sie da, Sie Festlandferkel! Raus mit Ihnen, Sie können meinetwegen am Strand schlafen! Und Ihre bräsige Schwester können Sie gleich mitnehmen!*

Ich spürte Iris´ Blick auf mir ruhen. *Und was unternehmen wir heute?*, schien dieser Blick mich zu fragen. *Schauen wir uns jetzt die Insel an?*

„Und jetzt schauen wir uns die Insel an!", sagte ich.

*

Wenn ich Antworten wollte, durfte ich selbst keine Fragen stellen. Wenn ich wissen wollte, was hier - wie und warum - vor fast zwanzig Jahren wirklich passiert war, musste ich Iris die Regie überlassen. Spätestens in dieser Phase unserer Reise.

Du, Frieder, bleibst defensiv. Du verbietest dir jegliches Insistieren. Du dosierst deine Fragen, auch wenn sie noch so lichterloh brennen. Den offensiven Part überlässt du bitte deiner Schwester!

Diesen oft gehörten Sermon flüsterten mir Lehrer Schmakeit und Dr. Rubens in einer Endlosschleife nun gleichzeitig ins Ohr; nach dem Frühstück; während Iris und ich uns im dichten Strom der soeben von den Börtebooten ausgespuckten Tagesbesucher an den Hummerbuden und Fischkuttern vorbeischieben ließen. Auch an den überquellenden Auslagen der Duty-free-Shops trieben wir achtlos vorbei. Dem in der Mittagssonne hinter Schaufenstern glitzernden Gold- und Silberschmuck, den bunt etikettierten Batterien hochprozentiger Spirituosenflaschen, den Drehständern mit ihren billigen Armbanduhren, Postkarten und Andenken. Und erst in diesem Moment kam mir die in den letzten Jahren im Volksmund aufgekommene abfällige Bezeichnung für Helgoland in den Sinn: *Fuselfelsen.*

Stets war ich bemüht, einen halben Schritt hinter Iris zu bleiben. Sie sollte sich unbedrängt und frei fühlen, sie sollte die Führung unseres merkwürdigen Expeditionsduos übernehmen. Ich wollte mich in ihrem Windschatten halten, wollte ihr mit einem Seitenblick jeden Wunsch und jede Laune vom Gesicht ablesen. Insgeheim hoffte ich jedoch, dass sie uns früher oder später zu den Hafenanlagen im Süden führen würde. Dem letzten Liegeort der *Norne,* bevor mein Großvater zum allerletzten Mal mit seiner Segelyacht in See gestochen war. Ohne sein Enkelkind Iris. Ohne sein menschliches Spielzeug.

Weil sein Spielzeug ihm aus den Händen gerissen worden war. Weil sein eigener Sohn plötzlich an der Kaimauer gestanden hatte und sich erdreistet hatte, seine Tochter zurückzufordern. Weil er sie sich einfach so von Bord geholt hatte. Ohne brav um Erlaubnis zu fragen. Weil ein Vater sich erdreistet hatte, sein psychisch krankes Kind nach Hause zu seiner Mutter zu holen - wenigstens für ein paar Tage -, bevor er es wieder in die ferne Schweiz in ein Sanatorium zurückgebracht hatte. In eine Klinik, in der es mit seiner Behinderung scheinbar besser aufgehoben sein sollte als an jedem anderen Ort der Welt. Zumindest war das der Hergang der Ereignisse, wenn ich Iris' Worten Glauben schenkte.

Doch Iris schien die Gegend um den Südhafen bewusst oder unbewusst zu meiden. Stattdessen wandte sie sich die Kurpromenade hinauf nach Norden in Richtung Jugendherberge, vorbei an belebten Cafés und Fischrestaurants, vorbei an aufgestellten Schildern, die mit original Helgoländer Waffeln und lebenden Hummern in Hummerbecken warben.

Erst bei einem Softeisstand blieb sie stehen, um auf die Abbildung eines Schokoladeneises mit Streuseln zu zeigen. Also zückte ich, obwohl ich selbst keinerlei Lust auf ein Eis hatte, mein Portemonnaie und kaufte jedem von uns ein Schokoladensofteis mit Streuseln. Denn nichts sollte die Harmonie zwischen uns stören, nichts sollte die fragile Symbiose zwischen Bruder und Schwester in Frage stellen. Nichts wäre fataler für das Gelingen des Projekts, als ein quengelndes zweiundvierzigjähriges Kind an meiner Seite gewesen.

„Es sah hier damals aber alles ganz anders aus."

Meine große Schwester. Sie drehte den schmalen Kopf in alle Himmelsrichtungen. Mit schokoladenbrauner Zunge ihr Eis leckend. Sie versuchte sich zu orientieren, etwas wiederzuerkennen.

„Du bist schließlich sehr lange nicht mehr hier gewesen."

„*Sehr* lange."

„Das meiste, was du hier siehst, gab es vor zwanzig Jahren noch nicht."

„*Zwanzig* Jahre!"

*

Ich beschloss, in den nächsten Stunden nicht darüber nachzudenken, warum Iris gerade *diesen* Weg einschlagen oder *jenen* Platz aufsuchen würde. Warum sie unvermittelt an irgendeinem unscheinbaren Ort stehenbleiben würde, um diesen minutenlang zu betrachten, um danach an einem anderen Ort desinteressiert vorbeizulaufen, obwohl dieser aus touristischer Sicht vielleicht tausendmal attraktiver war als der vorherige.

Ich wollte nur aufmerksam sein. Wollte am liebsten - auf Däumlingsgröße geschrumpft - hinter der Stirn meiner Schwester hocken und alles durch ihre Augen in mich aufnehmen. Ich wollte alles wie mit einem gierigen Kameraobjektiv in mich hineinsaugen, um am Abend, beim Sichten des Filmmaterials, einen Plan, eine Art Schnittmuster erstellen zu können. Um vielleicht statistisch signifikante Häufungen, Parallelen oder Überschneidungen festzustellen. Auffälligkeiten, auf deren Basis ich weitere Entscheidungen treffen könnte. Entscheidungen, die uns der Wahrheit ein Stück näherbringen würden.

Hinter der Jugendherberge folgte ein schmaler langgezogener Strandstreifen. Bis hierher verliefen sich kaum noch Touristen. Es war Ebbe. Am Ende des Strandes standen wir am Fuße des vor uns in den Himmel ragenden roten Helgoländer Felssockels. Eine vernarbte, von grauen Linien durchwachsene Sandsteinwand, in die eine steile zum Oberland führende Treppe gemauert war. Zweihundertsechzig Stufen im Zickzackkurs. Mir drängten sich die Bilder unseres vor dem *Ayers Rock* oder am Grunde des *Grand Canyon* stehenden Großvaters auf. Umringt von seinen internationalen Geschäftsfreunden in die Kamera winkend.

Iris wandte sich, die Treppe ignorierend, nach Nord-Westen. Noch weiter fort von den Menschen. Hinein in das Felswatt. Etwas, was heute aus Sicherheits- und Naturschutzgründen wahrscheinlich streng verboten ist. Vielleicht auch damals schon.

Sie ging nicht schnell, jedoch gleichmäßig. Als wüsste sie genau, wohin sie wollte. Als hätte sie ein klares Ziel vor Augen. Ich folgte ihr - die an diesem Vormittag frisch und energetisch wirkte wie nie zuvor - über Flächen aus Schotter, Seetang und blanken, vom Meer geformten, Plattformen aus Stein. Vorbei an tonnenschweren algengrünen Brocken, die irgendwann einmal hoch über uns aus den Klippen gebrochen sein mussten. Ich zog meinen Kopf ein, weil ich plötzlich ein merkwürdig taubes Gefühl in meinem Nacken spürte. Bei jedem Schritt knirschten die feuchten Kieselsteine unter unseren Sohlen. Über uns schrien die Möwen, in der Felswand meckerten die Trottellummen. Irgendwo da hinten musste die berühmte Steinnadel der *Langen Anna* kommen. Der Nordhorn Brandungspfeiler oder *Nathurn Stak*, wie er auf Helgoländer Friesisch genannt wurde.

Mir war plötzlich schwindlig und ich führte dies auf das Reizklima zurück, das - wie ich gelesen hatte - einem hier in den ersten Tagen zu schaffen machen konnte. Ich musste kurz stehenbleiben.

„Alles in Ordnung mit dir, Iris?"

Warum musste ausgerechnet ich, dem es schlecht ging, Iris fragen, ob alles in Ordnung war?

Keine Antwort. Iris schien nach wie vor wohlauf zu sein. Sie setzte Schritt vor Schritt. Aufgetankt von was auch immer.

Ich durfte den Anschluss nicht verlieren. Durfte den Abstand nicht zu groß werden lassen. Unser Funkkontakt durfte nicht abreißen.

Wir waren allein. Abgesetzt von einem Raumschiff auf einem menschenleeren roten Planeten in einer fernen Galaxie. Etwas Schreckliches musste hier vor Jahrmillionen passiert sein. Etwas, mit dramatischen Folgen für die Atmosphäre und das Leben an diesem Ort. Und wir, die beauftragte Raumpatrouille, hatten nur ein knappes Wochenende Zeit herauszufinden, was.

*

Im Fernsehzimmer von *Haus Seemöwe* saß schon jemand. Der Mann hatte uns seinen Rücken zugewandt und blies seinen Zigarettenqualm in Richtung des an der Wand angebrachten Apparats.

Wir schrieben Samstagabend, den 12. August 1972. Über die schwarz-weiße Mattscheibe flimmerten die Bilder der letzten aus Südvietnam abziehenden amerikanischen Bodentruppen. Karl-Heinz Köpcke berichtete in der *Tagesschau* - seriös wie immer - dass das US-Oberkommando in Saigon am Tag zuvor bekanntgegeben hatte, man würde sich fürderhin nur noch am Luftkrieg beteiligen wollen. GI´s in verschmutzen Uniformen bestiegen riesige Transporthubschrauber, die aussahen wie Insekten, oder kletterten über Gangways in für den

Truppentransport umgebaute Kreuzfahrtschiffe. Danach schlossen sich ein paar Bilder von Präsident Richard Nixon im Wahlkampf an. Einem Wahlkampf, den der Mann kurze Zeit später für sich entscheiden würde. Zu seinem Glück hatte die ahnungslose Weltöffentlichkeit zu diesem Zeitpunkt der Weltgeschichte von der *Watergate - Affäre* noch nichts gehört.

Wir ließen uns im Zwielicht des Fernsehzimmers auf zwei Cocktailsesseln nieder, zwischen uns ein gekachelter Nierentisch. Iris flüsterte mir zu, dass sie „ganz dollen Durst" habe, worauf ich vergebens versuchte, in dem Raum eine Getränkekiste oder einen Kühlschrank auszumachen. Doch außer dem Fernsehgerät gab es keine weitere Lichtquelle. Ich versicherte Iris, dass wir gleich nach oben auf unsere Zimmer gehen würden, wo wir uns Wasser mit Zitronenteepulver oder *Tri Top* anmischen könnten.

Der rauchende Mann hatte uns immer noch nicht bemerkt und mir wurde bewusst, wie unangenehm mir Zigarettenrauch in den letzten Monaten geworden war. Besonders in geschlossenen Räumen und aus fremden Lungen ausgeatmet. Ganz besonders hier in der sauberen Seeluft von Helgoland. Meine vorläufig letzte eigene Zigarette hatte ich an der Bushaltestelle auf einem Friedhof geraucht. Ich musste mich an den ersten Weihnachtstag 1952 erinnern. An den Beginn der Übertragung regelmäßiger TV-Sendungen in Deutschland aus dem Hochbunker auf dem Heiligengeistfeld. An die überfüllte und verqualmte Wohnstube unserer Villa. Großvater selbst hatte das teure Fernsehgerät ja kurz vor seinem Unglück noch organisiert. Doch der historische Moment der deutschen Mediengeschichte wurde damals bekanntlich ohne ihn begangen.

Der rauchende Mann stierte unbeirrt nach vorne. Inzwischen zeigte der Fernseher das Portal eines Gerichtsgebäudes in Prag. Denn in der Tschechoslowakei war es zum Auftakt einer Reihe von politischen Prozessen gegen Intellektuelle gekommen, die im Westen zu scharfen Protesten geführt hatten. In den Augen der Kritiker handelte es sich bei diesen Prozessen gegen die Exponenten der Dubcek-Ära und des *Prager Frühlings* um puren Revanchismus. Um einen durchsichtigen Racheakt des mit blutiger militärischer Hilfe der Sowjetunion wieder erstarkten Regimes. Der sich anschließende Kommentator erging sich in derselben Auffassung. All das wirkte seltsam unwirklich von unserem winzigen Punkt im Meer aus. Wie uns nicht betreffende Geschehnisse auf der fernen Mutter Erde.

Weil der Mann sich beim zufälligen Umsehen nicht erschrecken sollte, entschied ich mich, ihm ein kurzes unverbindliches „Hallo!" zuzurufen. Der Mann reagierte nicht. Irgendetwas in mir dachte, dass der Mann vielleicht schliefe oder tot wäre. Tot und ausgestopft wie Norman Bates Mutter in *Psycho,* und jemand hatte ihm die glühende Zigarette nur zwischen die Lippen gesteckt.

„Hallo!", rief ich noch einmal. Jetzt lauter.

Als der Mann seinen Kopf nach uns umdrehte, war es eine Frau.

*

Natürlich nahmen wir nicht den Fahrstuhl. Stufe für Stufe stiegen wir am nächsten Tag in der warmen Abendsonne die Treppe auf den Felssockel des Oberlands hinauf. In der eigentümlichen Stimmung eines stillen Einverständnisses. Wobei ich nicht genau hätte sagen können, worauf sich dieses Einverständnis gründete. Denn genaugenommen hatten Iris und ich nie ein Gespräch über Sinn und Zweck dieser Reise geführt. Ich selbst hatte ja Mühe, diesen zu erkennen. Was hätte ich ihr erzählen sollen?

Lass uns so lange auf den 4,3 Quadratkilometern dieses winzigen Eilands im Kreis herumgehen, bis sich alle Fragen bezüglich unserer Familie quasi von selbst beantwortet haben und alle Geheimnisse der Welt gelüftet sind.

Wir hatten gewartet, bis die Tagestouristen wieder auf die auf Reede liegenden Seebäderschiffe verfrachtet waren. Von oben wirkte die entvölkerte Insel, als würde sie befreit aufatmen, als würde sie Kraft sammeln für den Ansturm des kommenden Wochenendes. Immerhin hatte sie in jener Zeit über das Jahr eine Invasion von über achthunderttausend Besuchern zu verkraften.

Wir gingen vorbei an den bunten aber schmucklosen Häuserreihen der frühen sechziger Jahre, aus deren Mitte sich der schwarze Schieferturm der evangelischen Kirchengemeinde St. Nikolai reckte. Auf der Spitze des Turms ein Segelschoner als Wetterhahn, den Iris mit in den Nacken gelegtem Kopf einen Moment lang bestaunen musste.

„Es segelt durch die Wolken."
„Oh, … ja."
„Und es schwimmt auf dem Wind."
„Stimmt, Iris."

Wir gingen weiter. Im lauen Wind, der mit dem Absinken der Sonne am Horizont aufgekommen war. Vorbei am Friedhof und der Schule, vorbei am wuchtigen Bau des Leuchtturms, dem ehemaligen Flakturm, in dem während der Jahreswende 50/51 die beiden Heidelberger Studenten mit ihrem Geschichtsprofessor bei Kälte und Eis ausgeharrt hatten.

Der *Klippenrandweg* hielt, was sein Name uns prophezeite. Wenige Meter zu unserer Linken brach die Kante der Insel jählings ab. Ich hatte den Eindruck, dass Iris ihr ursprüngliches Tempo ein wenig verlangsamte und die Sicherheit meiner Nähe suchte.

*

Tief unter unseren Füßen brandete die Nordsee; nagte an der empfindlichen Kehle des porösen Felsens; wusch und höhlte sie beharrlich aus. Seit vielen tausend Jahren tat die See dies. Bis die Gesteinswand sich über ihr nicht mehr würde halten können und in sich zusammenstürzen würde. Mit allen, die in diesem Augenblick auf ihr stehen würden. Ich bildete mir ein, das Brechen der hungrigen Wellen zu hören. Was in der Steinzeit vor achttausend Jahren mit der sogenannten *Storegga-Rutschung* durch den Abbruch der Schelfkante vor Norwegen und dem nachfolgenden Tsunami zur Insel geworden war, holte die See sich vielleicht schon in wenigen hundert Jahren zurück. Oder schon morgen. Oder jetzt gleich.

In Abständen gab es auf Felsvorsprüngen gemauerte Aussichtsplattformen, mit fest installierten Ferngläsern und Infotafeln. *Stavanger: 549 Kilometer, Edinburgh: 732 Kilometer, Reykjavik: 2001 Kilometer.*

Um uns herum verbanden sich Meer und Himmel zu einem einzigen blauen Saal. Der Saal der Schöpfung -

ohne Decken, Böden und Wände -, durch den wir mit unserer Insel jetzt sanft zu schweben schienen.

Beim Weitergehen hielt Iris sich nun dicht an meiner Seite. Keinen halben Schritt Vorsprung mehr. Die Energie des Vortags schien endgültig verbraucht zu sein. Wir bewegten uns in langsamem Gleichschritt.

Auf dem Gelände zu unserer Rechten verteilten sich größere und kleinere Bombenkrater. Von einem weichen Grasteppich ausgekleidete Narben. So als hätte jemand einen Kunst- oder Rollrasen auf einer verwundeten Landschaft ausgerollt, um dort Golf oder Croquet spielen zu können. In den Kratern und um die Krater herum ästen Heidschnucken, die die Aufgabe hatten, den Rasen des Oberlands kurz zu halten. Ich fragte mich, wie viele Schafe in der Vergangenheit wohl schon über den Klippenrand gestützt waren?

Dann sah ich den gewaltigen Feuerstrahl von 1947. Die größte nichtnukleare Explosion der Menschheitsgeschichte: *The Big Bang*. Ich sah Tonnen von Gestein, die mit einem gigantischen Rauchpilz zehn Kilometer in den Himmel schossen. Und ich sah meine Schwester und mich mitten durch diese Apokalypse schreiten. Iris, jetzt doch wieder einen halben Schritt voraus. Denn schließlich sollte sie die Führung durch dieses endzeitliche Inferno übernehmen. Sie sollte sich frei und unbedrängt fühlen, wenn sie auf *Hell-go-land* wandelte. Dem Land, das dazu auserkoren war, zur Hölle zu gehen. Dem Land, dem man die Last des Bösen einverleibt hatte, damit endlich Frieden herrschen konnte auf der Welt.

Bei jedem unserer Schritte musste ich an die vielen hundert Blindgänger unter uns denken. Unter dem harmlos grünen Kunstrasen des golfbegeisterten Unbekannten. Große schlafende Bomben, die nur davon träumten, endlich mit uns gemeinsam detonieren zu dürfen.

*

Nebeneinander saßen wir auf der Bank. Am nördlichsten Aussichtspunkt der Insel. Uns gegenüber wuchs der Brandungspfeiler der *Langen Anna* aus der Tiefe empor. Der *Nathurn Stak*; bevölkert von Trottellummen, Dreizehenmöwen und Eissturmvögeln. Zu Hunderten, zu Tausenden. Auf seinem schräg abgeflachten Schädel. Auf seiner vor Sturm und Flut fliehenden Stirn. In den parallel laufenden, vom Vogelkot geweißelten, Felsbändern und Spalten.

Ich schaute zur Seite. Iris hatte ihre Hände in ihren Schoß gelegt. Ihre Finger versuchten sich miteinander zu verflechten. Nur Nase und Kinn lugten manchmal hinter ihren Haaren hervor.

Den Ort, an dem wir uns befanden, würde es zweiundvierzig Jahre später nicht mehr geben. An einem Nachmittag im Dezember 2014 würde er abbrechen und sich auf den Abflug in die Tiefe machen. Meine Schwester und ich würden im Dezember 2014 in der Abendluft über dem Abgrund hängen.

Ich stellte plötzlich fest, dass ich nichts mehr hören konnte. Doch eigentlich hätte ich sehr viel hören müssen. Auch wenn, damals im August, die lautstarke Brutzeit der meisten Seevögel vorbei war. Auch die Zeit, in der die Jungvögel der Lummen sich aus ihren Nestern stürzten oder, wenn es hart auf hart kam, von ihren Eltern aus den Nestern gestoßen wurden. Obwohl sie doch noch völlig flugunfähig waren. Fünfzig Meter im freien Fall in den Abgrund. Dem Meer entgegen. Dem Leben entgegen. Ungelenk flatternde Steine auf Selbstmord- oder Selbstfindungstrip. Der berühmte *Lummensprung,* ein Initiationsritus der Natur, der jedes Jahr scharenweise vierschrötige Ornithologen und staunende Schulklassen anzog.

Ich stand auf, um ein paar Schritte auf und ab zu gehen. Bohrte meine Zeigefinger in meine Gehörgänge. Riss meinen Mund auf und ließ mein Kinn kreisen. Irgendeine Arretierung in meiner Kieferaufhängung musste sich lösen. Warum, verdammt noch mal, hörte ich nichts?

Während ich also auf und ab ging und in meinen Ohren herumbohrte, hockte Iris vor mir auf der Bank. Zusätzlich zu den sich verflechtenden Fingern jetzt auch mit stumm arbeitenden Lippen. Als würde sie inwendig ein Gebet oder eine Beschwörungsformel flüstern. Den Felsen und die Vögel beobachtend. Das Meer. Die im Horizont ertrinkende Sonne. Als würde sie dort etwas Bedeutsames erwarten. Ihren weißen Raddampfer vom Brienzersee vielleicht, der nach all den Jahren endlich hier anlegen würde, um sie für immer ins Paradies mitzunehmen. Ein Zeichen, ein Symbol eines Vogelschwarms, der sich am Himmel zu formieren begann. Ein kreuzförmiges Fluoreszieren des Meeres oder einer Wolkenformation in Form einer riesigen Hostie. Irgendein Fingerzeig Gottes oder des Herrn Jesus persönlich. Jesus, der sich uns mit raumgreifenden Schritten vom Horizont her über die Nordsee näherte. Trockenen Fußes in Riemenlatschen. Ein mit jedem Schritt gigantisch werdender Jesus mit einer Tasche mit Golfschlägern über der Schulter. Ansonsten ganz so, wie man ihn kennt. Gehüllt in eine wallende weiße Tunika. Mit gütigen Augen aus bärtigem Gesicht blickend. Auch er umgeben von diesem bläulichen Schein aus dem Frühstücksraum. Seine rechte Hand uns segnend entgegenstreckend:

Ich segne und behüte Euch; ich lasse mein Angesicht über Euch leuchten und bin Euch gnädig; ich erhebe mein Angesicht über Euch und gebe Euch ... Moooment! Jetzt ... jetzt Freunde ... jetzt möchte ich erst einmal auf diesem ganz besonderen Rasen mit seinen Bombenkratern Golf spielen. Mein persönliches Handicap muss nämlich ganz entschieden verbessert werden. Beginnen werde ich am besten, ... Augenblick, ... mit dem 7er-Eisen.

So sprach Jesus zu uns. Und so sehr ich auch in meinen Ohren herumbohrte und mit meinem Kiefer kreiste, - darüber hinaus tat sich weiterhin nichts. Außer meinen eigenen sich beschleunigenden Atemgeräuschen war in dem großen blauen Saal um uns herum nichts zu hören. Auch Gottes Sohn war inzwischen verstummt. Schließlich musste er sich auf seinen ersten Abschlag mit dem 7er-Eisen konzentrieren. Nicht, dass der Golfball über den Klippenrand schoss und einem verdutzten Seehund auf den Kopf knallte. Denn da aktuell Flut herrschte, hätte der Herr Jesus danach bis zur Ebbe warten müssen, um den Ball im Watt wiederzufinden. Andererseits hatte der Herr Jesus bestimmt eine ausreichende Menge Golfbälle dabei und ganz andere Möglichkeiten einen verschlagenen Ball wiederzufinden.

Und da niemand sonst sich traute, etwas zu sagen und Jesus Christus vorerst beschäftigt war und mein Atem immer schneller flog und ich kaum noch Luft bekam und meine Gliedmaßen, ohne sich mit mir abzustimmen, unangenehm zu zittern begannen, entschloss *ich* mich etwas zu sagen. Hinein in die Stille unter der alles überspannenden blauen Kuppel der göttlichen Schöpfung. Vielleicht schrie ich auch.

*

„Du kannst mich mit dem ganzen Mist nicht einfach allein lassen, Iris! Bei allem Verständnis: Du musst, verdammt noch mal, versuchen dich zu erinnern!

Wie war das, als Vater dich damals von hier weggeholt hat? Du hast mir erzählt, dass er mit Großvater gestritten hatte. Okay, okay! Aber worum genau ging es bei diesem Streit? Nur um die Sachen, von denen du mir schon erzählt hast? Großvaters Besuche in Ruh am See? Eure ... *Abenteuerreisen* um den Globus? Eure ... *Kuscheleien* ... im Turmzimmer des Sanatoriums oder sonst wo? Oder ging es noch um ganz andere Dinge? Kannst du dich an irgendwelche Einzelheiten erinnern? Irgendein Satz oder Wort muss doch bei dir hängen geblieben sein. Und auf der Überfahrt nach Cuxhaven und der Weiterfahrt nach Hamburg ... Was hat Vater im Auto da zu dir gesagt? Oder Mutter zu Hause? Sie müssen dir ... ihrer Tochter ... doch irgendetwas erklärt haben. Erst recht einige Tage später auf der Bahnfahrt zurück in die Schweiz. Habt ihr denn die ganze Fahrt über stumm nebeneinander gesessen? Selbst jemand wie *du* ... entschuldige, Iris ... kann doch nicht alles völlig passiv hingenommen haben. Und auch in den Jahren danach müssen dir doch Zweifel gekommen sein. Hast du denn überhaupt keine Fragen gestellt? Mutter, Vater, Theresa Rosenhain, diesem Professor Furrer, Dr. Rubens oder sonst wem?

Warum habe ich Großvater seit damals nie mehr gesehen? Warum hat er mich seit damals nie mehr besucht? Keine Postkarten mehr von irgendeinem Ende der Welt! Keine Abenteuerreisen mehr, keine Geschenke, keine Telefonanrufe, keine Telegramme: „Bin in Zürich gelandet, bin heute Abend bei dir! Mach dich schon mal frisch und schön, mein Schatz! Ich werde im Turmzimmer auf dich warten."

Heute weißt du, dass Großvater längst tot war. Dass er schon ein paar Tage, nachdem du und Vater in Hamburg angekommen wart, in jenem Herbstorkan umgekommen war. Aber erst durch *mich* weißt du das! Und mir ist nicht ganz erklärlich, warum andere Menschen dir diese Information über Jahrzehnte so verbissen vorenthalten haben, Iris! ... Dir etwa? ... Kannst du dir das vielleicht erklären?

Warum hat man dich belogen? ... Um dich zu schützen? Vor *was* bitte wollte man dich schützen? Davor, dass dein Peiniger und Vergewaltiger endlich tot war? Vor der beruhigenden Gewissheit, dass dieses Monster ... auch wenn er dein Retter vor den Nazis und ihrer perversen Euthanasie war, ... dass dieses Scheusal dich nie wieder behelligen würde? Das *begreife* ich nicht, Iris! Das kann *niemand* begreifen! Genauso wie niemand begreifen kann, warum man *mir* in all den Jahren *deine* Existenz verschwiegen hat. Diesmal, um mich zu schützen? ... Vor dir? ... Welche Gefahr sollte denn von dir für mich ausgehen? ... Was wäre so gefährlich an dir gewesen, Iris? ... War das etwas Ansteckendes, was du hattest?

Die Erklärungen von Mutter und Vater waren ein totaler Witz. Ein *Witz*, Iris! Unterm Strich lautete die Kernaussage von Mutter, dass man es einfach ... vergessen hätte, mir von meiner Schwester zu erzählen. Sie hätten es *vergessen*, Iris! Verdammt noch mal! Sie haben uns beide für dumm verkauft! Und zwar nach Strich und Faden! Von unserer weinseligen Tante Johanna aus Bremen mal abgesehen. Und wenn unsere Eltern nicht die Absicht gehegt haben sollten, uns für dumm zu verkaufen, dann hat sie irgendetwas … äußerst Mysteriöses … bewogen, uns die Wahrheit nur portionsweise oder nur unter großem Druck zu offenbaren. Etwas, wovon wir beide, aus welchen Gründen auch immer, nichts wissen sollten. Etwas, was sie selbst am liebsten vergessen hätten. Wovor sie sich in erster Linie aber wohl *selbst* haben schützen wollen."

*

Hinter mir hörte ich in rascher Folge das klackende Geräusch abgeschlagener Golfbälle. Ich wandte mich kurz um und sah, dass Jesus von einer festen Position aus versuchte, seine Bälle in die unterschiedlich großen Bombenkrater zu putten. So als würde er sich auf einer dieser dekadenten Golfanlagen für Neureiche auf dem Dach eines New Yorker Wolkenkratzers befinden. Jesus war hoch konzentriert bei der Sache. Bei jedem Abschlag flatterte seine Tunika im Wind seiner dynamischen Bewegungen. Ich vermochte nicht zu beurteilen, wie schulmäßig er diese ausführte; alles in allem sah es aber recht gekonnt aus. Ich wandte mich wieder meiner Schwester zu.

*

„Das Ganze ist ein undurchsichtiges Gebilde, Iris. Ein merkwürdiges verdächtiges Konstrukt. Und dafür muss es einen größeren, einen relevanteren Grund geben, als Großvaters unschöne Verstrickungen im Dritten Reich und seine unfassbare Unbelehrbarkeit, was dieses scheiß Thema betraf. Auch seine in keinster Weise gesellschaftsfähigen sexuellen Neigungen bezüglich Minderjähriger und ... entschuldige bitte, Iris ... bezüglich ... *geistig Behinderter,* ... erklären nicht ausreichend die Nebelkerzen, die man um uns herum aufgestellt hatte. Und bei allem Verständnis für die Tabuisierung des Themas Sexualität im Allgemeinen und dem Thema sexueller Missbrauch im Speziellen, ... und bei aller Nachvollziehbarkeit für die fehlende Offenheit im Umgang mit einem, ... wie soll ich es bloß ausdrücken, ohne dich zu verletzen, Iris? Mit einem ... *eingeschränkt lebenstüchtigen Familienmitglied,* ... ist das so okay für dich? Darf ich das so formulieren? ... Ja? ... Egal! Irgendetwas stimmt hier auf jeden Fall nicht, irgendetwas stinkt hier gewaltig zum Himmel!

Oder habe ich mich längst verrannt in einem Wahn, wie meine reizende Exfreundin Clara neuerdings behauptet? Doch die hat für mein humanistisches Engagement gegenüber meiner Schwester ja noch ganz andere unappetitliche Interpretationen parat. Aber lassen wir das! ... Habe ich mich also verloren in einer neurotischen Fixierung? Befinde ich mich auf einem Kreuzzug? Ich, der Rächer und Weltverbesserer? Nehme ich die Wirklichkeit nur noch durch eine paranoid verzerrende Brille wahr? Weil ich mich in meiner Kindheit und Jugend selber zu oft allein gefühlt habe? Ohne echte Freunde und Geschwister? Im Garten unserer Villa am Rondeel? In meinen geheimen Verstecken am Hafen? Im Kohlenkeller unserer Barmbeker Wohnung? Weil unser lieber Großvater seine Drecksfinger auch von mir nicht lassen konnte? ...

Touché! ... Vielleicht ist da was dran ... Aber trotzdem, tut mir leid, ich bleibe dabei: Eine entscheidende Information, ein entscheidendes Puzzleteil fehlt in diesem Gemälde!

Aber was könnte das sein, Iris? Hast du denn wirklich keine Idee? Versuch dich doch bitte zu erinnern! Schlummert hinter diesem verschlossenen Gesicht, hinter deinen stummen grünen Augen nicht irgendwo die Erklärung für das alles? Du bist schließlich dreizehn Jahre länger auf dieser verrückten Welt. Du bist meine große allwissende Schwester. Tief in dir, in irgendeiner verborgenen Schublade, muss doch der Schlüssel zur Wahrheit liegen.

Sag doch etwas! ... Du musst etwas wissen! Du *musst!* ... Du kannst mich mit diesem ganzen Mist doch nicht allein lassen!"

*

In meiner Vorstellung gab ich all dies von mir. Brüllte ich all dies auf die auf der Bank Zusammengesunkene herab. Tatsächlich waren es wohl nur die letzten Sätze, die ich - während ich Iris, an ihren Schultern gepackt, hin und her schüttelte -, ständig wiederholte.

Als ich wieder zu Atem kam, kehrte auch mein Hörvermögen allmählich zurück. Ich hörte Iris leise wimmern und unter meinen Händen spürte ich ihren Körper zittern. Das Meer um uns herum hatte inzwischen die Farbe von schimmerndem Beton angenommen. Das frisch gegossene und glattgezogene Fundament für das neue Jerusalem. Meine Großmutter saß plötzlich laut singend neben Iris: *Oh komm du Geist der Wahrheit!*

Aber Jesus hatte seine Golfschläger längst wieder eingepackt und war weitergewandert. Richtung Nord-Westen. Ob er sein *Handicap* hatte verbessern können, wusste ich nicht. Ich entdeckte ihn als schwarzen Punkt am Horizont im Restlicht der untergegangenen Sonne. *Edinburgh: 732 Kilometer.* Bei dem Tempo würde er morgen Früh da sein. Er hatte vergessen, seinen Segen zu vervollständigen und uns Frieden zu geben.

*

Einige Minuten lang geschah nichts. Außer, dass wir endgültig von Nacht umschlossen wurden. Aus der blauen Kuppel des Tages war eine schwarze Kuppel der Nacht geworden. Die Kuppel eines schwarzen Doms aus kühlem Marmor. Von feinen Rissen durchzogen. Besetzt mit silbrigen Sternpunkten. In Abständen huschte der Strahl des Leuchtturms über die Ränder dieses unermesslichen Raums. Viel zu schwach, um ihn jemals ganz ausleuchten zu können, wurde sein Licht von der Unendlichkeit verschluckt.

Der aufgefrischte Wind fuhr uns durch Haare und Kleidung, und ich sorgte mich schon, dass Iris, die am Nachmittag nur mit einer Strickjacke mit Norwegermuster aus dem Haus gegangen war, zu luftig angezogen sein könnte. Immerhin hatte sie unter meinen Händen auf ihren Schultern aufgehört zu zittern. Und auch wenn ich sie nicht mehr wimmern hörte, fühlte ich mich doch schuldig.

„Ist dir kalt?", fragte ich.

Iris reagierte nicht.

„Möchtest du vielleicht einen Salmiakbonbon?"

Mir war eingefallen, dass ich irgendwo in meiner Jacke eine dieser kleinen Tüten aus der Apotheke hatte. Ich fand sie, riss sie auf und hielt sie Iris hin.

Iris wollte offensichtlich kein Salmiakbonbon.

Ich schaute auf meine Armbanduhr, konnte jedoch wegen der Dunkelheit die Zeit nicht ablesen. Während ich meine Jackentaschen nach meinem Feuerzeug absuchte, schätzte ich, dass es gegen zweiundzwanzig Uhr sein musste. Ich fand das Feuerzeug. Es war viertel vor zehn. Das Feuerzeug erinnerte mich daran, dass ich eine Zigarette rauchen könnte, worauf ich noch einmal meine Jacke abklopfte. Ich wusste, dass die Zigarette mir nicht schmecken würde und war erleichtert, als ich nicht fündig wurde.

„Wir gehen gleich zurück in die Pension, Iris", sagte ich und legte meine Hände zurück auf ihre Schultern.

„Ich muss mich bei dir entschuldigen. Ich habe mich schrecklich gehen lassen … Tut mir leid. Ich weiß auch nicht, was da eben über mich gekommen ist … Ich muss verrückt geworden sein."

Als ich dies sagte, begann ich vorsichtig ihre zerbrechlich sich anfühlenden Schultern zu streicheln. Diese knochigen Schultern, die ich vor wenigen Minuten noch brüllend hin und her geschüttelt hatte. Und während ich meine große Schwester streichelte, wurde mir bewusst, dass ich mit meinem Kontrollverlust wahrscheinlich all das Einmalige und Wertvolle zunichte gemacht hatte, was sich zwischen uns über ein ganzes Jahr lang aufgebaut hatte. Das Vertrauen, das die Tür zwischen uns geöffnet hatte. Von meinem Besuch in *Ruh am See* bis zu dieser irrwitzigen Inselexpedition, alles war umsonst, alles hatte ich zerstört. Die Tür war für immer zu gefallen.

Sie, Herr Tauber, bleiben defensiv. Sie verbieten sich jegliches Insistieren. Sie dosieren Ihre Fragen, auch wenn Sie noch so lichterloh brennen. Nun brannte es allerdings lichterloh.

Ich zog meine Jacke aus und legte sie Iris um die Schultern.

Obwohl es fast dunkel war, schloss ich meine Augen. Ich ging mit mulmigem Gefühl die nächsten Stunden und Tage durch. Die Rückkehr in die Pension, die kommende Nacht, das Frühstück, das Übersetzen mit den Börtebooten, die Rückfahrt nach Hamburg, meine Eltern, die Rosenhain und Dr. Rubens. Meine Erklärungen und Rechtfertigungsversuche und die zu erwartenden Vorhaltungen. Die endlosen Beschuldigungen, mit denen sie alle zu Hause durch die Bank weg Recht haben würden.

Ich versuchte, eine aufkommende Panik in mir zu unterdrücken. Denn ich hatte nicht nur versagt und mein Anliegen vor die Wand gefahren, sondern wahrscheinlich auch noch grob fahrlässig gehandelt. Überhaupt konnte ich froh sein, wenn ich Iris wieder heil nach Hamburg bekäme.

Denn was hätte ich tun sollen, wenn sie mir dort auf Helgoland kollabiert wäre oder sich geweigert hätte, auch nur einen einzigen Schritt weiterzugehen? Wenn sie sich nicht mehr von dieser Bank wegbewegt hätte? Für immer. Mutiert zu einer Karikatur der *Kleinen Meerjungfrau* von Kopenhagen. Mit dem Meer und der *Langen Anna* im Rücken, mit hohlem Blick auf die betreten herumstehenden Touristen. Wie ließe sich bloß vermeiden, dass diese verschrobene Frau da auf der Bank mit auf das Urlaubsfoto neben Oma und Opa kam? *Kannst du sie nicht mal ansprechen und sie bitten, kurz aufzustehen? Du kannst doch so was!*

Ich hätte versuchen müssen, mir einen Bollerwagen oder Rollstuhl zu organisieren. Gab es so etwas auf der Insel? Vielleicht auch ein paar kräftige Fischer, um sie wegzutragen. Um meine endgültig zur Buddhastatue erstarrte Schwester am nächsten Tag irgendwie zurück auf die Wappen von Hamburg zu bugsieren. *Sang- und klanglose Versandung ... Sang- und klanglose Versandung ...*

Mir wurde plötzlich ganz elend.

Womöglich zog mein Verhalten sogar strafrechtliche Konsequenzen nach sich; schließlich hatte ich Iris unerlaubt ihrem gesetzlichen Vormund entzogen. Ich musste mir eingestehen, mit meinem edlen aber unausgegorenem Kreuzzug ein vollkommenes Fiasko angerichtet zu haben. Ich sah mich schon im Gerichtssaal vor einem geifernden Staatsanwalt stehen: *Freiheitsberaubung, Kindesentzug, Entführung, gefährliche Körperverletzung!*

Es wurde empfindlich kühl. Wir konnten nicht länger an diesem Ort bleiben.

Als ich meine Augen wieder aufschlug, sah ich ihn. Als Silhouette in etwa zweihundert Metern Entfernung. Er näherte sich uns aus Richtung Leuchtturm über den Klippenrandweg.

Ich erkannte ihn sofort.

16

Er trug Mantel und Hut. Er wirkte, als würde er in Hamburg auf der Mönckebergstraße auf dem Weg in sein Handelskontor sein. Fehlte nur noch die schweinslederne Aktentasche und der zusammengeklappte Knirps unter dem Arm des groß gewachsenen Mannes. Der Chef hatte zur späten Stunde noch einmal alle Prokuristen zusammengerufen, denn dieser schwierige Kunde aus Fernost schien ja jetzt völlig durchzudrehen. Ich sah den wippenden Glutpunkt einer Zigarette in seinem Mundwinkel.

Er näherte sich uns mit zielstrebigen, aber nicht eiligen Schritten. So, als hätten wir schon vor Wochen einen Termin an diesem Ort, an diesem Tag und um diese Uhrzeit vereinbart. Einen Termin, bei dem er mich bei irgendeiner Versicherungs- oder Steuersache unterstützen wollte. Weil ich auf diesem Feld ein Ahnungsloser war und er auf dem selbigen eine Menge Tricks kannte. Obwohl er mir schon wiederholt gesagt hatte, dass er mir zwar so lange er könne, helfen würde, ich mich auf lange Sicht aber wohl oder übel selbst in die Materie einarbeiten müsse. Er, mein Vater, könne und wolle nicht ewig neben mir sitzen und mit seinem erwachsenen Filius dessen Hausaufgaben machen. Wo man denn dahin kommen würde?

Eine der unzähligen Reaktionen, die mir durch den Kopf schossen, war die Flucht nach vorn anzutreten und meinem Vater entgegenzulaufen. Ihm mit irgendeiner strategischen Äußerung den Wind aus den Segeln zu nehmen und etwas zu sagen wie:

Ich weiß, dass ich Mist gebaut habe und es ist schön, dass du gekommen bist, Vater! Oder: *Im Stillen habe ich immer gehofft, dass du hierher kommst, Vater. Nun wird bestimmt alles gut!*

Doch ich war nicht in der Lage, mich zu bewegen, geschweige denn irgendetwas Intelligentes von mir zu geben. Außerdem konnte ich Iris doch nicht alleine dort am Klippenrand sitzen lassen. Nicht, dass sie doch noch auf dumme Gedanken kommen würde.

Als mein Vater das Pflaster der Aussichtsplattform betrat, fand er Iris und mich als eingefrorene Skulptur vor. *Stehender Sohn vor auf Bank sitzender Tochter; seine Hände auf ihren Schultern abgelegt.*

„Kommt", sagte er, nachdem er seine Zigarette auf dem Boden ausgetreten hatte, „lasst uns zurück in eure Pension gehen. Es ist wirklich unangenehm kühl geworden."

Er strich mit seiner rechten Hand über Iris´ Kopf, während er mit seiner linken Hand sanft meinen Rücken berührte.

*

Die rauchende Frau, von der ich dachte, dass sie ein rauchender Mann wäre, saß an diesem Abend glücklicherweise nicht im Fernsehzimmer. Im Fernsehzimmer saßen an diesem Abend und die halbe Nacht hindurch nur mein Vater und ich. Die Mattscheibe an der Wand blieb schwarz. Der aufdringlichen Welt, die sich sonst durch das Gerät in dieses kleine Zimmer ergoss, blieb der Einfluss in dieser Nacht verwehrt.

Iris habe in ihrem Zimmer in Hamburg schlicht und einfach einen Zettel mit der Nachricht *Frieder und ich sind auf Helgoland* hinterlassen, erklärte mein Vater zu Beginn. Nur, falls ich mich über sein Auftauchen wundern würde. Sie hätten den kleinen Zettel jedoch erst am Samstag gefunden, da er irgendwie unter das Bett geweht sei, sonst wäre er bestimmt schon gestern angereist. Denn ihm sei sofort klar gewesen, was die Stunde geschlagen hätte. Am Anfang habe er noch überlegt, mit meiner Mutter gemeinsam anzureisen, hätte die Idee dann aber wieder fallen lassen. Mutter würde uns morgen Abend aber an den Landungsbrücken abholen. Kurz habe er sogar in Erwägung gezogen, in Fuhlsbüttel eine *Cessna* oder ähnliches zu chartern.

Stille.

Mein Vater und ich saßen uns in den petrolblauen zerschlissenen Cocktailsesseln gegenüber. Zwischen uns der gekachelte Nierentisch mit einem *Cinzano*-Aschenbecher. Die Deckenlampe verbreitete das kalte Licht eines Wartesaals. Iris lag in ihrem Bett und schlief. So hoffte ich zumindest. Ich betete inwendig, dass Iris nicht irgendwann in den nächsten Minuten im Nachthemd in der Tür stünde. Verweint und verwirrt: „Worüber redet ihr so lange. Ich kann nicht schlafen!"

Bevor mein Vater wieder anfing zu sprechen, rauchte er wortlos eine Zigarette. Die erste von vielen in den nächsten Stunden. Und während er den Rauch in sein schmales alt gewordenes Gesicht hineinsog und den Rauch aus seinem schmalen alt gewordenen Gesicht wieder ausstieß, schienen seine Augen mich überprüfen zu wollen. Sie schienen überprüfen zu wollen, ob ich, sein Sohn, die nötige Reife hätte und dem, was meine Ohren gleich hören sollten, gewachsen wäre.

*

Er wolle es möglichst kurz und emotionslos machen, was aber wahrscheinlich ein Ding der Unmöglichkeit sei. Und wenn er ganz ehrlich sei, übergäbe er mir am liebsten vier bis fünf DIN A4-Bögen mit Spiegelstrichen in chronologischer Reihenfolge. Dann wäre die Sache für ihn erledigt und ich könne und müsse dann selbst entscheiden, was ich mit den gewonnenen Informationen anstellen wolle. Aber wie es aussehe, käme er, als mein Vater, um diese Vier-Augen-Situation wohl nicht herum. Er dürfe und könne mir, seinem Sohn, gewisse Dinge einfach nicht ein Leben lang vorenthalten. Das sei wahrscheinlich unvermeidlich und auch richtig so.

Beginnen wolle er mit der Mitteilung der schlichten Wahrheit, dass wir in der Villa in der Blumenstraße am Rondeelteich nicht hätten wohnen dürfen. Dass wir bis 1955 in einer unrechtmäßig angeeigneten Immobilie gelebt hätten. Denn bis 1938 hätte dort eine jüdische Kaufmannsfamilie seit dem 19ten Jahrhundert ihren Familiensitz gehabt. Die Familie Löwenstein. Doch dann, unmittelbar nach den Novemberpogromen, seien die Löwensteins in irgendein Barackenlager auf die andere Seite der Elbe, auf der Veddel oder in Harburg, zwangsumgesiedelt worden. Von dort seien sie nach kurzer Zeit geschlossen in eines der Konzentrationslager im Osten deportiert worden. Und soweit mein Vater unterrichtet wäre, seien alle dort ermordet worden.

Dar ehemalige Wohnsitz der Löwensteins habe erst wenige Wochen leer gestanden, als er im Zuge der sogenannten *Arisierung* meinem Großvater, dem Besitzer der *Tauber & Tauber Linien*, zugesprochen wurde.

„Das Wasser in den Boilern war quasi noch warm, als dein Großvater sich Opernarien trällernd am Abend nach dem Einzug in eine der adlerfüßigen Badewannen gelegt hatte!"

Konfiskation hätte man dieses Procedere genannt, - entschädigungslose Enteignung. Der Eigentumsübergang sei zwar formal auf Grund eines Kaufvertrags zustande gekommen, doch ich könne mir sicherlich vorstellen, dass diese Vereinbarung von den Löwensteins und anderen betroffenen Familien nicht freiwillig abgeschlossen worden wäre.

Die „vereinbarten" Kaufpreise wären in unzähligen vergleichbaren Fällen selbstredend beschämend niedrig angesetzt gewesen. Die gezahlten Beträge seien auf den enteigneten Juden nicht zugänglichen Sperrkonten deponiert worden, von wo sie wenig später das *Dritte Reich* konfisziert hätte. Dies war nur der letzte Schritt vor dem Verlust sämtlicher Bürgerrechte nach vorangegangenen Zwangssteuern und der „Abgabe" von Wertgegenständen wie Familienschmuck et cetera. Auf jeden Fall habe mein Großvater für das gesamte Anwesen in Winterhude keine zehntausend Reichsmark hinblättern müssen. Das Haus, in dem sie vorher gewohnt hätten - an der Hochallee in Harvestehude - hätte übrigens durchaus nicht gerade beengte Verhältnisse geboten, aber jetzt, ... jetzt hatte man einen Quantensprung in eine ganz andere Liga vollzogen.

Ob Iris mir denn nichts von dem alten Haus erzählt hätte; immerhin hätte sie bis zum achten Lebensjahr dort gelebt. Andererseits wäre Iris in ihren ersten Jahren die meiste Zeit zusammen mit meiner Mutter und meiner Großmutter in dem Ferienhaus auf Sylt gewesen.

Und manchmal denke er, dass es vielleicht besser gewesen wäre, sie seien dort bis Kriegsende auch geblieben.

Eine neue Zigarette fand ihren Weg zwischen die Lippen meines Vaters. Er bot mir auch eine an. Ich schüttelte den Kopf.

*

Der Umzug in die Villa an den Rondeelteich wäre also ein extrem günstiges Schnäppchen gewesen. Aber wenn man seit Jahren Günstling von Gauleiter, Reichsstadthalter und Reichskommissar für Seeschifffahrt Karl Otto Kaufmann und seinen Spießgesellen gewesen sei, und auf du und du mit diesen Leuten gestanden hätte, wäre es natürlich nicht verwunderlich gewesen, dass sich dieses „Verhältnis" irgendwann auch einmal ausgezahlt hätte.

Kaufmann habe in seiner sogenannten „Hamburger Stiftung von 1937" schließlich fast zehn Millionen Reichsmark angehäuft - um nicht zu sagen ergaunert -, wovon ein Großteil von Abschöpfungen aus „Arisierungsmaßnahmen" stammte. Und wenn mein Vater sich in diesem Zusammenhang die Rolle des sogenannten „Judenrates" vor Augen führen würde - dieser von den Nazis installierten Zwangskörperschaft zur Legitimierung solcher und anderer Vorgänge -, dann würde ihm immer noch schlecht!

Hochgestellte Persönlichkeiten aus den jüdischen Gemeinden hätten dort sitzen müssen, um ihrem eigenen gesellschaftlichen Eliminierungsprozess den Anstrich der Legalität zu verleihen, ihn zu organisieren und den finalen Segen zu erteilen. Welch ein verhöhnendes, perfides Instrumentarium der Nazibehörden im gesamten Reich dies doch gewesen sei!

Dennoch, trotz dieser Erkenntnisse, trotz dieser belegten historischen Wahrheiten, stützten sich die neuen Eigentümer, so auch mein Großvater, oft noch jahrzehntelang nach dem Niedergang der Hitlerdiktatur darauf, ihre Firma, ihr Anwesen oder ihren Grund und Boden „ordnungsgemäß" erworben zu haben.

„Stell dir das mal vor: Bis heute werden diesbezüglich beinharte Prozesse geführt! Der gute Karl-Otto Kaufmann hat übrigens erst vor knapp drei Jahren ins Gras gebissen und bis dahin unbehelligt und gut situiert im lauschigen Poppenbüttel unter seinesgleichen gelebt. Aber das nur ganz am Rande!"

Dass unsere Familie 1955 die Villa verlassen hätte und in das unterprivilegierte Barmbek gezogen wäre, hätte also viel weniger mit der rein wirtschaftlichen Situation von *Tauber & Tauber Linien* zusammengehangen - wie ich sicher längst geahnt hätte -, sondern wäre in erster Linie eine Folge der sogenannten *Restitution* gewesen. Ein Vorgang, bei dem versucht wurde und wird, das Hab und Gut - der im Nazideutschland Enteigneten - den rechtmäßigen Besitzern oder deren Nachfahren zurückzugeben. Die juristisch hochkomplizierten Bemühungen der *Restitution* seien etwas gewesen, was er, mein Vater, mit allen Kräften unterstützt hätte. Natürlich immer in dem Bewusstsein, dass man die alten Verhältnisse nie wieder würde herstellen können. Weshalb ihm auch der Begriff „Wiedergutmachung" zutiefst suspekt sei.

Im Falle der Löwensteins lebten einige nachlassberechtigte Geschwister in den Vereinigten Staaten von Amerika. Bis heute habe er regelmäßigen Briefkontakt zu einem in New York lebenden Bruder. Simon Löwenstein. Herr Löwenstein habe ihn schon mehrmals eingeladen, ihn in den Staaten zu besuchen.

Nicht dass er besonders stolz darauf wäre, aber dass er, als leiblicher Sohn des verstorbenen Nazigünstlings, den Prozess der *Restitution* auch noch selbsttätig vorangetrieben hätte, sei sicherlich eine Ausnahme gewesen. Ein Indiz dafür wäre nicht zuletzt der damals schlagartig überschaubar gewordene Freundeskreis der Familie gewesen. Und bis auf Tante Johanna, Onkel Tillich und Großmutter hätte sich ja auch der Rest der Familie komplett von ihnen abgewandt.

„Das nur zum Thema *Entnazifizierung* und *demokratisches Bewusstsein* in unserer jungen Bundesrepublik, mein Sohn!"

Mein Vater zündete sich eine Zigarette an und fügte hinzu, er müsse eingestehen, dass er den, mit seinem Engagement in Sachen *Restitution* einhergehenden, sozialen Abstieg unserer Familie immer als Teil einer ... wie solle er es formulieren ... vielleicht nicht als Buße so doch als Abarbeitung der Schuld gesehen habe. Dass er ihre Folgen nicht nur in Kauf genommen, sondern, wenn er ehrlich sei, sogar dankbar willkommen geheißen habe. Willkommen als Chance zur Reinigung und Neuorientierung. Nach all dem Gestank und Schmutz, mit dem man in Berührung gekommen sei. Obwohl dieser Abstieg letztlich relativ und gut abgefedert gewesen sei.

Dass er damit, vor allem *mir*, den von der göttlichen Vorsehung bestimmten Zugang zu einem privilegierten Lebensstandard verwehrt habe, müsse man unter Umständen als Akt der moralischen Selbstherrlichkeit bewerten. Doch immerhin habe ich auf *Facultas Hammonia* erfolgreich mein Abitur ablegen können. Ein Mindestmaß an Fleiß und Disziplin vorausgesetzt, stünden mir somit doch alle Türen des beruflichen Fortkommens weit offen. Er hoffe, dass ich seine diesbezüglichen Entscheidungen, wenn nicht sofort, so doch auf lange Sicht, respektieren, vielleicht sogar gutheißen würde.

*

Am nächsten Tag blieben wir auf dem Unterland. Wir ließen uns erneut im Strom der Tagesbesucher an den Schaufenstern vorbeitreiben. Mein Vater verschwand einmal in einer Telefonzelle, um meine Mutter über den Stand der Dinge zu informieren. „Ihr ist ein riesiger Stein vom Herzen gefallen, das könnt ihr mir glauben", sagte er, als er wieder zu uns zurückkam.

Gegen Mittag gingen wir in ein Fischrestaurant und kurz vor der Abfahrt kaufte mein Vater Iris noch eine Kette mit einem von Strasssteinen besetzten Seehundanhänger. Das Übersetzen mit den Börtebooten klappte aufgrund des guten Wetters problemlos.

Am Nachmittag verschwanden die Umrisse von Helgoland für lange Zeit hinter dem Heck der *Wappen von Hamburg*. Erst viele Jahre später sollte ich die Insel einmal wieder besuchen. Mit meiner Frau und meinen zwei Kindern.

Im Gegensatz zur vorherigen Nacht blieb mein Vater während der Schifffahrt in Schweigen versunken. Wenn er auch aufmerksam wirkte und es so schien, als würde er Iris jeden Wunsch von ihren Lippen ablesen wollen. Bemüht um ihr Wohlergehen wich er die ganze Fahrt nicht von ihrer Seite. Ich musste mir einen Anflug von

Eifersucht eingestehen. Immerhin, es war keine Seniorengruppe aus Schwaben mit an Bord.

*

Erst als er aufgeraucht hatte, redete er weiter. Jetzt langsamer und mit heiserer Stimme.

„Mein Vater nahm sich alles, was er wollte. In seiner Gier und Geltungssucht war er unersättlich und nichts, Frieder ... absolut nichts, was er begehrte, ... konnte vor ihm sicher sein. Dafür hatte er viel zu viele Kontakte und Verbindungen zu den einflussreichen Kreisen von Politik und Gesellschaft. Dafür war er viel zu intelligent, um nicht zu sagen: zu bauernschlau. Ob noch zur Kaiserzeit und in der Weimarer Republik oder in Hitlerdeutschland oder in den ersten Jahren unter Konrad Adenauer: Dein lieber Großvater schwamm nicht nur immer geschickt oben auf wie ein Fettauge auf der Suppe, nein, er war auf zauberkräftige Weise auch immer selbst Teil des Antriebsmotors der jeweilig herrschenden Doktrin.

Aus diesem Grund war das Objekt seiner Begierde in erster Linie die Pflege seiner Macht, präziser ausgedrückt: seines Netzwerks. Denn nur dieses ermöglichte ihm den ungehinderten Zugriff auf alles Weitere. Ob es nun fremde Geschäftsideen, Schiffe konkurrierender Redereien, von Juden konfiszierte Immobilien und Grundstücke oder eben auch Menschen waren. Menschen wie, ... zum Beispiel, ... deine psychisch kranke Schwester Iris; von diversen Hausmädchen, Sekretärinnen und Zufallsbekanntschaften auf seinen Geschäftseisen einmal abgesehen. Aber auch mich und meinen Bruder und deine Mutter hatte er im Visier. Und nach dir, mein Sohn, hatte er bekanntlich auch schon seine Finger ausgestreckt; ... nicht, dass du denkst, dass dies deinen Eltern, entgangen wäre, Frieder. Und zum Dank, dass deine Großmutter all das und noch mehr ertrug, hat er sie auch noch regelmäßig geschlagen."

Die Luft im Fernsehzimmer stand still. Nirgendwo drehte sich ein Ventilator. Doch die Augen meines Vaters blinzelten, als hätte der Wind ihm feinen Sand ins Gesicht geweht. Als er sich über seine Lider rieb klang es, als bestünde seine Haut aus Papier.

„Skrupellose Charaktere, wie dein Großvater einer war, sind diejenigen, die sich in allen Menschheitsepochen, ... ausgestattet mit einem hoch entwickelten Überlebens- und Anpassungsinstinkt, ... genau an den jeweilig relevanten Schnittstellen positionieren. Den Schnittstellen zwischen Politik, Wirtschaft, Kultur und Volksempfinden. Positionen, an denen sie, für welche Regierung auch immer, scheinbar unentbehrlich sind. Diese Menschen bohren sich mit ihrem Saugrüssel immer dort hinein, wo sie ihrem übersteigerten Narzissmus die fetteste Nahrung zuführen können. Wie grün schillernde Stubenfliegen auf einem Stück Sachertorte. Sie stellen sich dabei jedoch viel geschickter an, als die wechselnden Machthaber selbst, deren Lied sie jeweils trällern; Despoten, die sich entweder irgendwann uneinsichtig vor einem Gerichtshof für Menschenrechte wiederfinden oder aber wenigstens den Anstand haben, sich rechtzeitig eine Kugel in den Kopf zu jagen.

Wenn nämlich im großen Staatstheater ein Stück abgesetzt wird, weil es sich totgelaufen hat oder die Inszenierung nicht mehr zeitgemäß ist, stehen Menschen wie mein Vater einer war, bei der nächsten Premiere garantiert wieder auf der Bühne. Vorerst zwar als Charge im schlecht ausgeleuchteten Hintergrund, aber dafür stets mit strahlend weißer Weste. Albert Speer, Hans Filbinger, Hans Globke, Reinhard Höhn, Gustav Gründgens, Zarah Leander, Hans Albers oder Heinz Rühmann ... die Liste ließe sich unendlich fortsetzen. Aber schon nach kürzester Zeit besetzt die neue Intendanz sie wieder mit tragenden Rollen. Einfach, weil Menschen, wie dein Großvater einer war, unentbehrlich scheinen und leider so schnell keine fähigen Akteure nachwachsen. Weil diese - und man beachte bitte die tragische Ironie dabei -, weil diese oftmals in Krieg und KZ geblieben sind. Aber natürlich! ... Wer ohne Schuld ist, werfe den ersten Stein!"

Die Stimme meines Vaters hatte die ganze Zeit verschnupft geklungen. Jetzt musste er mehrmals hintereinander niesen. Er zog ein Stofftaschentuch aus seiner Hosentasche und ich sah wieder, wie er am Abend zuvor in seinem dünnen Trenchcoat über den Klippenrandweg auf uns zugekommen war. Entweder hatte er sich dort erkältet oder er kämpfte tatsächlich mit den Tränen. Ich hatte meinen Vater noch nie weinen sehen. Auf der Beerdigung meiner Großmutter war ich mir unsicher gewesen.

„Aber dein lieber Großvater war kein armseliger Durchschnittsopportunist, Frieder ... Dein lieber Großvater war ein hinterhältiges, krankes Schwein. Ein Schwein im Gewand eines schimmernden Chamäleons. So weltmännisch, kultiviert und generös er auch auftreten konnte, ... alles was er tat, alles ... auch die edle Rettung seines Enkelkindes vor den teuflischen Gasautos der Euthanasie, ... alles tat er aus Berechnung. Humanismus übte er nur sich selbst gegenüber aus. Er tat alles zur Zementierung und Ausdehnung seines Einflusses und seiner Macht.

Oberst Harras in des *Teufels General*, ... du erinnerst dich bestimmt an unseren Kinobesuch im damals neu eröffneten *Roxy*, du warst gerade dreizehn, ... dieser Oberst Harras war gegen meinen Vater und deinen Großvater ein bemitleidenswertes Würstchen. Halb Opfer, halb Täter, verstrickt in ein Netz aus Intrigen und Abhängigkeiten. Ein Mann, dessen Freitodmotiven man am Ende immerhin einen gewissen Respekt zollen musste."

Mein Vater schnippte mit dem Mittelfinger gegen den Boden der geöffneten Zigarettenschachtel. Die letzte *Juno Filter* schnellte hervor. Als er sie sich zwischen die Lippen schob, erfasste seine Mundwinkel ein resignatives Zucken.

Ich musste zugeben, bis auf die Sache mit unserer Villa, zu diesem Zeitpunkt nicht viel Neues gehört zu haben. Doch nie wäre mir eingefallen, meinen Vater zu drängen auf den Punkt zu kommen. Spürte ich doch, dass das bisher Gehörte erst die Vorbereitung für etwas anderes war.

*

Am Abend nahm die Elbe uns wieder auf mit ihren in der Dämmerung weit ausgestreckten Armen. Ich hatte mich mit einem kalten Bier an Deck gesetzt und ließ die Küsten von Schleswig Holstein und Niedersachsen auf mich zukommen. Kurz zuvor war der Große Vogelsand mit seinen Schiffswracks an mir vorbeigezogen.

Mich beschlich der Eindruck, meine Schuldigkeit getan zu haben und nicht mehr gebraucht zu werden. Mein Vater und Iris hockten schweigend vereint im Salon vor einem Stück Kuchen und einem Eisbecher. Vielleicht beobachteten sie dabei auch das merkwürdige Wandrelief mit seinen Paarhufern und Pottwalen.

*

„Als Theresa uns einige Wochen nach deinem zehnten Geburtstag anrief, um uns mitzuteilen, dass mein Vater sich Iris wieder einmal geholt hatte, um mit ihr mit der *Norne* auf einen Segeltörn zu gehen, war dies wie ein Marschbefehl für mich. Als ich in der folgenden Nacht, wie so oft, vor dem Bett deiner völlig aufgelösten Mutter stand, wurde mir endlich klar, dass ich handeln musste. Ich wusste, dass ich etwas aufzuhalten, etwas zu beenden hatte, ganz gleich, welche Folgen dies für mich persönlich haben würde; schon viel zu lange hatte ich gewartet, Verantwortung zu übernehmen. Nenne es meinetwegen pathetisch, Frieder, aber ich war bereit, mich im Zweifelsfalle zu opfern. Und ich bin bis heute der festen Überzeugung, dass es keinen anderen irgendwie ... offiziellen oder rechtsstaatlichen Weg gegeben hätte, uns von dieser Heimsuchung zu befreien. Ganz besonders nicht in jenen Jahren.

Da wir als Schifffahrtsunternehmen traditionell gute Kontakte zur Küstenfunkstelle Norddeich besaßen, hatte ich schnell herausgefunden, wo sich die *Norne* mit meinem Vater und Iris momentan befand, beziehungsweise, welches Ziel das Schiff ansteuerte. Bei konstantem Westwind würde die von Norderney kommende

Norne am nächsten Abend im Hafen von Helgoland einlaufen. Also packte ich meine Sachen und fuhr noch am selben Tag nach Cuxhaven. Natürlich nicht mit dem *DeSoto*, das wäre zu auffällig gewesen.

Ich wusste, dass gleich nach der Übergabe der Insel an Deutschland die kleine Rederei von Cassen Eils den ersten regelmäßigen Linienverkehr mit der *MS Rudolf* nach Helgoland aufgenommen hatte. Allerdings musste ich in Cuxhaven feststellen, dass die *MS Rudolf* nicht an ihrem angestammten Platz lag. Also überredete ich einen Fischer, mich mit seinem Kutter nach Helgoland zu bringen, dort auf mich zu warten und mich am nächsten Tag mit einer weiteren Person, einer Dame, wieder zurück nach Cuxhaven zu bringen. Selbstredend für einen angemessenen Preis.

`Für Touristen und Frauen ist die Hauptinsel streng verboten´, brummte der Mann, `Das wissen Sie hoffentlich!´

Ich erwiderte, dass ich darüber unterrichtet wäre.

Als ich auf Helgoland von Bord des Kutters ging, war von der *Norne* noch nichts zu sehen. Aber irgendwo da draußen, hinter dem schmutzigen Horizont im Süd-Westen, sah ich Iris unter Deck in der engen Koje ihrer Kajüte liegen.

Ich befand mich auf einem großen Haufen Felsbrocken und Geröll mitten im Meer. Ein deprimierender Anblick. Besonders unter dem zunehmend dunkler werdenden Himmel des aufziehenden Unwetters. Zwar hatte man die Bomben weitgehend geräumt und die Fußwege zwischen den Trümmern mit roten Fähnchen und gespannten Seilen markiert, aber alles in allem schien dies der trostloseste Ort auf der Welt zu sein. Die Post hatte immerhin einen Briefkasten aufgebaut und eine

Funkverbindung hergestellt. Ich fragte mich allerdings, wer jemals wem und warum einen Brief hierher schicken würde. Ob du es glaubst oder nicht - es gab auf der Düne in jenem Sommer die ersten Badegäste.

Wenn ich den Skipper des Fischkutters nicht fragen wollte, ob ich auf seinem Boot übernachten könnte, musste ich eine Unterkunft finden; zum damaligen Zeitpunkt eigentlich ein unmögliches Unterfangen. Doch nachdem ich mich - offensichtlich überzeugend - als freier wissenschaftlicher Mitarbeiter des *Geologischen Bundesamtes* ausgegeben hatte, ermöglichte man mir ausnahmsweise in einer der für die Arbeiter extra aufgebauten Baracken im Südhafen zu übernachten.

Als ich am nächsten Morgen unausgeschlafen und hungrig vor die Baracke ins Freie trat, hatte die *Norne* an der Kaimauer festgemacht. An Deck war niemand zu sehen. Nachdem man so spät erst eingelaufen war, schlief man wohl noch. Mein Hunger und meine Müdigkeit verflüchtigten sich sofort. Unter einem schiefergrauen Himmel blies ein die Vorahnung des Sturms in sich tragender Wind. Im Osten traute sich eine blasse Sonne kaum über den Horizont. Noch regnete es nicht."

Um mir ein zweites Bier zu holen, kam ich am Tisch der beiden vorbei. Iris hatte längst ihren Eisbecher ausgelöffelt und mein Vater hatte sich noch einen Kaffee und eine Spirituose bestellt. Für einen Moment spürte ich seinen erschöpften Blick auf mir ruhen. Erschöpft von der zurückliegenden Nacht im Fernsehzimmer von *Haus Seemöwe*. Ich versuchte ein Lächeln. Iris spielte mit ihren Fingern mit einem unsichtbaren Faden. Ihr Mund bewegte sich dabei mal wieder wie zu einem stummen inneren Monolog.

*

„Wie ich schon sagte, der Anruf von Theresa und der Anblick deiner leidenden Mutter waren wie ein Marschbefehl für mich gewesen. Ich lief die Kaimauer hinauf bis zu dem Poller, an dem die *Norne* befestigt war und begann, meine letzten Hemmungen überwindend, sofort Iris Namen zu rufen.

Da ablaufendes Wasser herrschte, lag das Boot etwa zwei Meter unter mir. Die Decksluke stand offen und ich war mir sicher, dass jeden Moment der Kopf meines Vaters erscheinen würde. Ein mürrisches, vorwurfsvolles Gesicht unter einer Schiffermütze. Zu meinem Erstaunen zeigte sich jedoch Iris selbst.

Als sie mich sah, verschwand sie sofort wieder. Doch schon einen Augenblick später stieg sie in vollem Regenzeug aus der Luke, um sich, erstaunlich behände, über die Aufbauten des Bootes zu bewegen. Dann kletterte sie die rostigen Stiegen der Kaimauer zu mir hinauf. Iris schien weder besonders überrascht noch euphorisch zu sein, mich, ihren Vater, zu sehen. Sie stand einfach nur vor mir und schaute mich an. Als wollte sie sagen: *Und jetzt? ... Und nun?*

Ich machte einen Schritt auf sie zu und schloss sie in meine Arme.

`Du kommst jetzt mit mir´, sagte ich, sie fest umschlingend. `Du kommst jetzt mit mir nach Hamburg zu Mutter. Mutter wartet dort auf dich ... Das hier hat jetzt alles ein Ende ... und zwar für immer! Für immer, verstehst du?´

Auf jeden Fall muss ich mich sinngemäß geäußert haben, denn plötzlich ertönte das sonore Organ meines Vaters vom Deck des Bootes zu uns herauf.

`Niemand kommt mit dir mit! ... Niemand, mein Sohn! ... Da muss ein Missverständnis vorliegen. Das Kind bleibt bei mir!´

Ich flüsterte Iris zu, dass sie sich einen Moment auf eine der vielen auf der Kaimauer herumstehenden Kisten setzen solle, und dass sie mir hoch und heilig versprechen müsse, dort auf mich zu warten.

Ich kletterte die Stiegen hinunter. Mit jeder Bewegung darauf bedacht, selbstsicher zu wirken. Mir vornehmend, weder über Tauwerk, noch über irgendwelche Winden oder Blöcke zu stolpern. Darauf bedacht, meinem Vater keine Angriffsfläche als tolpatschig unsportlicher Sohn zu bieten.

Unten auf dem Boot bat ich meinen Vater für ein paar Worte unter Deck. In der Kajüte teilte ich ihm dann mit, dass ich ihn nur *einmal* bäte, mir Iris zu überlassen. Dass ich ihm hier und jetzt die einzige und letzte Chance einräume, für immer von ihr abzulassen. Bei all dem klang meine Stimme weniger fest, als ich mir vorgenommen hatte und auch das höfliche Bitten gehörte ursprünglich nicht zu meinem Plan. Ursprünglich sollte dies die kommentarlose Aktion eines Vaters sein, der endlich die Kraft gefunden hatte, seiner Pflicht nachzukommen.

Mein Vater grinste, als hätte er einen Idioten vor sich. Dann schrie er etwas von Waschlappen und Weichling und welch eine Schande es wäre, einen Sohn wie mich in die Welt gesetzt zu haben."

*

Der Film lief rückwärts. In der aufkommenden Dämmerung zog alles wieder an mir vorbei. Die Festung *Grauerort*, das *Alte Land*, das *Schulauer Fährhaus* und die imaginäre Gefängnisinsel aus der *Deutschstunde*. Das dritte Bier hatte mich gleichgültig und gleichzeitig übermütig gemacht. Ich winkte Siggi Jepsen am Fenster seiner Zelle zu. Irgendwo da draußen in der Dunkelheit würde er mich schon sehen. Siggi, der über das Aufsatzthema „Die Freuden der Pflicht" nachdachte und dann so viele Oktavhefte vollschrieb, dass ein ganzer Roman dabei herauskam. Irgendwo unter mir im Bauch des Schiffes saßen meine Schwester und mein Vater. Vielleicht spielten sie Karten oder *Ich sehe was, was du nicht siehst*. Vielleicht spielten Iris Finger auch wieder mit unsichtbaren Fäden und mein Vater blies seinen Zigarettenrauch in Richtung der Paarhufer und Pottwale an der Wand.

*

„Mit aller Kraft schlug ich zu. Ich stieß ihm meine Faust in seine Magengrube. Mein Vater, der erstaunt seine Augen aufgerissen hatte, konnte nicht verhindern, dass er sich, groß wie er war, nach vorne seinem Sohn entgegenkrümmen musste. Als ich ihm daraufhin mein rechtes Knie ins Gesicht rammte, schnellte sein Körper wieder nach oben, um nach hinten auf den Kajütenboden zu fallen, begleitet von einem merkwürdigen Stöhnen, einem Stöhnen, das mir fremd und ekelhaft war. Beim Fallen räumte er mit seinen hilflos rudernden Armen den gedeckten Frühstückstisch ab, was ein ziemliches Getöse machte und mich befürchten ließ, die Aufmerksamkeit der Arbeiter auf uns zu lenken oder deine Schwester dazu zu bewegen, doch noch runter an Deck zu klettern.

Sofort stürzte ich mich auf den am Boden Liegenden, kniete mich auf seine breite Brust, um mit meiner Faust zu einem weiteren Schlag auszuholen. Doch als ich sah, dass das Gesicht meines Vaters nicht mehr erstaunt, sondern dümmlich und leblos aussah, ließ ich von ihm ab. Unfähig meinen Herzschlag und meine Atmung zu beruhigen, legte ich meine zitternden Finger auf seine Halsschlagader. Seine Nase und Lippen bluteten, aber er war nicht tot. Um seinen Kopf herum die Teller und Becher des bruchfesten Melamin-Geschirrs. Ich erhob mich und rannte nach draußen zum Heck der *Norne*.

Während ich dort am Boden der Plicht hockte, um die Schrauben am Ruderkopf zu lösen, rief ich Iris in Abständen zu, dass alles in Ordnung sei, dass sie warten und einen Moment Geduld haben solle und dass ich gleich wieder bei ihr sei. Und da alles am Boot meines Vaters äußerst gepflegt war, waren die Schrauben glücklicherweise nicht festgerottet, sondern leicht zu lösen.

Auch wenn ich, zur ewigen Scham meines Vaters, kein begeisterter Segler war, wusste ich: Das meist beanspruchte, beziehungsweise sicherheitsrelevanteste Teil eines Bootes war letztlich seine Ruder- beziehungsweise Steueranlage. Besonders bei harten Wetterbedingungen. Ohne eine funktionierende Ruderanlage hat kein Segel und kein Hilfsmotor irgendeinen Nutzen. Jedes Schiff, selbst der größte Tanker der Welt, wird ohne funktionierende Steuerung zum willenlosen Spielball von Wellen und Sturm. Ich wusste: Der Ruderkopf, an dem ich mich zu schaffen machte, verband wie ein Gelenk die Pinne mit dem durch das Boot gehenden Ruderschaft. Eigentlich eine überraschend simple Konstruktion für solch eine stattliche Segelyacht.

Mein Plan war, diesen neuralgischen Punkt der *Norne* in einer Weise zu manipulieren, dass er den Auswirkungen einer eventuellen Sturmfahrt nicht standhalten würde. Ich warf die gelösten Schrauben über Bord und tauschte sie gegen einfache Holzkeile aus, die ich schon von zuhause mitgebracht hatte. Du hast richtig gehört, Frieder: ... einfache Holzkeile! Diese Holzkeile schlug ich mit einem Hammer so fest ein, dass mein ahnungsloser Vater die Sabotage anfänglich nicht bemerken würde ... So hoffte ich zumindest. Erst die Belastungen auf hoher See sollten die provisorischen Keile brechen lassen ... Doch dann würde es zu spät sein."

*

Am Schulauer Fährhaus hatten sie die Deutsche Nationalhymne für uns intoniert. Genaugenommen das entsprechend beschriftete Magnetband eingelegt. Ich erinnerte mich, die seit 1949 politisch opportune dritte Strophe wurde Mitte des 19ten Jahrhunderts getextet auf dem Eiland, von dem wir gerade kamen. In einem Juni vor zwanzig Jahren haben sie mit dem Abspielen der Hymnen begonnen. Bei *Elbschloss Pils,* Finkenwerder Scholle, Kaffee und Kuchen. *Willkomm Höft* haben sie es genannt. Aus quäkenden Trichterlautsprechern schallte es seitdem in 150 Sprachen über das hier noch fast vier Kilometer breite Elbwasser:

„Willkommen in Hamburg, wir freuen uns, sie im Hamburger Hafen begrüßen zu dürfen!"

*

„Glaub´ mir, Frieder, ich war mir durchaus nicht sicher, dass mein Plan funktionieren würde. Aber es *war* ein Plan. Dazu würde ich auch heute noch vor jedem Richter der Welt stehen. Der Plan eines versuchten Mordes. Aber du darfst mir ebenfalls glauben, dass ich mich weniger wie ein Verbrecher fühlte, als wie ein unbeschreiblich naiver Schwachkopf. Die Welt würde mich auslachen.

Sei´s drum! Das wäre dann das Opfer gewesen, das ich bereit gewesen war zu bringen. Für Iris, für dich, für Mutter, für Großmutter, für alle. Für alle, die unter dem Bannstrahl des Karl - Hermann Tauber gestanden hatten. Sollte die Welt doch lachen. Die Welt hatte doch keine Ahnung!

Ich hatte damit spekuliert, dass mein Vater größenwahnsinnig genug wäre, auch bei ungünstigster Wetterlage die *Norne* nach Hamburg zurückzusegeln. Ich hatte damit spekuliert, dass ein Rest Unrechtsbewusstsein ihn abhalten würde, von Helgoland aus die Polizei zu verständigen. Was hätte er denen auch erzählen sollen?

Hilfe, Hilfe! Mein böser Sohn hat mir eine reingehauen und sich seine Tochter zurückgeholt; mein psychisch krankes Enkelkind, das ich seit Jahren missbraucht habe und das ich gerne weiterhin missbrauchen möchte!? ... Wohl kaum.

Ich hatte darauf spekuliert, dass mein Vater mit dem manövrierunfähigen Boot Schiffbruch erleiden und umkommen würde. Ich hatte - fatalistisch wie ich war - darauf spekuliert, dass niemand genaue Nachforschungen über den Hergang anstellen würde und dass Iris, als einzige Zeugin, überhaupt nicht begreifen würde, was eigentlich vorgegangen war.

Darauf zu spekulieren, dass er sich selbst umbringen würde, habe ich nicht gewagt. Ich wusste, dass er der Welt diesen Gefallen niemals getan hätte.

Natürlich wäre es auch möglich gewesen, dass mein Vater aus seiner Bewusstlosigkeit viel später oder nie mehr aufgewacht wäre. Dass er bei seinem Sturz größere Verletzungen davongetragen hätte und man ihn irgendwann tot in seinem Boot gefunden hätte. Genauso gut bestand auch die Möglichkeit, dass ich meinem Vater Tage später zu Hause begegnet wäre und er sich benommen hätte, als wäre nichts gewesen. Dann hätte es halt so sein sollen ... Auch gut! ... Schicksal! Vor unserer Abfahrt habe ich ihn auf jeden Fall nicht aufgeweckt oder untersucht. Ich habe ihn einfach unter Deck liegenlassen und dem Schicksal die Entscheidung über den weiteren Verlauf der Dinge überlassen. Ob du es glaubst oder nicht ... "

*

„Und dann? ... Tja, dann ... dann hatte es *tatsächlich* funktioniert. Ich kann es ja bis heute selbst kaum glauben, Frieder! Wobei es natürlich auch möglich sein kann, dass die *Norne* auch ohne mein Zutun gesunken ist; der Orkan hat meine Hilfe vielleicht überhaupt nicht nötig gehabt. Doch wie dem auch gewesen sein mag, niemand, *niemand* hatte jemals ernsthaft nachgeforscht. Da war kein Polizist, der vor unserer Haustür stand und *im Zusammenhang mit dem tragischen Unglück noch ein paar Fragen gehabt hätte. Natürlich rein routinemäßig! Nur für´s Protokoll!*

Aber die bundesdeutsche Polizei war damals noch im Aufbau begriffen und stand noch bis weit in die fünfziger Jahre unter der Kontrolle der Alliierten Besatzungsmächte, in Norddeutschland unter Kontrolle der Engländer. Ich kann es nur vermuten, aber man hatte wahrscheinlich wichtigere Aufgaben, als den Unfalltod eines übergeschnappten Freizeitskippers zu untersuchen. Obwohl ich *fest* damit gerechnet hatte und mich in meiner Vorstellung längst in einer Zelle im Untersuchungsgefängnis am Holstenglacis gesehen hatte. Ich wäre absolut d´accord damit gewesen. Es wäre voll und ganz im Plan meines Opfergangs gewesen.

Die Polizei hätte sich als Zeugen zum Beispiel nur für den Fischer aus Cuxhaven oder die Arbeiter in den Baracken auf Helgoland zu interessieren brauchen. Haben sie aber nicht, Frieder! ... Haben sie nicht! Dabei hätte ich nichtmals den *Versuch* gemacht, ihnen zu widersprechen. `Sie haben Recht´, hätte ich ihnen gesagt. `Ja, ich war es, ich bin es gewesen, ich habe ihn umgebracht!´

Aber niemand hatte die Türglocke und das Telefon von morgens bis abends klingeln lassen, außer die Meute der Journalisten mit ihrer Suizidtheorie - die mir, übrigens, gar nicht so unwillkommen war - und irgendwelche Trittbrettfahrer, die sich wichtig machen wollten. Jedoch auch das nur in den ersten Wochen, die allerdings schlimm genug für alle waren. Besonders für Mutter und Großmutter. Aber niemand hatte mich ausgelacht. Niemand hatte mich bezichtigt oder verdächtigt, mit dem Tod des Karl-Hermann Tauber aktiv etwas zu tun gehabt zu haben. Mit einer Ausnahme. Zumindest bis heute nicht.

Und wenn Iris - oder wen auch immer - jetzt nicht plötzlich die Eingebung ereilt, der Polizei zu erzählen, dass ihr brennend heiß eingefallen sei, dass ihr Vater damals so komisch an Großvaters Boot herumgebastelt hat, könnte dies auch so bleiben."

*

Ich überlegte, ob ich noch ein viertes Bier trinken sollte. Ließ es dann aber sein. Ich wollte meiner Mutter nicht volltrunken gegenübertreten. Außerdem würden wir schon in wenigen Minuten an den Landungsbrücken anlegen.

Ich konnte nicht aufhören an die vergangene Nacht zu denken. Ich sah uns in den petrolblauen zerschlissenen Clubsesseln gegenübersitzen. Sah meinen Vater reden und rauchen und reden und rauchen. Mit dieser tief angesetzten Mundpartie zwischen seinen hohlen Wangen. Ich sah seine Hände seine Worte unterstreichen. Sah sein Bemühen um Sachlichkeit. Ich sah den unterdrückten Schmerz und den inneren Aufruhr dieses Menschen, den ich in meiner Kindheit meistens kontrolliert und nach außen hin emotionslos erlebt hatte. Ich sah den sich füllenden Aschenbecher zwischen uns auf dem gekachelten Nierentisch. Die fahle Miene meines Vaters unter der eiskalten Sonne der Deckenlampe, als wäre dies die Verhörlampe des göttlichen Kommissariats. Darüber Iris schlafend in ihrem Bett. Oder auf dem Boden liegend. Ihr Ohr lauschend auf den Teppich pressend. Oder frierend im Nachthemd hinter der Tür stehend. Das Gesicht starr vor Entsetzen.

*

„In der ersten Zeit hatte mir allerdings dieser Kerl vom Friedhof ein wenig Sorgen bereitet. Ein ehemaliger Geschäftspartner und späterer Konkurrent meines Vaters, der durch seine unlauteren Geschäftspraktiken Anfang der fünfziger Jahre bankrott gegangen war.

Dieser Mann war nicht nur über deines Großvaters Verstrickungen im Dritten Reich bestens unterrichtet, sondern, zum Leidwesen deines Großvaters, ebenfalls recht detailliert über sein spezielles Verhältnis zu deiner Schwester und anderen Minderjährigen. Woher er auch immer dieses Wissen bezogen haben mochte, so genau möchte ich das eigentlich gar nicht wissen. Aber offensichtlich hat es noch bis kurz vor Kriegsende Quellen gegeben, aus denen Großvater und anderen Interessenten entsprechende Mädchen und Jungen zu ihrem Gebrauch zugeführt wurden. Fremdarbeiterkinder, Kinder aus Heimen und Konzentrationslagern. Was weiß ich …

Auf jeden Fall war der Mann ein Erpresser. Hat jahrelang die Hand aufgehalten. Und dein Großvater hat tatsächlich abgedrückt. Und zwar nicht zu knapp, das kann ich dir flüstern. Der Mann hatte jahrelang von nichts anderem gelebt, als von diesem ganz besonderen Gehalt. Mit dem Tod meines Vaters sah er natürlich seine Lebensgrundlage zum Teufel gehen.

Als er dann auf dem Friedhof auftauchte, fing der Kerl auf einmal vom Ruf unserer Familie an. Und dass uns dieser doch auch in Zukunft einiges Wert sein sollte.

Und er würde sich überhaupt so seine Gedanken über das abrupte Ableben des großen Karl-Hermann Tauber machen. Und des einen Glück bedeute halt manchmal des anderen Leid. Und ob man da nicht eine Art Sozialausgleich schaffen könnte. Rein der Fairness halber.

Ich habe ihm gesagt, er könne hingehen, wo der Pfeffer wächst und meinetwegen jedem seine Geschichten erzählen, der sie hören wolle. Wenngleich ich, zugegeben, schon ein mulmiges Gefühl dabei hatte. Endgültig Ruhe gegeben hat er tatsächlich erst nach ein paar Jahren. Bis dahin hatte er es in Abständen immer wieder versucht. Hat zuletzt in einer Gartenlaube irgendwo am Stadtrand gehaust, wo er dann Selbstmord begangen haben soll. Hat sich volllaufen lassen und die Hütte angesteckt. Habe ich zumindest gehört. Stand in allen Zeitungen."

*

Es roch nach verbranntem Fleisch. Das Mondgesicht saß plötzlich neben mir auf der Bank. Mit einem Gesicht, das aussah, als hätte man es aus zerlaufenem Käse geformt. Ob es auch ein Bier haben könnte, fragte es mich durchaus freundlich, mit im Feuer geschmolzenen Lippen. Es habe da so ein inneres Brennen, das es gerne löschen würde. Bei jedem Wort stieß das Mondgesicht ein kleines weißes Rauchwölkchen in die Nacht. Manchmal gelangen ihm mit seinem Mundkrater auch kunstvolle Kringel aus Rauch. Und weil er sich darüber jedes Mal sehr zu freuen schien, musste er grinsen. Ein Grinsen, das sein Gesicht förmlich zerriss.

Ich konnte diesen Anblick nur kurz ertragen und schaute wieder auf das vorbeigleitende Ufer von Blankenese. Das letzte Dorf vor der Stadt. Schmale steile Sträßchen im Laternenlicht. Gesäumt von Altersdomizilen weitgereister Kapitäne.

*

„Der Fischer sagte kein Wort, als er Iris sah. Das Bargeld in seinem Portemonnaie hatte ihn wortkarger gemacht, als er sowieso schon war. Er deutete erst auf uns und dann auf die Stiegen, die unter Deck führten. Da sich das Wetter zunehmend verschlechtert hatte, hielt er dies wohl für den sichersten Platz für uns. Im Gegensatz zu deiner Schwester wurde mir in dem nach zerfallendem Eiweiß stinkenden Bauch des Kutters ziemlich übel. Gegen Nachmittag gingen wir in Cuxhaven wohlbehalten an Land.

Die Autofahrt nach Hamburg verlief ebenfalls ohne besondere Vorkommnisse. Iris hatte es sich unter einer Decke mit angezogenen Beinen auf dem Rücksitz bequem gemacht. Ab und zu fragte ich sie, mit einem Blick in den Rückspiegel, ob alles in Ordnung sei, ob sie Durst hätte, ein trockenes Brötchen oder einen Keks wolle. Sie antwortete nicht. Ich glaube, sie schlief die ganze Zeit. Vielleicht starrte sie auch an den Himmel aus gespanntem Stoff und dachte über das nach, was sie am Morgen gesehen und gehört hatte.

Mit Mutter trafen wir dann in einem kleinen Bahnhofshotel hinterm Schauspielhaus in St. Georg zusammen. Es war klar, dass wir mit Iris nicht in die Villa am Rondeel kommen konnten - allein schon wegen dir und den Angestellten. Während ich aus strategischen Gründen die Nacht zuhause verbrachte, blieb Mutter bei Iris im Hotel. Genaugenommen war es eine bessere Absteige. Das künstlich exaltierte Gestöhne aus den Nebenzimmern sei absolut furchtbar gewesen. Mutter musste Iris mehrmals versichern, dass die Menschen hinter den Wänden keine Schmerzen leiden würden. Glücklicherweise löste die nächtliche Geräuschkulisse bei ihr keine Erinnerungen an eigene Erfahrungen aus. Nicht auszudenken, wenn Iris in dem Hotelzimmer irgendwelche Zustände bekommen hätte.

Am nächsten Morgen sind wir dann zusammen am Hauptbahnhof in den Zug nach Brienz gestiegen. Und bis heute sind deine Mutter und ich uns nicht sicher, ob dies eine richtige Entscheidung gewesen war. Mir ist jedoch äußerst wichtig zu betonen, dass wir deine Schwester nicht gegen ihren Willen zurück nach *Ruh am See* gebracht hatten. Selbst der zwielichtige Professor Furrer, der Vorgänger von Dr. Rubens, hatte darin keine zwingende medizinische Notwendigkeit gesehen; ein Mann, der mir aufgrund der unkritischen Nähe zu meinem Vater immer suspekt erschienen war. Iris selbst hatte den Wunsch geäußert, wieder in der Nähe von Theresa Rosenhain zu sein. Der Rest der Geschichte ist dir bekannt.

Das war es, was ich dir lieber auf vier bis fünf DIN A4-Bögen mit Spiegelstrichen in chronologischer Reihenfolge übergeben hätte. Aber vielleicht ist es auch besser, dass ich es rein mündlich getan habe. Denn jetzt, ... jetzt gehörst du auch zum exklusiven Kreis der Eingeweihten. Ein Kreis, der bis heute nur aus mir und deiner Mutter bestanden hat.

Meine eigene Mutter, deine liebe Großmutter, hat von meinen ... von unseren Absichten ... nichts gewusst. Das konnte, das wollte ich ihr nicht antun. Letztlich vermochte ich auch nicht einzuschätzen, wie sie reagiert hätte. Schließlich hatte ich sie in all den Jahren meistens als still, duldsam und schicksalsergeben erlebt, und auf ein Zerwürfnis mit meiner Mutter wollte ich es ungern ankommen lassen. Ich glaube, sie wäre an einer Mitwisserschaft zerbrochen. Auch die gute Theresa Rosenhain, mein Bruder Tillich und Tante Johanna haben bis heute keine Ahnung. Und von mir aus muss sich daran auch nichts ändern.

Aber jetzt bist du ein Mitwisser ... Und Mord verjährt bekanntlich nie ... Und woher soll ich wissen, was du mit dieser Information machst ... Oder was dieses Wissen mit dir macht ...

Ach ja, ... nur der Vollständigkeit halber, ... als ich meinen Vater als *Suffkopp* bezeichnet habe - du erinnerst dich bestimmt - wussten deine Mutter und ich, dass du hinter der Schlafzimmertür standest und lauschtest. Obwohl das mit dem *Suffkopp* ja noch nicht einmal eine Lüge war."

*

Die drei Biere konnte ich nicht ignorieren. Als ich aufstand, um an die Reling zu treten, war da etwas Watteweiches in meinen Beinen. Ich lehnte mich gegen den hölzernen Handlauf und schloss meine Augen. Ich versetzte mich ein letztes Mal in die vergangene Nacht. Als ich gegen halb vier in meinem Zimmer im Haus Seemöwe auf mein Bett gesunken war, hatte ich dies in dem

Bewusstsein getan, dass mein Vater wahrscheinlich ein Mörder war. In den verbliebenen Stunden bis zum Frühstück hatte ich wach gelegen.

Ich öffnete die Augen wieder und ließ den Backsteinkubus des *Union*-Kühlhauses an mir vorbeiziehen. Den Fischmarkt mit seiner Fischauktionshalle, damals noch ein vom Abriss bedrohter heruntergekommener Schuppen, in dem freie Theatergruppen probten. Auch der Altonaer Balkon wanderte vorbei, an dessen Steilufer ich stundenlang im Gebüsch gehockt hatte, um den Richtung Meer fahrenden Schiffen nachzuschauen, während alle anderen Kinder in der Schule Mathematikformeln und Vokabeln in ihre Hefte schrieben. Die Luft war auf einmal aromatisiert von Altöl und ranzigem Frittierfett.

Der Elbtunnel, der Pegelturm und die patinagrünen Kuppeln der Landungsbrücken kamen in Sicht. Davor sacht schwankende Positionslampen in weiß, rot und grün. Irgendwo dahinter reckte sich Fürst Bismarck aus Granit in den Abend, schnauzbärtig und streng, die Jugendherberge und den Stintfang mit seinen Bankgruppen und münzbetriebenen Ferngläsern bewachend. Ich sah mich dort oben sitzen und den kichernden bayrischen Mädchen auf Klassenreise unter ihre wehenden Röcke auf die Unterhosen glotzen. Ich, der armselige Schulschwänzer und Spanner. Das Ganze überragt vom Erzengel St. Michael mit seiner Lanze im Kampf gegen all die schmutzigen Fantasien und den sich windenden Satan.

Ein metallisches Kreischen. Eine U-Bahn kroch wie eine leuchtender Lindwurm aus dem Tunnel am Elbhang. Schlängelte sich über das Stahlviadukt an der Hafenkante. Und ich fragte mich, jetzt, wo meine Arbeit getan war, ob ich, im Sinne von Dr. Rubens Hoffnung, an dieser gewachsen war.

*

Mutter winkte mit einem Taschentuch zu uns herauf. Sie wirkte mager in ihrem Kostüm. Iris stand zwischen meinem Vater und mir an der Reling. Näher an meinem Vater als an mir. Wir winkten zu meiner Mutter herab, als würden wir von einem Tagesausflug zurückkommen, mit sonnigem Herzen und die Taschen gefüllt mit zollfreiem Schnaps, Schokolade und falschem Bernstein.

Als wir die Gangway herunterkamen, sah ich ihre rotgeweinten Augen. Lange hielt sie Iris in ihren Armen. Und während sie Iris in den Armen hielt, ruhten die Augen meiner Mutter auf mir.

Mein Vater hatte sich unter seinem Hut mal wieder eine Zigarette angesteckt und sich abgewandt. Irgendetwas auf der anderen Seite des Hafenbeckens schien seine ganze Aufmerksamkeit erregt zu haben. Vielleicht ein großes Spezialschiff in einem der Docks bei *Blohm und Voss*. Ich stellte derweil unsere Reisetaschen zwischen meinen Beinen ab.

Als meine Mutter Iris losgelassen hatte, kam sie langsam auf mich zu. Alle Wehmut der Welt lag in ihrem Blick. Sie küsste mich kurz auf die Wange - es war eher ein kaum merkliches Vorbeigleiten ihrer Mundes - und legte etwas in meine Hand. Etwas mit spitzen Konturen. Meine Mutter drückte meine Hand mit dem, was sie in sie gelegt hatte, sehr fest zusammen. So fest, dass es schmerzte. Dann wandte sie sich meinem rauchenden Vater zu.

Ich wartete einen Moment. Dann öffnete ich meine Hand und blickte auf eine Kette mit einem sechseckigen Anhänger. Ein Anhänger aus zwei übereinandergelegten Dreiecken. Ein goldener Davidsstern auf dessen Oberfläche hebräische Schriftzeichen eingraviert waren. Seine Spitzen hatten sechs rote Male in meiner Haut hinterlassen.

EPILOG

2017

Im vergangenen September habe ich in kleinem Familienkreise meinen vierundsiebzigsten Geburtstag feiern dürfen. Damit habe ich meinen Vater bis heute um ein Jahr überlebt. Denn mein Vater starb 1982 im Alter von dreiundsiebzig Jahren an Lungenkrebs. Ein grausames Sterben, das er jedoch mit hanseatischer Nüchternheit über sich ergehen ließ. Selbst noch im Krankenhaus nach der allerletzten Operation, - als er gerade wieder für ein paar Tage seine Hand Richtung Mund führen konnte und seine nächsten Verwandten betreten um ihn herumstanden -, tat er dies mit einer glimmenden Zigarette zwischen seinen gelben Fingern. Wie es schien, starb mein rechtschaffener und bescheidener Vater an seinem einzigen Laster.

Das Leben meiner Mutter wurde 1993 nach zweiundachtzig Jahren von einem Herzinfarkt beendet. Ein plötzlicher, aber vergleichsweise undramatischer Tod. Bis zuletzt hatte sie allein in der Meister-Francke-Straße gelebt. Irgendein komfortables Heim wäre für sie nie in Frage gekommen, auch wenn genug Geld dafür vorhanden war. Die Sozialstation Barmbek Nord, in Trägerschaft von Arbeiterwohlfahrt und der ortsansässigen St. Gabriel Kirche, - die Kirche, bei deren Organist ich als Kind Klavierstunden genommen hatte -, hatte sich jahrelang verlässlich um meine Mutter gekümmert. Bis zuletzt besuchte sie jeden Tag ein Zivildienstleistender, der für sie Einkäufe erledigte, ihr im Haushalt half und aus dem Hamburger Abendblatt vorlas.

In den 90er Jahren starben kurz hintereinander auch Onkel Tillich und meine Tante Johanna. Trotz ihres Alkoholproblems, das auch nicht durch mehrere Entzugstherapien in den Griff zu bekommen war, hatte meine Tante sich erstaunlich lange gut gehalten. Bis zum

Schluss provokant, bis zum Ende latent anzüglich. Und außerdem: Wie hätte sich alles entwickelt, wenn sie damals nicht mitten in der Nacht weinselig zum Telefonhörer gegriffen hätte? Meine beiden Cousinen leben nach wie vor im Großraum Bremen. Wir haben seit Jahren wenig Kontakt zueinander.

Auch die Theresa Rosenhain ist nicht mehr unter uns. Bevor sie 2001 mit einundachtzig Jahren verstarb, hatte sie sich noch auf den Weg nach Auschwitz gemacht. Mit einer von ihrer Neuapostolischen Gemeinde organisierten Gruppenfahrt. Da stand sie dann an dem Ort, an welchem die Nazis ihren und tausend andere Männer umgebracht hatten, nachdem man ihren Frauen „nahegelegt" hatte, ihre „rassisch unhygienischen" Ehen zu annullieren. Mein Vater, der sie auf diese Reise eigentlich begleiten wollte, hatte sein Vorhaben immer wieder aufgeschoben. Doch dann wurde er krank und es fehlte ihm für das Einlösen seines Versprechens die Kraft.

*

Ob Sie es glauben oder nicht, ich lebe wieder in einem Haus direkt an der Alster. Allerdings flussaufwärts im dritten Stock eines schlichten Rotklinker-Mehrfamilienhauses an der Ohlsdorfer Schleuse. Die Schleusenanlage wurde in den letzten Jahren aufwändig restauriert; dafür wurde jedoch im Gegenzug das legendäre Ohlsdorfer Freibad geschlossen; mangels Besucher, wie es hieß. Anscheinend geht man heutzutage nicht mehr *einfach nur* ins Freibad. Wenn Schwimm- und Planschbecken nicht umgeben sind von möglichst viel Erlebnis-Klamauk und Wellness-Tamtam, scheint das schlichte Vergnügen nicht mehr zeitgemäß zu sein. Aber das nur am Rande. Ich schweife ab.

In unserer Vier-Zimmer-Wohnung in Hamburg-Ohlsdorf haben meine Frau und ich zwei Kinder großgezogen. Ein Mädchen und einen Jungen, die allerdings schon vor einigen Jahren ausgezogen sind und zu unserer Freude längst ihre eigenen Wege gehen. Unsere Tochter als Lehrerin und unser Sohn als IT-Ingenieur einer international aufgestellten Firma. Das Zimmer meiner Tochter ist seit jener Zeit mein Arbeitszimmer. Mit Blick auf Schleuse, Enten und Schwäne und auf die Familien, die im Sommer ihre Kanus und Kajaks über die Rollen der Slipanlage ziehen. Man kann die Boote gegenüber der Brücke beim Bootsverleih und Restaurant *Ratsmühle* ausleihen und nach der Tour für reelle Preise dort etwas essen und trinken.

Meine liebe Frau habe ich Anfang der 80er Jahre während meiner ersten beruflichen Anstellung beim Jugendamt Hamburg Nord kennengelernt. Mein Tätigkeitsschwerpunkt war es, mich um jugendliche Ausreißer zu kümmern. Um Wiedereingliederungsmaßnahmen für sogenannte *entkoppelte* Minderjährige. Das mit der *Auswirkung der Pädagogik Aristoteles´ auf die Scholastik des Mittelalters* hat dann am Ende also doch noch geklappt. Professor von Willburg war in jenen Jahren allerdings nicht der einzige, der Gnade vor Recht hatte ergehen lassen.

*

Aus dem kleinen Radio im Bücherregal meines Arbeitszimmers dringt gerade die um Fassung ringende Stimme von Bundestagspräsident Norbert Lammert, der darauf hinweist, dass wir in Deutschland in diesem Jahr besonders der Kranken, Hilflosen und aus Sicht der NS-Machthaber „lebensunwerten" Menschen gedenken würden, die im Rahmen des sogenannten „Euthanasie"-Programms ermordet wurden. Der Parlamentspräsident betont eindringlich die Verantwortung Deutschlands, diese Verbrechen nie zu vergessen und verweist auf den Artikel 1 des Grundgesetzes:

Die Würde des Menschen ist unantastbar. Sie zu achten und zu schützen ist Verpflichtung aller staatlichen Gewalt.

Doch die Geschichte habe gezeigt, dass die Würde des Menschen sehr wohl antastbar sei. Nirgendwo sei dieser Nachweis gründlicher erbracht worden als in Deutschland zwischen 1933 und 1945.

Im weiteren Verlauf der Nachrichtensendung geht es um die kontroverse Debatte im Zusammenhang mit den Äußerungen des *Alternative für Deutschland* - Politikers Bernd Höcke über das Holocaust Denkmal in Berlin. Der ehemalige Gymnasiallehrer für Geschichte hatte sich in einer von seinen Sympathisanten umjubelten Rede dahingehend geäußert, dass das deutsche Volk wohl das einzige Volk der Welt sei, das sich ein Denkmal der Schande mitten in das Herz seiner Hauptstadt gepflanzt habe. Darüber hinaus hatte er gefordert, dass man endlich aufhören solle, diese dämliche Schuldkomplex beladene Bewältigungspolitik zu betreiben, sondern auch mal an die schönen Seiten denken solle, die es früher in Deutschland gegeben hätte.

Mit einem Anflug von Übelkeit schalte ich das Radio ab und schaue nach draußen in das graue Januarlicht.

Vom Ufer aus neigen sich Weiden dem Wasser entgegen.

*

An der Villa am Rondeelteich, genaugenommen liegt sie ja an der Blumenstraße, bin ich in all den Jahren eher durch Zufall vorbeigekommen. Als unsere Kinder kleiner waren, sind wir mit dem Kanu einige Male an ihrer Wasserseite entlanggeglitten.

„Da, in diesem tollen Haus, das aussieht wie ein kleines Schloss, hat Papa mal als Kind gewohnt!", hatte meine Frau den Kindern zugerufen. Sie haben natürlich ungläubig geguckt. Später habe ich ihnen dann alles ausführlicher erzählt; erstaunt und ungläubig geguckt haben sie dann immer noch.

Wenn ich, so wie beim Schreiben dieses Buches, am Fenster meines Arbeitszimmers sitze und nach unten auf die freundliche Alster schaue, stelle ich mir manchmal vor, dass einige Wasseratome dort unten in einigen Stunden oder Tagen auch die Stelzen des Stegs umfließen werden, auf dem ich als Junge im Schlafanzug mit meiner Angel gestanden hatte. Doch genaugenommen hatte ich den Schlafanzug ja nur in meinen Albträumen getragen und der Steg von damals ist längst im Schlamm versunken und durch einen neuen ersetzt worden.

Nicht im Schlamm versunken ist dagegen das Mausoleum der Taubers. Von unserer Wohnung aus ist es fußläufig in einer knappen Viertelstunde zu erreichen. Seitdem ich es 1972 als junger Mann mit Iris besucht hatte, habe ich mich dem morbiden Bauwerk aber nicht mehr nähern und aussetzen wollen. Meine Eltern liegen auf ihren ausdrücklichen Wunsch hin an anderer Stelle begraben.

Vor ein paar Jahren trat eine Initiative zur Denkmalpflege von Grabmälern an mich heran, die *das vom Verfall bedrohte wunderschöne Totenhaus Ihrer Familie, sehr geehrter Herr Tauber!* in ihre Pflegschaft übernehmen wollten. Ich sagte den Leuten, dass sie meinen Segen hätten und mit dem gruseligen Kasten anstellen könnten, was sie wollten.

Zuletzt war ich vor ein paar Jahren in der Blumenstraße. Aber nicht durch Zufall, sondern weil ich der Presse entnommen hatte, dass man in den Gehweg vor dem Hauseingang drei der sogenannten *Stolpersteine* verlegt hatte. Für die enteignete, nach Auschwitz deportierte und dort ermordete Familie Löwenstein. Ich hatte das Auto bewusst ein paar Straßen weiter entfernt abgestellt, weil ich die letzten hundert Meter zu Fuß gehen wollte.

Dort zu stehen, vor dem Haus meiner Kindheit und die Inschriften in den drei Messingplatten zu lesen, war eine der seltsamsten und beklemmensten Erfahrungen meines Lebens. Die Kette mit dem Davidstern, die ich als Kind unter dem Laub unseres Gartens gefunden hatte, liegt bis heute in einer Schachtel in meiner Schreibtischschublade.

*

Beim Schreiben dieses Buches habe ich mich auch einige Male mit Stift und Block zwischen die Touristen am Stintfang oder auf den Altonaer Balkon gesetzt. Gefühlt genau auf die Bank, auf der ich als Schule schwänzender Junge gesessen hatte; nur wenige Meter entfernt von meinem geheimen Versteck im Gebüsch. Ich wollte meiner Erinnerung, meinem *emotionalen Gedächtnis,* wie man es in der Sprache der Psychologie formuliert, auf die Sprünge helfen.

Ich habe es dort aber nie lange ausgehalten. Etwas wehte mich dort an, etwas wollte wieder Besitz von mir ergreifen, etwas, dem ich glaubte erfolgreich entkommen zu sein. Und da ich wusste, dass Lehrer Schmakeit, selbst wenn ich gewollt hätte, nicht mehr für mich zu sprechen war - und weil meine Schulzeit endgültig vorbei war -, habe ich Stift und Block schnell wieder eingepackt.

Manchmal bin ich dann zur Beruhigung im Altonaer Museum durch die im Schummerlicht liegenden historischen Bürgerstuben geschlichen. Ohne einem Menschen zu begegnen. In der Nase den Duft von konserviertem Holz, unter den Sohlen das Parkettknarren der Geschichte.

Zuhause, von der sicheren Distanz des Schreibtisches aus, lässt es sich kommoder arbeiten als unter freiem Himmel. Es kommt auch etwas anderes dabei heraus. Schon van Gogh und Gauguin haben über dieses Thema gestritten. Auch wenn ich weiß, dass die Erinnerungen einen oft genug täuschen und mir bewusst ist, dass manches was Sie, lieber Leser, hier gelesen haben in Wahrheit eventuell vollkommen anders war. Doch was bedeutet schon *Wahrheit?* Jeder hat doch seine eigene Auslegung der Wahrheit.

Das ist genau so wie mit einigen Bildern in der wiedereröffneten Hamburger Kunsthalle: Die Kunst entsteht im Auge des Betrachters. Wer sich die Deutungshoheit über seine eigene Vergangenheit aus der Hand nehmen lässt, kann sie nicht beschreiben, kann kein Verhältnis zu ihr entwickeln. Und wer es nicht vollbringt, im Laufe seines Lebens auf Abstand zu seinen Dämonen zu gehen, läuft Gefahr, zu schlechter Letzt, doch noch von ihnen überwältigt zu werden.

*

Der einzige Mensch, der mir aus der Zeit vor fünfundvierzig Jahren geblieben ist, ist der gute Farshid. Wir haben es allerdings aufgegeben, gemeinsam ins Kino zu gehen. Denn nicht nur unser Filmgeschmack hat sich am Ende als zu unterschiedlich herausgestellt. Dafür treffen wir uns alle paar Monate auf eine Partie Schach, die Farshid allerdings meistens für sich entscheidet. Manchmal bei mir zu Hause aber meistens bei ihm in der Speicherstadt, in der *Hafencity,* wie man ja heute sagt. Übrigens, mit den seit 1979 in seinem Heimatland regierenden Mullahs ist Farshid auch nicht wirklich einverstanden. Auch wenn die Geschäfte gut laufen.

Da sitzen wir dann auf unseren Kissen zwischen den übereinander geschichteten Teppichkostbarkeiten vor unserem Schachbrett mit den geschnitzten Elfenbeinfiguren und lassen uns von seiner stets lächelnden Frau Jasmin mit Tee und köstlichen Süßspeisen bedienen. Manchmal besteht mein Gastgeber darauf, dass ich meine Geige mitbringe, um ihm und seiner Familie etwas vorzuspielen. Ein Wunsch, dem ich gerne nachkomme. Er spielt auch schon länger mit dem Gedanken, einen Steinway-Flügel in den Lagerräumen aufzustellen und unweit der *Elbphilharmonie* Konzerte unter dem Motto

„Musik auf dem fliegenden Teppich" zu veranstalten. Konzerte, die ich dann allerdings organisieren soll. Schauen wir mal.

Farshid, jetzt ein verdammt gut aussehender distinguierter Herr mit grauen Schläfen und Charakterkopf, hatte das Geschäft seines Onkels wie vorgesehen übernommen. Er spricht fast akzentfrei Deutsch und ist wohlhabend geworden. Er hatte seine Jasmin geheiratet und mit ihr, neben zwei Mädchen, auch den von Onkel Huschang eingeforderten Stammhalter in die Welt gesetzt. So sollte es sein, so ist es gekommen. Von Clara habe ich nie wieder etwas gehört.

*

Iris starb als letzte.

Iris war im Frühjahr 1973, ein halbes Jahr nach unserem Helgolandabenteuer, für immer zurück in die Schweiz gekehrt. Zurück zu Dr. Rubens und ihrer geliebten Theresa. Zurück in ihr bilderbehängtes Zimmer im Sanatorium. Das große Portrait meines Großvaters durfte bis zum Schluss von niemandem abgenommen werden.

An einem Herbstabend 2002 klingelte mein Handy. Das erste Mobiltelefon meines Lebens und der erste Anruf, den ich aus dem Ausland auf diesem Gerät erhielt. Es war Dr. Rubens, inzwischen Professor Dr. Rubens, der nun allein verantwortlicher Senior-Leiter und Chefarzt des Sanatoriums *Ruh am See* war. Seine Stimme klang so ernst wie nie zuvor. Wenn ich meine Schwester noch einmal in halbwegs wachem und präsentem Zustand erleben wolle, müsse ich mich zeitnah auf den

Weg machen. Das Turmzimmer stehe wie immer selbstverständlich bereit für mich.

Im vorangegangenen März hatte ich mit Iris ihren zweiundsiebzigsten Geburtstag gefeiert. Sie hatte drei Kekse gegessen, eine halbe Tasse Kaffee und einen Schluck Sekt getrunken. Gesprochen hatte sie auch da schon kein Wort mehr.

Anfang Oktober 2002 saßen wir noch einmal schweigend nebeneinander in unserem japanischen Pavillon. Tagelang bis zum Sonnenuntergang. Eingepackt in dicke Jacken, Decken und Wollmützen. Denn der Herbst war in jenem Jahr im Berner Oberland sehr früh kalt geworden. Ich saß auf der Bank und meine Schwester schräg vor mir in einem Rollstuhl. In einem Rollstuhl, weil sie ihren Körper kaum noch bewegen konnte, weil ihr Wille und ihr Lebensmut über die Jahre so schwach geworden waren, dass sie ihren Gliedmaßen keine ausreichenden Bewegungsimpulse mehr zuzusenden vermochte.

Ich dachte an Tante Johannas nächtlichen Anruf, ich dachte an jenen denkwürdigen Sonntagmorgen in der leeren Wohnung meiner Eltern, ich dachte an die mit Schreibmaschine getippten Worte, in der von mir in der Schublade entdeckten Krankenakte, an die *Sang- und klanglose Versandung der Seele*.

Wir schauten auf den vor uns ausgebreiteten See. Diese ruhende türkisblaue Fläche, aus deren Rand die am Himmel kratzenden Alpen wuchsen. Verstummt wie wir beide. Seit Millionen von Jahren. Zu den Füßen der Bergmassive waldige Manschetten in herbstlichen Ockertönen. In den Höhen zerklüftet, schneeweiß und nebelverhangen. Nebelverhangene einsame Orte unendlichen Friedens.

Wir warteten. Wir hatten Zeit. Wir ließen uns treiben. Wir lauschten. Kein Wort, keine Regung sollte uns entgehen.

Doch da war nur das Geräusch der gleichmäßige Atmung meiner Schwester, die sich in Abständen verstärkte, als hätte sie gerade einen beunruhigenden Gedanken oder eine aufregende Fantasie; vielleicht träumte sie auch, vielleicht war ihr Kopf voller Musik, Farben und Düfte. Vom Wasser her scholl das heisere Krächzen eines Graureihers.

Manchmal meinten wir im fernen Dunst die Silhouette eines Schiffs zu erkennen: der weiße Ausflugsdampfer. Wie in all den Jahrzehnten kreuzte er zwischen den Ufern hin und her. Doch nun sah es auf einmal so aus, als würde er leicht seinen Kurs ändern. Es schien tatsächlich so, als würde er sich mit jedem weiteren Tag näher auf uns zubewegen.

Ich nahm Iris´ Hand, um sie sanft zu drücken. Kühl, zerbrechlich und alt fühlte sie sich an.

Iris drückte nicht zurück.

Nach der dritten Woche las ich in ihrem Gesicht, dass der weiße Dampfer endlich angelegt hatte.

Danken möchte ich allen Menschen, die mir bei der Entstehung dieses Buches über zwei Jahre lang behilflich waren.

Allen voran meiner lieben Ehefrau Christina für anderthalb Jahre tägliches bereitwilliges Zuhören, den abschließenden doppelten Marathon von Korrektorat und Lektorat sowie die Buchgestaltung. Wie immer wäre ohne dich nichts!

Außerdem danke ich Heidelore Jessen für ihr aufopferndes Schlusslektorat.

Häufig aber waren es „nur" kurze zufällige Gespräche zwischen *Tür und Angel,* die mir manche entscheidende Anregung oder Information lieferten. In dem Bewusstsein, *viele* dieser Gespräche vergessen zu haben, versuche ich mich an dieser Stelle an *alle* zu erinnern:

Dank an:

Frau Glaser, Herrn Müller und viele andere „meiner" Senioren aus meiner Barmbeker Zivildienstzeit vor über dreißig Jahren, sowie meinen Schwiegervater Adolf Iserhot, für ihre eindrücklichen Erlebnisberichte über das in Trümmern liegende Hamburg und die „schweren Jahre" danach.

Einen unbekannten englischen Gentleman, der mir nach einer Vorab-Lesung dieses Buches wertvolle Informationen zur britischen Besatzungszeit in Hamburg lieferte und mir die erstaunliche englische Sicht auf die Figur des Oberst Harras aus „Des Teufels General" offerierte.

Das spannende Seminar von Prof. Dr. H.-P. Schäfer an der Universität Hamburg (wovon es nicht viele gab), am Fachbereich Erziehungswissenschaften, in dem ich lebendige Einblicke in die Lebenswelt und das Freizeitverhalten von Kindern und Jugendlichen in der direkten Nachkriegszeit und in den 50ern erhielt.
Meine Freunde und Kollegen Bernhard Kodalle, René Raue, Dirk Tiedemann, Tina Handke und ihren Vater Klaus-Dieter in Sachen Schulalltag in der jungen Bundesrepublik Deutschland, für Tipps in heimtückischer Schiffs-Sabotage und für wertvolle Einsichten in den Straßenverkehr der 50er sowie Informationen über die *DeSoto* - Modellreihe von *Chrysler*.

Ein ganz besonderer Dank geht natürlich an den treuen Kreis meiner Leser, ohne die ich nicht die Motivation für jedes neue Buch aufbringen könnte.

Am Ende noch die Empfehlung zweier prachtvoller Bildbände, deren Fotografien mir als Kulisse für manche Szene in RONDEEL gedient haben:

Walter Lüden, HAMBURG, Fotografien
1947 - 1965

DER HAFEN, Fotografien des Hamburger Hafens
1930 - 1970

Beide Bücher sind erschienen im JUNIUS - Verlag.

Stefan Iserhot-Hanke,
Hamburg im April 2017

Von Stefan Iserhot-Hanke bei BoD erschienen:

Der Schwindel des Langläufers

Roman, 290 Seiten, 2013

Spannend, abgründig, satirisch!

Fabian Meyerbeers Zukunft sieht düster aus. Er ist häufig depressiv und chronisch klamm bei Kasse. Eines Tages bemerkt er einen Betrag von mehreren tausend Euro auf seinem Konto. Offensichtlich eine Fehlüberweisung. Fabian meldet diesen Vorfall jedoch nicht seiner Bank, sondern will abwarten, was passiert. Vielleicht hat er ja einmal Glück im Leben? Als sich diese Überweisungen Monat für Monat über Jahre hinweg wiederholen – getätigt von unbekannten Personen – scheint das Glück perfekt zu sein. Fatalismus stellt sich ein und Fabian beginnt sich an das verlässlich gezahlte Geld und den damit verbundenen Lebensstandard zu gewöhnen. So unverdient dieser auch sein mag. Als Einkommensquelle erfindet Fabian mysteriöse berufliche Tätigkeiten. Zur Simulation von Dienstreisen taucht er mit falscher Identität in einsamen Hotels und Pensionen unter. Beinahe zehn Jahre geht das so und Fabian ist von außen betrachtet ein glücklicher Mann. Niemand ahnt etwas von seinem Doppelleben. Bis zu diesem Nachmittag in der Herrentoilette eines Restaurants. Als aus der Nachbarkabine jemand mit leiser Stimme zu ihm spricht. Jemand, der alles über Fabians Geheimnis zu wissen scheint. Jemand, der Fabian um einen winzigen Gefallen bittet. Den Ersten von vielen.

Die Stimme des Fremden

Erzählungen, 331 Seiten, 2014

Acht dramatische Schicksale.
Literarisch packend erzählt!

Acht Menschen begegnen dem Leser in diesem Buch:

Eine Lehrerin, welche kurz vor ihrer Pensionierung mit einem Drama aus ihrer beruflichen Anfangszeit konfrontiert wird.

Eine junge Mutter, für die die Stimme eines Fremden am Telefon zum unverzichtbaren Begleiter ihres halben Lebens wird.

Ein Mann, welcher das Haus seiner Kindheit aufsucht und dort eine schockierende Begegnung macht.

Eine Pastorin, deren virtuelles sexuelles Abenteuer Gefahr läuft außer Kontrolle zu geraten.

Ein junger Familienvater, dessen Leben nach einem schweren Schicksalsschlag als Hölle ohne Ausweg erscheint.

Eine mit einem wesentlich älteren Mann verheiratete Frau, welche versucht, sich von dessen Tyrannei zu befreien.

Ein treusorgender Ehemann und Vater, für den eine Zugfahrt zur existentiellen Krise wird.

Ein Mann, welcher sich in seine neue Nachbarin verliebt und sich mehr und mehr zu verlieren droht.

Das ungute Gefühl beim Hinterherwinken

Roman, 365 Seiten, 2015

Fesselnd, verstörend, surreal!

Max Ebeling und seine Frau Anne wollen etwas Besseres für ihre einzige Tochter. Statt sie an der nächstbesten staatlichen Grundschule anzumelden, geben sie Luisa in die Obhut der elitären privaten *Sonnleitner-Schule*. Eine stadtbekannte traditionsreiche Institution mit reformpädagogischem Hintergrund.

Anfänglich entwickelt sich alles so, wie Luisas Eltern es sich mit der Wahl dieser alternativen Schulform erhofft haben. Luisa ist ein glückliches Kind, welches jeden Morgen voller Begeisterung in die besondere *Sonnleitner*-Welt eintaucht. Auch wenn die Mitglieder des Lehrkörpers und einige Rituale des Schulalltags manchmal etwas seltsam erscheinen.

Bis zu jenem Elternabend in der zweiten Klasse, auf dem zum ersten Mal von dieser Klassenreise an die See die Rede ist. Als besonders Max plötzlich ernste Zweifel an ihrer Entscheidung für die *Sonnleitner-Schule* kommen. Zweifel, welche schreckliche Bestätigung zu erfahren scheinen. Denn das Leben entwickelt sich im Laufe der folgenden Monate für die Familie Ebeling zu einem Albtraum.